全国
作家記念館ガイド

作家記念館研究会 編

山川出版社

全国作家記念館ガイド [目次]

北海道・東北エリア［北海道・青森県・岩手県・宮城県・秋田県・山形県・福島県］

北海道立文学館・8　道内の文学の時空を渉猟
市立小樽文学館・9　"小樽文学"の資料収集と情報発信
旭川文学資料館・10　地域に根を張った運営と展示
有島記念館・11　有島武郎の作品群と所有した農場の足跡を紹介
有島武郎旧邸・12　1913年に建てられた邸宅を当時の姿そのままに移築・復元
井上靖記念館・13　応接間と書斎を生誕の地に移築
三浦綾子記念文学館・14　大ヒット作の舞台に建つファンが支える館
オホーツク文学館・16　オホーツク圏を舞台とした作品や作家の展示
渡辺淳一文学館・17　雪中の白鳥をイメージしたミリオンセラー作家の館
青森県近代文学館・18　青森県を代表する13人の作家の資料を展示
弘前市立郷土文学館・19　弘前ゆかりの作家が結集
太宰治記念館「斜陽館」・20　作品にも登場する生家を記念館に
三沢市寺山修司記念館・21　寺山にしかつくれなかった世界に触れる
石坂洋次郎文学記念館・22　学校勤務のかたわらの執筆活動が結実した地
横手市増田まんが美術館・23　『釣りキチ三平』作者の出身地に原画が参集
石川啄木記念館・24　豊富な資料と当時の建造物を公開
もりおか啄木・賢治青春館・25　2人の時代をひとつの空間に
宮沢賢治童話村・26　広大な敷地を散策しながら賢治の世界に浸る
宮沢賢治記念館・28　「宙」「芸術」「科学」「農」「祈」で展示
石と賢治のミュージアム・29　「グスコーブドリの町」に賢治の記念館
日本現代詩歌文学館・30　井上靖が詩・短歌・俳句・川柳の文学館設立に尽力
石ノ森萬画館・31　お馴染みの石ノ森キャラクターが勢揃い
仙台文学館・32　ゆかりの作家たちが「ことばの杜」に
斎藤茂吉記念館・34　アララギ派を牽引した歌人の出身地に建つ
鶴岡市立藤沢周平記念館・36　郷里の鶴ヶ岡城址に建ち、藤沢作品を味わい深める拠点
とおの物語の館・38　柳田國男の業績を朗読などで多角的に紹介
こおりやま文学の森資料館・39　久米正雄ら郡山ゆかりの作家たち
いわき市立草野心平記念文学館・40　「蛙の詩人」の生涯を丁寧に辿る

関東エリア［茨城県・栃木県・群馬県・埼玉県・千葉県・東京都・神奈川県］

田山花袋記念文学館・42　自然主義文学を確立した文豪の生誕地に建つ
萩原朔太郎記念・水と緑と詩のまち前橋文学館・43　近代詩の父・朔太郎の業績を生地で顕彰
群馬県立土屋文明記念文学館・44　土屋をはじめ県ゆかりの文学資料を展示
現代詩資料館榛名まほろば・45　現代詩に関する膨大な資料を集めた希有な資料館

大田原市黒羽芭蕉の館・46	芭蕉翁の旅と長逗留した地の歴史
日本のこころのうたミュージアム・船村徹記念館・47	船村ワールドに浸って、歌える記念館
いわむらかずお絵本の丘美術館・48	「絵本・自然・子ども」をテーマに活動する美術館
古河文学館・49	茨城・古河ゆかりの作家たちを顕彰
柳田國男記念公苑・50	「民俗学の父」と呼ばれた柳田がその素地を育んだ土地
野口雨情記念館(北茨城市歴史民俗資料館)・51	『七つの子』『赤い靴』を生んだ童謡の巨匠の館
吉田正音楽記念館・52	昭和歌謡界の礎を築いた作曲家を顕彰
さいたま文学館・53	ホールを併設するゆかりの文学者の記念館
市川市文学ミュージアム・54	文化活動の場としても機能
我孫子市白樺文学館・55	白樺派の聖地、千葉県・我孫子の文学館
市川市東山魁夷記念館・56	創作拠点の地に建つ巨匠の館
日本近代文学館・57	120万点の資料を収蔵する日本屈指の総合文学館
白根記念渋谷区郷土博物館・文学館・58	渋谷に集った作家たちと渋谷発の文学の潮流
俳句文学館・60	豊富に揃う歴代句誌、句会も精力的に開催
江東区芭蕉記念館・62	庵を結んだ深川の地に建つ俳聖の記念館
文京区立森鷗外記念館・63	文豪の暮らした旧居跡に建つモダンな館
新宿区立漱石山房記念館・64	数々の名作を執筆した「漱石山房」の跡地
子規庵・66	戦後に再建された家屋に今も「明治」が香る
台東区立一葉記念館・67	市井の人々を鋭く観察、一葉の息づかいを伝える館
村岡花子文庫展示コーナー・68	翻訳文学の普及に貢献した村岡の書斎を再現
竹久夢二伊香保記念館・69	夢二の世界を追求した展示と施設
竹久夢二美術館・70	豊富なコレクションで魅力的な夢二世界を創出
三鷹市山本有三記念館・72	『路傍の石』を執筆した瀟洒な洋館
調布市武者小路実篤記念館・74	晩年の20年を暮らした地に建つ館
田端文士村記念館・75	芸術家と文士を引き寄せた田端
ミステリー文学資料館・76	戦前からの資料が揃う専門館
古賀政男音楽博物館・77	歌い継がれる5000曲を超える古賀メロディー誕生の地
新宿区立林芙美子記念館・78	精魂込めて建てた自宅を公開
石井桃子記念かつら文庫・80	いちはやく日本に児童文学を紹介した石井の記念館
岡本太郎記念館・81	芸術を爆発させ続けた自宅兼アトリエ
ちひろ美術館・東京・82	子どもに優しい「ファーストミュージアム」
池波正太郎記念文庫・84	戦後を代表する時代・歴史小説作家の生地、浅草に立地
相田みつを美術館・86	都会のまん中でみつをに出逢う静かな空間
長谷川町子美術館・88	日本初の女性プロ漫画家が作った美術館
吉村昭記念文学館・89	人間の本質と時代の真実を追究した作家の館
向田邦子文庫・90	1万本以上の作品を残した脚本家の記念館が母校に開館
青梅赤塚不二夫会館・91	昭和を代表するギャグ漫画家の記念館
明治大学阿久悠記念館・92	テレビの勃興期以降、歌謡界に君臨した作詞家の館
大佛次郎記念館・93	大佛の魅力を赤レンガの洋館に凝縮
鎌倉文学館・94	古典から現代作品まで鎌倉ゆかりの文学を
神奈川近代文学館・96	120万点を超える文豪の貴重資料を収集・保存・公開
小田原文学館・97	南欧風の邸宅に小田原ゆかりの文学者が結集

西村京太郎記念館・98　鉄道ジオラマが走るトラベルミステリー第一人者の館
茅ヶ崎市開高健記念館・99　書斎をそのまま保存し、自宅を記念館に
川崎市 藤子・F・不二雄ミュージアム・100　ドラえもんたちに会い、漫画を学べて遊べる
川崎市岡本太郎美術館・102　約1800点を収蔵するTAROの美術館

中部エリア［新潟県・富山県・石川県・福井県・岐阜県・長野県・山梨県・静岡県・愛知県］

山梨県立文学館・104　100人を超えるゆかりの作家を展示
三島由紀夫文学館・105　山中湖畔で三島の文学と人に触れる
横溝正史館・106　横溝ワールドが構築された空間をそのまま移築
一茶記念館・107　晩年を過ごした地に建つ
堀辰雄文学記念館・108　療養の地、終焉の地に建つ館
小諸市立藤村記念館・109　藤村が詩人から小説家に転身した地
軽井沢高原文庫・110　湖畔のリゾート地に文学者の別荘や書斎
池波正太郎真田太平記館・112　真田の郷に広がる池波文学の世界
安曇野ちひろ美術館・113　絶景を背に建つ世界有数の絵本美術館
黒姫童話館・114　黒姫山麓の森に囲まれた牧歌的な童話館
中山晋平記念館・115　〝歌謡曲の父〟の故郷で郷愁に浸る
泉鏡花記念館・116　古き良き街並みの保存地区に隣接する
室生犀星記念館・118　筆名の由来、犀川近くの生家跡に建つ
徳田秋聲記念館・120　川端康成が〝名人〟と評した文豪を偲ぶ
千代女の里俳句館・121　江戸時代随一の女流俳人生誕の地に
高志の国文学館・122　富山ゆかりの作家や作品の魅力を紹介
福井県ふるさと文学館・124　荒海と美しい山河が育んだ文学に触れる
福井市橘曙覧記念文学館・125　古き良き風情が残る旧居跡に
「ちひろの生まれた家」記念館・126　ちひろ誕生時の大正の暮らしを偲ばせる
大垣市奥の細道むすびの地記念館・127　『奥の細道』と松尾芭蕉を知る
藤村記念館・128　生誕の地に建つ日本初の文学館
伊豆近代文学博物館・129　浄蓮の滝にほど近い天城の森に
井上靖旧居・130　小説にも描かれた幼少期の住まい
井上靖文学館・131　青春と文学に目覚めた地を見下ろす丘に
沼津市若山牧水記念館・132　終生愛した千本松と富士に抱かれて
新美南吉記念館・134　名作の舞台となった作者の故郷に

近畿エリア［大阪府・京都府・兵庫県・奈良県・三重県・滋賀県・和歌山県］

芭蕉翁生家／蓑虫庵・136　俳聖が誕生した時代の趣、そのままに
芭蕉翁記念館・137　没後〝蕉風〟継承の地となった故郷に
鳥羽みなとまち文学館 江戸川乱歩館・138　乱歩が暮らした時代の息吹が残る街に
嵯峨嵐山文華館・140　『小倉百人一首』ゆかりの地で和歌と日本美術に浸る

宇治市源氏物語ミュージアム・142　唯一の『源氏物語』専門館
小津安二郎青春館・144　映画館通いに明け暮れた青春の地に
与謝野町立江山文庫・145　山あいに佇む俳句・短歌の資料館
佐藤春夫記念館・146　"帰郷"した昭和モダン漂う洋館風の旧宅
奈良県立万葉文化館・147　万葉の里に再現された万葉の時代
茨木市立川端康成文学館・148　孤独の中で大望を抱いた立志の地に
司馬遼太郎記念館・150　国民的作家が愛した邸宅に寄り添う
与謝野晶子記念館・152　生誕の地、最愛の人に出会った地に
大阪樟蔭女子大学田辺聖子文学館・154　"お聖さん"思い出の学び舎に建つ
直木三十五記念館・155　大衆文学の変革者を育んだ街に建つ
姫路文学館・156　名城を借景に文学と対話する
福崎町立柳田國男・松岡家記念館・158　"日本民俗学の父"誕生の地に
芦屋市谷崎潤一郎記念館・160　文豪とその妻が暮らした街に
宝塚市立手塚治虫記念館・162　5歳から約20年を過ごした宝塚に立地
倚松庵・164　『細雪』の舞台となった文豪の旧邸

中国エリア［鳥取県・島根県・岡山県・広島県・山口県］

吉備路文学館・166　滝が流れる回遊式庭園が美しい文学館
夢二郷土美術館・168　竹久夢二の随一のコレクションを収蔵
ふくやま文学館・169　福山市ゆかりの文学者の足跡をたどり顕彰
水木しげる記念館・170　水木が紡ぎ出した妖怪ワールドの拠点
森鷗外記念館・172　文豪が幼少期を過ごした生誕地に建つ
安野光雅美術館・174　津和野で安野光雅の空想の世界に時を忘れる
中原中也記念館・176　生誕地で詩と短い生涯をたどる
金子みすゞ記念館・178　短い生涯で優しく力強い詩を紡いだ詩人の館
宇野千代生家・180　本人自ら修復した明治期の自宅が記念館に
因幡万葉歴史館・182　大伴家持を通して万葉びとの生き方に迫る
山頭火ふるさと館・183　自由律俳句を代表する俳人の郷里に建つ館
星野哲郎記念館・184　瀬戸内海に浮かぶ郷里の島に建つ

四国エリア［愛媛県・香川県・徳島県・高知県］

松山市立子規記念博物館・186　膨大な資料で明治文学界の革命児の姿に迫る
子規堂・188　正岡子規の実家を復元
一草庵・189　放浪の俳人・種田山頭火が終焉を迎えた庵
伊丹十三記念館・190　何者か？13方向からのアプローチ
坂の上の雲ミュージアム・192　秋山兄弟と子規、3人の主人公の郷里に建つ
菊池寛記念館・193　多種多彩な業績を俯瞰できる記念館
壺井栄文学館・194　映画村の文学館で栄文学を体感

徳島県立文学書道館・196　文学館と書道美術館の複合施設
高知県立文学館・197　高知ゆかりの文学者を"変わる常設展示"で紹介
大原富枝文学館・198　いまも故郷に息づく大原文学の原点
香美市立吉井勇記念館・199　隠棲し、再起への力を蓄えた地に建つ
香美市立やなせたかし記念館・200　「アンパンマンミュージアム」と「詩とメルヘン絵本館」
横山隆一記念まんが館・202　4コマ漫画に迷い込んだような遊び心満載の空間

九州エリア ［福岡県・佐賀県・長崎県・熊本県・大分県・宮崎県・鹿児島県］

北九州市立文学館・204　北九州市ゆかりの文学者が勢揃い
北原白秋生家・記念館・205　酒造業を営んでいた広大な敷地に記念館と生家
北九州市立松本清張記念館・206　蔵書2万冊の書庫、書斎を他界した日のままに展示
長崎市遠藤周作文学館・208　「神様がとっておいてくれた場所」に建つ
北九州市漫画ミュージアム・210　同地出身の漫画家の資料と3つのテーマ
くまもと文学・歴史館・211　熊本ゆかりの文学者の自筆原稿や遺愛品
夏目漱石内坪井旧居・212　新婚時代を過ごした熊本5番目の住居
瀧廉太郎記念館・213　夭折した音楽家が暮らした家
国木田独歩館・214　城山を背後に控えた独歩の下宿先
野上弥生子文学記念館・215　風情のある街並みが残る生家の商家に開館
若山牧水記念文学館・216　漂泊の歌人の旅はここから始まった
かごしま近代文学館・217　鹿児島ゆかりの作家と風土を多面的に展示
川内まごころ文学館・218　ジャーナリスト・山本實彦や作家・里見弴
椋鳩十文学記念館・219　「動物文学」ジャンルが打ち立てられた地

生没年表・220

文学館・記念館等リスト・228

作家索引・252

※2次元コード（QRコード）を読み取ることができる携帯電話やスマートフォンをご利用いただければ該当サイトで最新情報を得られます。
※各館の開館時間や料金、URLは変更されることがあります。予めご了承ください。
※敬称は略させていただいています。
※著書名、作品名、雑誌名などは全て『』で括っています。

北海道・東北エリア

- 北海道立文学館・8
- 市立小樽文学館・9
- 旭川文学資料館・10
- 有島記念館・11
- 有島武郎旧邸・12
- 井上靖記念館・13
- 三浦綾子記念文学館・14
- オホーツク文学館・16
- 渡辺淳一文学館・17
- 青森県近代文学館・18
- 弘前市立郷土文学館・19
- 太宰治記念館「斜陽館」・20
- 三沢市寺山修司記念館・21
- 石坂洋次郎文学記念館・22
- 横手市増田まんが美術館・23
- 石川啄木記念館・24
- もりおか啄木・賢治青春館・25
- 宮沢賢治童話村・26
- 宮沢賢治記念館・28
- 石と賢治のミュージアム・29
- 日本現代詩歌文学館・30
- 石ノ森萬画館・31
- 仙台文学館・32
- 斎藤茂吉記念館・34
- 鶴岡市立藤沢周平記念館・36
- とおの物語の館・38
- こおりやま文学の森資料館・39
- いわき市立草野心平記念文学館・40

【北海道】

北海道立文学館
道内の文学の時空を渉猟

寒川光太郎
李恢成
吉村昭　ほ

■有志の資料保存活動からスタート

　同館は1967年（昭和42）、任意団体としてスタート。東京の日本近代文学館の開館と同年の早い時期だった。北海道は有島武郎などゆかりの作家も多く同人誌発行も盛んだったが、当時は資料保存活動はほとんどなく、散逸を懸念した関係者らが動いて創立に至った。1995年、拠点となる北海道立文学館が札幌中心部の中島公園の一角に開館した。

■アイヌから現代の文学まで

　常設展は時系列別とジャンル別の2つの視点で展示。著名作家から地元で活動する作家まで丁寧に紹介している。以下は常設展示の各コーナーの例。
【誕生から現代まで】アイヌ民族の文学、20世紀への胎動、漂白と彷徨、道産子作家の誕生、モダニズムの台頭、戦火の中で、復興と再生、成長期の精華　等
「アイヌ民族の文学」コーナーでは、口承文芸であるアイヌ叙事詩ユーカラを記録し、語り継いだ金成マツ、知里幸恵をはじめバ

展示室の一部。中央パネル「北海道柳壇の分布図」では道内各地の川柳結社名を記載など、丁寧な展示。

チェラー八重子、違星北斗らを紹介している。
【さまざまなジャンル】北海道の児童文学、北海道の詩、北海道の短歌、北海道の俳句、北海道の川柳、千島・樺太の文学、作家の自筆原稿コーナー、新聞コーナー（『北海道新聞』で掲載された文学の連載記事集）　等

> **メモ**
> 地下1階ロビーでは北海道の文学紹介ビデオを常時上映。喫茶「オアシス」もあり、窓からは緑豊かな札幌・中島公園が望める。

北海道立文学館のホームページへ

■アクセス■
●地下鉄・南北線中島公園駅または幌平橋駅下車、徒歩6分
■所在地■
北海道札幌市中央区中島公園1-4
電話 011-511-7655

■入館料■
大人 500円／高大生 250円／中学生以下無料／65歳以上無料／団体割引有
■開館時間■
9:30～17:00
（入館は16:30まで）
■休館日■
月曜日、年末年始　等

地下1階喫茶「オアシス」。

写真提供：北海道立文学館

【北海道】

市立小樽文学館
"小樽文学"の資料収集と情報発信

- 小林多喜二
- 岡田三郎
- 伊藤整　ほか

■文化集散する港町に1978年開館

　北海道において、函館とともに港町として栄えた小樽。明治期から重要な航路に位置し、大正期には小樽運河ができ、銀行や商店など西洋式の重厚な建物が数多く建てられて繁栄した。それに伴い、多彩な文化人が小樽を訪れた。彼らが交流し影響し合うことで小樽から新たな作家や作風が生まれた。こうした小樽文学を残そうと、1975年頃から学識経験者らが設立準備に入り、1978年（昭和53）に開館した。

■小林多喜二、岡田三郎ら

　館内常設展では、秋田生まれで4歳から小樽に住んだ小林多喜二、北海道生まれで私小説を書いた岡田三郎、そして伊藤整、この三人を筆頭に小樽ゆかりの文学者を丁寧に紹介している。ほかに石川啄木、吉田一穂、田中五呂八、小熊秀雄、早川三千代、並木凡平など。小樽文学史を年表にまとめたものや、各作家のあゆみや実績をパネルで展示している。

　常設展以外に、特別企画展として「文学

港町であることを背景に、地域外の作家・文化人が多数往来した。展示では一人ひとりを丹念に追っている。

講座」や「作家と作家ゆかりの場所を訪ねる文学散歩」など、工夫された企画が多数ある。

> **メモ**
> 周辺に「小樽美術館」「旧三井物産「旧三井住友銀行」「旧北海道銀行」「小樽芸術村」「小樽運河」など。明治期から昭和初期の瀟洒な建物が多い。

市立小樽文学館のホームページへ

写真提供：市立小樽文学館

■アクセス
- 電車・JR小樽駅下車、徒歩10分
- バス・中央バス「本局前」下車、徒歩5分

■所在地
北海道小樽市色内1-9-5
電話 0134-32-2388

■入館料
300円／高校生150円／中学生以下無料／団体、障害者手帳、高齢者等割引有／特別展時は変更有

■開館時間
9:00〜17:00
（入館は16:30まで）

■休館日
月曜日、祝日の翌日（土・日の場合は開館、振替休館有）、年末年始　等

【北海道】

旭川文学資料館
地域に根を張った運営と展示

| 小熊秀雄 |
| 今野大力 |
| 板東三百 | ほ

旭川発行の同人誌の数々。写真は『かぎろひ』『あゆみ』『ときわ短歌』『海塔』『PETANU』『樹氷』『詩めーる旭川』『雪華』『フラジャイル』『源流』『川柳あさひ』『旭川のふだん記』。現在も次々と寄贈されている。

■市民ボランティアで設立運営

「旭川文学資料館」は旭川ゆかりの作家や同人誌を専門に扱う施設で、設立から運営までを市民ボランティアが担う。かねてより、地域の文学館を作ろうという話があり、2001年（平成13）に「旭川文学資料研究会」設立総会を開く。当初からボランティア中心の運営であった。先行事例である「室蘭港の文学館」を参考に、書籍や資料は市民から寄贈を募った。机や椅子、展示用ガラスケースも全て寄贈品で賄った。2009年に開館、2010年にNPO法人化して現在に至る。市民ボランティアの熱意は継続し、現在も文学資料館の受付業務や、資料整理作業を欠かさない。

■詩歌「小熊秀雄賞」受賞者を紹介

第1展示室は、旭川ゆかりの作家とその足跡を紹介している。北海道・小樽出身の小熊秀雄は20歳から旭川に住み、昭和初期に詩、小説、漫画、絵画において全国規模で活躍を見せた。没後30年を迎える直前の1968年、旭川文化団体協議会が優れた詩人に贈る「小熊秀雄賞」を設置、受賞式を青少年科学館（現・常磐館）で行った。その後、館は受賞者の貴重な直筆原稿、詩集、作品掲載誌等を必死で集める。現在、第2展示室で「小熊秀雄賞の受賞詩人たち」として各詩人の写真や直筆原稿を展示している。

> **メモ**
> 同館がある「旭川市常磐館」は、1963年に青少年科学館として建築されたもの。コンクリートに赤煉瓦を配したデザインは話題を呼んだ。現在、社会教育関連施設なども入居。

旭川文学資料館のホームページへ

■アクセス■
●バス・JR旭川駅下車、旭川電気軌道バスまたは道北バス「常磐公園前」下車
など

■所在地■
北海道旭川市常磐公園1971-5

旭川市常磐館内
電話 0166-22-3334

■入館料■
無料

■開館時間■
10:00～16:00

■休館日■
日・月曜日、祝日、年末年始 等

展示室。

写真提供：NPO法人 旭川文学資料友の会

【北海道】

有島記念館
有島武郎の作品群と所有した農場の足跡を紹介

■1949年に初代の記念館を開館

　明治期に北海道ニセコに有島農場を開いた鹿児島出身の実業家・有島武。同館では作家である長男・有島武郎ら有島一族の歩みを辿る。

　1904年（明治37）の函館―小樽間の鉄道開通も追い風となり、農場開墾は順調に進んでいた。しかし、1908年に不在地主として農場経営を引き継いだ武郎は、1922年に農場を無償解放し、理想としていた小作人による土地共有を実現した。戦後、旧小作人らが「有島感謝会」を結成、1949年には初代の有島記念館を開館する。

■内的葛藤を昇華させた有島武郎作品

　父と妻を失った1916年以降、武郎は執筆に精力を傾ける。1917〜1918年に書いた『カインの末裔』『小さき者へ』『生れ出づる悩み』は長く読み継がれる名作となった。館内では武郎の作品紹介のほか、有島農場時代の諸資料を展示。父・武が築いた華々しい有島農場の歴史と、武郎が生んだ有島文学とを俯瞰できる。

「常設展示室」には有島武、長男・武郎、次男・生馬、三男・里見弴ら、有島一家の家族写真や資料が多数（上）。武郎直筆の書「相互扶助」も展示（下）。

代表作
『カインの末裔』『小さき者へ』『生れ出づる悩み』など

メモ
有島灌漑溝や弥照神社など、有島農場時代の痕跡が所々に残る。同館パンフレット記載の「歴史遺産マップ」に沿って周囲を散策すれば、開拓当初のニセコの姿が浮き彫りになる。散策推奨時期は4月下旬〜10月中旬。

有島記念館のホームページへ

写真提供：有島記念館

■アクセス■
●電車・JRニセコ駅下車、徒歩30分またはタクシー5分
●バス・道南バス「有島記念館前」下車、徒歩5分

■所在地■
北海道虻田郡ニセコ町字有島57
電話 0136-44-3245

■入館料■
大人 500円／高校生 100円／中学生以下無料／団体等割引有

■開館時間■
9:00〜17:00
（入館は16:30まで）

■休館日■
月曜日、年末年始　等

「ブックカフェ」では自家焙煎コーヒーを味わいながら読書ができる。

有島武郎旧邸

1913年に建てられた邸宅を当時の姿そのままに移築・復元

【北海道】

■ **有島武郎が自らデザインした洋館**

　東京生まれの有島武郎（1878〈明治11〉〜1923〈大正12〉）は、鹿児島出身の実業家・有島武を父に持つ。19歳の時、父が北海道ニセコで「有島農場」の経営者となる。長男・武郎は18歳から札幌農学校に身を置き、31歳で所帯を持ち、子を授かり、35歳で永住を念頭に置いた大邸宅を札幌に建てる。自ら設計の構想を練ったといわれるこの邸宅が、現在の「有島武郎旧邸」である。

　しかし、翌年、妻・安子は結核療養のため鎌倉へ、一家は東京へ転居、旧邸の日々はわずか1年で終わる。38歳の夏に妻が他界、同年冬に父も失くした武郎は執筆生活に入り、『カインの末裔』など数々の傑作を書いた。旧邸を訪ねると、札幌の風土への愛着を示した文章も多い武郎の心象風景を垣間見ることができる。

■ **延床面積約260㎡の旧邸を公開**

　旧邸は1913年に建てられた。現在は旧邸を「札幌芸術の森」に移築して公開、各部屋にテーマを付して資料展示を行っている。テーマは「有島家の人々」「文学者・有島武郎」「『カインの末裔』の世界」「教育者・有島武郎」「札幌の中の有島武郎」「有島邸の歩み」など。

旧邸をそのまま公開。部屋ごとにテーマを設けて展示している。

代表作
『カインの末裔』『小さき者へ』ほか、『生れ出づる悩み』『或る女』『一房の葡萄』など

メモ
旧邸が元々建っていた札幌市北区内の場所には「有島武郎旧邸跡」の案内板がある。

有島武郎旧邸のホームページへ

■ **アクセス** ■
● 電車・地下鉄南北線の真駒内駅下車後、バス空沼線または滝野線「芸術の森入口」下車 など

■ **所在地** ■
北海道札幌市南区芸術の森2-75

電話 011-592-5111

■ **入館料** ■
無料

■ **開館時間** ■
9:45 〜 17:00
（6〜8月は17:30まで開館）

■ **休館日** ■
4月末頃〜11/3は無休、11/4〜11/30は土日祝のみ開館
休館期間中の見学希望は芸術の森 管理課（011-592-5111）まで連絡。

写真提供：有島武郎旧邸

【北海道】

井上靖記念館
応接間と書斎を生誕の地に移築

■旭川生まれの文豪

　昭和の文豪のひとりである井上靖（1907〈明治40〉～1991〈平成3〉）の作品は、小説、詩、随筆など多岐にわたる。『闘牛』で芥川賞、『敦煌』で毎日芸術大賞、『淀どの日記』で野間文芸賞、『おろしや国酔夢譚』で日本文学大賞など受賞歴も多い井上は、石川県の石川近代文学館、静岡県の井上靖文学館、岩手の日本現代詩歌文学館など各地の記念館に関わりを持つ。旭川生まれの井上は当地で何度か講演などを行っており、1990年旭川市政100年の際にも記念行事で講演。翌年に惜しまれつつ他界した井上を偲び、1993年に同館が開館する。館内の書斎と応接間は、2012年に東京・世田谷の旧宅から移築されたものである。

東京・世田谷の旧宅から移築した応接間。編集者や愛読者、画家、登山家、住職など多彩な来訪者と歓談した場所。井上のおおらかさを表すべく案内板は置かれていないが、希望者には職員による解説も。

常設展示室では、幼少時・青春時代・新聞記者時代・作家時代・晩年と分けてパネルや映像を展示。常設展示室内で年4回企画展を実施、過去に「井上靖と登山」「井上靖『海峡』」など。

代表作
『流転』『魔の季節』『氷壁』『天平の甍』『すずらん』『わが母の記』『本覚坊遺文』『孔子』など

井上靖記念館のホームページへ

写真提供：井上靖記念館

■アクセス■
●バス・「春光園前」下車、徒歩3分
●タクシー・旭川駅から約20分

■所在地■
北海道旭川市春光5条7丁目
電話 0166-51-1188

■入館料■
大人200円／高校生100円／中学生以下無料／団体割引有／障害者手帳等免除有

■開館時間■
9:00～17:00
（入館は16:30まで）

■休館日■
月曜日、年末年始、臨時等

東京・世田谷の自宅から移築した書斎。

【北海道】

三浦綾子記念文学館
大ヒット作の舞台に建つファンが支える館

■大ヒット作『氷点』の舞台・旭川に開館

　三浦綾子（1922〈大正11〉～1999〈平成11〉）の記念文学館が旭川に開館した理由は2つある。ひとつは、三浦が旭川出身で生涯住み続けたこと。作品でも北国の自然が描写され、地元で愛される作家だった。もうひとつは、デビュー作の推理小説『氷点』の舞台が市内に実在する場所であったことだ。

　『氷点』は1964～1965年に朝日新聞で連載されて人気を呼び、単行本出版にテレビドラマ化、海外出版と大ブームを巻き起こした作品。長く読み継がれ、続編を含め発行部数800万部を超えるベストセラーになっている。旭川市民と三浦ファンの声が記念文学館開館につながった。

■綿密な取材に基づいて書かれた『氷点』

　「三浦綾子記念文学館」は「外国樹種見本林」の入口にある。朝日新聞の1000万円懸賞小説への応募を考えていた三浦は、かつて営林署勤めの夫に連れられて散歩したこの林を思い出し、作品の着想を得たという。

口述筆記を行っていた自宅の書斎を再現した分館。病弱だった三浦の制作は『塩狩峠』連載の頃（1966）から夫・光世が書き取る口述筆記となる。

　近くに美瑛川が流れる鬱蒼としたこの林の美しさと不気味さを小説に取り込むため、彼女は林へ通い詰め、観察した。時間帯によってさまざまな表情を見せる林を描写しようと、朝に夕にタクシーで乗り付けては木々のようすや鳥の声や風の音を克明に記録した。執念を感じさせるそうした活動が、自然描写と心理描写が交錯する絶妙な三浦文学を創り出し、『氷点』に結実した。記念文学館は三浦が『氷点』取材に繰り返し訪れていたまさにその場所に建つ。

三浦綾子記念文学館のホームページへ

■アクセス
●電車：JR旭川駅下車、南口より徒歩20分　など

■所在地
北海道旭川市神楽7条8-2-15
電話 0166-69-2626

■入館料
大人700円／学生300円／小・中・高生無料／団体、障害者手帳割引有／賛助会員無料

■開館時間
9:00～17:00

■休館日
月曜日（祝日の場合は翌日）、年末年始　等
（6～9月は無休）

※館内併設の喫茶室の営業時間
10:00～15:00
（4月・5月　10:00～16:00）
（6月～9月　9:30～16:00）

写真提供：三浦綾子記念文学館

■上は第1展示室「三浦綾子の背景に触れる」。昭和当時を彷彿とさせるスナップ写真が多い。■右は記念館に隣接した外国樹種見本林。1963年、三浦が『氷点』執筆準備段階で何度も訪れた林。

■「氷点通り」でアプローチ

　旭川駅南口を出て「氷点橋」を渡ると、「氷点通り」と呼ばれる道がある。駅から記念文学館まで1.3kmのまっすぐなこの通りを行けば、突き当たりに『氷点』の舞台「外国樹種見本林」。館内に入ると、三浦の作家デビューまでの歩みを写真とともにツリー型に展示紹介した壁面があり、分館には和室の書斎が再現されている。そのほか、『氷点』の自筆原稿や三浦本人の講演会映像など貴重な資料も見ることができる。

■運営支える全国の三浦ファン

「ファンが集う場所を」と、記念文学館設立を目指して有志3000人で実行委員会を立ち上げたのが1995年。全国のファンに募金を呼びかけ、1998年に開館する。現在、全国3000人の賛助会員と、地元のボランティア100人余が同館を支えている。

代表作

『氷点』『塩狩峠』『天北原野』『泥流地帯』『ひつじが丘』『細川ガラシャ夫人』『母』『道ありき』『広き迷路』『海嶺』『銃口』など

メモ

旭川市内で雑貨店「三浦商店」を営みながらデビュー作『氷点』を書いた三浦。店舗兼自宅であった建物は老朽化のため取り壊しになった。が、ファンら有志が建材を保管、三浦作品で人気の高い『塩狩峠』に因んで移築した「塩狩峠記念館 三浦綾子旧宅」(下の写真。電話0165-32-4088)が和寒町塩狩に建つ。4〜11月開館。

【北海道】

オホーツク文学館

オホーツク圏を舞台とした作品や作家の展示

戸川幸夫
渡辺淳一
李恢成 ほ

■オホーツク圏の作家たち

1993年（平成5）開館のオホーツク文学館は北海道北東部内陸の遠軽町に建つ。管轄する生田原エリアはかねてより文学的素養に富む地域だった。開館準備当初は20人あまりの作家を紹介する比較的狭義の文学館を構想していたが、収集資料が想定を超えて広域から寄せられたことなどから広大なオホーツク圏を対象とする方針に切り替えた。対象地域は北海道東端の納沙布岬から同北端の宗谷岬まで全長550kmに及ぶ。流氷、湖、湿地帯、原生花園などオホーツクが誇る自然環境が育んだ文学を引き継ごうと、所蔵資料500点余りを順次公開している。

■オホーツク発行の文芸誌を展示

展示室では、オホーツク圏の各エリアゆかりの作家作品や直筆原稿を紹介している。中央部の展示ケースではオホーツク発行の歴代文芸誌も閲覧できる。いずれも同館ならではの貴重な展示である。以下は所蔵資料の一部。【直筆原稿】戸川幸夫『オホーツ

展示室。壁面では根室、野付半島、知床、網走、紋別、北オホーツク、宗谷岬などエリアごとに当地発の文学作品を紹介。中央部は「千島文学」「樺太文学」「オホーツク地域の文芸誌」などの関連図書を展示。

ク老人』、渡辺淳一『流氷』、李恢成『またふたたびの旅』、津村節子『さい果て』【風景写真】綿引幸造【取材ノート等】瓜生卓造【詩】中野重治、宮沢賢治、北原白秋、斎藤茂吉、若山牧水

> **メモ**
> 近隣の「オホーツク文学碑公園」の散策路には、当地を舞台とした作品の石碑19基が並ぶ。碑に刻まれた俳句、戸川幸夫『知床半島』、三浦綾子『野付半島』等の一節を読みながらの散歩はオホーツクを一層身近に感じさせてくれる。

オホーツク文学館のホームページへ

■アクセス
●電車・JR生田原駅直結
■所在地
北海道紋別郡遠軽町生田原866
電話 0158-45-2343
■入館料
大人 150円／高校生以下50円／幼児無料

■開館時間
10:00～17:00
（木曜日 20:00まで）
■休館日
月曜日、祝日、12/31～1/5

ゆかりの作家
加藤多一、菊池慶一、小倉大槻、菊池富彦、戸川幸夫、高見順、渡辺淳一、李恢成、津村節子、小熊秀夫、瓜生卓造　ほか

写真提供：オホーツク文学館

【北海道】

渡辺淳一文学館
雪中の白鳥をイメージしたミリオンセラー作家の館

■医師から作家へ

　北海道上砂川町出身の渡辺淳一（1933〈昭和8〉～2014〈平成26〉）は札幌医科大博士課程終了後、32歳で同大整形外科講師となる。一方で医学生時代から札幌の同人誌『くりま』で精力的に小説を発表、30代初めには『死化粧』『小説・心臓移植』『訪れ』が直木賞候補に。35歳で医師の道を断ち切り、東京で専業作家を目指す。翌年『光と影』で直木賞受賞、続いて『花埋み』がヒットし、以降は毎年数冊を刊行する人気作家になった。『ひとひらの雪』（49歳）、『化身』（52歳）は新たな文学領域を切り開いたと評価され、60代執筆の260万部超『失楽園』につながっていく。

■渡辺本ができるまでの展示も

　札幌中心部の中島公園西側に面した建築家・安藤忠雄設計による同館は、大きな窓からの採光、ゆったりした空間が特徴的だ。1階には図書室。2階吹き抜けの天井まで届く書棚の洋書や美術書を自由に閲覧できる。2階では渡辺の年譜パネル、映画化や

■左は1階図書スペース。安藤忠雄によるすっきりとデザインされた空間で、洋書を含む一般図書を閲覧できる。ドリンク（有料）も提供。■右は札幌の同人誌『くりま』。左の1964年6月号には『ヴェジタブルマン』、右の1965年4月号には『夜火事』を寄稿している。いずれも札幌医科大助手時代の作品。

ドラマ化された作品の台本やポスターを展示。また、書籍ができ上がっていく過程を直筆原稿、赤字修正入り原稿などの実物を使って紹介している。地階には82席の多目的ホールを備え、地域の文化活動に寄与している。

代表作
『死化粧』『訪れ』『光と影』『花埋み』『リラ冷えの街』『阿寒に果つ』『野わけ』『遠き落日』『長崎ロシア遊女館』『ひとひらの雪』『化身』『うたかた』『失楽園』など

渡辺淳一文学館のホームページへ

■アクセス
●電車・南北線 中島公園駅下車、徒歩8分
●車・JR札幌駅から10分

■所在地
北海道札幌市中央区南12条西6-414
電話 011-551-1282

■入館料
大人300円／小・中学生50円／団体、障害者手帳割引有

■開館時間
4～10月　9:30～18:00
（入館は17:30まで）
11～3月　9:30～17:30
（入館は17:00まで）

■休館日
月曜日（祝日の場合は翌平日）

写真提供：渡辺淳一文学館

青森県近代文学館

青森県を代表する13人の作家の資料を展示

【青森県】

石坂洋次郎
太宰治
三浦哲郎　ほ

■約15万点の所蔵資料

青森県ゆかりの作家に関わる資料の収集・整備・保存を図るとともに、公開展示し、文学活動の環境づくりを進めることを目的として、1994年（平成6）に開館。2018年には収蔵資料が15万点を超えた。特別展を年1回、企画展を年2回実施。特別展では県内外から講師を招き文学講座を開く。

■青森ゆかりの作家たち

常設展示室では、次のような青森県ゆかりの作家の業績を紹介している。作家の直筆資料や書簡等も見ることができる。

【石坂洋次郎（1900～1986）】弘前市生まれ。1947年に朝日新聞で連載した『青い山脈』が映画化されるなど、大衆文学の金字塔を打ち立てた。

【太宰治（1909～1948）】北津軽郡金木村（現・五所川原市）生まれ。31歳で文芸誌『新潮』に『走れメロス』を発表。『津軽』や『お伽草紙』等の名作を生み出した。

【三浦哲郎（1931～2010）】八戸市生まれ。1961年『忍ぶ川』で芥川賞受賞。『少年讃歌』（日本文学大賞）、『白夜を旅する人々』（大佛次郎賞）等、優れた作品を発表した。

【寺山修司（1935～1983）】弘前市生まれ。高校時代に俳句雑誌『牧羊神』を創刊、18歳で『チェホフ祭』50首を詠み、第2回短歌研究新人賞を受賞。1967年結成の劇団「天井桟敷」は、国内外で高い評価を得た。

青森県出身作家を紹介する常設展示。前述の4人の他、佐藤紅緑、秋田雨雀、葛西善蔵、福士幸次郎、北村小松、北畠八穂、高木恭造、今官一、長部日出雄の直筆原稿・書簡・書籍等の資料を展示している。地元出身作家同士の関係図も興味深い。

メモ
愛用していた筆記用具、湯呑み、時計等が展示されている作家も。

■アクセス
●バス・「社会教育センター前」下車すぐ
●タクシー・青森駅から15分、新青森駅から15～20分

■所在地
青森県青森市荒川字藤戸119-7（青森県立図書館2階）

電話 017-739-2575

■入館料
無料

■開館時間
9:00～17:00

■休館日
毎月第4木曜日、奇数月第2水曜日、年末年始、4/1

青森県近代文学館のホームページへ

過去の企画展「太宰治没後70年」のポスター。

写真提供：青森県近代文学館

【青森県】

弘前市立郷土文学館
弘前ゆかりの作家が結集

石坂洋次郎
葛西善蔵
福士幸次郎 ほか

■石坂洋次郎の遺品寄贈からの出発

　弘前市立郷土文学館は旧弘前図書館近くに建つ。当初、「石坂洋次郎記念室」と9人の郷土ゆかりの作家の展示を常設とし、1990年（平成2）に開館した。

■常設展は主に弘前市生まれの作家を紹介

　常設展では、次ぎのような弘前ゆかりの作家を紹介している。
【陸羯南（1857～1907）】弘前市生まれ。明治中期に新聞『日本』創刊。【佐藤紅緑（1874～1949）】弘前市生まれ。『少年倶楽部』に『あゝ玉杯に花うけて』などの小説を連載。【葛西善蔵（1887～1928）】弘前市生まれ。生活苦の中で『哀しき父』など私小説の名作を執筆。【福士幸次郎（1889～1946）】弘前市生まれ。詩集『太陽の子』で口語自由詩を開拓。【一戸謙三（1899～1979）】弘前市生まれ。大正期、「パストラル詩社」創設。方言詩集『ねぷた』刊行。【太宰治（1909～1948）】北津軽郡生まれで旧制弘前高卒。『斜陽』『人間失格』などを上梓。【今官一（1909～1983）】弘前市生まれ。

「石坂洋次郎記念室」。1986年に逝去した弘前生まれの石坂の遺品が多数寄贈されたことは、同館開館のきっかけにもなった。

福士幸次郎の教えを受け、『壁の花』で直木賞受賞。【石坂洋次郎（1900～1986）】弘前市生まれ。『若い人』『青い山脈』など発表作が続々とベストセラーに。

メモ
企画展では特定の作家や編集者などをクローズアップする。例えば2018年は「名編集長・加藤謙一―『少年倶楽部』から『漫画少年』へ―」、2019年は「太宰治生誕110年記念展―太宰治と弘前―」。

弘前市立郷土文学館のホームページへ

■アクセス
●電車・JR弘前下車、徒歩30分
●バス・「市役所前」下車、徒歩1分

■所在地
青森県弘前市大字下白銀町2-1（追手門広場内）
電話 0172-37-5505

■入館料
大人100円／小中学生50円／高齢者、障害者手帳等割引有

■開館時間
9:00～17:00
（入館は16:30まで）

■休館日
年末年始 等

オリジナルグッズ。一戸謙三の方言詩「弘前（シロサギ）」のクリアファイル。

写真提供：弘前市立郷土文学館

太宰治記念館「斜陽館」
作品にも登場する生家を記念館に

【青森県】

■『斜陽』でベストセラー作家に

　太宰治（1909〈明治42〉～1948〈昭和23〉）は青森県津軽生まれ。政治家の父に多忙な母を持ち、太宰は乳母や叔母の手で育てられる。生活は恵まれ、5歳頃から豊富な書物をひとり黙々と読んだ。高校時代に同人誌に作品を発表するが、精神の安定を欠き、弘前高校や東京帝大時代は大量服薬や自殺未遂を繰り返した。28歳で結婚、『走れメロス』『富嶽百景』など作風にも落ち着きと明るさが宿る。母の他界後、34歳で郷里を舞台とした『津軽』を執筆、終戦の年に生家で20作以上を書くなど一気に筆が進んだ。没落華族を描いた『斜陽』がベストセラーになったのは1947年のこと。38歳で『人間失格』『グッド・バイ』（未完）を書き、東京・三鷹の玉川上水に身を投げた。

■20年過ごした生家

　記念館は太宰出生の2年前に父親である津島家6代目当主源右衛門が建てた建物で、敷地680坪に数棟が並ぶ。代表作『斜陽』に因んで名付けられた「斜陽館」は1階に11

同館は明治末1907年に金融業店舗兼住宅として建築。写真は土間で、大地主でもあった津島家が小作米の検査をした部分。

室、2階に8室を有し、来館者は館内展示の直筆原稿や愛用マントを鑑賞しつつ、ここで少年期を過ごした太宰に思いを馳せることができる。

代表作
『走れメロス』『津軽』『人間失格』『斜陽』『女生徒』『グッド・バイ』『お伽草子』『パンドラの匣』など

メモ

左は『津軽』序編に登場する部屋。「二階の洋室の長椅子に寝ころび、サイダーをがぶがぶラッパ飲みしながら……」

■アクセス■
●電車・津軽鉄道金木駅下車、徒歩5分
●バス・五所川原駅からバス「斜陽館前」下車

■所在地■
青森県五所川原市金木町朝日山412-1
電話 0173-53-2020

■入館料■
大人 500円／高大生 300円／小・中学生 200円／団体割引有

■開館時間■
5月～10月 8:30～18:00
（入館は17:30まで）
11月～4月 9:00～17:00
（入館は16:30まで）

■休館日■
12月29日

太宰治記念館「斜陽館」のホームページへ

同館は2004年に国の重要指定文化財に指定された。

写真提供：太宰治記念館「斜陽館」

三沢市寺山修司記念館
寺山にしかつくれなかった世界に触れる

【青森県】

■劇団「天井桟敷」関係者らが協力して開館

　詩人、劇作家、演出家。ジャンルを超えた新しい表現に挑戦した寺山修司は、出身地・青森で過ごした少年期から言葉に親しみ、18歳で文芸誌『短歌研究』の五十首詠で特選を受賞している。その後、演劇の世界に入り、斬新な表現手法は海外でも評価された。1983年（昭和58）に47歳で他界。遺族から資料寄贈を受け、寺山が立ち上げた劇団「天井桟敷」の関係者等が設計・デザインを担当し、1997年に記念館が開館した。

■斬新な空間

　常設展示室は、寺山演劇を体感できる劇場空間として設計されている。舞台・奈落・観客席と劇場を模した展示室で、来館者は寺山が仕掛ける迷宮世界に迷い込んでいく。机をモチーフにした作品に着想を得て作られた机型展示ケースは全部で11台、文芸・演劇・映画・写真・作詞など多岐にわたる活動を紹介している。また、映像コーナーでは寺山が制作した映画や演劇を鑑賞できる。

寺山の演劇・映画に登場する人物や小道具が配置された空間は、テラヤマ・ワールドそのもの。

代表作
『われに五月を』（作品集）、『田園に死す』（歌集）、『書を捨てよ、町へ出よう』（エッセイ）、『あゝ、荒野』（小説）など

メモ
寺山の歌集『テーブルの上の荒野』などに因み、来館者は机の引き出しを開けながら展示を巡る。「寺山修司を探そう」がコンセプト。

三沢市寺山修司記念館のホームページへ

写真提供：三沢市寺山修司記念館

■**アクセス**■
●車・三沢空港から約10分、青い森鉄道三沢駅から約20分
●バス・青い森鉄道三沢駅東口からMISAWAぐるっとバス（市内観光施設をつなぐ無料シャトルバス）「寺山修司記念館」下車（約30分）※原則的に、土日祝日のみの運行。

■**所在地**■
青森県三沢市大字三沢淋代平116-2955
電話 0176-59-3434

■**入館料**■
大人530円／高・大生100円／小・中学生50円／団体割引有／企画展示替え時は大人310円

■**開館時間**■
9:00〜17:00
（入館は16:30まで）

■**休館日**■
月曜日、年末年始　等

石坂洋次郎文学記念館
学校勤務のかたわらの執筆活動が結実した地

【秋田県】

■秋田・横手市での13年間が石坂文学の礎に

昭和20年代、若い男女が青春を謳歌するようすを明るいタッチで描いた映画『青い山脈』が大ヒットした。主演は原節子、1963年リメイク版では吉永小百合主演で世の注目を集めた。原作者は石坂洋次郎（1900〈明治33〉〜1986〈昭和61〉）である。

弘前生まれの石坂が秋田・横手へやってきたのは1926年、26歳のとき。女学校へ勤務し、その後13年間にわたり横手で生活する。昼間は学校勤務で夜は原稿書き、作家への夢を根気強く追う日々が実を結び、母校慶応大学の文芸誌『三田文学』で発表した『若い人』が三田文学賞を受賞する。「自分の文学は横手在住の13年間に開花した」と自ら述べるほどに多大な影響を受けた横手での日々。戦後人々の心に希望を灯した石坂文学がいかにして育まれたのか、そのヒントが同館に潜んでいるかもしれない。

■かつての教え子らも資料を寄贈

石坂の死去から2年後の1988年、寄贈された遺品をもとに同館が開館する。かつて

展示室のようす。石坂の小説を原作に映画化された『青い山脈』のポスター、作品、直筆原稿、当時の写真などが並ぶ。

の教え子らも卒業アルバムや石坂の朱筆入り作文帳など貴重な資料の数々を寄贈した。館内では最晩年の石坂が暮らした伊豆の自宅書斎を再現、原作映画のポスターも多数鑑賞できる。

> **代表作**
> 『若い人』『麦死なず』『青い山脈』『光る海』『陽のあたる坂道』など
>
> **メモ**
> 記念館の建物は、昭和初期の町屋と土蔵をイメージして造られた。石坂が教員として着任した当時の街並みを彷彿とさせる。

石坂洋次郎文学記念館のホームページへ

■**アクセス**
● 電車・JR横手駅下車、徒歩30分
● タクシー・JR横手駅から10分
● バス・「大曲線幸町」下車、徒歩1分

■**所在地**
秋田県横手市幸町2-10

電話 0182-33-5052

■**入館料**
大人 100円（横手市ふれあいセンターかまくら館・後三年合戦金沢資料館・横手公園展望台・同館のすべてに当日入館可）／中学生以下無料

■**開館時間**
9:00〜16:30

■**休館日**
月曜日、祝日の翌日、年末年始 等

写真提供：石坂洋次郎文学記念館

横手市増田まんが美術館

矢口高雄 ほか

『釣りキチ三平』作者の出身地に原画が参集

【秋田県】

■『釣りキチ三平』作者の出身地に

同館が建つ秋田県横手市は、1970年代の大ヒット漫画『釣りキチ三平』の作者、矢口高雄の出身地である。農家出身の矢口は、田畑が広がる環境のなかで漫画『のらくろ』『メトロポリス』に夢中だったという。

出版社に原稿を持ち込んだのは20代後半。漫画家デビューは30歳の時だった。1973年（昭和48）、講談社『週刊少年マガジン』誌上で『釣りキチ三平』の連載を開始、矢口の趣味を活かした釣りシーンの緊迫感や美しい自然描写が釣りファン以外からも受け入れられ、10年間もの長期連載になった。

同館は1995年に開館。彼の業績を顕彰し、諸作家の漫画原画を展示することをコンセプトに掲げた。2019年5月のリニューアルオープン以降は、さらに充実した環境で原画を鑑賞できる。

■漫画の原画の特化

日本で唯一の漫画の原画に特化した美術館として常設作家180人の原画約350点を展示する。原画の散逸が危惧されるなか、

常設展示室。複数の漫画家の原画を展示する類のない美術館。名誉館長・矢口高雄は、若い頃に雪舟の作品で感性が揺さぶられた自身の記憶を元に、多くの子どもたちがここで本物を鑑賞することを期待しているという。

同館では2016年から原画のアーカイブ化に力を入れており、原画20万点以上を所蔵し、来館者は保管室の見学もできる。また、漫画の歴史や漫画制作の過程の紹介も行う。

> **メモ**
> 横手市増田重要伝統的建造物群保存地区は歩いて10分はかからない。明治から昭和30年代にかけて建てられた商家や家屋が町並みをつくっている。

横手市増田まんが美術館のホームページへ

写真提供：横手市増田まんが美術館

■アクセス■
●電車・JR奥羽本線十文字駅下車、バス「四ツ谷角」下車、徒歩8分
●車・湯沢横手自動車道路十文字ICから10分

■所在地■
秋田県横手市増田町増田字新町285

電話 0182-45-5569

■入館料■
無料（企画展は別途）

■開館時間■
10:00～18:00（冬季は17時閉館。入館は閉館の30分前まで）

■休館日■
4～10月　第3水曜日
11～3月　火曜日

原画の保管室。

【岩手県】

石川啄木記念館
豊富な資料と当時の建造物を公開

■26年の短い生涯

石川啄木（1886〈明治19〉〜1912〈明治45〉）は、岩手・旧玉山村の生まれの詩人。住職の父を持ち、常光寺、宝徳寺で暮らした。盛岡中学を経て21歳で故郷を離れ、北海道から上京し、文学を志した。森鷗外、与謝野鉄幹、金田一京助ら文学者と交流、"漂泊の詩人"と呼ばれた一方、
「やはらかに柳あをめる　北上の岸辺目に見ゆ　泣けとごとくに」
「ふるさとの山に向ひて　言ふことなし　ふるさとの山はありがたきかな」
と故郷の北上川や岩手山を短歌に詠んだ。その作品と人柄は、故郷のみならず全国で愛され続けており、26年の短い生涯で後世に与えた影響は大きい。

■教壇に立った校舎も公開

啄木の出身地・旧玉山村が全国の愛好家らに寄付を呼びかけ1970年に開館、のち生誕100年時の1986年に建て直し、現在に至る。館内では豊富な写真とともに啄木の生涯の歩みを展示、啄木が故郷を詠んだ

展示室のようす。幼少期に住んだ寺、本人肖像、妻・節子との新婚時代など豊富な写真を盛り込み、盛岡から北海道、東京へと向かった啄木の歩みを辿る。

歌の歌碑の拓本や書などもある。敷地内では、啄木の母校であり代用教員も務めた旧渋民尋常小学校の木造校舎を公開、同じく代用教員時代に間借りして家族と住んでいた旧齊藤家家屋も移築公開している。

代表作
『一握の砂』『悲しき玩具』など
メモ
猿と人間の会話を通じて文明の是非を問う啄木随筆『林中の譚』。これを原作としたアニメ作品が同館でのみ鑑賞できる。

石川啄木記念館のホームページへ

■アクセス
●電車・いわて銀河鉄道渋民駅下車、タクシー5分
●バス・JRバス東北または岩手県北バス「啄木記念館前」下車、徒歩5分

■所在地
岩手県盛岡市渋民字渋民9
電話 019-683-2315

■入館料
大人 300円／高校生 200円／小・中学生 100円／団体、障害者手帳の提示で割引有

■開館時間
9:00〜17:00
（入館は16:30まで）

■休館日
月曜日（祝日・休日の場合は翌平日）、12/29〜1/3等

写真提供：石川啄木記念館

もりおか啄木・賢治青春館
2人の時代をひとつの空間に

【岩手県】

■先輩、後輩の記念館

　岩手・盛岡の中心部に建つ「もりおか啄木・賢治青春館」の建物は1910年（明治43）竣工の旧第九十銀行本店。国の重要文化財にも指定された重厚な洋風建築物である。建物の歴史的意義を活かしつつ、盛岡ゆかりの代表作家である石川啄木と宮沢賢治を紹介している。年代こそやや異なるものの明治から大正にかけて同じ盛岡中学（現・盛岡一高）に通い、次々と建設される洋館建築が新時代への華やぎを見せていた頃、同じ盛岡の空気に触れていた2つの才能を、同じ空間で紹介しようという独自コンセプトの館である。

常設展示室のようす。フロアいっぱいに広がる年譜パネルが、啄木と賢治の生涯を丁寧に物語る。

■フロアに広がる2人の年譜

　同展示の中心は、常設展示室で展開されている「啄木と賢治の年譜」である。ここでは、青春期のみならず、2人の生涯全般のあゆみを紹介している。ゆっくりと丹念にあゆみを辿るうち、当時の啄木と賢治の姿が少しずつ見えてくる。歴史ある洋館の落ち着いた造作も見応えがある。

代表作
『あこがれ』『一握の砂』『悲しき玩具』『初めてみたる小樽』など（以上、石川啄木）、『春と修羅』『イギリス海岸』『雨ニモマケズ』『風の又三郎』『カイロ団長』『鳥の北斗七星』『銀河鉄道の夜』『グスコーブドリの伝記』など（以上、宮沢賢治）

メモ
館の近くには清流・中津川が流れ、川を渡れば盛岡城跡公園がある。啄木が「不来方の お城の草に寝転びて 空に吸われし十五の心」と短歌に詠んだ城はこの盛岡城址である。

もりおか啄木・賢治青春館のホームページへ

写真提供：もりおか啄木・賢治青春館

■アクセス
●バス・JR盛岡駅から岩手県交通でんでんむし号「盛岡バスセンター・なっつく前」（所要時間約20分）下車、徒歩3分・岩手県交通水道橋行き「青春館前」（所要時間20分）下車
●車・JR盛岡駅から約10分など

■所在地
岩手県盛岡市中ノ橋通1-1-25
電話 019-604-8900

■入館料
無料

■開館時間
10:00〜18:00
（入館は17:30まで）
※併設する喫茶・ミュージアムショップは10:00〜17:30（ラストオーダーは17:00）

■休館日
第2火曜日、12/29〜1/3

宮沢賢治童話村

広大な敷地を散策しながら賢治の世界に浸る

【岩手県】

■賢治を丸ごと体感

　岩手・花巻出身の宮沢賢治（1896〈明治29〉～1933〈昭和8〉）は詩人にして童話作家。同館近隣に建つ「宮沢賢治記念館」が賢治の世界を知り思索を深める場とすれば、こちらは賢治を丸ごと体感する場といえる。作品イメージを具現化した空間の中、"賢治童話の世界で楽しく学ぶ「楽習」施設"を標榜し、賢治生誕100年に当たる1996年に開館した。

■「賢治の学校」や「賢治の教室」など

　11万㎡におよぶ広大な敷地への入場ゲートは、賢治作品に頻繁に登場する星や宇宙に因んで「銀河ステーション」と名付けられている。まっすぐ進むと小川を跨ぐ小橋を渡り、「賢治の学校」に着く。

　「賢治の学校」には賢治を体験できる5つのテーマゾーンがある。壁に童話風景を映し出す「ファンタジックホール」、3枚の鏡で構成された巨大な万華鏡空間「宇宙の部屋」、イーハトーブの空を歩くことができる「天空の部屋」、巨大な虫たちが出迎えるジオラマ空間「大地の部屋」、そして童話『やまなし』の青く透明な世界をイメージした「水の部屋」だ。

　「賢治の学校」に隣接して「賢治の教室」のログハウスが並ぶ。賢治の童話で生き生きと語られる自然界について、「植物の教室」「動物の教室」「星の教室」「鳥の教室」「石の教室」の各ハウス内で展示されている。また賢治作品グッズや花巻の名産品を取り扱う「森の店っこや」も「賢治の教室」エリアにある。

　「銀河ステーション」から右手に伸びる散策路「妖精の小径」にはヤマナシやクルミの木々が茂り、童話『月夜のでんしんばしら』のオブジェが出迎える。不思議な世界に迷い込んだ感覚になる「天空の広場」を間に挟み、続く「山野草園」には賢治の童話に登場する山野草が勢揃いしている。

　そのほか、森の中の「ふくろうの小径」や「石っこ広場」などもある。

　見学に要する時間は、「賢治の学校」と「賢治の教室」で45分ほどだという。

宮沢賢治童話村のホームページへ

■アクセス■
●電車・JR東北新幹線またはJR釜石線 新花巻駅下車、タクシー3分・JR東北本線 花巻駅下車、タクシー15分
●車・花巻ICまたは花巻南ICから20分
など

■所在地■
岩手県花巻市高松26-19
電話 0198-31-2211

■入館料■
大人350円／高・大学生250円／小・中学生150円／団体、手帳等の提示で割引、免除有／宮沢賢治記念館等との共通券有

■開館時間■
8:30～16:30

■休館日■
12/28～1/1

写真提供：宮沢賢治童話村

上は「賢治の学校」。広い敷地の中心施設。学校内部には賢治の作品イメージを再現した「宇宙の部屋」（中段左）、「ファンタジックホール」（中段右）、「水の部屋」（下段左）など5部屋。天空の広場（下段右）には歩いて行くとだんだん背が高くなるなど不思議な仕掛けがある。

代表作
『春と修羅』（詩集）、『注文の多い料理店』（童話集）、『やまなし』『銀河鉄道の夜』（以上童話）、『風の又三郎』（小説）、『雨ニモマケズ』（作品）など

メモ
賢治関連資料を専門に収集し愛好家や研究者が集う「宮沢賢治イーハトーブ館」も近くにある。

【岩手県】

宮沢賢治記念館
「宙」「芸術」「科学」「農」「祈」で展示

■2015年リニューアルオープン

宮沢賢治の故郷、岩手・花巻に建つ同館は1983年（昭和58）に開館、30余年を経て展示内容を大幅に見直してリニューアルオープン、賢治の思考や実績をより客観的に次世代へ語り継ぐ内容になっている。

■5分野のテーマで展示

以前プラネタリウムだった空間には、新規に映像スクリーン5枚を設けて賢治の心象風景を表す。「宙」では銀河の空間、四次元宇宙の中で、イーハトーブと名付けた国土から作品群が生まれたことを紹介し、「芸術」では詩800扁、童話100扁、短歌900首などを著した賢治の創作活動を紹介、「科学」では地学、農学、化学や相対性理論を学んで足下から宇宙までを科学的に捉えようとした賢治に迫り、「農」では25歳で故郷の農学校教師となり、農業指導により東北を飢餓から救うべく奮闘した熱意を、「祈」では妙法蓮華経の教えに共感した賢治の内面を、表現している。

また、5分野それぞれを補完するように、

■上は展示スペース中心部。5枚の映像スクリーンが賢治の世界へと導く。■下は250枚の解説パネル。

豊富な資料を活用して賢治の世界を解説する250枚のパネルが展示されている。賢治の血縁者ほか多くの関係者や研究者らの知恵の結晶である同館の展示は、賢治が捉えた宇宙への道標となっている。

> **メモ**
> 近隣の花巻農業高校には、賢治が時間と手間を惜しまず農業指導を実践した"羅須地人協会"が建つ。同館から車で10分ほど。見学は要連絡。

宮沢賢治記念館のホームページへ

■アクセス■
● 電車・JR東北新幹線または JR釜石線新花巻駅下車、タクシー3分・JR東北本線花巻駅下車、タクシー15分
● 車・花巻ICまたは花巻南ICから20分

■所在地■
岩手県花巻市矢沢1-1-36
電話 0198-31-2319

■入館料■
大人350円／高・大学生250円／小・中学生150円／団体割引等有／賢治童話村などとの共通券有

■開館時間■
8:30～17:00
（入館は16:30まで）

■休館日■
年末年始　等

写真提供：宮沢賢治記念館

【岩手県】

石と賢治のミュージアム
「グスコーブドリの町」に賢治の記念館

■石灰による農業救済を夢みた「石っこ賢さん」

　岩手の童話作家・宮沢賢治（1896〈明治29〉～1933〈昭和8〉）は少年の頃から鉱物採集が好きで「石っこ賢さん」と呼ばれていた。『注文の多い料理店』を出版するも売れず、諸作品も日の目をみない中、既に病床にあった賢治は一関市の工場主・鈴木東蔵と語り合う。飢饉に苦しむ寒冷地農業を石灰石の肥料で救う未来を夢みていた2人はすぐに意気投合、賢治も砕石工場で働くことに。しかし賢治は37歳で逝去。賢治生誕100年の1996年、砕石工場を有する同市東山町は、作品『グスコーブドリの伝記』で自らの身を投げ打って人々を助ける主人公を賢治に重ね合わせて「グスコーブドリの町」を宣言、その象徴として1999年「石と賢治のミュージアム」が開館した。

■美しい鉱物が誘う賢治の世界

　同館は「太陽と風の家」「旧東北砕石工場」等で構成されており、館前には風車、最寄り駅から近隣の旧東北砕石工場までトロッコ道が続き、道端のカブトムシのオブジェ

「鉱物展示室」には蛍石、虎目石、藍晶石など美しい鉱物が並ぶ。賢治作品いずれかと同作に登場する鉱物を組み合わせて展示紹介する特別展なども開催している。ほかに化石展示コーナーもある。

は昆虫採集に熱中した賢治を彷彿とさせる。館内には図書室「双思堂文庫」と美しい鉱物が並ぶ「鉱物展示室」。石っこ賢さんを身近に感じられる施設である。

> **メモ**
> 館内「双思堂文庫」には斎藤文一と鈴木實より寄贈の書籍8000冊。斎藤は賢治と同じ現代詩誌『歴程』同人で花巻・宮沢賢治イーハトーブ館初代館長。鈴木はかつての東北砕石工場主・鈴木東蔵の長男。

石と賢治のミュージアムのホームページへ

■アクセス■
●電車・JR陸中松川駅下車、徒歩3分

■所在地■
岩手県一関市東山町松川字滝ノ沢149-1
電話 0191-47-3655

■入館料■
大人 300円／高大生 200円／中学生以下無料／団体、障害者手帳等割引有

■開館時間■
9:00～17:00

■休館日■
月曜日（祝日の場合は翌日）、年末年始

図書室「双思堂文庫」。

写真提供：石と賢治のミュージアム

【岩手県】

日本現代詩歌文学館
井上靖が詩・短歌・俳句・川柳の文学館設立に尽力

`井上靖` ほ

■井上靖の尽力で設立

　1980年代後半、詩人や出版関係者の間で「詩に関する出版物は部数も少なく、やがて入手が難しくなるであろう。詩歌専門館を作って資料の散逸を回避すべし」という声が高まっていた。場所は東京に限らないこと、東北地方も候補に、などの条件に合致する北上市は、館設置を市政30周年記念事業と位置付けて1983年（昭和58）の市議会で承認した。

　作家・井上靖は当初から設立の推進役であった。1984年に振興会の最高顧問に就任、翌年には北上市で「第1回詩歌文学館の集い」を実施、名誉館長に就任して1990年の開館を迎える。同館設立に井上靖の尽力は欠かせなかった。また、当時の小学館社長、相賀徹夫からの協力も大きかったという。

■詩歌の世界がひろがる館内

　館内は展示館と資料館からなる。
【展示室】展示された詩歌を静かに鑑賞できる。常設展では、活躍中の作家に題材を示して作品を制作してもらっている。題材

展示室のようす。言葉の一つひとつが視覚的に提示され、書籍とはまた違った感覚で「読める」空間になっている。写真は特別企画展「塚本邦雄展」。

例として「温泉」「鉄道」など年度毎にテーマを定める。

【閲覧室】全国から集まってくる詩・短歌・俳句・川柳に関する資料の一部を開架。収蔵している資料もこの部屋で閲覧できる。閲覧するのに資格等は不要で、その場で必要資料を申請できる。

> **メモ**
> 同館設立に多大な尽力をした井上の資料展示「井上靖記念室」が館内に。生涯にわたり詩を書いた井上は、「詩人と呼ばれたい」とも言っていたという。

日本現代詩歌文学館のホームページへ

■**アクセス**
●電車・JR柳原駅下車、徒歩3分　またはJR北上駅下車、タクシー6分
●バス・「まちなかターミナル」下車、徒歩8分
■**所在地**
岩手県北上市本石町2-5-60

電話 0197-65-1728
■**入館料**
無料（特別展は別途）
■**開館時間**
9:00～17:00
■**休館日**
【展示室】12～3月の月曜日、年末年始
【閲覧室】月曜日、年末年始

「井上靖記念室」。

写真提供：日本現代詩歌文学館

石ノ森萬画館
お馴染みの石ノ森キャラクターが勢揃い

【宮城県】

■藤子、赤塚らとマンガ黄金期を築いた石ノ森

　石ノ森章太郎（1938〈昭和13年〉～1998〈平成10〉）は宮城県登米市出身の漫画家。手塚治虫など著名漫画家が集う「トキワ荘」の住人となり、20代で『仮面ライダー』等がヒット。藤子不二雄、赤塚不二夫らとともに1960年代以降のマンガ黄金期を担った。

　晩年、石巻市長との対談の席で、石巻の中瀬地域にマンガミュージアムを建設する話が浮上、後に「石巻マンガランド構想」へ発展し、同館誕生に至った。

■石ノ森の夢が詰まった"萬画館"

　同館は石ノ森が発案した宇宙船をイメージした外観で、「子供からおじいちゃん、おばあちゃんまでワイのワイの集まれる場にしてほしい」（同館HP掲載本人談話より）と構想した石ノ森の夢が詰まった施設になっている。

　展示は作品年表、トキワ荘の模型のほか、オリジナルアニメの上映、原画展示、各キャラクター紹介など、代表作の世界を再現した展示になっている。

■上は「サイボーグ009の世界」。サイボーグ戦士の研究所を展示紹介している。©石森プロ　下は「仮面ライダーの世界」。歴代ライダーのマスクが並ぶ。各オープニング映像も。©石森プロ・東映

代表作
『サイボーグ009』『仮面ライダー』『人造人間キカイダー』『さるとびエッちゃん』など
メモ
2011年の東日本大震災による津波で海水が流れ込み大きな被害を受けた同館だが、2012年に再開館した。

石ノ森萬画館のホームページへ

写真提供：石ノ森萬画館

■アクセス
●電車・JR石巻駅下車、徒歩12分
●車・石巻河南ICから10分

■所在地
宮城県石巻市中瀬2-7
電話 0225-96-5055

■観覧料
大人800円／中高生500円／小学生200円／小学生未満無料／団体割引有／常設展のみ開催時は別途

■開館時間
3～11月　9:00～18:00
（入館は17:30まで）
12～2月　9:00～17:00
（入館は16:30まで）

■休館日
第3火曜日（12～2月は毎週火曜）

サイボーグ009をイメージしたエントランス。

仙台文学館
ゆかりの作家たちが「ことばの杜」に

井上ひさし
佐伯一麦
伊坂幸太郎 ほか

【宮城県】

■ことばの杜の拠点

　仙台文学館は仙台市立の文学館で1999年（平成11）に開館。「ことばの杜をあるこう」の言葉のもと、仙台ゆかりの近代文学資料を公共の財産として一般に公開し、文学の普及振興を通じて地域文化の発展に寄与する拠点として開設された。

　3部構成の常設展示と特別展・企画展で展示が実施されている。

■井上ひさしと仙台

　初代館長を務めた井上ひさしは中学3年の途中から仙台一高を卒業するまで仙台で過ごした。「人間としての栄養をもらった」と自身で回想しているほど仙台での日々は充実していた。作品には仙台を舞台にしたものも多い。常設展「Ⅰ　一本の巨樹―井上ひさし」で生涯の歩み、高校時代の写真、同窓生をモデルにした小説の原稿などを展示する。

■ゆかりの現役作家を紹介

　常設展「Ⅱ　走る言葉。歩く言葉。佇む言葉。―活躍する作家たち」では、仙台で

「一本の巨樹―井上ひさし」では原稿や愛用品、色紙などを展示。上は座右の銘である「むずかしいことをやさしく やさしいことをふかく ふかいことをゆかいに ゆかいなことをまじめに書くこと」の色紙。

学生時代を過ごしたり、仙台に住んだことがある、ゆかりの現役作家10人を紹介している。各作家の仙台への思いを表明したコメントや、仙台を舞台とした作品、舞台となった場所の写真、直筆原稿などを展示している。対象作家は伊坂幸太郎、熊谷達也、伊集院静、恩田陸、佐伯一麦、小池真理子など人気作家が並ぶ。

仙台文学館のホームページへ

■アクセス
●電車・JR仙台駅下車後、バス「北根二丁目・文学館前」下車、徒歩5分
●車・仙台駅前から泉中央方面へ約25分

■所在地
宮城県仙台市青葉区北根2-7-1

電話 022-271-3020

■入館料
[常設展] 大人460円／高校生230円／小・中学生110円／団体、手帳等の提示で割引、免除有／企画展・特別展は別途

■開館時間
9:00〜17:00
（入館は16:30まで）

■休館日
月曜日（休日は開館）、12月以外の第4木曜日（休日は開館）、休日の翌日、12/28〜1/4 等

写真提供：仙台文学館

■左上は常設展示室のようす(2019年3月現在)。■右上は童謡雑誌が花盛りだった大正時代に宮城で誕生した『おてんとさん』。■左下は「年賀状展」。毎年、正月の特別企画展として年賀状展を実施。県内外の小学生から大人まで幅広い層から数多くの応募がある。

■仙台の文学史

　常設展「Ⅲ　仙台・文学の源流」では、仙台に滞在していた歴代の作家や、ほか仙台文学にまつわる近代の動きを追う。たとえば、東北学院で教職に就く傍ら、詩作に励み、後に詩集『若菜集』を上梓した島崎藤村、仙台に生まれ、『荒城の月』の作詞で知られた土井晩翠、仙台医学専門学校で学ぶも文学の道を歩むことを決心した魯迅などについて、原稿や足跡を辿る地図など関連資料を展示している。

　また、児童文化運動が活発になった大正時代、宮城ではおてんとさん社が結成され、童謡雑誌『おてんとさん』が誕生した。同人たちによる児童に向けた多様な活動は戦後まで仙台の児童文化運動に大きな影響を及ぼした。同館では当時の催しのようすを示す資料や、当時発行された童謡雑誌を展示する。

　常設展以外では、夏にはテーマを決め絵本作家を紹介、お正月には一般からの応募による年賀状展などを開催している。2019年4月から随時、各展示内容のリニューアルを実施予定。

メモ
仙台文学館の周囲には広大な台原森林公園が広がり、杜の都・仙台らしい景観となっている。

斎藤茂吉記念館
アララギ派を牽引した歌人の出身地に建つ

【山形県】

■アララギ派の中核

歌人・斎藤茂吉（1882〈明治15〉～1953〈昭和28〉）は、精神科医として働く一方で、歌誌編集や歌会に携わり、広く歌壇の発展に貢献した。

現在の山形県上山市金瓶出身、幼少期より当時の村人から神童と言われていた茂吉に、東京・浅草で医院を営んでいた同郷の斎藤紀一が「ぜひ後継者に」と白羽の矢を立てる。14歳で上京、斎藤家の家族となり開成中学校、一高へ通い、28歳で東京帝国大学医科大学を卒業する。

茂吉は短歌の世界で力を発揮し、短歌の礎を築いた正岡子規の根岸短歌会や歌誌『馬酔木』の流れを継ぐアララギ派の中心人物となっていった。在学時から著名な歌人らと交流を持ち、26歳で歌誌『アララギ』の創刊号に自作短歌23首が載るなど頭角を現す。『アララギ』は1908年から1997年まで長期間発行されたが、1926年、44歳で島木赤彦の後を受けて編集発行人となり、後任の土屋文明に引き継ぐまで『アラ

1896年、開成中学編入のため茂吉14歳で上京した際の家族写真。前列左から2番目が茂吉、その右隣が養父で医師の斎藤紀一。

ラギ』をリードした。

医師としては30代で教授として長崎医学専門学校に赴任、その後は欧州のオーストリアとドイツへ留学して精神医学を学び、いくつかの論文により医学博士の学位を取得。1927年に青山脳病院院長の職に就くなど活躍した。

■居室の再現や「茂吉交遊相関図」も

茂吉の死去を受けて弟子や有志の間で記念館開設への機運が高まっていたところ、

斎藤茂吉記念館のホームページへ

■アクセス
●電車・JR奥羽本線 茂吉記念館前駅下車、徒歩3分
●車・東北自動車道 山形上山ICから5分

■所在地
山形県上山市北町字弁天1321
電話 023-672-7227

■入館料
大人600円／高・大学生300円／小・中学生100円／団体、障害者手帳等の提示で割引有

■開館時間
9:00～17:00
（入館は16:45まで）

■休館日
水曜日（祝日・休日の場合は翌日）、年末年始、7月第2週日曜日～土曜日

写真提供：斎藤茂吉記念館

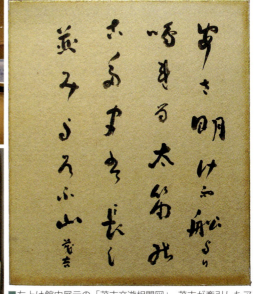

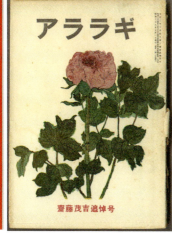

■左上は館内展示の「茂吉交遊相関図」。茂吉が牽引したアララギ派の人脈などを紹介。■上の色紙は長崎の医学校へ教授として赴任した35歳時の短歌。汽笛が遠くの山々まで反響して長い音になって聞こえるの意。■左下の短冊は戦時中に山形へ帰郷した51歳時に牡丹を詠んだ短歌。■下右は『アララギ』の斎藤茂吉追悼号。1953年10月号。

茂吉の甥で歌人・薬剤師の守谷誠二郎の尽力などもあり、1968年開館に至る。場所は蔵王の山々を望む出身地・金瓶近くの丘の上。1989年の大規模な改修・増築を経て、50周年の節目である2018年にリニューアルオープン、茂吉の人となりを伝える展示と、建物のバリアフリー化を進めた。また中庭に面した3畳弱のスペースを「キッズサロン」にし、子どもたちがカルタや絵本を楽しめるようにした。

展示内容は豊富で、1階には茂吉の居室を再現、家族の紹介とともに展示されている。続くスペースの壁一面の、短歌の歴史や全容を示した「短歌とは/短歌全史」コーナーでは日本の和歌・短歌の来し方を俯瞰できる。地下の常設展示室では、茂吉の生涯を辿る。幼少時から得意とした書や画の作品、短歌の制作姿勢、医師としての茂吉、国内海外の訪問先写真、多様な分野の人脈を紹介した「茂吉交遊相関図」、故郷との関わりや著書の紹介など多岐にわたっている。

代表作
『赤光』『あらたま』『小園』『白き山』『柿本人麿』『高千穂峰』『源実朝』など

メモ
箱根の斎藤家別荘離れ「箱根の勉強部屋」を移築。夏場、茂吉はここで執筆や歌誌編集を行った。

鶴岡市立藤沢周平記念館

郷里の鶴ヶ岡城址に建ち、藤沢作品を味わい深める拠点

【山形県】

■時代小説の名手

時代小説家、藤沢周平（1927〈昭和2〉～1997〈平成9〉）は、山形県東田川郡黄金村（現・鶴岡市）出身。架空の藩「海坂藩」を舞台に下級藩士を主人公とした『蟬しぐれ』『たそがれ清兵衛』、江戸市井の人情が溢れる『橋ものがたり』『海鳴り』など数多くの作品を執筆した。いずれの作品も端正な文章に心の機微や情景が繊細に描かれている。

少年期から本に親しんだ藤沢は、18歳で山形師範学校へ入学、級友と同人雑誌『砕氷船』を発行するなど文学に目覚める。卒業後に地元の湯田川中学校で教職に就くも、23歳で結核が見つかり休職、闘病生活が6年余続く。一方で、闘病中も俳句や戯曲を書き、快復後は東京の業界新聞社に就職し、編集長を務めた新聞では、コラムを10年にわたって書き続けた。生まれ持った才能と経験の蓄積で築いた筆力を活かし、会社勤めのかたわら小説を書いていた藤沢は、1971年『溟い海』でオール讀物新人賞、1973年『暗殺の年輪』で直木賞を受賞。翌年には会社を辞めて、執筆業に専念する。藤沢46歳のときだった。

生涯の歩みや地元の人々との交流を紹介する「『作家・藤沢周平』の軌跡」。

以降、20余年にわたって執筆。1986年『白き瓶』で吉川英治文学賞、1989年に菊池寛賞、1990年『市塵』で芸術選奨文部大臣賞、1994年に朝日賞を受賞。1995年に紫綬褒章を受章。1997年、69歳で逝去。時を経て今なお、藤沢作品は読み継がれ続けている。

鶴岡市立藤沢周平記念館のホームページへ

■アクセス■
● 電車・JR鶴岡駅からバス「市役所前」下車、徒歩3分
● 車・山形道鶴岡ICから10分

■所在地■
山形県鶴岡市馬場町4-6
電話 0235-29-1880

■入館料■
大人320円／高・大学生200円／中学生以下無料／団体割引、障害者手帳の提示で減額有／年間入館券1000円（本人と同伴者1人まで有効）

■開館時間■
9:00～16:30 受付終了

■休館日■
水曜日（休日の場合は翌平日）、年末年始 等

写真提供：鶴岡市立藤沢周平記念館

■上は創作活動の場であった書斎の再現。柱や畳など旧邸の建材を移築した。飾らない書斎に「普通が一番」と語っていた藤沢の流儀が宿る。■右は単行本の展示。全作品が刊行順に並ぶ。

藤沢周平全作品

■豊潤多彩な作品世界に浸る

　同館は2010年に開館。庄内藩酒井家が居城とした鶴ヶ岡城址（鶴岡公園内）に建つ。藤沢文学の源となった鶴岡、庄内全体をミュージアムとして捉え、作品を豊かに味わい深める拠点だ。

　常設展の第1部「『藤沢文学』と鶴岡・庄内」では、藤沢の「原風景」を思わせる鶴岡、庄内の四季折々の自然風景を小説の一節とともにスライドで紹介する。第2部「『藤沢文学』のすべて」では、旧邸の書斎を部材や愛用品などを用いて移築・再現、豊潤多彩な作品世界を系統ごとに紹介する。第3部「『作家・藤沢周平』の軌跡」では生涯の歩みを辿り、作家になるまでの道のり、家族や地元の人々とのふれあいなどを紹介する。

　定期的に企画展を開催。特定の作品やテーマに焦点を当て、自筆原稿や創作メモ、執筆の際に参考とした蔵書などを展示し、作品の魅力を深く掘り下げている。

代表作
『蝉しぐれ』『三屋清左衛門残日録』『用心棒日月抄』シリーズ『隠し剣』シリーズ『たそがれ清兵衛』『橋ものがたり』『海鳴り』『獄医立花登手控え』シリーズ『闇の歯車』『白き瓶』『市塵』など

メモ
近隣にある「庄内藩校 致道館」は東北に唯一残る藩校建造物で国の指定史跡。一般公開されており、門や講堂を見学できる。

とおの物語の館

柳田國男の業績を朗読などで多角的に紹介

【柳田國男】

【岩手県】

■民俗学の父、柳田の業績を顕彰

1910年（明治43）発表の『遠野物語』は、岩手出身の民話収集家・佐々木喜善の語りをもとに民俗学者・柳田國男が編集した民話集である。

1986年「とおの昔話村」が開館。柳田の生涯や著作、宿泊先だった高善旅館、のちの隠居所、民話資料館などを展示していた。これに朗読など新企画を加えてリニューアルしたのが「とおの物語の館」だ。現在、朗読にはかつての人気朗読家・鈴木サチの語りを音源に使用、民話に登場する「おしら様」や「座敷わらし」のアニメ紹介も行う。

■海山を結ぶ交通の要

遠野は、江戸時代から7つの街道が交差する交通の要所であった。物資とともに文化や情報が交錯するこの地で、自ずと民話が発展した。同館では「物語をつくるコーナー」を設置、『桃太郎』『花咲か爺さん』『舌切り雀』などを題材に来館者が新たなストーリーを作る体験展示を行っている。昔話の故郷ともいえる遠野ならではの企画だ。

■上は館内の「昔話蔵」のようす。昔話を映像や音声で紹介しており、大人も子どもも楽しむことができる。■下は柳田國男が定宿とした旧高善旅館。「柳翁宿」として公開されている。

代表作
『遠野物語』『桃太郎の誕生』『蝸牛考』など

メモ
同館近隣に建つ1980年開館の「遠野市立博物館」は日本初の民俗博物館として遠野の民話を地理・歴史・生活と関連付けて解説している。兵庫県の「福崎町立柳田國男・松岡家記念館」（158～159ページ掲載）では柳田の幼少の日々に触れることができる。

とおの物語の館のホームページへ

■アクセス■
●電車・JR釜石線遠野駅下車、徒歩8分
●車・釜石自動車道遠野ICから車で10分

■所在地■
岩手県遠野市中央通り2-11
電話 0198-62-7887

■入館料■
大人500円／高校生以下200円／団体、障害者手帳提示、未就学児等割引有

■開館時間■
9:00～17:00

■休館日■
無休　メンテナンス休館有

遠野市立博物館。

写真提供：とおの物語の館、遠野市立博物館

こおりやま文学の森資料館
久米正雄ら郡山ゆかりの作家たち

久米正雄／玄侑宗久／宮本百合子 ほか

【福島県】

■久米正雄記念館と文学資料館

郡山出身の作家・久米正雄（1891〈明治24〉〜1952〈昭和27〉）の晩年の住まいを神奈川・鎌倉から移築した「久米正雄記念館」と隣接する「文学資料館」、両館併せた「こおりやま文学の森資料館」が2000年（平成12）に開館した。

【久米正雄記念館】久米は少年期に父親が自死、6歳から福島・郡山の名士であった母方祖父のもとで暮らす。祖父らと暮らした高校時代に俳句に親しんだ久米は、上京して一高（現・東大）へ入学、芥川龍之介らと文芸誌『新思潮』を発行し、夏目漱石の門下生となる。後に神奈川・鎌倉の〝鎌倉文士〟を牽引するなど、大正から昭和期の文学界で欠かせない役割を果たした。

【文学資料館】常設展では久米正雄、玄侑宗久、宮本百合子など郡山ゆかりの作家10人について原稿や映像を展示している。年2回は特別展を実施、郡山関連以外の作家も取り上げる。なお、毎年夏季に絵本作家の原画展を実施している。

「文学資料館」の展示。郡山ゆかりの作家10人について、プロフィールや作品を丁寧に紹介している。

代表作
『牛乳屋の兄弟』『受験生の手記』『学生時代』『父の死』（いずれも久米正雄）など

メモ
「久米正雄記念館」の内部。神奈川・鎌倉の旧久米邸を移築した。昭和初期、鎌倉作家らの旺盛な諸活動を牽引した久米の応接間（下）。

こおりやま文学の森資料館のホームページへ

写真提供：こおりやま文学の森資料館

■アクセス
●バス・JR郡山駅からバスさくら循環虎丸回り「総合体育館前」下車、徒歩1分

■所在地
福島県郡山市豊田町3-5
電話024-991-7610

■入館料
大人200円／高・大学生100円／中学生以下無料／65歳以上・障害者手帳提示無料／団体割引有

■開館時間
9:00〜17:00
（入館は16:30まで）

■休館日
月曜日（祝日の場合は翌日）、12/28〜1/4、館内整理日（土・日・祝日を除く月末）

いわき市立草野心平記念文学館
「蛙の詩人」の生涯を丁寧に辿る

【福島県】

■草野と草野ゆかりの詩人

　1998年（平成10）に開館した同館は、福島県いわき市で生まれ育った詩人、草野心平（1903〈明治36〉〜1988〈昭和63〉）の世界を多彩な手法で表現している。草野ゆかりの詩人に関する展示もある。企画展では2018年「草野心平の校歌」で100校近い草野作詞の校歌を紹介するなど、独自の切り口で展示を行っている。

■トンネルで草野を辿る

草野は、貸本屋を開いたり、居酒屋「火の車」を開店した折は店奥の四畳半を生活スペースとして詩作に勤しんだ。館内では、自ら「ジグザグロード」と名付けた人生をトンネルに見立て、内部で生涯や交友関係を紹介している。また、生涯で引越しを32回繰り返した軌跡を辿り、転居の度に生まれた人々との交流を書簡などで伝える。草野が手元に置いて小宇宙を感じていたという石を紹介するコーナー「石ころたち」や、動物の命名を得意とした草野に触れる「命名の達人」なども興味深い。

■上は「五匹のかえる」原稿。草野作品には蛙をモチーフにしたものが多い。■右は一時期滞在した東京・石神井の御嶽神社での撮影。

　大学時代に読んだ亡き兄のノートをきっかけに詩作に入ったという草野。1925年に創刊に参加した同人誌『銅鑼』には宮沢賢治も作品を発表、1935年には中原中也らと『歴程』を創刊した。空間演出に工夫が施された館内を巡れば、自然や生き物を題材として独自の詩の世界を築いた草野の心象風景を身近に感じることができる。

代表作
『第百階級』『蛙』『絶景』『定本　蛙』『天』『こわれたオルガン』『原音』『未来』『幻景』『自問他問』など

メモ
草野心平の生家が公開されている。約4km先、夏井川を越えた辺りに建つ。

いわき市立草野心平記念文学館のホームページへ

■アクセス■
●電車・JRいわき駅下車、タクシー20分・JR小川郷駅下車、タクシー5分
●車・いわき中央ICから15分

■所在地■
福島県いわき市小川町高萩字下タ道1-39

電話 0246-83-0005

■入館料■
大人430円／高・大学生320円／小・中学生160円／団体、障害者手帳、高齢等割引有

■開館時間■
9:00〜17:00
（入館は16:30まで）

■休館日■
月曜日、年末年始　等

「火の車」を館内に再現。

写真提供：いわき市立草野心平記念文学館

関東エリア

田山花袋記念文学館・42
萩原朔太郎記念・
水と緑と詩のまち前橋文学館・43
群馬県立土屋文明記念文学館・44
現代詩資料館榛名まほろば・45
大田原市黒羽芭蕉の館・46
日本のこころのうたミュージアム・
船村徹記念館・47
いわむらかずお絵本の丘美術館・48
古河文学館・49
柳田國男記念公苑・50
野口雨情記念館（北茨城市歴史
民俗資料館）・51
吉田正音楽記念館・52
さいたま文学館・53
市川市文学ミュージアム・54
我孫子市白樺文学館・55
市川市東山魁夷記念館・56
日本近代文学館・57
白根記念渋谷区郷土博物館・文学館・58
俳句文学館・60
江東区芭蕉記念館・62
文京区立森鷗外記念館・63
新宿区立漱石山房記念館・64
子規庵・66
台東区立一葉記念館・67
村岡花子文庫展示コーナー・68

竹久夢二伊香保記念館・69
竹久夢二美術館・70
三鷹市山本有三記念館・72
調布市武者小路実篤記念館・74
田端文士村記念館・75
ミステリー文学資料館・76
古賀政男音楽博物館・77
新宿区立林芙美子記念館・78
石井桃子記念かつら文庫・80
岡本太郎記念館・81
ちひろ美術館・東京・82
池波正太郎記念文庫・84
相田みつを美術館・86
長谷川町子美術館・88
吉村昭記念文学館・89
向田邦子文庫・90
青梅赤塚不二夫会館・91
明治大学阿久悠記念館・92
大佛次郎記念館・93
鎌倉文学館・94
神奈川近代文学館・96
小田原文学館・97
西村京太郎記念館・98
茅ヶ崎市開高健記念館・99
川崎市 藤子・F・不二雄
ミュージアム・100
川崎市岡本太郎美術館・102

【群馬県】

田山花袋記念文学館
自然主義文学を確立した文豪の生誕地に建つ

■日本の自然主義文学を確立

小説家・田山花袋（1871〈明治4〉～1930〈昭和5〉）は栃木県・館林町（現・群馬県館林市）の生まれ。明治期の自然主義文学を代表するひとりだ。

花袋は少年期から漢詩を雑誌に投稿するなど才能を見せ、14歳で上京。小説家・尾崎紅葉の門を叩き、江見水蔭の元で修業する。西欧文学に触れ、柳田國男、国木田独歩、島崎藤村らと知り合う。そして1907年に『蒲団』を発表。この作品で日本の自然主義文学を確立した作家としての地位を得る。2年後には、文学を志すも現実と折り合いをつけて暮らしていかざるを得ない青年教師の半生を描いた『田舎教師』を発表し、文学界における花袋の名声は不動のものとなった。

■ゆったりとした空間

文学館には花袋の生涯にまつわる品の数々が展示されている。少年時代の写真や少年期に記した漢詩、上京後に故郷を書いた『ふる郷』の直筆原稿、『ふる郷』『妻』『東京の三十年』などの初版本が並ぶ。さらに、同時代に活躍した国木田独歩や島崎藤村などの花袋宛書簡や、『田舎教師』に関しては当時の人気洋画家・岡田三郎助が描いた口絵の原画など、同館ならではの貴重な資料がある。

花袋が執筆を行った書斎。自筆の書や愛用のコートが展示されている。

代表作
『ふる郷』『蒲団』『生』『妻』『縁』『田舎教師』『時は過ぎゆく』『一兵卒の銃殺』『東京の三十年』『源義朝』など

メモ
道路を挟んで向かいの第二資料館には8～14歳まで暮らした「田山花袋旧居」がある。

田山花袋記念文学館の
ホームページへ

■アクセス
●バス・東武伊勢崎線館林駅から館林・板倉線板倉東洋大前駅西口行き「子ども科学館前」下車、徒歩1分
■所在地
群馬県館林市城町1-3
電話 0276-74-5100

■入館料
一般 210円／中学生以下無料／団体割引有
■開館時間
9:00～17:00
（入館は16:30まで）
■休館日
月曜日（祝日は開館）、祝日の翌日、年末　等

写真提供：田山花袋記念文学館

【群馬県】

萩原朔太郎記念・水と緑と詩のまち 前橋文学館

近代詩の父・朔太郎の業績を生地で顕彰

■水と緑と詩のまち　前橋文学館

詩人を多数輩出し、「近代詩のふるさと」と言われる群馬県・前橋市に1993年（平成5）開館。館内では萩原朔太郎の生涯の歩みを紹介する常設展のほか、『月に吠える』を書いた机と椅子の現物を展示する。市主催「萩原朔太郎賞」の受賞作は毎年展覧会を開催し、紹介している。ガイダンス映像「萩原朔太郎の業績と生涯」「前橋の風土と文学」は各20分弱で"詩のまち"前橋に触れることができる。

■近代詩の父の生地

「近代詩の父」と言われる萩原朔太郎（1886〈明治19〉～1942〈昭和17〉）は前橋の出身、父は絶大な信頼を誇る開業医であった。病弱で友人の少ない少年時代の後、中学で短歌に目覚め、級友との回覧雑誌作成や文芸誌「明星」への投稿を楽しんだ。高校では落第中退を繰り返す。1913年に北原白秋主宰の雑誌『朱欒（ザムボア）』で詩人デビュー、この頃に知遇を得た室生犀星とは生涯の友になる。30歳で『月に吠える』を自費出版、後

常設展「朔太郎展示室」。企画展では漫画作品を取り上げた「月に吠えらんねえ」展に全国から20～30代層が来館、幅広い年代層に朔太郎の業績を顕彰している。

に刊行した『青猫』とともに日本近代詩における口語自由詩の確立者として、詩壇での地位を獲得する。晩年まで詩作や評論、講演、マンドリン演奏など多芸多才であった。

代表作
『月に吠える』『青猫』『純情小曲集』『詩の原理』『虚妄の正義』『氷島』『日本への回帰』『宿命』など
メモ
広瀬川を渡ると移築生家「萩原朔太郎記念館」がある。詩人への覚悟を決めた28歳で味噌蔵を洋風改築して詩作や音楽会に励んだ「書斎」や室生犀星、北原白秋、若山牧水をもてなした「離れ座敷」などが見られる。

水と緑と詩のまち前橋文学館のホームページへ

■**アクセス**■
●電車・JR両毛線　前橋駅下車、徒歩20分・上毛電鉄線　中央前橋駅下車、徒歩5分
■**所在地**■
群馬県前橋市千代田町3-12-10
電話 027-235-8011

■**入館料**■
一般・大学生100円／高校生以下無料／障害者手帳の提示で無料／企画展は別途
■**開館時間**■
9:00～17:00
■**休館日**■
水曜日、年末年始　等

近隣には「萩原朔太郎記念館」も。

写真提供：萩原朔太郎記念・水と緑と詩のまち前橋文学館

【群馬県】

群馬県立土屋文明記念文学館
土屋をはじめ県ゆかりの文学資料を展示

■アララギ派を牽引

土屋文明（1890〈明治23〉〜1990〈平成2〉）は群馬・高崎の農家の生まれ、榛名山麓の自然豊かな土地で培った感性を活かして短歌界の牽引役となった人物だ。幼少時から叔父が俳句を指南、中学時代には歌誌『ホトトギス』へ投稿する。中学の恩師の紹介で上京し、歌人・伊藤左千夫宅に住み込んで短歌指導を受け、後に進学した東京帝大では芥川龍之介や久米正雄と同人誌『新思潮』の編集に参加。1925年『ふゆくさ』発行時から生活感ある独自の作風を確立し、1930年からは斎藤茂吉の後を継いで句誌『アララギ』の編集発行人を務める。

常設展示室「東京南青山での日々ー歌壇の最長老にー」では土屋の書斎を移築展示。机左手の辞書を広げるための棚が、研究熱心であった土屋を表す。

■生涯を追う展示と靴も

常設展示では土屋の生涯を幼少期から晩年までを「榛名山のふもとで育つ」「東京から長野へ」「歌壇の中枢に」「川戸への疎開」「東京南青山での日々」と順に追って紹介。また、土屋が引き継いだアララギ派は万葉集を称えた正岡子規の流れを汲むため、土屋は万葉集関連の土地をひたすら歩いてまわり、その成果を全20巻『万葉集私注』に記した。「万葉集研究の継続」コーナーでは探索に使用した靴などを展示する。

代表作
『ふゆくさ』『往還集』『山谷集』『六月風』『少安集』『山下水』『自流泉』『青南集』など

メモ
和歌名人『三十六歌仙』に因む同館選出短歌名人『三十六歌人』。大伴家持、小野小町、藤原定家、正岡子規、斎藤茂吉らのリアルな人形と歌が木枠の間に並ぶ。

土屋文明記念文学館のホームページへ

■アクセス■
●電車・JR高崎駅から、群馬バス「保渡田」下車、徒歩3分・JR前橋駅から、関東交通バス「土屋文明記念文学館」下車、徒歩1分
■所在地■
群馬県高崎市保渡田町2000 上毛野はにわの里公園内
電話 027-373-7721
■入館料■
企画展：一般410円／高・大学生200円（常設展示のみ一般200円／高・大学生100円）／中学生以下無料／団体割引有、障害者手帳提示で無料
■開館時間■
9:30〜17:00
（観覧受付は16:30まで）
■休館日■
火曜日（祝日の場合は翌日）、年末年始 等

写真提供：群馬県立土屋文明記念文学館

【群馬県】

現代詩資料館榛名まほろば

現代詩に関する膨大な資料を集めた希有な資料館

■現代詩の専門館

　現代詩の個人詩集を収集保存する拠点として、1998年（平成10）に詩人の富沢智が開設。詩集のほか、詩人のサインなども展示されている。詩集や資料などは自由に閲覧できる。

　一般に書店で扱われることが少ない個人発行の詩集は、読者側からすると入手も閲覧も困難である。現代詩が1か所に集約され、より多くの現代詩を閲覧できる同館のような施設は貴重である。

　同館は「榛名まほろば出版」として関連詩人の作品集などの発行も行っている。複数人の詩人が短歌や詩やエッセーを寄せる文芸誌『榛名団』は、2011年11月に創刊された。季刊誌として2016年3月発行の第18号まで刊行され、現在は休刊中である。

■蔵書2万5000冊を自由閲覧

　2万5000冊に及ぶ現代詩関連書籍が詩人別に整理されており、誰でも自由に閲覧ができる。主な蔵書は戦後以降の発行日付を持つ詩誌、詩書。現在も全国から続々と詩集や資料が同館に寄贈されている。寄贈されたものは新着情報として同館のホームページで公開されている。

　同人会や講演会、落語会、演奏会などに使用できる10畳和室の設備もある。

館内には全国から寄贈された現代詩の作品や資料2万5000点が並ぶ。誰でも閲覧自由。作品や資料だけでなく、詩人のサインも展示されている。

メモ
喫茶室も併設されている。著名詩人が来館することもある。軽食やソフトドリンク、アルコールも用意されている。アララギ派の歌人・土屋文明の記念館「群馬県立土屋文明記念文学館」まで車で15分ほど。

現代詩資料館榛名まほろばのホームページへ

■**アクセス**■
●バス・上越線高崎駅から群馬バス「八之海道」下車、徒歩5分
■**所在地**■
群馬県北群馬郡榛東村広馬場1067-2
電話 0279-55-0665
■**入館料**■
無料
■**開館時間**■
11:00～22:00
■**休館日**■
月曜日、元旦　等

喫茶室。

【栃木県】

大田原市黒羽芭蕉の館
芭蕉翁の旅と長逗留した地の歴史

■長逗留した下野国の地

　江戸時代の俳諧師・松尾芭蕉は晩年に北日本を旅して紀行文『おくのほそ道』を完成させた。旅の途中で14日間と最長期間滞在したのが当時の黒羽藩（現・栃木県大田原市）だったことから、黒羽城址公園の隣接地に記念館を開館した。館内では芭蕉の生涯を紹介しているほか、「芭蕉と黒羽」や「芭蕉の旅姿」などのテーマで、『おくのほそ道』をはじめとする紀行文や与謝蕪村作の『奥の細道画巻』（複製）などを展示している。

■ゆったりとした空間

　広大な敷地を持つ同館は施設周辺にも見どころが多い。前庭には『おくのほそ道』文学碑や「芭蕉と曾良のブロンズ像」、5000㎡の庭には芭蕉も堪能したであろう黒羽の豊かな自然が広がる。同館に続く800mの遊歩道には句碑「行春や」「山も庭も」「田や麦や」「鶴鳴や」が並び、周辺にも句碑や史跡が広がっている。「日々旅にして旅を栖とす」と書いた芭蕉がしばし休息した黒羽をゆっくり堪能することができる。

■上は館内エントランスホールのようす。芭蕉作品を多数鑑賞できる。■館の前に立つ芭蕉とお供の曾良の像。

代表作
『おくのほそ道』、『猿蓑』（蕉門の句集）など
メモ
館内には黒羽藩関連の歴史資料や、藩主・大関家伝来の甲冑や刀剣などが展示され、芭蕉が滞在した当時の黒羽のようすがうかがえる。

大田原市黒羽芭蕉の館のホームページへ

■**アクセス**■
●バス・JR那須塩原駅から大田原市営バス「大雄寺入口」下車、徒歩10分
■**所在地**■
栃木県大田原市前田980-1
電話 0287-54-4151

■**入館料**■
大人 300円／小・中学生 100円／団体等割引有
■**開館時間**■
9:00 〜 17:00
■**休館日**■
月曜日、年末年始　等

写真提供：大田原市黒羽芭蕉の館

【栃木県】

日本のこころのうたミュージアム 船村徹記念館
船村ワールドに浸って、歌える記念館

■昭和の歌謡界を代表する作曲家

栃木・塩谷町出身の船村徹（1932〈昭和7〉～2017〈平成29〉）は、獣医だった父が西洋クラシック音楽を好み、レコードコレクションも豊富、小学4年生でトランペットを買い与えてもらうなど、音楽的に恵まれた環境に育った。その後、東洋音楽学校（現・東京音楽大学）ピアノ科に進み、そこで茨城県出身の高野公男と出会い、高野が作詞、船村が作曲という分担で歌をつくり始める。昼はレコード会社通い、夜はキャバレーのバンドという暮らしが続き、音楽関係者に2人で売り込む日々が続いた。

1955年、船村と高野で作った楽曲『別れの一本杉』がレコード売上50万枚超の大ヒットとなる。翌年に高野は死去。「今はアメリカ一色。だからこそ汗水流して働いている人たちの、慰めになるような歌を作りたい」と、彼と語った夢を果たすべく必死で創作に取り組んだ船村は、やがて独自のギターメロディを生み出し、昭和の歌謡界を代表する作曲家となる。

「思い出のあの歌この歌」コーナー。作曲したレコードジャケット500枚ほどが年代ごとに展示してある。自身の記憶と重ね合わせる来館者も多い。

■船村ワールドに浸る空間

館内では船村の生涯紹介、著名歌手5人と船村徹とのエピソード映像紹介、レコードジャケット展示、著名歌手の手形展示、本人映像、楽曲視聴コーナーなど、存分に船村ワールドを楽しめる構成になっている。

代表作
『別れの一本杉』『矢切の渡し』『兄弟船』『東京だョおっ母さん』『おんなの出船』など

メモ
カラオケコーナーでは、指定の20曲から選び、来館者がバンド付きのステージに立って歌っている演出のDVDを制作できる。

船村徹記念館のホームページへ

■アクセス■
●電車・JR今市駅下車、徒歩5分・東武日光線下今市駅下車、徒歩5分

■所在地■
栃木県日光市今市719-1
電話 0288-25-7771

■入館料■
大人540円／小・中・高生340円／団体割引有

■開館時間■
9:00～17:00
（入館は16:30まで）

■休館日■
火曜日（祝日の場合は翌日）、12/29日～1/3 等

3階「演歌巡礼」。歌謡界から世相を語る船村徹の放談・対談映像。

写真提供：日本のこころのうたミュージアム・船村徹記念館

【栃木県】

いわむらかずお絵本の丘美術館
「絵本・自然・子ども」をテーマに活動する美術館

■絵本『14ひきのシリーズ』の作者

　いわむらかずおは東京都出身の絵本作家。東京芸術大学卒。1975年（昭和50）に栃木県益子町へ移住。里山の雑木林の中で絵本の創作活動をつづける。1983年に絵本『14ひきのひっこし』『14ひきのあさごはん』が出版され人気を博す。野ねずみの大家族が自然のなかで協力しながら暮らすようすを描いた14ひきのシリーズは、現在までに12作出版されている。またフランス、ドイツ、台湾など海外でも翻訳出版され国内外合わせた累計販売部数は1500万部を越えている。季節ごとに移り変わる豊かな自然と家族の暮らしを描いたいわむらの絵本は多くの読者の心をつかみ、世界23カ国で翻訳出版され多くの子どもたちに愛読されている。

■「えほんの丘」全体がいわむらワールド

　同館は1998年の開館。那須の那珂川を見下ろす丘にある『えほんの丘』には遊歩道が通り、草原や畑、田んぼやため池へとつづいている。来館者はいわむらの絵本づくりのフィールドで、動植物や昆虫を観察

「展示室」では絵本や原画の展示のほか、自然をテーマにした展示も。ホールではお話会の開催もある。

したり畑でたねまきや収穫作業などを体験できる。館内では絵本や原画、作品ができるまでの過程が展示され、スケッチ、ダミーと呼ばれる制作の途中段階にある作品、制作時のエピソードを書いた随筆文、取材時の写真などの資料が展示されている。

代表作
『14ひきのシリーズ』『こりすのシリーズ』『トガリ山のぼうけんシリーズ』『かんがえるカエルくんシリーズ』など

メモ
美術館の周辺には草原やクルミの木、ムササビの巣箱など観察ポイントがいくつかあり、運がよければノウサギやニホンリス、ムササビなどに出合うことも。

いわむらかずお絵本の丘美術館のホームページへ

■アクセス■
●電車・JR東北線氏家駅下車後、東野バス馬頭行き「道の駅ばとう」下車、タクシー10分

■所在地■
栃木県那須郡那珂川町小砂3097
電話 0287-92-5411

■入館料■
大人900円／中・高生700円／小学生500円／幼児300円／団体割引有

■開館時間■
10:00～17:00

■休館日■
月曜日（祝日の場合は翌日）、年末　等

アプローチ。

写真提供：いわむらかずお絵本の丘美術館

【茨城県】

古河文学館
茨城・古河ゆかりの作家たちを顕彰

永井路子
小林久三
佐江衆一 ほか

■絵雑誌『コドモノクニ』の展示も

　古くから芸術活動が盛んであった茨城・古河市に建つ古河文学館は1998年（平成10）に開館、渡良瀬川岸の古河城跡地に建つ。
【古河ゆかりの文学者展示室】古河ゆかりの文学者・文学作品を紹介。足尾鉱毒事件を題材にした社会派ミステリー『暗黒告知』で1974年江戸川乱歩賞を受賞した小林久三、認知症をテーマにした三國連太郎主演映画『人間の約束』の原作者・佐江衆一などの小説家のほか、古河ゆかりの詩人、歌人、俳人の作品も並ぶ。
【大正期の絵雑誌『コドモノクニ』展示室】古河出身の鷹見久太郎が創刊した絵雑誌を紹介。『子供之友』『赤い鳥』『金の船』などの雑誌が次々と創刊され児童文学が興隆した大正時代、鷹見久太郎は野口雨情、北原白秋、岡本帰一、武井武雄、中山晋平、倉橋惣三などを迎えて、絵と文と音楽を融合、「幼児教育にも役立つ雑誌」として同誌を創刊した。なお、久太郎は旧古河藩家老で蘭学者として有名な鷹見泉石の曾孫。

3室ある展示室のひとつで、絵雑誌『コドモノクニ』展示室。2008年開始の「1ページの絵本」は、『コドモノクニ』関係原画に添える約300字の詩や物語を募集する企画で、毎年、全国から1500点余の応募がある。展示室でも紹介しているプロの詩人、歌人、俳人、児童作家により入賞作品が選ばれる。

【歴史小説家・永井路子展示室】古河出身の歴史小説家・永井路子とその作品を様々な角度から紹介。2003年に開館した別館は永井の旧宅で、永井が居住した当時の姿を再現している。店蔵は江戸末期の建築。

メモ
内装の木組みが美しい同館は建物自体が魅力的。館内サロンでは1930年頃の英国製蓄音機によるレコード演奏会やコンサートが催される。暖炉がある談話コーナーや古河ゆかりの作家の本に触れる図書コーナーなどもあり、歴史ある文化芸術の街、古河を実感できる。

古河文学館のホームページへ

■**アクセス**
●電車・JR宇都宮線古河駅下車、徒歩15分

■**所在地**
茨城県古河市中央町3-10-21
電話 0280-21-1129

■**入館料**
大人200円／小・中・高生50円／団体、障害者手帳提示等の割引有（別館の永井路子旧宅は無料）

■**開館時間**
9：00～17：00
（入館は16：30まで）

■**休館日**
祝日の翌日（土日の場合は開館）、年末年始、毎月第4金曜日

写真提供：古河文学館

【茨城県】

柳田國男記念公苑
「民俗学の父」と呼ばれた柳田がその素地を育んだ土地

■民俗学への素地をつくった布川

柳田國男は民話を編纂した『遠野物語』を著すなど日本の民俗学の礎を築いた人物である。兵庫出身だが、茨城の利根川近くの利根町布川に医院を開業することになった兄の元へ13〜16歳にかけて身を寄せていた。

住まいは代々学者の家系である小川家の離れ。兄の方針に基づいて学校へは通わずに自学を旨とし、豊かな自然の中で身体を鍛えた。一方で、土蔵に収められていた膨大な書籍を読み尽くした。また、敷地内の祠を覗いて神秘的な感覚を経験したり、間引きの様子を描いた絵馬を見て衝撃を受けたりしたという。

布川で暮らした日々は柳田の若い感性に十分すぎるほどの情報と刺激を与え、柳田を民俗学へ向かわせる素地となった。

■土蔵や祠も

利根町では、柳田が暮らした離れや小川家の母屋一帯をそのまま「柳田國男記念公苑」として展示公開している。来館者は建て替えた母屋を見学できるほか、土蔵や祠などを見ることができる。土蔵は現在、資料館となっており、年譜や写真が展示されている。

旧小川家の土蔵が展示室になっている。10代前半を過ごした柳田が読書にふけったという土蔵だ。生家の模型、スナップ写真、「柳田ゆかりの地」マップ、著作などの展示がある。

代表作
『遠野物語』『蝸牛考』『桃太郎の誕生』『海上の道』『故郷七十年』など

メモ
柳田が10代前半で神秘体験をしたという祠が敷地内にある。美しい石を覗き見てしばし放心状態に陥ったという。

柳田國男記念公苑のホームページへ

■**アクセス**
●電車・JR成田線布佐駅下車、タクシー10分
■**所在地**
茨城県北相馬郡利根町布川1787-1
電話 0297-68-7189
■**入館料**
無料

■**開館時間**
9:00〜16:30
■**休館日**
月曜日、祝日、年末年始等

柳田が神秘体験をしたという祠。

写真提供：柳田國男記念公苑

【茨城県】

野口雨情記念館（北茨城市歴史民俗資料館）
『七つの子』『赤い靴』を生んだ童謡の巨匠の館

■詩人から童謡作詩家へ

　茨城県磯原村で廻船業を営む名家に生まれた野口雨情（1882〈明治15〉〜1945〈昭和20〉）。少年期から民謡風の詩を作り、現・早稲田大に入学した。詩集を自費出版、新聞記者として北海道で石川啄木と交流するも著名作家には遠い日々が続いた。38歳で児童向け雑誌に童謡作品を発表、以降は『七つの子』『赤い靴』などの名作を生み、講演も精力的に行った。

　第1展示室には写真や作詩作品など雨情に関する資料を展示、第2展示室では北茨城全般に関する資料を展示、地域の歴史や生活文化を紹介している。

館内には雨情作詩『金の星童謡曲譜』を展示（予定）。左から『青い空』『赤い靴』『しゃんこしゃんこお馬』。

展示室には雨情の生涯の年譜、写真、作詩作品等が並ぶ。写真は2018年、2019年春にリニューアル。

代表作
『十五夜お月さん』『シャボン玉』『七つの子』『青い眼の人形』『赤い靴』『船頭小唄』など

メモ
同館から300mほどのところに野口雨情の生家がある。茨城県史跡に指定されており、同敷地内に資料館がある。

野口雨情記念館のホームページへ

■アクセス■
●電車・JR磯原駅下車、徒歩20分または車5分
●車・北茨城ICから10分

■所在地■
茨城県北茨城市磯原町磯原 130-1
電話 0293-43-4160

■入館料■
大人 310円／高・大学生 100円／中学生以下無料／団体、障害者手帳の提示で割引、免除有

■開館時間■
9:00〜16:30
（入館は16:00まで）

■休館日■
月曜日（祝日の場合は翌日）、年末年始　等

※2019年4月にリニューアルオープン予定。

写真提供：野口雨情記念館（北茨城市歴史民俗資料館）

【茨城県】

吉田正音楽記念館
昭和歌謡界の礎を築いた作曲家を顕彰

■歌謡界の礎を築く

吉田正（1921〈大正10〉〜1998〈平成10〉）は茨城・日立に生まれ、日立工業専修学校を卒業後、第二次世界大戦中は満州へ出征、戦後はシベリア抑留の身となる。抑留中に吉田が作った曲に詩が付けられ、抑留地で広く歌われるようになる。

1948年に復員した吉田は、同曲が日本国内でも人気を呼んでいることを知り、驚いたという。才能を認められ、28歳で日本ビクター専属作曲家となる。著名な作品にフランク永井が歌う『有楽町で逢いましょう』、橋幸夫と吉永小百合が歌った『いつでも夢を』などがある。生涯2000曲以上を手がけた吉田は戦後日本の歌謡界の礎を築いた功労者のひとりである。

■ジャケットや作曲用デスク、懐かしいTV

2004年開館の同館は5階建て。吉田の生涯の映像紹介コーナー、手がけた楽曲のレコードジャケット690枚の展示コーナー、レッスン用ピアノや作曲用デスクの展示コーナーなどがある。映像シアターでは、

2階フロアには吉田が手がけた楽曲中690枚のレコードジャケット展示。また、有料レンタルの携帯型音楽プレーヤーで吉田メロディー214曲の視聴できる。

吉田メロディーの懐かしい映像を1時間ほどにまとめたビデオを日替わりで上映している。

代表作
『異国の丘』『街のサンドイッチマン』『哀愁の街に霧が降る』『有楽町で逢いましょう』『東京ナイトクラブ』『誰よりも君を愛す』『美しい十代』『恋のメキシカンロック』など

メモ
5階の「展望カフェ」は窓からは太平洋を一望できる。BGMは吉田メロディー。

吉田正音楽記念館のホームページへ

■アクセス
●電車・JR日立駅下車、タクシー7分
●バス・かみね公園口下車、徒歩10分

■所在地
茨城県日立市宮田町5-2-25
電話 0294-21-1125

■入館料
無料

■開館時間
10:00〜18:00
（展望カフェは21:00まで）

■休館日
なし

「展望カフェ」。日立市の街や海が一望できる。夜景も美しい。

写真提供：吉田正音楽記念館

さいたま文学館
ホールを併設するゆかりの文学者の記念館

田山花袋
武者小路実篤
永井荷風 ほか

【埼玉県】

■埼玉ゆかりの作家たちを常設展示

1997年（平成9）開館。地下の常設展示室では、埼玉ゆかりの作家19人に関し、作家ごとに埼玉との関わりやその業績を紹介している。埼玉・羽生を舞台に自然主義文学の傑作『田舎教師』を書いた田山花袋、宮崎県内に続き、埼玉・毛呂山町に共同生活場「新しき村」を開いた武者小路実篤、その他、三上於菟吉、中島敦、深沢七郎、神保光太郎、長谷川かな女、北川千代などが対象だ。

また、慶應義塾大学教授時代に文学誌『三田文学』を創刊した永井荷風については、蒐集家から譲り受けた4000点余りの「永井荷風コレクション」の中から、その一部を展示している。

■多彩な企画展

同館では企画展も精力的に行っている。近年の開催テーマは「宮沢賢治 秩父路を行く」「さいたまの妖怪」「開館20周年記念特別展 埼玉の文学散歩」「田山花袋と明治の文学」など多岐にわたる。

1階展示室。広々とした空間で埼玉ゆかりの作品を映像紹介。「彩の国の文学地図」コーナーではゆかりの作家90人をマッピングで紹介。

メモ
講座や研修にスペースを貸出している。1階「文学ホール」は200名余を収容。

「文学ホール」。

さいたま文学館のホームページへ

■**アクセス**
●電車・JR桶川駅下車、徒歩5分
■**所在地**
埼玉県桶川市若宮1-5-9
電話 048-789-1515
■**入館料**
大人 210円／高・大学生 100円／中学生以下無料／団体、障害者手帳等の提示で割引・免除有
■**開館時間**
10:00～17:30（入館は17:00まで）
■**休館日**
月曜日（祝日・休日・県民の日の場合は開館、翌日休館）、館内整理日（毎月第4火曜日、ただし祝日を除く）、12/29～1/3等

写真提供：さいたま文学館

市川市文学ミュージアム
文化活動の場としても機能

水木洋子
井上ひさし
永井荷風 ほ

【千葉県】

■映画・演劇・小説・詩歌・文芸の作家紹介

市川の街を歩くと多くの万葉歌や俳句の碑に出会う。古くから文学との関わりが深い街だった市川に、2013年(平成25)同館が開館。企画展示室では、年に2回ほどゆかりの作家を中心に企画展を開催。関連した講演会・上映会・ワークショップなど多彩に開催している。通常展示では、映画・演劇・小説・詩歌・文芸など、市川ゆかりの作家の作品や原稿、愛用品、写真などを紹介している。

映画コーナーでは『ひめゆりの塔』の脚本を書いた水木洋子、演劇コーナーでは『吉里吉里人』の劇作家・小説家の井上ひさし、小説コーナーでは『断腸亭日乗』の永井荷風、詩歌コーナーでは宗左近などを紹介。また、文芸コーナーでは絵本作家・梶山俊夫、写真家・星野道夫などを紹介している。

3階の資料室では、市川ゆかりの作家の著作、関連資料・ファイルなどをゆっくり見ることができる。

デジタルを活用した通常展示では、各分野の作家への理解を深めることができる。

■ホール・スタジオを一般に貸出し

同館内には文化活動向けのホール・研修室・音楽スタジオがあり、市民でなくても使用できる。また、企画展示室の貸出しも行っている。

> **メモ**
> 本八幡駅北口から徒歩15分のところに、日本映画の黄金時代を担ったひとりである脚本家・水木洋子邸があり、当時の暮らしぶりを伝える生活資料を公開している。(公開日は要問い合せ)

市川市文学ミュージアムのホームページへ

■**アクセス**
●電車・JR本八幡駅下車、徒歩15分
■**所在地**
千葉県市川市鬼高1-1-1
市川市生涯学習センター2階
電話 047-320-3334
■**入館料**
通常展示は無料/企画展示は有料の場合も有
■**開館時間**
平日 10:00〜19:30
土日祝日 10:00〜18:00
(企画展示の入室は閉館の30分前まで)
■**休館日**
月曜日、年末年始 等

文学ミュージアムは生涯学習センター(市川市中央図書館)の2階。

写真提供:市川市文学ミュージアム

【千葉県】

我孫子市白樺文学館
白樺派の聖地、千葉県・我孫子の文学館

柳宗悦
志賀直哉
武者小路実篤　ほか

■柳、志賀、武者小路、続々と我孫子へ

我孫子はもとより、手賀沼のほとりの風光明媚な土地であった。1896年（明治29）に我孫子駅が開業すると、富士山が望める都内至近の湖畔リゾートとして政財界人が別荘を構えるようになる。

柔道の創始者嘉納治五郎が別荘を構えたことを契機に、甥である柳宗悦が我孫子に住みはじめたのが1914年。その後に志賀直哉、武者小路実篤が相次いで移住し、我孫子は白樺派の拠点となった。柳は濱田庄司、バーナード・リーチら後の民藝運動の仲間たちと我孫子で絆を深め、志賀直哉は雑誌『白樺』に『城の崎にて』を発表し、武者小路実篤は、理想の社会を目指して「新しき村」という考え方を我孫子で熟成させた。水と森に抱かれて、互いに交流を深めた面々は文学や美術、それぞれの分野で創作に精魂傾けたのである。我孫子は、いわば白樺派の聖地であった。

■私営でスタートした文学館

白樺文学館は、2001年に私営で開館。

小展示室。「白樺派と我孫子」「民藝運動と我孫子」のテーマ展示のほか、企画展も行われている。1階には柳宗悦の妻・兼子愛用のピアノがあり、地下音楽室では兼子の歌声を聴くこともできる。

2009年に我孫子市に寄贈され我孫子市白樺文学館として再出発。2階の大小展示室を中心に1階ではピアノ演奏や朗読イベントなども開催されている。文学と音楽と美術を総合的に育んだ我孫子らしい空間となっている。

メモ
雑誌『白樺』はゴッホやロダンら西洋美術も紹介する総合芸術雑誌だった。我孫子へは、白樺派だけではなく、春陽会の原田京平や三岸好太郎らの画家が我孫子の風景を描きにやってきていた。

我孫子市白樺文学館のホームページへ

■アクセス
●電車・JR我孫子駅下車、徒歩14分
●バス・「アビスタ前」下車、徒歩3分程

■所在地
千葉県我孫子市緑2-11-8
電話 047-185-2192

■入館料
一般 300円／高・大学生 200円／中学生以下無料／団体等の割引・免除有

■開館時間
9:30～16:30

■休館日
月曜日（祝祭日の場合は翌平日）、12/29～1/3

1階の「白樺サロン」。

写真提供：我孫子市白樺文学館

市川市東山魁夷記念館
創作拠点の地に建つ巨匠の館

【千葉県】

■戦後の創作拠点

　日本画の大家として知られる東山魁夷は1908年(明治41)神奈川・横浜生まれ。18歳で東京美術学校(現・東京芸術大学)に入学、在学中に当時の官営公募美術展・帝展に『山国の秋』が入選する。ドイツ留学も経験するが、戦争で制作活動中断を余儀なくされる。終戦後、千葉・市川に住まいを借りて制作を再開、1947年に日展へ出品した『残照』が特選に。この作品は政府買い上げとなった。1960年代には、東宮御所に『日月四季図』、皇居に『朝明けの潮』の壁画を描く。1970年代からは唐招提寺の壁画を制作するなど、さらに創作活動の幅を広げていった。

■市川の水

　1994年、市川市に「東山魁夷アートギャラリー」が開館。2005年には「市川市東山魁夷記念館」として改めてスタートを切った。戦後50年以上も市川に暮らした東山。自ら「私の戦後の代表作は、すべて市川の水で描かれています」と表現したように、

1階展示室(写真)。遺愛品や書籍と共に生涯の歩みを辿る。2階は日本画やリトグラフを展示、落ち着いた空間で絵画を鑑賞できる。

　東山の作品は市川での落ち着いた暮らしの中から生み出されたものであったと言えよう。館内では日本画約30点、木版画やリトグラフ約340点の所蔵作品を入れ替えながら、常設展および特別展で公開している。

代表作
『緑映』『雪野』『道』『萬緑新』『爽明』など

メモ
展示は年4回通常展と年1回特別展で構成。過去の通常展例は『風景との対話』『心象世界』『祈りの心』、人気の連作をテーマにした「白い馬の見える風景」等。

市川市東山魁夷記念館のホームページへ

■アクセス■
●電車・JR下総中山駅下車、徒歩20分
●バス・京成バス柏井線「北方」下車、徒歩1分

■所在地■
千葉県市川市中山1-16-2
電話 047-333-2011

■入館料■
大人 510円／高校生 250円／中学生以下無料／65歳以上 400円／団体、障害者手帳ほか割引有／特別展料金は別途

■開館時間■
10:00 ～ 17:00
(入館は16:30まで)

■休館日■
月曜日、年末年始　等

ショップには代表作の額絵が並ぶ。カフェ併設。

写真提供：市川市東山魁夷記念館

日本近代文学館
120万点の資料を収蔵する日本屈指の総合文学館

【東京都】

2階の展示室では豊富な資料を駆使してさまざまな企画展を実施。実施例で「没後十年小川国夫展」「こんな写真があるなんて！―いま見つめ直す文学の新風景」など。

■**1967年に日本初の総合文学館として開館**

1950年代に高度成長期を迎えた際、明治期からの近代文学資料の散逸に危惧を抱いた高見順、小田切進、川端康成ら文人有志の訴えに全国から寄贈や寄付が集まった。1967年（昭和42）、国内初の総合文学館として開館する。

【展示室】テーマを設定して一定期間展示する。過去に「漱石―絵はがきの小宇宙―」など。近年は芥川龍之介『羅生門』など高校教科書採用作品をテーマにした展覧会を夏休み期間に開催している。

【閲覧室】明治期以降の雑誌2万8000タイトル、図書48万冊、資料9万点以上を所蔵。閉架式書庫で、満15歳以上の誰でも利用可。図書カードか検索機で資料を選び、窓口で請求、職員が書庫から資料を出納する。館内閲覧とコピー可。寄贈時の状態を維持した資料保存を旨としており、芥川龍之介文庫など、作家の蔵書をそのまま収蔵したものもある。

【夏の文学教室】6日間にわたる毎夏の講演会企画で、有楽町のよみうりホールを会場に開館前から50回以上開催している。過去に伊藤整、吉本隆明、高橋源一郎、平野啓一郎らが講演。何十年も通っているという聴講者や、遠方からの高校生の参加もあり、幅広く関心を集めている。

メモ
1967年開設から50年を迎え、エントランスには館の歴史を物語る写真パネル。隣接地には昭和初期築の旧前田侯爵家の大邸宅「旧前田家本邸」和館と洋館があり、昭和を体感できる。

日本近代文学館のホームページへ

写真提供：日本近代文学館

■**アクセス**■
●電車・京王井の頭線駒場東大前駅下車、徒歩7分

■**所在地**■
東京都目黒区駒場4-3-55
電話 03-3468-4181

■**入館料**■
閲覧室 300円（閲覧は15歳以上）／展示室 300円（中・高生 100円）／団体割引有

■**開館時間**■
9:30～16:30
（入館は16:00まで）

■**休館日**■
日曜日、月曜日、第4木曜日、年末年始　等

エントランス。

白根記念渋谷区郷土博物館・文学館
渋谷に集った作家たちと渋谷発の文学の潮流
【東京都】

■渋谷に集った作家たち

江戸時代は田畑が広がる農村であった渋谷に、作家らが集うようになったのは約120年前。いち早く移り住んできたのは1896年（明治29）の国木田独歩で、農村の風情を残していた当時の渋谷近辺で、雑木林や川を歩いて『武蔵野』を書いた。ちなみに大正時代の唱歌『春の小川』は渋谷川の支流で現在は暗渠になっている河骨川をモデルにしている。

渋谷に集った作家達の中心となったのは、1900年に雑誌『明星』を創刊した与謝野鉄幹と、宇田川町に住んで作家の本の装丁を数多く手がけた竹久夢二であろう。京都出身の鉄幹は大阪出身の晶子と共に「仕掛け」に優れていた。1901年発行の晶子の歌集『みだれ髪』は女性の感情をあからさまに歌う大胆な作品であると話題になったが、歌集を小ぶりな封筒型にしたことで、女性が同誌をたもとに入れるブームが起きたという。地方の有力者に短歌を指導し、その指導料を次の歌集に投資するなどのビジネス感覚も持ち合わせていた。

渋谷を舞台にした作品を発表した作家は多く、田山花袋は町の情景を『東京の三十年』に描写、渋谷小学校へ通った大岡昇平は『幼年』で大正昭和期の渋谷を書いた。また島木赤彦は代々木宅に仲間を集めて歌誌『アララギ』編集に携わり、三島由紀夫は青春期12〜25歳を松濤に暮らして短編集『花ざかりの森』を書いた。

渋谷が農村から都会へと変貌していく時期、そこへ集う作家もまた新文化を生んでいった。同館は豊富な資料を活かしてそのようすを丁寧に展示している。

■渋谷と作家と文学史

同館は東京・渋谷の賑やかな目抜通りから離れ、静かな住宅街に建つ。渋谷区議会議員を務めた白根全忠が区へ寄贈した自宅建物を活用し、1975年に「白根記念郷土文化館」として開館した。歴史を紐解く展示が充実し、旧石器時代から現代までの渋谷を辿ることができる。2005年、同館に文学館としての展示が加わり、現在の名称に

白根記念渋谷区郷土博物館・文学館のホームページへ

■アクセス
● 電車・各線渋谷駅下車、徒歩20分
● バス・渋谷駅からバス「国学院大学前」下車、徒歩3分

■所在地
東京都渋谷区東 4-9-1
電話 03-3486-2791

■入館料
大人 100円／小・中学生 50円／団体、手帳提示等で割引ないし免除有

■開館時間
11:00〜17:00
（入館は 16:30 まで）

■休館日
月曜日（祝日の場合は翌平日）、年末年始　等

写真提供：白根記念渋谷区郷土博物館・文学館

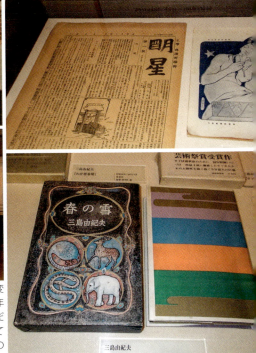

■上左は「文学情報」。約120年前、農村から都市へと変わる渋谷へ移り住んできた作家を年代順に追う「文学者年表」と、作品の舞台となった場所等を地図に落とし込んだ「文学地図」。作家同士が影響を与え合ったようすが見えてくる。■下左は「文学散歩」。渋谷へ移ってきた作家らの功績を辿る。短歌結社「アララギ」組織化、雑誌『明星』創刊、自然主義誕生など、当時続々と新文化を生んだ渋谷の背景に迫る。■上右は1900年創刊の雑誌『明星』。京都出身の与謝野鉄幹が中心に渋谷で編集。■下右は戦前戦後を渋谷・松濤で暮らした三島由紀夫が後年書いた『豊饒の海』の『春の雪』の巻。初版本。装丁デザインに三島関与。

なった。

　文学館は地下2階にある。エントランスを入ってすぐの「渋谷ゆかりの文学者年表」では、作家名を渋谷へ移ってきた順に並べてあり、渋谷で築かれていった作家たちの交流を知る手がかりとなる。その隣には「渋谷の文学地図」、文学の舞台となった場所等を示し、渋谷のイメージがぐんと膨らむ。「渋谷の通史展示」のコーナーでは文学者年表に記した作家らをひとりずつ丁寧に解説する。「トピック展示」では、与謝野鉄幹が興した新詩社と『明星』、正岡子規を源とし、島木赤彦が組織化した「アララギ」、国木田独歩の『武蔵野』が示した自然主義文学、3つの側面から100年前の渋谷の躍動を展示している。

代表作家
国木田独歩、徳冨蘆花、与謝野晶子、与謝野鉄幹、北原白秋、釈迢空、竹久夢二、島木赤彦、大岡昇平、三島由紀夫、志賀直哉、平岩弓枝、奥野健男など

メモ
作家・平岩弓枝（1932～）は鎌倉時代から続く東京の神社、代々木八幡宮に生まれた。市井の人々の人情の機微に焦点を当てた作品が多い。写真は随筆『お宮のゆみちゃん』(1967)の初版本。

俳句文学館
豊富に揃う歴代句誌、句会も精力的に開催

【東京都】

■俳句分野専門の資料館

　東京・新宿区にある俳句文学館は、俳句に関する資料を豊富に所蔵し、広く一般閲覧用に供する俳句専門の資料館である。1階が事務室、2階が閲覧室、3階が資料展示室、地階が書庫となっており、一般来館者は1階入り口から入館して2階受付にて入館料を支払うことで、俳句資料の宝庫である閲覧室を利用できる。主に明治期以降の句集や評論集など俳句資料を豊富に揃える閲覧室は閉架式であり、館外貸し出しは行っていない。来館者は、索引コーナーなどを利用して希望資料を申請し、館内で閲覧またはコピーをしてもらう仕組みである。歴代句誌も数多く所蔵しているため、全国各地の俳句結社の活動を年代を追って閲覧するといった楽しみ方も可能だ。

■国内最大規模の俳句団体「俳人協会」が運営

　俳句文学館は俳人協会が運営を行っている。同協会は1961年に発足、2012年に公益社団法人化し、2021年には発足60周年を迎える。初代会長は中村草田男、2代目は水原秋桜子など著名俳人が牽引してきた同協会は、2019年現在で会員約1万5000人、40支部を抱える国内最大規模の俳句協会となっており、他協会と手を携えながら俳句界全般の発展に努めている。

■上は2階閲覧室の索引コーナー。閉架式のため窓口で資料名をリクエストする。■下は所蔵資料『ホトトギス』(1912年10月、高浜虚子編集発行)。

俳句文学館のホームページへ

■**アクセス**
●電車・JR大久保駅下車、徒歩5分／JR新大久保駅下車、徒歩10分
■**所在地**
東京都新宿区百人町3-28-10
電話 03-3367-6621

■**入館料**
100円／俳人協会会員は無料
■**開館時間**
10:00〜16:00
(第2金曜は〜19:30)
■**休館日**
水曜日、木曜日、年末年始 等

全国各地の「吟行」ガイド本を俳人協会が発行。

写真提供：俳句文学館

■上左は作った句を互いに論評し合う「句会」のようす。各々が作った俳句を互いに論評する場として盛んに開催されている。■上右は3階の展示室。歴代俳人の肖像写真と俳句が並ぶ。通常は閉室しており、観覧希望者は1階事務局にて申し込みを行う。■下は全国各地の俳句結社による句誌の最新号が並ぶ棚。

　一方で、現在50代以下の会員が1割に満たない等の課題も抱えており、毎月第2金曜日18時から「若手句会」を開催するなど若年層が参加しやすい場の創出に努めている。

■俳句愛好者とともに

　俳人協会会員となるには、いずれかの俳句結社の主宰者による推薦などいくつかの条件が必要となる。会員でなくとも俳句を楽しんでもらおうと、同協会では多様な機会の創出に力を入れている。たとえば、俳句30句をまとめて応募できる「新鋭俳句賞」、年1回の全国俳句大会、春夏に俳句講座などを実施するほか、夏休みには子どもと保護者を対象とした1日イベント「子ども俳句教室」を俳句文学館内で開催している。子ども向け催事で俳句に興味を持った参加者が、後に新たな形で同協会に関わるケースもある。同協会の活動は、俳句の発展に寄与すると同時に、俳句を通じた新たな文学コミュニティの創造に大きく貢献している。

> **メモ**
> 3階の資料展示室には、明治期以降の歴代著名俳人の肖像写真、色紙、短冊など貴重な資料が展示されている。1階カウンターに申し出れば無料で観覧できる。

【東京都】

江東区芭蕉記念館
庵を結んだ深川の地に建つ俳聖の記念館

■かつての庵のすぐ近く隅田川のほとり

　江戸時代の前期に俳句を確立し、俳聖と呼ばれる松尾芭蕉（1644〈寛永21〉〜1694〈元禄7〉）。同館のある地域は深川と呼ばれ、かつての芭蕉の住まいも近い。深川へ移る以前、繁華街・日本橋に暮らした頃の芭蕉は俳句サロンに出入りし、俳諧の面々とも交流が深かったという。理由は諸説あるが、突如として都会から下町へと移った芭蕉は、小さな庵を結び、あえて孤独な環境に身を置いた。そして1689年、弟子の曾良を伴って『おくのほそ道』の旅に出る。

■芭蕉と深川の展示

　展示室は2階と3階にある。3階の常設展示では「松尾芭蕉は何をした人？」「芭蕉の生涯と生きた時代」「『おくのほそ道』の旅立ちの地・深川」などのコーナーがある。2階には1917年の台風の後に出土した、芭蕉が大切にしていたと言われる置物「石の蛙」などの展示がある。

■上は展示室を俯瞰したようす。豊富な資料により、芭蕉が旅した江戸時代初期への想像が広がる。■下は庭園の芭蕉堂。深川での住まいをコンパクトにイメージ復元。こぢんまりとして簡素。

代表作
『おくのほそ道』、『猿蓑』（蕉門の句集）など

メモ
同館から隅田川沿いの遊歩道を3、4分南へ下ると小名木川との出合いの高台に「芭蕉庵史跡展望庭園」がある。庭内には17時に回転する芭蕉像があり、22時までライトアップされる。芭蕉庵があったとされる「芭蕉稲荷神社」もすぐ近く。

江東区芭蕉記念館のホームページへ

■アクセス■
●電車・都営線　森下駅下車、徒歩7分
●バス・錦11「新大橋」下車、徒歩3分

■所在地■
東京都江東区常盤1-6-3
電話 03-3631-1448

■入館料■
大人（高校生含む）200円／小・中学生50円／団体、障害者手帳割引有
※芭蕉記念館のほか江東区の深川江戸資料館、中川船番所資料館に、それぞれ1回ずつ入館できる3館共通入館券は大人（高校生含む）500円／小・中学生100円／障害者手帳割引有

■開館時間■
9:30〜17:00

■休館日■
第2・第4月曜日、年末年始　等

写真提供：江東区芭蕉記念館

【東京都】

文京区立森鷗外記念館
文豪の暮らした旧居跡に建つモダンな館

■軍医かつ作家

小説『舞姫』の著者、森鷗外（1862〈文久2〉〜1922〈大正11〉）は明治期を代表する文豪。陸軍軍医を務める傍ら、漢文や短歌等の優れた素養を以て多くの文学作品を著し、近代文学の礎を築いた。

鷗外は代々続く津和野藩の医家の出身。10歳から東京の私塾でドイツ語を学ぶ。東大医学部を卒業後、22歳でドイツ留学、30歳から東京・千駄木の邸に暮らし、45歳で軍医トップの陸軍省医務局長に就任と、目覚ましい出世をする。20代後半でドイツを舞台にした小説『舞姫』を著したほか、名訳『即興詩人』『ファウスト』で高い評価を得て、作家としての地位も確立した。

■文豪が「見える」展示が圧巻

2012年開館の同館は鷗外旧居跡に建つ。往時、品川沖を望む旧居は「観潮楼」と名付けられ、2階に文学者が集った。モダンに生まれ変わった同館の地階が展示室になっており、折々の鷗外の逡巡や葛藤も含めた人間性と対峙することができる。年に

地階の常設展示コーナー。広々とした空間だ。出来事の解説と共に、各年代の鷗外を表すような文章をバナーで展示、鷗外の足跡を知ることができる。

2回ずつ開催される特別展やコレクション展は圧巻。併設するカフェでは、鷗外の留学先ドイツに因んだメニューを提供する。

代表作
『舞姫』『青年』『山椒大夫』『高瀬舟』など

メモ

鷗外旧居は空襲で焼失したが、大イチョウの木や、作品名に因む巨石「三人冗語の石」は当時のままに置かれている。かつて鷗外が馬に跨り出勤した旧居正門跡は館南側に。

文京区立森鷗外記念館のホームページへ

■アクセス■
●電車・東京メトロ千代田線 千駄木駅下車、徒歩5分
●バス・都営バス「千駄木一丁目」下車、1分

■所在地■
東京都文京区千駄木1-23-4
電話 03-3824-5511

■入館料■
大人（高校生以上）300円／中学生以下、障害者手帳の提示で無料／団体割引有／年2回の特別展は別途料金設定

■開館時間■
10:00〜18:00
（入館は17:30まで）

■休館日■
第4火曜日、年末年始　等

写真提供：文京区立森鷗外記念館

新宿区立漱石山房記念館

数々の名作を執筆した「漱石山房」の跡地

【東京都】

■40歳で職業作家の道に

明治の文豪、夏目漱石（1867〈慶応3〉～1916〈大正5〉）は東京・早稲田で生まれ育った。大名屋敷跡や寺社など江戸時代の空気が色濃く残る幼少期の町並みは漱石の原風景であり、早稲田界隈を描いた晩年の随筆『硝子戸の中』には生家に近い誓閑寺の鉦の音が登場する。漱石の父は地元の名主で、生誕の地・喜久井町にはその名を冠した「夏目坂」が通る。同記念館はそのほど近く、漱石の自宅跡地にある。

17歳で東京大学予備門（後に第一高等学校と改称、現・東京大学）に入学した漱石は、22歳の頃正岡子規と出会って俳句や寄席を共に楽しむ。東京帝国大学（現・東京大学）卒業後1895年に教員として愛媛・松山に赴任した際も、子規が漱石の下宿に2カ月ほど同居して共に俳句を詠んだ。ところが、1902年漱石の英国留学中に子規は結核で他界。文部省の命である留学生活を「尤も不愉快の二年なり」と堪え忍んでいた漱石は、同年のうちに途中帰国する。

その後、教師生活を続けながら漱石は小説の執筆を開始。『吾輩は猫である』で高い評価を得て、続けて『坊っちゃん』などを執筆する。1907年に朝日新聞社の主筆から直々に入社依頼された漱石は、東京帝大と一高の講師を辞し、40歳にして職業作家の道を歩み始める。安定した職と社会的地位を捨て去った漱石に周囲は驚いたが、漱石には自然な選択であった。

この頃、東京・駒込から早稲田へ転居。生涯30回を超す転居の末に亡くなるまでの9年間を過ごした早稲田の自宅兼仕事場は「漱石山房」と称されるようになった。山房での漱石は創作に専念、後世まで読み継がれる作品のほとんどをここで書き上げた。

一方で山房は交流の場でもあった。『坊っちゃん』発表時から急増した来客との面会を「木曜の午後以降に」としたところ、漱石を慕う若き門下生らも集い、通称「木曜会」に。漱石も心待ちにする会となり、近くの繁華街・神楽坂から牛鍋など取り寄せて振る舞うこともあった。高浜虚子、寺田

新宿区立漱石山房記念館のホームページへ

■アクセス
●電車・東京メトロ東西線早稲田駅から徒歩10分、または都営地下鉄大江戸線牛込柳町駅から徒歩15分
●バス・都営バス「牛込保健センター前」下車、徒歩2分

■所在地
東京都新宿区早稲田南町7
電話 03-3205-0209

■観覧料
一般300円／小・中学生100円／団体、手帳提示等で割引、免除有／特別展等開催時は別途
※1階導入展示部分・地階図書室は無料

■開館時間
10:00～18:00
（入館は17:30まで）

■休館日
月曜日（祝日の場合は翌平日）、年末年始 等

写真提供：新宿区立漱石山房記念館

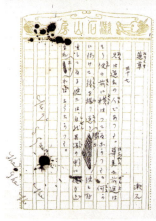

■上は1915年の朝日新聞連載小説『道草』の草稿。■右上は再現された漱石の書斎。漱石の遺愛品を所蔵する神奈川近代文学館、漱石の蔵書を所蔵する東北大学附属図書館の協力によって再現。■下右は2階の「漱石の作品世界」。■下左は1908年に刊行された職業作家としての第1作目『虞美人草』の初版本。『虞美人草』は1907年に朝日新聞で連載が始まった小説。

寅彦、芥川龍之介、小宮豊隆、久米正雄などが議論に興じた会であった。胃潰瘍が進み、漱石49歳にして山房で生涯を閉じた。

■ 空襲で焼失した漱石山房の一部を再現

漱石が住んだ当時の山房は第二次大戦中に空襲で焼失した。戦後、同地は都営や区営の住宅として活用されるが、漱石山房の再建を望む声が年々高まり、漱石生誕150年に当たる2017年に同館が開館した。

展示をみると、1階には漱石の生涯を5つの時期に分けて辿った年譜や、学生時代など8つの切り口で解説したパネル等の「導入展示」がある。地階図書室では漱石や門下生の著書や研究書を閲覧できる。ここまでは無料で、以降は有料スペースとなる。

1階「漱石山房再現展示室」では漱石の書斎、客間、ベランダ式回廊の建築を再現し、うち書斎については内部も再現している。2階「漱石の作品世界」には直筆原稿、初版本、漱石作の絵画、俳句が並ぶ。門下生など縁深い50余人との関係を描いた人物相関図「漱石をとりまく人々」は貴重な展示だ。年数回の企画展示も見られる。

代表作
『吾輩は猫である』『鶉籠』『虞美人草』『草合』『三四郎』『それから』『門』『彼岸過迄』『こころ』『明暗』など

メモ
館内のマップで周辺の漱石ゆかりのスポットが多数紹介されていて散策に最適。

漱石は朝9〜10時に起きて砂糖付きの焼いたパンと紅茶で朝食を摂り、午後から出かけた。徒歩10分ほどの神楽坂には学生時代に通った寄席、原稿用紙を買い求めた文具店など縁ある店が多数。子どもらのおもちゃを買い、毘沙門天でお参りし、ぶらぶら歩くのが漱石流であった。

子規庵
戦後に再建された家屋に今も「明治」が香る

【東京都】

■自宅兼句会の現場「子規庵」

愛媛・松山出身の俳人にして歌人、正岡子規は1867年（慶応3）生まれ。27歳のとき、子規庵（現）に転居。亡くなるまでの8年半を母や妹とここに過ごす。句会や歌会の場として多くの人々が集まった。結核を患い、病の床に伏しつつも高浜虚子、河東碧梧桐、伊藤左千夫など次代を担う弟子を育てたほか、俳句雑誌『ほとゝぎす』を主宰。子規庵での句会には、漱石や鷗外も参加している。随筆『病牀六尺』などが有名。35歳で死去。

その後は弟子らが活躍する。1903年には子規が始めた短歌結社「根岸短歌会」の機関紙『馬酔木』発行、1908年には短歌結社誌『阿羅々木』が発行された。いずれも子規庵に集った子規の門下生らが中心メンバーで、後者は1997年まで続く長期刊行となった。子規が短い生涯で展開した活動は、着実に後世の人々の礎となっていった。

■門をくぐるとそこは「明治」

子規の没後も、母親と妹・律の尽力により

かつて明治の文人たちが訪れた「子規庵」。

句会は続いた。第二次大戦の空襲で焼失し、1950年の再建を経て現在に至るが、往時の風情は今も色濃く残り、来庵者は子規の病室であった六帖から子規と同じ目線で庭を見学できる。命日の9月は「糸瓜忌特別展示」、与謝蕪村の命日12月には「蕪村忌」を開催。毎年多くの子規ファンが集う。施設全般を担うのは一般財団法人子規庵保存会。

代表作
「柿くへば鐘が鳴るなり法隆寺」『墨汁一滴』『病牀六尺』『仰臥漫録』など

メモ
句会や歌会などの会場に子規庵を利用することができる。有料。

子規庵のホームページへ

■アクセス■
●電車・JR鶯谷駅下車、徒歩5分

■所在地■
東京都台東区根岸2-5-11
電話 03-3876-8218

■入館料■
高校生以上500円／中学生以下無料／団体割引有

■開館時間■
10:30〜12:00、13:00〜16:00（受付は各20分前まで）

■休館日■
月曜日、ほか8月・12月・1月に休館期間有

写真提供：子規庵

【東京都】

台東区立一葉記念館
市井の人々を鋭く観察、一葉の息づかいを伝える館

■近代文学初の女流作家

樋口一葉（1872〈明治5〉～1896〈明治29〉）は、中上流階級が集う歌塾「萩の舎」に14歳で入門、和歌の素養を培い、古典や書を習得した。これらがデビュー作『闇桜』につながっていく。父親が他界して17歳で一家の生活を背負った一葉は、生活苦からの脱却を目指して吉原玄関口の下谷龍泉寺町にて荒物・駄菓子屋を営む。生業を通じて市井の人々の生き様に触れた一葉は、「声なき声をすくい取る使命感」のようなものを得たとされている。『たけくらべ』ほか多くの作品を著し、その才能を森鷗外に絶賛されながらも結核により24歳で早世した。

■一葉の暮らしを多彩に展示

かつて一葉が暮らした街並みに今や明治の面影はない。しかし、館内では一葉の家族紹介、当時の町模型展示、『闇桜』の未定稿展示などが行われ、来館者が当時の雰囲気を想像するのに十分な資料が揃う。また、一葉に小説指導を施した半井桃水、「萩の舎」主宰者の中島歌子、親友・伊東夏子、

2階展示室のようす。一葉の家族関係を示す展示、作品の未定稿展示など。写真手前中央に見えるのは一葉が愛用した文机（複製）。

一葉の原稿を疎開時も守り通した妹・くになど縁の深かった人々に触れられる展示もあり、一葉を身近に感じられる内容となっている。

同館では貴重な諸資料から広く明治期の文学環境を考察することもできるため、じっくりと時間をかけて訪れたい。

代表作
『たけくらべ』『にごりえ』『闇桜』『琴の音』『花ごもり』『十三夜』『雪の日』『わかれ道』『大つごもり』など
メモ
墓は東京・築地本願寺の和田堀廟所にある。

台東区立一葉記念館のホームページへ

■アクセス■
●電車・東京メトロ日比谷線　三ノ輪駅下車、徒歩10分
●バス・都営バス「竜泉」下車、徒歩3分
■所在地■
東京都台東区竜泉3-18-4
電話 03-3873-0004

■入館料■
大人 300円／小中高生 100円／団体、手帳等の提示で割引等有
■開館時間■
10:00～16:30
（入館は16:00まで）
■休館日■
月曜日、年末年始　等

『たけくらべ』の未定稿。

写真提供：台東区立一葉記念館

【東京都】

村岡花子文庫展示コーナー
翻訳文学の普及に貢献した村岡の書斎を再現

■母校に開設された展示コーナー

『赤毛のアン』の訳者として知られる村岡花子（1893〈明治26〉〜1968〈昭和43〉）は山梨・甲府の生まれ。お茶商家の実家で幼少時から短歌に親しんだ。10歳で東洋英和女学校へ入学、詩の英訳に挑み、寄宿舎生活では外国人宣教師と常に英語で会話し、図書館の英文学作品はすべて読破したという。一方、16歳で歌人・佐佐木信綱の門下生となり、短歌を毎日10首詠むなど課題に取り組み古典の素養や礼儀作法を身につけた。村岡は教職や雑誌編集者などを経て翻訳家に。ヘレン・ケラー来日時の通訳も担った。晩年は「東京婦人会館」企画運営やユネスコの活動など活躍の幅を広げていった。

村岡の母校、東洋英和女学院の本部・大学院棟のエントランスに「村岡花子文庫展示コーナー」がある。創立130周年事業で改装を施し、2015年に展示が増設された。遺族から寄贈された机と書棚、和書1150冊に洋書700冊等を活用。書斎空間を再現して常設展示し、企画展も実施されている。

■上は書斎の再現。机は『赤毛のアン』刊行の頃に村岡が購入。■下は東洋英和女学校時代の写真で中段中央が村岡。村岡憧れの翻訳者・片山廣子や歌人・柳原白蓮も同窓生であった。

代表作
『赤毛のアン』『王子と乞食』『ハックルベリイ・フィンの冒険』『フランダースの犬』『クリスマス・キャロル』（いずれも翻訳）など

メモ
併設の「学院資料展示コーナー」では1884年設立の東洋英和女学院の歴史をみることができる。

村岡花子文庫展示コーナーのホームページへ

■**アクセス**■
●電車・東京メトロ 日比谷線六本木駅または南北線麻布十番駅下車、徒歩7分・都営大江戸線麻布十番駅下車、徒歩5分

■**所在地**■
東京都港区六本木5-14-40 東洋英和女学院　本部・大学院棟
電話 03-3583-3166

■**入館料**■
無料

■**開館時間**■
9:00〜20:00
（土曜日は19:00まで）

■**休館日**■
日曜日、祝日、長期休暇 等

『赤毛のアン』の初版本。

写真提供：東洋英和女学院

竹久夢二伊香保記念館
夢二の世界を追求した展示と施設

【群馬県】

■伊香保・榛名が想いの地となり研究所構想

　大正期に活躍した画家・竹久夢二と伊香保の縁は、群馬県・伊香保在住のファンから手紙が届いたことがきっかけだった。1919年（大正8）、36歳で初めて訪れて以降、伊香保を度々訪問し、47歳のとき、新たな芸術活動の拠点として伊香保からほど近い榛名湖の畔に「榛名山美術研究所」を設立する構想を発表。アトリエを建てるも病に倒れて51歳で死去、構想は道半ばに終わった。

■大正ロマンに包まれた広い敷地と館

　同館は白亜の洋館「黒船館」と蔵造りの「大正ロマン館」の2つの本館、新館「義山楼」など複数の施設からなる。本館で所蔵する夢二作品は広く一般から寄せられたものを含め1万6000点に上り、順次展示を行っている。アンティークオルゴールの音色が響く館内では、美人画をはじめ、夢二が常に持ち歩いたスケッチブックの数々、手がけた本の装丁など、様々なジャンルの作品が展示される。

　広大な敷地全体が夢二が活躍した大正時代を彷彿とさせる「大正ロマンの森」だ。

本館「黒船館」のエントランス部分。建物・庭園の設計施工を一流の技術者が手がけ、家具調度品は大正時代を彷彿とさせるアンティークが揃う。夢二作品鑑賞にふさわしい環境づくりを徹底している。

代表作
『黒船屋』『榛名山賦』『青山河』『五月の朝』『江戸呉服橋之図』『北しぐれ』『宵待草』雑誌『婦人グラフ』『セノオ楽譜』表紙絵など

メモ
別館「子供絵の館」は夢二作品のうち子ども向けの挿絵等を展示している。新館「義山楼」は明治から大正期の和ガラスを展示する美術館。

竹久夢二伊香保記念館
のホームページへ

■アクセス■
●バス・JR高崎線または上越線渋川駅から「見晴下」下車、徒歩1分・高速バス「伊香保温泉停留所」下車、徒歩1分
など

■所在地■
群馬県渋川市伊香保町544-119

電話 0279-72-4788

■入館料■
1600円／共通券 2000円
（いずれも税別）

■開館時間■
9:00～18:00（12月～2月は17:00まで）

■休館日■
なし

背景に榛名山が描かれた夢二の『榛名山賦』。

黒船館エントランスの写真提供：Web magazine Colla:J　外観および『榛名山賦』写真提供：竹久夢二伊香保記念館

【東京都】

竹久夢二美術館
豊富なコレクションで魅力的な夢二世界を創出

■独学で画風を確立

　岡山県出身の竹久夢二（1884〈明治17〉〜1934〈昭和9〉）は、16歳で家出して上京。美術学校へは通わず、早稲田実業学校に進学する。海外の美術雑誌や浮世絵鑑賞も含めて独学だった夢二は、自身の作品を水彩画の大家・岡田三郎助に見せたところ「自分の傾向に一番ふさわしいデッサンをしっかりやって自分を自分で育ててゆかなくちゃいけない」と助言を受け、独自の画風を極めていく。

　雑誌に投稿を重ねた夢二は、1905年に『中学世界』で認められ、デビューを飾る。「コマ絵」という小さなモノクロの絵からスタートし、たちまち人気を獲得する。続いて雑誌の口絵や表紙を描き、さらに大衆の注目を集めた。カラー写真が普及していなかった当時、雑誌に掲載された色彩豊かな夢二の女性絵は、服飾面でも注目され、ファッションリーダーの役割も果たした。読者が夢二絵を百貨店に持ち込み、同じように羽織を染めてほしいという光景もみら

1階の展示室。企画展は3カ月間開催で年4回。さまざまな作品を楽しむことができ、リピーターも多い。

れたという。

　1914年には、東京・日本橋に「港屋絵草紙店」を開き、自らがデザインした日傘・半襟・帯・浴衣・風呂敷・手拭い等の日用品をはじめ、絵はがき・封筒・巻紙・千代紙の紙小物類、さらに書籍や版画、人形等を多数並べて販売し話題を呼んだ。

　「夢二式美人画」と呼ばれる個性的な女性絵で、若い時から注目されながらも、新たなスタイルに挑み続けていた夢二は、画家・イラストレーター・デザイナー、さらに詩

竹久夢二美術館のホームページへ

■アクセス■
●電車・東京メトロ　根津駅、東大前駅から徒歩7分
●バス・都営バス「東大構内」下車、徒歩2分　など

■所在地■
東京都文京区弥生2-4-2
電話 03-5689-0462

■入館料■
一般 900円／高・大学生 800円／小・中学生 400円／団体割引有

■開館時間■
10:00 ～ 17:00（入館は16:30まで）

■休館日■
月曜日（祝日の場合は翌日）、展示替え期間、年末年始　等

『婦人グラフ』(1926)の表紙絵「mai」。

写真提供：竹久夢二美術館

■上左は、雑誌『女学世界』(博文館、大正3)の表紙絵「枝から枝へ」。
■上中は、雑誌『女学生』(研究社、大正12)の表紙絵「白浴衣」。■上右は、楽譜『宵待草』(セノオ楽譜、大正7)の表紙絵。夢二作詞で、現代でも歌い継がれている。夢二はセノオ楽譜の表紙絵を多数引き受けた。
■右は雑誌にスポットを当てた企画展「竹久夢二と雑誌の世界展」(2018年開催)のフライヤー。企画展では豊富な所蔵品をさまざまな切り口で紹介している。夢二が仕事を残した雑誌は2200冊にのぼる。

人としても活躍し、49歳で生涯を終えた。

■3300点にのぼる夢二コレクション

　同美術館は、弁護士の故・鹿野琢見が設立した。夢二と人気を二分した挿絵画家・高畠華宵の晩年に交流を持ち、作品もコレクションした鹿野は、1980年代に入ると夢二にも惹かれて収集を始める。1984年、自宅敷地内に弥生美術館を開館し、華宵作品を中心に、夢二をはじめとする明治末から戦後にかけて活躍した挿絵画家の挿絵、雑誌、漫画、付録などの出版美術を展示、1990年には「夢二の遺業をできるだけ深く究明し、永くたたえ、ひろく世に知って頂く」という志を抱き、新たに竹久夢二美術館を開館し、常時作品を展示公開するに至った。

　現在館では、竹久夢二の日本画・油彩・書・原画・スケッチ・版画・デザイン・著作本・装幀本・雑誌、また書簡をはじめ遺品や資料など約3300点を所蔵。このコレクションを年4回、3カ月毎に実施する企画展で展示し、常時200～250点の作品を鑑賞できる。

> **メモ**
> 竹久夢二美術館の入り口は弥生美術館と共通。1枚のチケットで弥生・夢二の両館を鑑賞できる。弥生美術館のほうは、大正時代に夢二と人気を二分した高畠華宵の作品を常設展示しているほか、出版美術や漫画をテーマに年4回の企画展を行っている。両館は館内移動できる。

【東京都】

三鷹市山本有三記念館
『路傍の石』を執筆した瀟洒な洋館

■山本有三の生涯

『路傍の石』で知られる作家・山本有三（1887〈明治20〉〜1974〈昭和49〉）は、現・栃木市の呉服商の跡取り息子として裕福な子ども時代を過ごす。東京・浅草での奉公は続かなかったが、10代から雑誌投稿、帝大進学後は第三次『新思潮』に参加するなど作家への萌芽を見せる。小説『路傍の石』は少年が逆境にめげず誠実に懸命に生きる姿が描かれた作品で、1937年から朝日新聞に連載された。しかし戦時下で官憲の干渉厳しく連載は中断、作品は未完に終わる。いかなる環境でも子どもたちに本を、と山本は自宅（同館）に文庫を開設する。戦後は参議院議員に当選、常用漢字の制定にも携わるなど教育に情熱を傾けた。多方面にわたり意欲的に活動を続けた人物であった。

■執筆最盛期の自宅を記念館に

同館は1926年に貿易商の清田が自宅として建設した。当時の山本は三鷹に近い吉祥寺に住んでいたが、4人の子のため、自身のより良い執筆環境のために広い家屋を

書斎は洋風と和風の2つ。写真は洋書斎。

探す。雑木林にひっそり建つこの洋館を山本は気に入り、1936年に購入。1200坪の土地は大家族を擁してなおゆとりある広さであった。

　書斎は洋と和の2つ。洋書斎には職人に特注した木製机、細部まで歪みなく端正な佇まいで窓から手元に自然光が差す。和書斎には座卓。障子を閉めれば薄暗く、落ち着く空間だ。床の間には掛け軸、自身の戯曲で演者が纏った薄紅衣の端切れを鮮やかに配している。周囲は雑木林、書斎には鳥や虫の声がさぞ心地よく響いたであろう。最良の執筆環境を求めた山本の真髄が随所

三鷹市山本有三記念館のホームページへ

■**アクセス**
●電車・JR中央線三鷹駅下車、南口より徒歩12分
●バス・吉祥寺駅南口より小田急バス「万助橋」下車、徒歩5分　など

■**所在地**
東京都三鷹市下連雀2-12-27
電話 0422-42-6363

■**入館料**
300円／中学生以下無料／障害者手帳等無料／団体割引有

■**開館時間**
9:30〜17:00

■**休館日**
月曜日、年末年始　等

門前の「路傍の石」。

写真提供：公益財団法人三鷹市スポーツと文化財団

1階応接間。編集者や作家など多くの来客を迎えたり、暖炉で薪を燃やして家族団欒も。

■上は山本、吉野源三郎、石井桃子ら編纂『日本少国民文庫』(昭和10～12年発行、新潮社)全16巻。戦前自宅に開設した図書室「ミタカ少国民文庫」に置いた。■下は1957年に新規開設の都管轄「有三青少年文庫」、近隣の少年少女が集った。場所は現在のテラス。

に表れた住まいである。

　理想の環境を得て山本の仕事は成熟する。1936年には雑誌『婦人之友』に洋館庭で家族と寛ぐ様子が掲載、年明けから朝日新聞で『路傍の石』連載開始、人気作家との対談、海外からの来客もあった。三鷹での約10年間は、山本の存在を揺るぎないものにした。

　一方、教育分野にも熱心であった。1942年に「ミタカ少国民文庫」を開設、本が手に入りにくい戦時中、近隣の子どもたちの読書環境維持のためにテラスと食堂を開放し、自身が編集の指揮をとった『日本少国民文庫』シリーズなどを並べたのである。洋館を活用した子ども向け図書室は、戦後1950年代にも形を変えて登場する

■山本と東京・三鷹市

　戦況激化した1944年、出身地の栃木へ疎開。戦後に東京へ戻るも1946年に洋館は進駐軍に接収され、東京・大森へ転居。接収解除後も山本が洋館に戻ることはなかった。山本が国会議員になり国語教育に力を入れ始めたのと同じ頃、洋館は国立国語研究所三鷹分室となる。その後、管轄は国から東京都、三鷹市へと変遷し、1996年に「三鷹市山本有三記念館」として開館した。

代表作
『同志の人々』『嬰児殺し』『途上』『熊谷蓮生坊』『生きとし生けるもの』『戦争と二人の婦人』『不惜身命』『米百俵』『路傍の石』など
メモ
同館前を太宰治が入水自殺した玉川上水(写真)が流れる。三鷹駅に向かうと途中に、太宰生地の青森・金木町による特産錦石「玉鹿石」がある。

【東京都】

調布市武者小路実篤記念館
晩年の20年を暮らした地に建つ館

■白樺派、新しき村

小説家・武者小路実篤（1885〈明治18〉～1976〈昭和51〉）は1910年（明治43）に志賀直哉らと雑誌『白樺』を創刊。白樺派を発展させた。1918年には宮崎で理想郷「新しき村」を開く。1954年から自ら土地を探し、幼年期以来の夢の住まいを東京・調布に実現した。

■夢を叶えた地

実篤が自宅用に取得した土地全体が現在の「実篤公園」である。公園中心に旧実篤邸、公園の隣に記念館がある。旧実篤邸は、実篤が晩年70〜90歳を過ごした家で、幼少期に夢みた「水が湧き、土筆生え、土器見つかる場所に住みたい」を叶えたかたちとなった。

敷地内には子や孫と小舟を浮かべて遊んだ池があり、子煩悩な実篤の一面をうかがわせる。池の周囲に雑木が茂る環境は、実篤晩年における創作活動を支えた。記念館には書や絵画、写真などが展示されている。

記念館の展示室。実篤の画や書、原稿、手紙、実篤が集めていた美術品などの所蔵品を、文学や美術などいろいろなテーマで展示する展覧会をほぼ5週間ごとに開催。いつでも新しい発見がある展示をめざしている。

代表作
『友情』『愛と死』『お目出たき人』『幸福者』『真理先生』『釈迦』『美愛真』など

メモ
旧実篤邸内部の公開日には仕事部屋（下）などを見られる。

調布市武者小路実篤記念館のホームページへ

■**アクセス**
●電車・京王線仙川駅またはつつじが丘駅下車、徒歩10分（仙川駅からは実篤公園を通って記念館本館へ）

■**所在地**
東京都調布市若葉町1-8-30
電話 03-3326-0648

■**入館料**
大人200円／小・中学生100円／市内在住高齢・障害者手帳等割引有

■**開館日時**
記念館本館 9:00〜17:00
／実篤公園 9:00〜17:00
／実篤邸　土日祝日11:00〜15:00のみ内部公開

■**休館日**
月曜日（祝日の場合は翌平日）、12/29〜1/3 等

旧実篤邸。

写真提供：調布市武者小路実篤記念館

田端文士村記念館
芸術家と文士を引き寄せた田端

芥川龍之介
室生犀星
萩原朔太郎 ほか

【東京都】

■東京美術学校の開校から

明治中期の1889年(明治22)、上野に東京美術学校(現・東京藝大)が開校。学生などが近隣の田端に住み始め、田と畑ばかりだった地域が変貌する。東北本線や山手線が整備されると芸術志向の若者がさらに集まり「田端芸術家村」を形成していく。はじめに画家・小杉放庵、陶芸家・板谷波山が田端に転入した。やがて帝大生だった芥川龍之介、室生犀星、室生が声をかけた萩原朔太郎のほか、堀辰雄、菊池寛、土屋文明、女性運動家の平塚らいてう等が移り住む。

明治終わり頃には芸術家の社交場「ポプラ倶楽部」がつくられ、大正期には後に鹿島組(現・鹿島建設)取締役となった鹿島龍蔵主宰の文士や芸術家の集った「道閑会」が開かれるなど、文士・芸術村は最盛期を迎える。だが、中心人物であった芥川龍之介が1927年に自殺、文士たちは少しずつ離れていった。

■文士村と芥川

館内常設展示では「知っておきたい田端

「芥川龍之介 田端の家復元模型」。晩年に撮影された映像を参考に、木登りをする芥川が造形されている。

文士村」と題して前半は文士・芸術家村の概要を、後半は芥川龍之介を紹介する。田端ゆかりの文士・芸術家たちの転入年表のほか、芥川・板谷・室生のオリジナル映像、年3回の企画展など多彩な内容で、大正から昭和にかけて若い文士・芸術家らが自由闊達に交流し活動した田端を身近に感じられる展示となっている。

> **メモ**
> 近隣には、芥川龍之介の旧居跡をはじめ、作家や芸術家の旧跡が多い。館配布の散策マップを手に田端を歩くのも楽しみのひとつ。

田端文士村記念館のホームページへ

写真提供：田端文士村記念館

■アクセス■
●電車・JR田端駅下車、徒歩2分

■所在地■
東京都北区田端 6-1-2
電話 03-5685-5171

■入館料■
無料

■開館時間■
10:00 〜 17:00
(入館は16:30まで)

■休館日■
月曜日、祝日の翌日、年末年始 等

企画展示スペース。企画展は年に3回程度開催。

ミステリー文学資料館
戦前からの資料が揃う専門館

江戸川乱歩
横溝正史
松本清張　ほ

【東京都】

■手に取って読める6000冊

東京・池袋にあるミステリー文学資料館は推理小説専門の資料館。数多くのミステリー作品を手がけてきた出版社・光文社の要町ビル1階にある。所蔵3万5000冊、うち現在は約6000冊を公開しており、歴代の推理小説を自由に手にとって読むことができる。年2回は「作家展」を実施、同館運営の光文文化財団主催「ミステリー文学大賞」の受賞作家について、生涯の歩みや自筆原稿を紹介する。ほか地域と提携し、池袋を舞台とした推理小説をテーマに文学講座を行うこともある。

■『新青年』と『宝石』

1920年（大正9）創刊で戦前のミステリー界を牽引した雑誌『新青年』（博文館）は、『獄門島』等の著者、横溝正史が編集長を務めた。戦後1950年に休刊へ。代わって読者を魅了したのは雑誌『宝石』（岩谷書店）だ。こちらは『怪人二十面相』等の著者、江戸川乱歩の責任編集だった。創刊した博文館と岩谷書店はいずれも現存しない

昭和期の推理小説雑誌。写真左上『宝石』（1950）、右上『宝石』（1956）に「江戸川乱歩編集」の文字が。右下『新青年』（1950）、左下『宝石』（1946）は創刊号。

が、雑誌は同館で当時の姿のままに原物保存されており、閲覧可能だ。ミステリーファンの多くがこの2誌を目当てに来館するという。

> **メモ**
> 同館から徒歩10分ほどで江戸川乱歩の旧宅「乱歩邸」へ。書物が高く積み上がった書棚「乱歩の蔵」が圧巻。乱歩邸の公開は水曜と金曜。

ミステリー文学資料館のホームページへ

■アクセス■
●電車・東京メトロ有楽町線　池袋駅下車、徒歩10分　または要町駅下車、徒歩3分

■所在地■
東京都豊島区池袋 3-1-2
光文社ビル1階
電話 03-3986-3024

■入館料■
300円／貸出不可

■開館日時■
9:30～16:30
（入館は16:00まで）

■休館日■
日・月曜日、祝日、年末年始　等

推理小説関連約6000冊を閲覧できる館内。戦前発行の書籍も並ぶ。

写真提供：ミステリー文学資料館

【東京都】

古賀政男音楽博物館
歌い継がれる5000曲を超える古賀メロディー誕生の地

■東京・代々木上原に音楽村構想

　古賀政男（1904〈明治37〉～1978〈昭和53〉）は福岡生まれ。明治大学へ入学し、マンドリン倶楽部の創設に関わったほか、在学中から作曲活動を行い『影を慕いて』を発表する。レコード会社専属の作曲家として活躍、哀愁あるギター音が特徴的な数々の楽曲は「古賀メロディー」と呼ばれ、昭和期に多くの人々に愛された。大学卒業後に住んでいた東京・代々木上原に1938年、居を構える。古賀はここで音楽村を作る構想を持っていた。「私はここに〝古賀村〟を作りたかったのだ。同志たちの家も集め、一同手を携えて音楽創造の道に邁進するという夢があった」（『歌はわが友わが心』1977年、潮出版社）。

　明治から昭和にかけて、東京の渋谷や田端、神奈川の鎌倉などに作家たちが集い、互いに切磋琢磨していた時期だった。

■古賀メロディーを存分に

　古賀の音楽村構想を引き継いで、館内には、220席を備えた音楽ホールや作詩家作

作曲活動を行った書斎。常設展示されている「生涯のあゆみ」とともに鑑賞すれば、名曲を生んだ古賀の仕事ぶりを実感できる。

曲家等を多数顕彰した「大衆音楽の殿堂」などがある。また、古賀の生涯の歩みや作品を紹介する常設展示、古賀メロディー1000曲以上を試聴できるコーナー、自身の歌声でCD作製できる「カラオケスタジオ」など、作曲家・古賀の世界を存分に味わえる。

代表作
『影を慕いて』『東京ラプソディ』『無法松の一生』『丘を越えて』『人生劇場』『柔』『悲しい酒』『誰か故郷を想わざる』など

メモ
館内には古賀が愛用した日本間も展示されている。書斎は仕事場、こちらは寛ぎの場。なお福岡県大川市には「古賀政男記念館・生家」がある。

古賀政男音楽博物館の
ホームページへ

■アクセス■
●電車・小田急線または東京メトロ千代田線　代々木上原駅下車、徒歩3分
■所在地■
東京都渋谷区上原3-6-12
電話 03-3460-9351
■入館料■
大人500円／学生400円／小・中学生200円／税別／団体割引有
■開館時間■
10:00～17:00
（入館は16:30まで）
■休館日■
月曜日、年末年始　等

旧邸から移築・復元した日本間。

写真提供：古賀政男音楽博物館

新宿区立林芙美子記念館
精魂込めて建てた自宅を公開

【東京都】

■『放浪記』で流行作家に

　1960年代から2000回超の人気舞台となった森光子主演『放浪記』。原作者の林芙美子（1903〈明治36〉～1951〈昭和26〉）は少女期から文才を見せていた。女学校教師の勧めで山陽日日新聞等に短歌を投稿し評価を得、作家になる志を持って19歳で上京。カフェ女給や女中で生計を立て、原稿を書いては出版社に売り込む日々が続いた。書くうちに作風を確立、文章も上達して、25歳時に上京後5年分の日記を『放浪記』として文芸誌（小説家・長谷川時雨創刊『女人芸術』）で連載したところ評判を呼び、単行本『放浪記』（1930、改造社）も大いに売れて芙美子は流行作家となる。

■家づくり

『放浪記』出版後、流行作家となった芙美子は37歳で自宅新築に取りかかった。母親と夫と3人で暮らすための家、それが現在の同館である。芙美子は建築に当たり山口文象事務所に設計を依頼、自ら選んだ大工と設計士を連れて寺院や民家などを見学さ

19歳の芙美子。作家になる強い志を抱いて尾道から上京した。

せた。建築士とは、設計図を挟んで何度も打ち合わせを重ねたという。

　母親の部屋には数寄屋造風の天井に床の間、庭の竹林を眺められるよう縁側を付けた。画家の夫にはアトリエ、障子二重張りで光を柔らげてある。居間は一段と陽当たりの良い位置を確保、収納棚は入れる物と動線を予測して高さやサイズを誂えた。風呂は檜風呂、厠は水洗式にした。玄関には「取次の間」を設置、私客は居間へ、仕事関係者は客間へと案内する合理的な造りにした。玄関に必ず花一輪を挿して客を迎えた。当時まだ珍しかった冷蔵庫を購入し、趣味

新宿区立林芙美子記念館のホームページへ

■アクセス■
● 電車・都営大江戸線または西武新宿線 中井駅下車、徒歩7分・地下鉄東西線落合駅下車、徒歩15分
● バス・西武バス「中井駅」下車、徒歩5分

■所在地■
東京都新宿区中井 2-20-1
電話 03-5996-9207

■入館料■
一般 150円／小・中学生 50円／団体、手帳等の提示で割引・免除有

■開館時間■
10:00 ～ 16:30
（入館は 16:00 まで）

■休館日■
月曜日（休日の場合は翌日）、12/29 ～ 1/3

写真提供：新宿歴史博物館

■右は庭から見た記念館。芙美子が建てた自宅をそのまま記念館に。右が生活棟、左がアトリエ棟。心地よい暮らしを念頭に設計された家屋は一見の価値がある。■下は1931年『放浪記』の印税でパリ旅行での一コマ。満州事変勃発後ながらシベリア鉄道経由で渡仏。半年滞在中も出版社に作品を送った。■右下は芙美子の書斎。執筆の興が乗ると座卓をどんどん前へ押す癖があったという。新聞や雑誌の連載を抱える中、書斎で執筆中に逝去。47歳だった。

の良い皿や小鉢で家人や客に手料理を供したという。

　林芙美子記念館は、芙美子がひときわ愛着を持って暮らした自宅を余すところなく公開している。

■**閑静な空間**

　同館は野趣あふれる丘の斜面に建つ。京都辺りの山寺のごとく雑踏の音は届かず、庭からは鳥のさえずりと木の葉のそよぐ音、通り抜ける風は夏も涼しく、一日じゅう陽の光が射す。来館者は敷地内を自由に歩き回り、パンフレットに描かれた間取り図と解説を読みながら、居間や書斎を外から存分に観賞することができる。アトリエ展示室では初版本や原稿等のほか林芙美子関連資料を展示、年4回の展示替えがある。

代表作
『放浪記』『浮雲』『巴里の恋』『蒼馬を見たり』『清貧の書』『めし』など

メモ
アトリエ展示室では、新居へ移る以前の芙美子のようすも写真等で観賞できる。下の写真は転居前の家族写真で左から芙美子・夫・母親。土日・祝日を中心に、ボランティアによる館内ガイドを実施。年に3回、事前申込み制の建物内部の公開がある。

【東京都】

石井桃子記念かつら文庫
いちはやく日本に児童文学を紹介した石井の記念館

■翻訳児童文学の開拓者

昭和の敏腕編集者、石井桃子（1907〈明治40〉～2008〈平成20〉）は学生時代から洋書翻訳に携わる。翻訳児童文学の草分け『熊のプーさん』（1940年、岩波書店）も石井が訳した。戦後、村岡花子らと「家庭文庫研究会」を結成、1958年に自宅で子ども図書館「かつら文庫」を開き、出版社からの寄贈など300冊余から『Curious George』（『ひとまねこざる』原書）などを英語から訳して読み聞かせた。子どもたちが見せる反応を重視して6冊を選び、翻訳絵本『100まんびきのねこ』等を福音館書店から出版、日本に海外の絵本を、という石井の夢は徐々にかなっていく。翻訳センス、新潮社・文藝春秋社・岩波書店で鍛えた編集力、柔軟な行動力等を併せ持つ石井の才能は「かつら文庫」でさらに開花していった。

■児童文学黎明期の軌跡多数

石井宅を開放した「かつら文庫」。名称は彼女が好んだ月桂樹から付けられた。1階は子どものための「文庫」や大人のため

書斎は石井が使用した当時を再現。たくさんの洋書の中には石井訳『ピーターラビットのおはなし』『熊のプーさん』なども並んでいる。

の渡辺茂男蔵書などを収蔵する「公開書庫」。2階は石井桃子の書斎やE・アーディゾーニ・コレクションや貴重な資料を紹介する「展示室」のほか、個人が自宅を開放し、近隣の子どもに本を貸し出す「家庭文庫」の活動を紹介する「マップのへや」などがある。

代表作
『クマのプーさん』（翻訳）、『ノンちゃん雲に乗る』『子どもの図書館』（著作）など
メモ
『ちいさいおうち』の作者V・L・バートンが1964年に「かつら文庫」を訪れた際、子どもたちの前で描いた恐竜などの絵が飾られている。

石井桃子記念かつら文庫のホームページへ

■**アクセス**■
●電車・JR中央線 荻窪駅下車、徒歩8分
■**所在地**■
東京都杉並区荻窪 3-37-11
電話 03-3565-7711
(公財)東京子ども図書館
■**入館料**■
●観覧料：大人500円（要事前申込）
●貸出：大人1000円/年（賛助会員無料）／子ども無料
■**開館日時**■
大人：原則火・木曜（祝日等除く）13:00～16:00
子ども：第1～4土曜 14:00～17:00（祝日等除く）
■**休館日**■
年末年始、夏期休館日

書斎の机上。

外観撮影：池田マサカズ、ほか写真提供：(公財)東京子ども図書館

岡本太郎記念館
芸術を爆発させ続けた自宅兼アトリエ
【東京都】

■**東京・青山に建つ自宅兼アトリエ**

日本の高度成長のシンボルとして1970年に開催された大阪万国博覧会。岡本はテーマプロデューサーとして『太陽の塔』を制作し、「芸術は爆発だ」の名言とともに世界の芸術に刺激を与え続けた岡本太郎（1911〈明治44〉〜1996〈平成8〉）。同館は彼が40代から最晩年84歳まで約50年間を過ごした旧宅兼アトリエを記念館とし、1998年に開館した。

■**油彩等の制作現場**

同館では、制作現場であるアトリエをデッサン、絵画、彫刻等とともに鑑賞できる。企画展も多彩で、過去に「生きる尊厳—岡本太郎の縄文—」「TARO賞20年／20人の鬼子たち」「太陽の塔への道」「岡本太郎の沖縄」「岡本太郎の東北」などが開催された。

■上は館内のサロンのようす。■下はアトリエ。ここが制作の場となった。

代表作
『痛ましき腕』『森の掟』（以上絵画）、『太陽の塔』『母の塔』『青春の塔』（以上立体作品）、『青春ピカソ』（随筆）、『日本の伝統』（評論）、『神秘日本』（紀行文）など

メモ
両親である一平・かの子と暮らした旧宅は戦争で焼失。1954年築の同館は、仏の著名建築家ル・コルビジェの愛弟子、坂倉準三による設計で大胆なデザインが話題を呼んだ。

岡本太郎記念館のホームページへ

■**アクセス**■
●電車・東京メトロ表参道駅下車、徒歩8分
●バス・都営バス「南青山六丁目」下車、徒歩2分

■**所在地**■
東京都港区南青山6-1-19
電話 03-3406-0801

■**入館料**■
大人620円／小学生310円／団体割引有

■**開館時間**■
10:00〜18:00
（入館は17:30まで）

■**休館日**■
火曜日（祝日の場合は開館）、年末年始　等

庭に立つ巨大オブジェ。

写真提供：岡本太郎記念館

【東京都】

ちひろ美術館・東京
子どもに優しい「ファーストミュージアム」

■10代で培った技術力、20代で画家への決意

　淡い色合い、柔らかな画風で知られる画家、いわさきちひろ（1918〈大正7〉～1974〈昭和49〉）。福井県武生（現・越前市）に生まれた彼女は、裕福な家庭で幼少期を過ごした。学生時代は、当時ほぼ唯一の女子美術教育者と言われた岡田三郎助に師事してデッサンや油絵を習い、女性画家の登竜門「朱葉会」で入選を果たす。さらに女流書家・小田周洋に書を習い、後に師匠の代理を務めるほどに上達した。しかし26歳で終戦を迎えると、自身の裕福な生活と現実社会との乖離を目の当たりにし、画家としての自立を決意する。

　戦後は上京し、新聞記者をしながら絵の学校に通っていたが、1947年に手掛けた紙芝居『お母さんの話』をきっかけに、子どもの本の世界で活躍し始める。

　1956年創刊の月刊絵本『こどものとも』（福音館書店）では、同年に初単独作品『ひとりでできるよ』を手がけると、子どもを描ける画家として、ちひろの評価は高まっ

人生で初めて訪れる美術館でありたいとの意を込め「ファーストミュージアム」を標榜する同館は全館バリアフリー。車椅子やベビーカーで鑑賞や移動可能。また美術館の作品展示は子どもが見やすいよう135㎝の高さに掲示。
撮影：大槻志穂

た。後年は「至光社の絵本」シリーズをきっかけに絵を主体として展開する実験的な絵本の制作にも取り組んだ。

　10代から評価の高かったデッサン力、書道で培った筆のかすれや余白を生かす水墨画の技法などを駆使し、水彩画に特化した独自の画風を確立していった。

■自宅跡に美術館、コラボ企画多数

　同館は1952年以降ちひろが暮らした自

ちひろ美術館・東京のホームページへ

■アクセス■
●電車・西武新宿線　上井草駅下車、徒歩7分
●バス・西武バス「上井草駅入口」下車、徒歩5分

■所在地■
東京都練馬区下石神井4-7-2
電話 03-3995-0612

■入館料■
大人 800円／高校生以下無料／団体・学生等、割引有

■開館時間■
10:00～17:00
（入館は16:30まで）

■休館日■
月曜日、年末年始、2月は冬季休館　等

『あめのひのおるすばん』
（1965年、至光社）。

外観写真：中島敦玲

■上はちひろのアトリエを再現した展示。左利きのちひろは右側（写真手前）から自然光を採り入れた。机はかさ上げしてあり、立ったまま描くことを試みた名残とも言われる。気分転換に弾いたピアノ（写真右端）などお気に入りのものを散りばめてある。■右は生前の暮らしぶりを写真で紹介するコーナー。お洒落と評されたちひろのファッションも見ることができる。

宅跡地に建つ。ちひろがアトリエを構え、仕事と子育てと家事に多忙な日々を送ったこの場所に、他界から3年後の1977年、同館が開館した。

同館は当時から国内外の絵本画家の原画を受け入れて保存管理している世界初の絵本美術館である。現在34の国と地域から207人の原画を2万7200点ほど収蔵。図書室では画家の名前順に並べられた絵本を閲覧できる。

季節や企画展に合わせたちひろの作品を常に見ることができる。生誕100年の2018年には、写真家、詩人ほか現代アーティストとのコラボレーションを行った。これまでも奈良美智や佐藤卓などとコラボを行い、天井の高さ、広さなど趣きの異なる4つの展示室をフレキシブルに活用した展覧会を開催している。ちひろが大切にした「世界中のこどもみんなに平和としあわせを」とのコンセプトを発信する活動も行い、企画全般が広く文化の発展を企図したものになっている。

代表作
『あめのひのおるすばん』『絵のない絵本』『ことりのくるひ』『戦火のなかの子どもたち』『もしもしおでんわ』『窓ぎわのトットちゃん』など

メモ
子どもたちの安らかな暮らしを常に願っていたちひろ。彼女のコンセプトを具現化した「子どもの部屋」がある。おもちゃも用意され、自由に過ごすことができる。隣接して授乳室も完備。

「こどものへや」。撮影：嶋本麻利沙

池波正太郎記念文庫

戦後を代表する時代・歴史小説作家の生地、浅草に立地

【東京都】

■職を転々とした若き日

池波正太郎（1923〈大正12〉～1990〈平成2〉）は、大正期の東京随一の繁華街・浅草で生まれ育った。父親の事業が滞って池波が幼いうちに父母が離婚、浅草にある母方の実家で暮らす。祖父・叔父らに連れられ、上野や浅草で映画や演劇を鑑賞する日々であった。1935年に小学校卒業後12歳で現物取引所に就職、すぐに塗装業へ転職、同年さらに東京・兜町の株式仲買店へ移る。後に旋盤工、戦時下には従軍、戦後は東京都の職員となり下谷区役所に勤務。早くから大人社会へ足を踏み入れていた池波だが、手先が不器用でなかなか技術を習得できず、いずれの職場でも叱られてばかりだったという。

■脚本家から時代小説家へ

一方、書くことは得意で少年期から日記を書き続けていたという池波は、25歳で脚本家・長谷川伸の門下に入る。長谷川は当時大流行した新国劇の脚本家で研究会「新鷹会」を主宰、多くの門下生を擁していた。

「著作本」コーナー。池波の著書が初版本から文庫まで約700冊展示されている。

作家への強い希望を持ち続けていた池波にとって、長谷川との出会いは大きな転機であった。以降、昼は仕事、夜は執筆で根気強さを発揮し、28歳で晴れて戯曲『鈍牛』が新橋演舞場で上演、作家デビューする。

筆一本で生きる覚悟を決めて32歳で役所を辞職、37歳で『錯乱』が直木賞を受賞。ここで再び転機を迎える。ひたすら史実に忠実な話を書いていた池波だが、祖母から伝え聞いたという土方歳三の京都での恋物語を膨らませ、初の創作小説『色』を執筆。師匠の長谷川から「良い作風になった」と

池波正太郎記念文庫のホームページへ

■アクセス■
●電車・東京メトロ日比谷線入谷駅下車、徒歩8分・つくばエクスプレス浅草駅下車、徒歩2分
●バス・台東区循環バスめぐりん「生涯学習センター」下車、徒歩2分 など

■所在地■
東京都台東区西浅草3-25-16
台東区生涯学習センター
台東区立中央図書館内
電話 03-5246-5915

■入館料■
無料

■開館時間■
9:00～20:00
（日曜・祝日は9:00～17:00）

■休館日■
第3木曜日、年末年始　等

写真提供：池波正太郎記念文庫

■左は「書斎」コーナー。所帯を持ち、昭和20年代から品川に住まいを構えた池波は、専らこの書斎を仕事場にしたという。■右は「年譜」コーナー。池波の生涯を記した壁一面の年譜が、作家業への執念と膨大な仕事量を物語る。

褒められ、大いに自信をつけたという。続く40代で人気作『鬼平犯科帳』、『剣客商売』を生む。両作は20年来の人気シリーズとなり、死の直前まで精力的な執筆を続けた。

■書斎の復元、遺愛品、他の時代小説家も

1990年、池波は67歳で逝去する。遺族からの資料寄贈を機に、2001年に池波正太郎記念文庫が開設される。館内奥には品川にあった往年の自宅書斎を復元、机周りには『姓氏家系大辞典』『寛政重修諸家譜』などの書物が書棚にびっしり並び、書庫は約1万冊に及んだという。

館内壁面には、詳細な年譜のほか、池波の言葉を紹介したパネルが並ぶ。パネルには、原稿用紙を前にした際の焦燥感や自らを鼓舞して万年筆を走らせる心境などが記され、親近感を抱かせる。館内別室には「時代小説コーナー」を設置、時代小説愛好家や研究者の役立つようにとの遺族の意向を受け、戦前から現在に至るまで約300人の時代小説作家の作品と資料約3000冊を公開している。ほか、直筆原稿、自筆水彩画、若き日に書いた新国劇の台本、万年筆などの遺愛品の展示もある。

代表作
『鬼平犯科帳』『剣客商売』『仕掛人・藤枝梅安』『錯乱』『食卓の情景』『田園の微風』など

メモ
『池波正太郎ガイドマップ　台東区とその周辺』（2010年、台東区教育委員会）は『鬼平犯科帳』に登場する料理屋・万亀、『剣客商売』に書かれた不二楼など、作中のスポット178を古地図と現代地図に記した興味深い資料だ。

『池波正太郎ガイドマップ　台東区とその周辺』の古地図のページ（部分）。価格は1000円。

相田みつを美術館

都会のまん中でみつをに出逢う静かな空間

【東京都】

■書の道に邁進した若き日々

書家で詩人の相田みつを（1924〈大正13〉〜1991〈平成3〉）は栃木県足利市の出身。旧制中学卒後、17歳から短歌と書を学び、18歳で曹洞宗の禅僧・武井老師に出逢い、生涯師事する。兄2人の戦死、自身の兵役体験などで苦悩の日々に陥るも、23歳のとき、書の全国コンクールで一席を取り、その高い技術から書壇での将来を嘱望された。

■「自分の言葉・自分の書」を生涯のテーマに

30歳で初の個展を開き、以降は書壇と距離を置き独自路線に挑む。「弟子をとって生活が安定すると、弱い自分はきっとダメになるから」と筆一本で生きることを決意する。しかし当時、書はなかなか売れず、生活の糧を得るために暖簾、風呂敷、包装紙等のデザインで収入を得た。妥協のない生き方は制作スタイルにも投影され、常に最高品質の筆と紙と墨を使って「筆の先から上手く書こうという思いが抜け落ちるまで」書いたという。「プロだからこそ生活のすべてをかける」との哲学のもと、「良い書を書

■上は足利市八幡町の旧アトリエにて（1982年撮影）。■左は足利の菓子店・香雲堂の「古印最中」包装紙（1961年作）。飛び込み営業を行い、デザインの仕事を得た。

くため貧乏は仕方ない」と割り切り、貧しくとも満ち足りた日々であった。

一方で「作品が固定化するから」と避け

相田みつを美術館のホームページへ

■アクセス■
●電車・JR有楽町駅下車、徒歩3分・JR東京駅下車、徒歩5分

■所在地■
東京都千代田区丸の内3-5-1 東京国際フォーラム地下1階
電話 03-6212-3200

■入館料■
一般・大学生800円／中・高生500円／小学生200円／70歳以上500円

■開館時間■
10:00〜17:30
（入館は17:00まで）

■休館日■
月曜日（祝日・休日の場合は開館）、年末年始　等

写真提供：相田みつを美術館

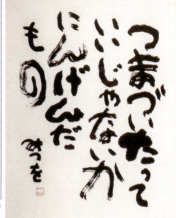

■上は展示室のようす。館内各所に用意されたソファに座って作品を鑑賞できる。■下左は1947年、23歳で書いた古典「鄭文公碑」の臨書の一部。20代の頃は著名な書道展のひとつ、毎日書道展に何度も入選している。■下右は代表作『つまづいたって』(1980年作)。何百枚も書いて納得する1枚を選び、自らミリ単位でトリミング調整して完成させる。

ていた出版についても、縁あって60歳のとき作品集『にんげんだもの』(1984年)を刊行する。当初はなかなか世に浸透しなかったものの、後に累積発行部数400万部に達した。

■**多世代を魅了する作品群**

　1991年に逝去。人気が高まったのはその後である。関係者の尽力で各地の百貨店で展覧会を開催、1996年に同館が開館した。多彩なテーマで開催される企画展に、若い世代から年配者まで幅広い年齢層が全国から訪れる。都心にありながら心静かに作品を鑑賞できる空間だ。

代表作
『にんげんだもの』『おかげさん』『いのちいっぱい』『生きていてよかった』『じぶんの花を』『いまからここから』『本気』など

メモ

館内カフェ。ゆったりと静かな空間で鑑賞後も作品の世界に浸ることができる。

長谷川町子美術館
日本初の女性プロ漫画家が作った美術館

【東京都】

■リヤカーで売り歩いた『サザエさん』

アニメ『サザエさん』の原作者として有名な長谷川町子は、幼少の頃から絵がうまく、母親は当時14歳の町子を漫画『のらくろ』作者の田河水泡へ預ける。その才能を認められ、雑誌『少女倶楽部』で少女画家としてデビューする。その後、疎開先の福岡で西日本新聞所属の漫画家として活動していたが、海辺を散歩しながら着想したのが『サザエさん』だという。新聞連載の好評に気を良くした町子の母は、終戦直後の混乱の中、自宅を売却して上京。『サザエさん』を自費出版し、町子と姉がリヤカーで懸命に売り歩いた武勇伝もある。1969年にアニメ『サザエさん』放映開始、同作は現在まで続くロングセラーになっている。

■自宅跡に開館

戦後、町子が姉と母親とともに長く住んだ東京・桜新町。日当たりの良い自宅跡に1985年開館した。館内には町子蒐集の絵画を多く展示、2階一部が町子コーナーになっている。「生涯のあゆみ」では、紆余

展示室には、新聞で「サザエさん4コマ漫画連載」が始まった頃の原画が並ぶ。昭和30年代のテーマには男女同権なども。

曲折の中でも絵で身を立てるために強く生きた町子の姿が浮かび上がる。「原画コーナー」では昭和中期の4コマ漫画原稿を展示。年代を追って作風やテーマの変遷が見えてきて興味深い。サザエさんの家のミニチュア「磯野家の間取り模型」も貴重だ。

代表作
『ヒィフゥみよチャン』『サザエさん』『エプロンおばさん』『意地悪ばあさん』など
メモ
最寄りの桜新町駅を降りるとサザエさん一家のオブジェ、館までの道のりにもサザエさんをモチーフにした店がみられ、町子が長く住んだ地域全体で作品を盛り上げている。

長谷川町子美術館のホームページへ

■**アクセス**■
●電車・東急田園都市線桜新町駅下車、徒歩7分
●バス・東急バス「桜新町1丁目」下車、徒歩1分
■**所在地**■
東京都世田谷区桜新町1-30-6
電話 03-3701-8766

■**入館料**■
大人600円／高・大学生500円／小・中学生400円／団体、手帳等の提出で割引有
■**開館時間**■
9:00～17:30
（入館は17:00まで）
■**休館日**■
月曜日、年末年始　等

「磯野家の間取り模型」。

写真提供：長谷川町子美術館

吉村昭記念文学館
人間の本質と時代の真実を追究した作家の館

【東京都】

■『戦艦武蔵』がベストセラーに

　吉村昭（1927〈昭和2〉～2006〈平成18〉）は10代で兄を戦争で亡くし、両親をガンで失う。自身も14歳の時に結核に罹る。肉親との死別、病、戦争はその後の吉村作品を決定付けた。学習院大時代から同人雑誌などに執筆、4度にわたり芥川賞候補になり、39歳時に太宰治賞受賞、戦史小説『戦艦武蔵』がベストセラーに。生涯を通して、人間の本質と時代の真実を探究し続けた。

■8章構成で吉村に迫る

　2007年、吉村の出身地である荒川区に開館。展示は吉村の人生を追うように進む。第1章「日暮里商家の生まれ」では生い立ちを紹介、第3章「小説家への道」では大学時代から太宰治賞受賞までを、第4章「戦史小説」で長編『戦艦武蔵』の取材執筆経緯を紹介し、第5章「歴史小説」では江戸期から明治期を書いた『天狗争乱』などに触れ、第6章「小説家の旅」では各地の取材旅行先を辿って最終第8章「生と死を見据えて」で人間の本質を求め続けた吉村に迫る。展示物のうち、原稿用紙10枚相当を1枚に描き込んだ草稿は圧巻だ。妻で作家の津村節子のコーナーもある。

42歳で東京・三鷹に新居を構え、51歳で離れを新築し、そこに書斎を移した。その書斎の再現展示。机は調べ物用に横幅を広く確保、右手には原稿整理棚を備え合理的。

代表作
『戦艦武蔵』『星への旅』『三陸海岸大津浪』『漂流』『羆嵐』『ふぉん・しいほるとの娘』『破船』『破獄』『大黒屋光太夫』『彰義隊』など

メモ
同館は区の複合施設「ゆいの森あらかわ」内にある。館内には900の座席を有する図書館、未就学児の遊びスペース、託児室、自由飲食スペースなどがあり、各世代が集う。

吉村昭記念文学館のホームページへ

■アクセス■
●電車・東京メトロ千代田線または京成線町屋駅下車、徒歩8分・都電荒川線「荒川二丁目（ゆいの森あらかわ前）」下車、徒歩1分
■所在地■
東京都荒川区荒川2-50-1 ゆいの森あらかわ内
電話 03-3891-4349
■入館料■
無料
■開館時間■
9:30～20:30
■休館日■
第3木曜日、年末年始　等

「ゆいの森あらかわ」入口付近。この2階に「吉村昭記念文学館」がある。

写真提供：荒川区立ゆいの森あらかわ

向田邦子文庫
１万本以上の作品を残した脚本家の記念館が母校に開館

【東京都】

■売れっ子シナリオライター

向田は実践女子大学の前身である実践女子専門学校国語科に通っていた。1950年（昭和25）新卒で社長秘書職、2年で出版業へ転職し雑誌『映画ストーリー』を編集した。並行して書いたラジオ脚本『森繁の重役読本』が俳優・森繁久彌に評価され、以降テレビ業界で人気のシナリオライターへと急成長。『寺内貫太郎一家』『あ・うん』など著名作のほか、生涯で書いた脚本はテレビ1000本超、ラジオ１万本以上にのぼる。高度成長期を駆け抜けた作家人生であった。

■母校に開館

『花の名前』『かわうそ』『犬小屋』で直木賞を受賞した翌年1981年、向田は飛行機事故で惜しくも他界する。母校である実践女子大学の卒業生や職員間で「彼女の業績を讃えよう」との機運が高まった。遺族から机や椅子、蔵書、名入り原稿用紙などが寄贈され、1987年に同校日野キャンパス内図書館に向田邦子文庫がオープン。

シンプルにデザインされた展示室。中央の書斎机、壁一面の年譜と蔵書が向田邦子の抜群の好奇心と行動力を物語る。

2014年、かつての向田宅に近い東京・渋谷に同校新キャンパスが開設されると、文庫も同地へ移転した。展示室では作家としての実績紹介のほか、読書、旅、食と食器、ファッションなど多方面に優れたセンスを発揮していた向田の横顔を伝える。

代表作
『七人の孫』『寺内貫太郎一家』『阿修羅のごとく』『あ・うん』『隣の女』『父の詫び状』など

メモ
向田が書いた『森繁の重役読本』『七人の孫』『寺内貫太郎一家』『あ・うん』等の脚本を資料として所蔵。展示されていないものについても事前申込みにより閲覧可能。

向田邦子文庫のホームページへ

■アクセス■
●電車:JRほか渋谷駅下車、徒歩10分・東京メトロ表参道駅下車、徒歩12分
■所在地■
東京都渋谷区東1-1-49
実践女子大学渋谷キャンパス 創立120周年記念館1階プラザ

電話 03-6450-6817（代表）
■入館料■
無料
■開館時間■
9:00～17:00
■休館日■
日曜日、祝日、実践女子大学休校日　等

向田が活用した旅行ガイドブック。

写真提供：実践女子大学・実践女子大学短期大学部図書館

青梅赤塚不二夫会館

昭和を代表するギャグ漫画家の記念館

【東京都】

■バカボンで昭和のギャグ漫画界を牽引

　漫画家・赤塚不二夫（1935〈昭和10〉～2008〈平成20〉）は、多くの著名な漫画家を生み出したアパート「トキワ荘」の住人のひとりである。手塚治虫をはじめ、藤子・F・不二雄、石ノ森章太郎らがいた。赤塚は1962年に連載漫画『おそ松くん』『ひみつのアッコちゃん』がヒットし、1967年には『週刊少年マガジン』で『天才バカボン』の連載開始。『天才バカボン』で赤塚の名は不動のものとなる。連載は10余年続き、テレビアニメもヒットした。「バカボンのパパ」を中心に家族4人が繰り広げるストーリーは、視聴者に屈託のない笑いをもたらした。

■「昭和の青梅」に開館

　同館は赤塚が存命中の2003年、青梅に開館した。館前には逆立ちしたバカボンパパのオブジェ。館内では至るところでキャラクターが出迎える。若き日の写真や漫画原稿も多数展示され、赤塚作品とともに昭和の時代に浸ることができる。

■上は赤塚作品が掲載された雑誌等の展示。■下は長らく暮らした愛猫・菊千代を祀った「バカ田神社」。

代表作
『おそ松くん』『ひみつのアッコちゃん』『天才バカボン』『もーれつア太郎』など

メモ
同館のあるJR青梅駅前は「青梅宿」と称した昭和の街並みが広がっている。近隣に「昭和レトロ商品博物館」「昭和幻燈館」「昭和の名建築・津雲邸」など。

青梅赤塚不二夫会館のホームページへ

■アクセス■
●電車・JR青梅駅下車、徒歩5分
●車・圏央道青梅ICから約15分

■所在地■
東京都青梅市住江町66
電話 0428-20-0355

■入館料■
大人450円／子ども250円
※「昭和レトロ商品博物館」と「昭和幻燈館」に入館できる「昭和を巡る3館めぐり券」は大人800円／子ども450円／団体割引有

■開館時間■
10:00～17:00

■休館日■
月曜日（祝日の場合は翌日）、年末年始　等

写真提供：青梅赤塚不二夫会館

【東京都】

明治大学阿久悠記念館
テレビの勃興期以降、歌謡界に君臨した作詞家の館

■作詞家、阿久悠の誕生

　作詞家・阿久悠（1937〈昭和12〉～2007〈平成19〉）は淡路島に生まれ育った。阿久はラジオの六大学野球中継で聞いた明治大学校歌を大層気に入り明大へ。映画、落語、ジャズ喫茶で東京を満喫後、広告代理店の宣弘社へ就職する。1960年代、未開拓のTV広告に進出した同社で市場調査や営業、経理、企画、果ては脚本までこなした経験が奏功して放送作家の道へ。TV番組主題歌制作など時代が生んだ新たな仕事も、若手の阿久に依頼が殺到した。波に乗った阿久は1971年、視聴者が歌手オーディションに挑むTV『スター誕生』を企画し大ヒットさせる。楽曲ほか衣装や振付や番組構成まで丸ごと企画する手法は、TV黎明期を担った阿久ならではのスタイルで、次世代音楽プロデューサーたちの手本となった。1970年代後半に手がけた沢田研二、ピンクレディーらに書いた詞が次々ヒットし、一時代を築いた。

■母校、明治大学に開館

　同館は阿久の母校・明治大学が「突出し

同館は明治大学アカデミーコモン棟の地下にある。写真はエントランス付近、壁に本人直筆の詩。

た才能を持つ卒業生を後世に語り継ぎ、次世代の才能発掘のきっかけに」と開設した。

　詳細な年譜、歴代作品紹介、講演会映像、執筆部屋再現など豊富な内容を教室ほどの広さにすっきりと展示。年間約2万人の来館者を迎えている。

代表作
『また逢う日まで』『北の宿から』『勝手にしやがれ』『カサブランカダンディ』『UFO』『サウスポー』『宇宙戦艦ヤマト』『雨の慕情』など
メモ
同じフロアにある「明治大学博物館」では日本の伝統工芸品、国内外の歴代の刑罰、貝塚や遺跡に関して研究実績とともに解説。

明治大学阿久悠記念館のホームページへ

■**アクセス**■
●電車・JRまたは東京メトロ御茶ノ水駅下車、徒歩5分
■**所在地**■
東京都千代田区神田駿河台1-1明治大学アカデミーコモン地階
電話 03-3296-4329（大学史資料センター）
■**入館料**■
無料
■**開館時間**■
11:00～17:00
■**休館日**■
8/10～16
12/26～1/7　等

展示室のようす。中央付近に執筆部屋を再現。

写真提供：明治大学史資料センター

【神奈川県】

大佛次郎記念館
大佛の魅力を赤レンガの洋館に凝縮

■生活のために書いた『鞍馬天狗』がヒット

　大佛は10代から雑誌『中学世界』等に作品掲載、帝大卒後も雑誌への執筆など順調に文才を活かしていたが、関東大震災による雑誌廃刊等で突如生活に行き詰る。既に所帯ある身、背に腹はかえられず筆を走らせた『鞍馬天狗』が大衆の心をつかんだ。幕末を舞台に活躍する勤王の剣士が主人公の同作は約40年続くロングセラーとなる。横浜のホテルを仕事場に『霧笛』など続々と発表。直木賞選考委員も務めるなど充実した作家生活であった。

■生まれ故郷の横浜に開館

　大佛（1897〈明治30〉～1973〈昭和48〉）は横浜生まれ。生涯横浜を愛した彼の業績を残そうと、1978年、横浜港を一望する「港の見える丘公園」に赤レンガの同館が開館した。館内では生涯のあゆみや著作を展示、年3回の企画展では多様な切り口で、ライフスタイルや作品にせまる。再現書斎の「記念室」では机上の猫オブジェが無類の猫好きぶりを伝える。

館内ロビー（写真上）は広く、2階サロン（写真下）では来館者が寛ぐ。大佛作品に因み、フランス風の内外装が施されている。

代表作
『鞍馬天狗』『赤穂浪士』『パリ燃ゆ』『ふらんす人形』『霧笛』『幻燈』『天皇の世紀』など
メモ
「港の見える丘公園」は、かつて明治初期に英仏海兵隊が居留地防衛のため駐屯した場所。旧フランス領事館の遺構など史跡巡りも。

大佛次郎記念館のホームページへ

写真提供：大佛次郎記念館

■アクセス■
●電車・みなとみらい線元町・中華街駅下車、徒歩8分・JR石川町駅下車、徒歩20分
●バス・市営バス「港の見える丘公園」下車、徒歩2分
■所在地■
神奈川県横浜市中区山手町113

電話 045-622-5002
■入館料■
大人 200円／中学生以下無料／団体割引等有
■開館時間■
4～9月　10:00～17:30（入館は17:00まで）
10～3月　10:00～17:00（入館は16:30まで）

■休館日■
月曜日、年末年始　等

大佛の書斎を再現した「記念室」。

鎌倉文学館

古典から現代作品まで鎌倉ゆかりの文学を

【神奈川県】

川端康成
小林秀雄
里見弴

■前田侯爵家の別邸

鎌倉文学館は神奈川・湘南の海を望む丘に建つ。元は旧加賀藩主の系譜、前田侯爵家が明治中期に建てた別邸である。当時、鎌倉は別荘地として栄えていた。1872年に新橋—横浜間が結ばれ、鉄道が延びて1889年大船—横須賀まで開通。途中に鎌倉駅、逗子駅などができて東京との往来が容易になった結果である。前田家別荘は1936年に洋風に改築、床面積430坪の広さと洒落た風貌を備え、戦後はデンマーク公使や佐藤栄作首相が借りて別荘にしたこともあった。

1970年代に入ると文学館設立への動きが起こる。1981年に「文学資料館建設懇話会」が発足、小林秀雄、永井龍男、里見弴など「鎌倉文士」らが協力した。鎌倉市へ寄贈された前田家別荘を活用し、1985年に同館が開館する。

■鎌倉ゆかりの作家たち

鎌倉ゆかりの作家は多い。たとえば、明治期には夏目漱石は円覚寺で座禅を組み、

■上は鎌倉文士を紹介する第1展示室。豊富な資料による丁寧な展示が特徴だ。窓の向こうには湘南の海が広がる。■下は同館20周年で制作した「文学都市かまくら100人」。鎌倉ゆかりの作家らのゆかりの場所を地図に落とし込んだ。現在までに300人以上の文学者が鎌倉にゆかりがあるという。

鎌倉文学館のホームページへ

■アクセス■
●電車・江ノ電 由比ヶ浜駅下車、徒歩7分
●バス・JR鎌倉駅から、バス「海岸通り」下車、徒歩3分 など

■所在地■
神奈川県鎌倉市長谷1-5-3
電話 0467-23-3911

■入館料■
4〜12月 一般 500円／小・中学生 100〜200円
12〜4月 一般 300円／小・中学生 100円
（いずれも団体割引有）

■開館時間■
3〜9月 9:00〜17:00
（入館は16:30まで）
10〜2月 9:00〜16:30
（入館は16:00まで）

■休館日■
月曜日（祝日の場合は開館）、年末年始 等（5、6、10、11月は月曜開館も有）

写真提供：鎌倉文学館

■上は往時の前田邸の居間兼客間。書院風の棚、寄木細工、ステンドグラスなど和洋折衷のデザインが美しい。現在は第1展示室に。曄道永一蔵 ■右上は来日した旧ソ連の作家と鎌倉ペンクラブの面々で歓談。左から里見弴、エレンブルグ、高見順、ひとりおいて大佛次郎（昭和32年、里見邸にて）。■右下は鎌倉文士の新年会。大佛、里見、川端らの姿が見える。

後にその体験をもとに『門』『夢十夜』を書き、漱石門下だった芥川龍之介は横須賀の海軍機関学校で英語を教えていたとき、鎌倉の由比ガ浜に下宿していた。昭和初期には久米正雄がまとめ役となり、川端康成、小林秀雄、里見弴、大佛次郎、高見順、永井龍男らとともに「鎌倉ペンクラブ」を発足させ、夏の「鎌倉カーニバル」では市民とともに盛り上がり、戦時中は「貸本屋鎌倉文庫」を開店した。鎌倉文士と呼ばれた彼らの創造性溢れる空気は現代の鎌倉にも受け継がれている。

館内では2階の旧居間兼客間や食堂を常設展示室とし、パネル展示「鎌倉文士たち」で当時の賑わいを展示している。ほか古典文学を辿る展示、明治から現代までの作家の原稿や著書、愛用品を紹介する展示等がある。1階と2階の特別展示室では、過去に「愛とブンガク」「鎌倉文士 前夜とその時代」等の展覧会を開催した。

鎌倉には、8世紀から続く長谷寺や13世紀建立とされる鎌倉大仏、目の前には由比ガ浜、後方には天然の要塞として鎌倉幕府を守った山々が並ぶ。自然と文化が揃う稀有な環境に文士たちが集い、大らかな文化を築いてきた歴史を鎌倉文学館は伝えてくれる。

メモ
下は清水崑画「かし本や鎌倉文庫繁昌図」。戦時中に文士が本を持ち寄って開いた貸本屋の繁盛風景。川端康成らが店頭に立った。このような鎌倉の歴史を示す資料も多い。

神奈川近代文学館
120万点を超える文豪の貴重資料を収集・保存・公開

夏目漱石
井上靖
大岡昇平　ほ

【神奈川県】

■文学者に愛される地・神奈川の文学館

横浜、湘南、箱根、鎌倉などを擁する神奈川は数々の近代文学作品の舞台となり、また多くの作家が滞在した。同館は博物館・図書館の機能を併せ持ち、神奈川ゆかりの作家や作品の資料を収集、保存、展示する施設として1984年（昭和59）10月に開館。設立発起人には井上靖、尾崎一雄、小田切進らが名を連ねていた。

■文学との新たな出会いを演出する場

同館には、展示室、閲覧室、ホール・会議室がある。

【展示室】年間を通して、日本近代文学に大きな足跡を遺した文学者の生涯と作品を貴重資料を基に紹介する企画展を開催、多くの文学ファンが訪れる。常設展「神奈川の風光と文学」は、谷崎潤一郎、中島敦、川端康成など神奈川とゆかりの深い作家、作品を紹介。もう一つの常設展「文学の森へ」は、明治〜現代を三部に分けて構成、企画展の規模にあわせて各部を入れ替えて展示しているので、開催時期は要確認。

常設展「神奈川の風光と文学」の展示室。中央には横浜の「山手・関内文学さんぽ」地図模型が設置されている。壁展示で神奈川の町や風景を描いた作品と作家を紹介。

【閲覧室】120万点を越える所蔵資料を閲覧することができる。図書・雑誌は即日閲覧が可能だが、原稿、書簡等は事前申請が必要。所蔵データはＨＰから検索可能。

【ホール・会議室】展覧会の関連イベントが人気。事前申請により一般利用者が句会や文学研究会等に利用することもできる。

> **メモ**
> 夏目漱石の遺族から遺愛品を受贈。館内にはそれらの複製によって、東京・早稲田南町にあった自宅兼書斎の一部を再現した「漱石山房コーナー」がある。

神奈川近代文学館の
ホームページへ

■**アクセス**■
●電車・みなとみらい線
元町・中華街駅下車、徒歩10分

■**所在地**■
神奈川県横浜市中区山手町110
電話 045-622-6666

■**入館料**■
閲覧室は無料、展示室は有料

■**開館時間**■
展示室 9:30〜17:00
（入館は16:30まで）
閲覧室／平日＝9:30〜18:30
／休日＝9:30〜17:00

■**休館日**■
月曜日（祝日の場合は開館）、
年末年始　等

漱石山房コーナー。

写真提供：神奈川近代文学館

【神奈川県】

小田原文学館
南欧風の邸宅に小田原ゆかりの文学者が結集

北村透谷
尾崎一雄
北原白秋 ほか

■文士が集った小田原

　明治以来、小田原には、その温暖な気候風土に魅了された人々が大勢移住してきた。小説家・斎藤緑雨は小田原を「山よし海よし天気よし」と称して活発な執筆を行った。ジャーナリスト・村井弦斎は釣り好きが高じて1901年（明治34）に小田原へ転居、自ら編集長を務める『報知新聞』で連載した『食道楽』が大ヒットした。詩人・北原白秋は、小田原に転居した1918年から児童文化運動の父と呼ばれた鈴木三重吉主宰の絵雑誌『赤い鳥』童謡欄に毎月新しい童話を発表。また不遇期に放浪を重ねていた坂口安吾は、1940年から小田原に住んで安定した執筆姿勢を見せるようになったという。

■南欧風の別荘を記念館に

　同館は幕末から大正にかけて活躍した旧土佐藩出身・田中光顕が建てた別荘だ。北村透谷、尾崎一雄など小田原出身の作家についてはかつて食堂として使われていた1階で、小田原を気に入り移り住んできた上記作家たちについては2階で展示紹介して

常設展示風景。企画展では、過去例で小田原出身詩人らが創刊した詩誌『民衆』、北原白秋と童謡雑誌『赤い鳥』、スイスアルプス登山に挑んだ小田原出身作家・辻村伊助、等。年1〜2回の特別展示、年4回程度の特集展示がある。

いる。なお、3階休憩室には明治から大正にかけての小田原の写真が掲示され、作家たちが魅せられた当時の小田原を偲ぶことができる。

メモ
敷地内には、大正末期の和風建物で北原白秋の童謡を視聴できる「白秋童謡館」、執筆拠点だった小田原の書斎を移築した「尾崎一雄邸書斎」がある。

小田原文学館のホームページへ

■**アクセス**
●電車・JR東海道線小田原駅下車、徒歩20分またはバス「箱根口」下車、徒歩5分

■**所在地**
神奈川県小田原市南町2-3-4
電話 0465-22-9881

■**入館料**
大人250円／小・中学生100円／「童謡館」にも入館可／団体、手帳等の提示で割引、免除有

■**開館時間**
10:00〜17:00
（入館は16:30まで）

■**休館日**
12/28〜1/3　等

写真提供：小田原文学館

【神奈川県】

西村京太郎記念館
鉄道ジオラマが走るトラベルミステリー第一人者の館

■湯河原を気に入り定住

推理小説作家として活躍している西村京太郎（1930〈昭和5〉～）の記念館。作家本人が館長を務める。60代で病気療養のため神奈川県湯河原で静養した際にその気候風土を大変気に入り、同じ年のうちに湯河原へ転居、そのまま定住している。2001年に「西村京太郎記念館」を開館してからは、来館者との交流を楽しんでいるという。2005年には湯河原名誉町民の称号を与えられるなど、地元に密着した生活を楽しんでいる。

■原作者による特製鉄道ジオラマ

館内展示は西村本人の意向を具現化したものとなっている。まず、歴代の著作品をすべて展示している。その数、2018年現在で600点余にのぼる。また、大変に鉄道好きな西村が自ら構想し、専門店に特注したジオラマを展示している。模型の列車走行中に事件が発生するなど、来館者を楽しませる構成である。日曜日には、ほぼ毎週サイン会を実施、推理小説作家本人と直接

展示室のようす。壁には人気作『十津川警部シリーズ』をはじめとする歴代の西村京太郎作品が並び、中央には館長・西村自ら考案した特注ジオラマが走る。

語り合える機会となっている。小説で読者を魅了する推理作家・西村が「見て、感じて楽しむ記念館に」と空間プロデュースで楽しませてくれる、貴重な館である。

代表作
『黒の記憶』『天使の傷跡』『太陽と砂』『消えたタンカー』『寝台特急殺人事件』『十津川警部シリーズ』など

メモ
1階には喫茶店「茶房にしむら」。西村お気に入りの炭焼きコーヒーがメニューに並ぶ。

西村京太郎記念館のホームページへ

■アクセス
●電車・JR東海道本線湯河原駅下車、徒歩15分
●車・東京方面より国道135号線「湯河原温泉入口」右折、新幹線ガードそば　など

■所在地
神奈川県足柄下郡湯河原町宮上42-29
電話 0465-63-1599

■入館料
大人820円／中・高・大学生310円／小学生100円
※大人券のみドリンク付き

■開館時間
9:00 ～ 16:30
（入館は 16:00 まで）

■休館日
水曜日（休日の場合は翌日）、1/29/ ～ 1/3

写真提供：西村京太郎記念館

【神奈川県】

茅ヶ崎市開高健記念館
書斎をそのまま保存し、自宅を記念館に

■多ジャンルにわたり活躍

　大阪生まれの開高健（1930〈昭和5〉～1989〈平成元〉）は、学生時代に同人誌に参加、20代の壽屋（サントリーの前身）勤務時には、コピーライターとして活躍。『パニック』で新人作家として注目され、20代で芥川賞受賞。以降の作品テーマは戦争、釣り、食など多岐にわたった。

　開高は、1974年に東京から茅ヶ崎に移り住んだ。1989年に他界、2002年に茅ヶ崎の住まいを記念館として開設した。書斎は生前のままに保ち、他居室で展示を行っている。常設展は開高の活動時期を4つの期間に分けて展示している。学生時代から20代の時期、『裸の王様』（1957）で芥川賞を受賞した時期、30～40代にかけてのルポ『ベトナム戦記』（1965）、『夏の闇』（1972）など精力的な執筆活動期、そして40代のブラジル釣り紀行文『オーパ！』（1981）を著した時期である。豊富な資料で開高像に迫る。別室では企画展を実施、開高の魅力を伝え続けている。

当時のままの書斎。バス、トイレに台所も備えたこの部屋で、開高は執筆に勤しみ、編集者らを迎えた。

代表作
『パニック』『裸の王様』『ベトナム戦記』『夏の闇』『輝ける闇』『オーパ！』『玉、砕ける』『耳の物語』など

メモ

過去の企画展ポスター。写真は2014年「開高健ノンフィクションの原点『ずばり東京』展」。

茅ヶ崎市開高健記念館のホームページへ

写真提供：茅ヶ崎市開高健記念館

■アクセス■
●バス・JR茅ヶ崎駅下車、コミュニティバス東部循環市立病院線「開高健記念館」下車すぐ

■所在地■
神奈川県茅ヶ崎市東海岸南6-6-64
電話 0467-87-0567

■入館料■
200円／「茅ヶ崎ゆかりの人物館」との共通券300円

■開館時間■
金・土・日・祝日のみ開館
4～10月 10:00～18:00
（入館は17:30まで）
11～3月 10:00～17:00
（入館は16:30まで）

■休館日■
12/29～1/3　等

川崎市 藤子・F・不二雄ミュージアム
ドラえもんたちに会い、漫画を学べて遊べる

【神奈川県】

■手塚治虫にあこがれて

『ドラえもん』を生んだ富山・高岡市出身の漫画家、藤子・F・不二雄（1933〈昭和8〉～1996〈平成8〉）。昭和20年代、5つ年上の手塚治虫が『ジャングル大帝』『鉄腕アトム』など人気作を次々発表、高校生だった藤子は、手塚漫画の楽しさに感激し、手塚への憧れから漫画家を目指すようになる。

後に藤子不二雄としてコンビを組む同郷の安孫子素雄と20歳で上京し、手塚を筆頭に腕利きの漫画家が集うアパート、トキワ荘の住人となる。30代で描いた『オバケのQ太郎（共著）』や『ドラえもん』は大ヒット、50代のコンビ解消後も藤子・F・不二雄として筆を振るい、『ドラえもん』は誕生から約50年を経て海外にまでその人気を広げている。

■世代を超えて楽しめる空間

展示室Ⅰの入口にある「まんがの作り方」コーナーでは制作プロセスを5段階で紹介。展示室内は全般に説明書きは少なく、音声ガイドを主にしている。また、原画の展示

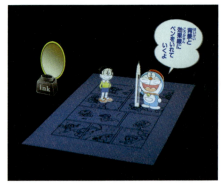

『まんがができるまで』コーナー。ドラえもんとのび太が制作プロセスを教えてくれる。写真は『背景と効果線にペンを入れていくよ』の項。

は子ども目線で見られるよう、ドラえもんの身長129.3cmに合わせて高さを調整している。代表作の活版原画も見られる。

「先生のにちようび」コーナーでは、藤子のオフ時間に触れることができる。3人の子どものため、自作の紙製人形で劇を演じたり、サンタクロース宛に願いごとを投函するポストを作ったり、自主映画を撮ったり、絵本を読んだり。手先の器用さを活か

川崎市藤子·F·不二雄ミュージアムのホームページへ

■**アクセス**■
●電車・小田急線登戸駅下車、徒歩16分またはバス直行便利用
など

■**所在地**■
神奈川県川崎市多摩区長尾 2-8-1
電話 0570-055-245

■**入館料**■
大人・大学生 1000円／中・高生 700円／子ども 500円／3歳以下無料／入館日時指定による予約制。前々月30日にローソンにてチケット販売開始

■**開館時間**■
10:00 ～ 18:00

■**休館日**■
火曜日、年末年始　等

写真提供：川崎市 藤子・F・不二雄ミュージアム

■上は「先生の机」コーナー。書斎机上には恐竜のおもちゃ、地球儀、10,000冊の本棚には恐竜本、SF本、人気映画、ディズニー本など。志ん生の落語をBGMに漫画を描いたという。■下左は生誕80周年記念のブロンズ像。2013年完成。キャラクターに囲まれる藤子。■下右はデビュー前にもらった手塚治虫からのハガキ。「将来が楽しみです……」と渦巻き状に書かれている。

した藤子流の小道具で家族とコミュニケーションを取ったようすが伺える。

そのほか、実際に使っていた色鉛筆、鉛筆削り、水彩絵の具、年代物の映写機、エジプトやメキシコなど古代遺跡を訪問した際のパスポート、思いついたアイデアをコマ割イラストでメモした藤子流アイデアノートなど。古代遺跡の経験はのち大長編に反映される。小さな展示品からも、人を楽しませることが好きだった藤子の明るさが伝わってくる。

なお、館内は空間にゆとりを持って作られており、「キッズスペース」「はらっぱ」「カフェ」など子どもと一緒に1日を過ごすことができるコーナーが数多くある。

代表作
『ドラえもん』『パーマン』『キテレツ大百科』『オバケのQ太郎』(共著)など
メモ
出身地の富山県にある「高岡市 藤子・F・不二雄ふるさとギャラリー」には20歳頃までの直筆作品が展示されている。

【神奈川県】

川崎市岡本太郎美術館
約1800点を収蔵するTAROの美術館

■芸術を「茶の間」に引きずり出した鬼才

　1970年（昭和45）開催の大阪万博シンボル塔『太陽の塔』の作者として知られる岡本太郎。テレビCMで叫んだ「芸術は爆発だ！」が1986年に「新語・流行語大賞」を受賞するなどメディアに積極的に露出した芸術家だった。

　東京・青山に自宅があったが、岡本太郎美術館が建つ神奈川・川崎市とも深いゆかりがある。1911年、太郎は二子村（現・川崎市）の旧家である母・かの子の実家で生まれた。7歳から18歳まで慶応の学生として過ごす間も、実家へは母に連れられてよく行ったという。1949年の母他界後も、川崎の実家との縁は生涯続く。

■幅広い作品を展示

　1996年に太郎が他界、3年後の1999年に岡本太郎美術館は開館した。常設展では絵画や彫刻を鑑賞できる。近年では椅子や食器などインテリアデザイン分野の作品紹介を行うこともある。年4回、企画展を開催している。

常設展示室では数多くの絵画や彫刻作品を鑑賞できる。太郎の歩みを記した年譜のほか、照明や展示手法などが工夫された各展示室の空間演出も楽しみのひとつだ。

メモ
多摩川ほとりの二子神社境内に立つ、太郎の彫刻作品『誇り』（下）。小説『鶴は病みき』を執筆後に49歳で他界した母の文学碑として1962年に建てられた。台座には「かの子に捧ぐ」と刻まれている。

川崎市岡本太郎美術館のホームページへ

■アクセス
●電車・小田急線向ヶ丘遊園駅下車、徒歩17分
●バス・市バス「生田緑地入口」下車、徒歩8分など

■所在地
神奈川県川崎市多摩区枡形7-1-5 生田緑地内

電話 044-900-9898

■入館料
展覧会ごとに設定

■開館時間
9:30～17:00
（入館は16:30まで）

■休館日
月曜日、祝日の翌日、年末年始　等

作品前に置かれた椅子等で思い思いに鑑賞する来館者。

写真提供：川崎市岡本太郎美術館

中部エリア

山梨県立文学館・104
三島由紀夫文学館・105
横溝正史館・106
一茶記念館・107
堀辰雄文学記念館・108
小諸市立藤村記念館・109
軽井沢高原文庫・110
池波正太郎真田太平記館・112
安曇野ちひろ美術館・113
黒姫童話館・114
中山晋平記念館・115
泉鏡花記念館・116
室生犀星記念館・118
徳田秋聲記念館・120
千代女の里俳句館・121
高志の国文学館・122
福井県ふるさと文学館・124
福井市橘曙覧記念文学館・125
「ちひろの生まれた家」記念館・126
大垣市奥の細道むすびの地記念館・127
藤村記念館・128
伊豆近代文学博物館・129
井上靖旧居・130
井上靖文学館・131
沼津市若山牧水記念館・132
新美南吉記念館・134

山梨県立文学館

100人を超えるゆかりの作家を展示

樋口一葉
芥川龍之介
飯田蛇笏 ほ

【山梨県】

■常設展は5室で展開

1989(平成元)年に設立された同館は、山梨出身やゆかりの作家に関する紹介を常設展示5室に分けて行っている。

【第1室】甲斐の国の歌枕や江戸時代の国学を紹介。樋口一葉に関する資料は貴重なものが多い。

【第2室】山梨出身作家やゆかりの作家に関する展示。1作家につき1コーナーを用意し、作家の略歴、直筆原稿、掲載誌などを展示する。人気が高いのは甲府出身の翻訳家・村岡花子、新婚時代を甲府で過ごした太宰治、大月市出身の山本周五郎だ。

【第3室】芥川龍之介の資料展示。約5000枚の草稿や書画など全国有数のコレクションを所蔵。敬愛する漱石からの手紙もある。

【第4室】飯田蛇笏・飯田龍太記念室。飯田蛇笏(1885~1962)は笛吹市出身で、月刊俳句誌『雲母』の主宰も務め、多くの後輩を育てた。蛇笏の死後、四男の龍太(1920~2007)が『雲母』を継ぎ、1992年まで900号が刊行された。

「常設展示室 第2室」の展示風景。山梨出身やゆかりの作家に関する展示が丁寧に行われている。

【第5室】山梨出身作家について上半期に小説家・ジャーナリスト49人、下半期に詩人・歌人・俳人など55人を解説する。黒澤明作品の脚本を書いた菊島隆三、宝塚創設者の小林一三など著名人を取り上げることも。

全館を通じて山梨の文学活動が丁寧に紹介されており、国内文学全般への知見を深める意味において貴重な展示となっている。

> **メモ**
> 文学に関する図書や雑誌約30万冊を収蔵する閲覧室は無料で利用できる。

山梨県立文学館のホームページへ

■アクセス■
●バス・JR甲府駅から「山梨県立美術館」下車
●車・JR甲府駅から15分

■所在地■
山梨県甲府市貢川1-5-35
電話 055-235-8080

■観覧料■
大人 320円/大学生 210円/高校生以下無料/65歳以上無料/団体、手帳等の提示で割引有/企画展別途

■開館時間■
9:00~17:00 (入室は16:30まで) 閲覧室は19:00まで (土・日・祝日は18:00まで)

■休館日■
月曜日(祝日の場合は翌日)、祝日の翌日(日曜日の場合は開館)、年末年始等

吹き抜けが美しいエントランスホール。

写真提供:山梨県立文学館

【山梨県】

三島由紀夫文学館
山中湖畔で三島の文学と人に触れる

■三島由紀夫と山梨

　三島由紀夫文学館は山中湖の南側湖畔に建つ。周辺の森の小径には松尾芭蕉、高浜虚子、与謝野晶子、富安風生らの句碑があり、文化施設が建ち並ぶ。三島の遺族の意向や「山中湖文学の森公園」構想などの諸縁がつながり、同館は文学的色彩の濃い山中湖畔に1999年（平成11）開館した。

■幼年期から傑作を生んだ30代まで紹介

　館内では三島の生涯を10代、20代、30代、40代と分けて紹介している。たとえば10代コーナーには学習院初等科での作品が並ぶ。図工の時間に描いた絵や、書道の練習作品もある。書斎再現コーナーでは実際の愛読書とされる蔵書が並ぶ。「どんな作家だったかではなく、どんな人間であったかを感じ取って欲しい」という企画意図が表れた展示となっている。

■オリジナル映像

　館内上映の映像作品「世界の文豪　三島由紀夫」は、三島ファンである映画プロデューサー・藤井浩明が1999年の開館に合わせて制作した。第1部は30～40代頃の三島を中心にその生涯と作品を紹介、第2部は『豊饒の海』を映像化。約1時間の映像は同館でのみ鑑賞できる。

入口正面には壁一面の三島作品「初版本99冊」コーナー。絵画的に優れた表紙が並び、かつて文庫本で読んだ作品の初版本装丁を目にしてその美しさに驚く来館者も多い。

代表作
『潮騒』『仮面の告白』『花ざかりの森』『金閣寺』『豊饒の海』など

メモ
全4巻『豊饒の海』の第3巻『暁の寺』は山梨・富士北麓が舞台。取材旅行に訪れた三島は大学ノートに山中湖や周辺道路の克明なスケッチを残している。ノートは館内に展示。

三島由紀夫文学館の
ホームページへ

■アクセス■
●バス・JR富士吉田駅または御殿場駅下車、富士急バス「文学の森公園前」下車、徒歩5分

■所在地■
山梨県南都留郡山中湖村平野506-296
電話0555-20-2655

■入館料■
大人500円／高・大学生300円／小・中学生100円／団体、手帳等の提示で割引有

■開館時間■
10:00～16:30
（入館は16:00まで）

■休館日■
月曜日（祝日の場合は翌日）、年末年始　等

写真提供：三島由紀夫文学館

【山梨県】

横溝正史館
横溝ワールドが構築された空間をそのまま移築

■金田一の生みの親

横溝正史（1902〈明治35〉～1981〈昭和56〉）は神戸生まれ。19歳のときに雑誌公募企画で入選し、江戸川乱歩の勧めにしたがい上京、出版社・博文館に入社し、推理小説雑誌『新青年』編集に携わる。数年で退職して30歳から執筆に専念、疎開先の岡山で金田一耕助シリーズ第1作となる『本陣殺人事件』を書く。以降、『八つ墓村』『獄門島』『悪魔が来りて笛を吹く』『犬神家の一族』等を次々発表、角川書店による文庫化や映画化で人気再燃したのは横溝60代のときであった。『悪霊島』を書き上げた翌年、79歳で死去した。

■東京・世田谷の自宅を移築

30歳の頃、横溝は結核の転地療養で何度か長野・諏訪へ向かった。道中、休憩に降り立っては散策したという山梨の笛吹川。2006年、笛吹川が一望できる高台に同館が開館した。建物は昭和30年築の木造平屋建て。横溝が50代で建てた東京・世田谷の自宅の書斎を移築し、晩年の執筆空間をそ

東京・世田谷の昭和30年築旧宅は、横溝晩年の書斎であった。これを縁ある笛吹川近くに移築、自筆原稿などと共に公開している。写真提供：山梨市

のまま公開している。同館は遺品約70点を所蔵、自筆原稿や映画ポスターなど貴重な品々を鑑賞できる。

代表作
『鬼火』『蔵の中』『獄門島』『八つ墓村』『犬神家の一族』『悪魔が来りて笛を吹く』『悪魔の手毬唄』『仮面舞踏会』『悪霊島』など

メモ
館内展示の「江戸川乱歩からの書簡」は19歳で推理作家デビューした横溝を「探偵趣味の会」同人として招待したもの。先輩・江戸川乱歩と後輩・横溝の生涯続く深い縁を端的に示すものといえる。

横溝正史館のホームページへ

■アクセス
●電車・JR中央本線山梨市駅下車、タクシー7分
●車・中央自動車道 勝沼ICまたは一宮御坂ICから30分

■所在地
山梨県山梨市江曽原1411-6

電話 0553-21-8250
（山梨市教育委員会生涯学習課）

■入館料
大人 100円／中学生以下無料／70歳以上無料／障害者手帳等無料

■開館時間
10:00～15:00
（入館は14:45まで）

■休館日
土・日・祝日のみ開館、ただし年末年始は休館

写真提供：横溝正史館

一茶記念館
晩年を過ごした地に建つ

【長野県】

■出生と修業時代

「やせ蛙　まけるな一茶　これにあり」など、"一茶調"とも呼ばれる平易で味わい深く、弱き者への温かい視線を持つ句で知られる江戸後期の俳人・小林一茶。

1763年（宝暦13）、一茶は信濃国柏原（現・長野県信濃町）で生まれ、比較的豊かな農家で育つも、3歳で母と死別。8歳で迎えた継母になじめず、15歳で江戸に奉公に出された。

俳句の道を志したのは20歳を過ぎた頃。20代後半に頭角を現し始め、時折各地に行脚しながら、富裕な門人や趣味人との交流や俳句指南を生計の一助にし、1795年に処女撰集の『たびしうゐ（旅拾遺）』、1798年に『さらば笠』を出版した。

■"北信濃の宗匠"へ

1801年、一茶は父の死を機に帰郷を企図し始め、1812年、50歳のときに故郷に居を構える。一茶調と呼ばれる新境地を開拓し、信州帰住後に著された俳文集『おらが春』は没後に刊行されて一茶の代表作となった。江戸で修業を積んだ一茶の黄金時代は"北信濃の宗匠"として名を馳せた帰郷以後の年月だったといえる。

当記念館は、終の棲家となった土蔵が国史跡に指定されたことを記念して、墓のある小丸山に開館したもの。小動物を愛した一茶の記念館らしく、近所の猫が館長を務め、訪問者を迎えてくれる。

常設展示室。一茶が過ごした北国街道柏原宿の模型や伝記アニメなどの展示がある。

代表作
『おらが春』（俳文集）、『たびしうゐ』『さらば笠』『三韓人』（句集）、『七番日記』『八番日記』『文政句帖』（句日記）など

メモ
記念館のある小丸山公園には一茶を偲んで建立された俳諧寺があり、天井には訪れた俳人たちの直筆の句が刻まれている。

一茶記念館の
ホームページへ

写真提供：一茶記念館

■**アクセス**
●電車・長野駅からしなの鉄道（北しなの線）黒姫駅下車、徒歩5分
●車・上信越自動車道 信濃町ICよりR18経由3分

■**所在地**
長野県上水内郡信濃町柏原2437-2

電話026-255-3741

■**入館料**
高校生以上500円／小・中学生300円／団体、手帳等の提示で割引有（冬期間は高校生以上250円／小・中生150円）

■**開館時間**
9:00〜17:00

■**休館日**
5、6、9、10月末日（土・日の場合は翌月曜日）、年末年始、12/1〜3/19の土・日・祝日

【長野県】

堀辰雄文学記念館
療養の地、終焉の地に建つ館

■晩年を暮らした居宅、書庫、展示棟

　小説『風立ちぬ』の作者として知られる堀辰雄（1904〈明治37〉～1953〈昭和28〉）は東京生まれ。芥川龍之介作品に心酔し、室生犀星を師と慕う青年であった。軽井沢に別荘を持つ室生を頼って東京と軽井沢を往来していた堀は、1941年には旧軽井沢の別荘を取得し、夏を過ごす。戦後は結核の転地療養のため、数km離れた信濃追分に小さな住まいを建て転居、これが同館となっている。ここではもう作品を書くことはなかった。

　同館は、浅間山を望む日当たりの良い場所に建つ。移築ではなく堀が実際に最晩年を過ごした場所である。旧居、他界10日前に完成した書庫、後年建てられた夫人の居宅の3棟から成る。旧居には堀が寛いだ籐椅子などが置かれ、在りし日が偲ばれる。書庫については、完成を待ちわびた堀自ら、蔵書の並べ順まで緻密に記した指示書を用意していたという。直筆原稿、初版本、写真、硯箱など遺愛品が展示されている。

■上は右から順に展示棟、旧宅、書庫。旧宅は堀が晩年2年間暮らした家。家具もそのまま。■下は旧宅内部。床の間の柱には、堀が心酔した芥川龍之介の好みであるコブシの木を使用。

代表作
『芥川龍之介論』『聖家族』『美しい村』『風立ちぬ』『菜穂子』『かげろふの日記』『大和路・信濃路』など

メモ
同館から車で20分ほど行くと別荘「堀辰雄山荘1412」が移築された「軽井沢高原文庫」がある。

堀辰雄文学記念館のホームページへ

■**アクセス**
●電車・しなの鉄道　信濃追分駅下車、徒歩20分またはタクシー5分
●車・碓井軽井沢ICから30分

■**所在地**
長野県北佐久郡軽井沢町大字追分662
電話 0267-45-2050

■**入館料**
大人400円／小・中・高生200円／団体、障害者手帳割引有／追分郷土館と共通

■**開館時間**
9:00～17:00
（入館は16:30まで）

■**休館日**
水曜日、年末年始　等
（7/15～10/31は無休）

堀辰雄の蔵書が並ぶ書庫。

写真提供：堀辰雄文学記念館

【長野県】

小諸市立藤村記念館
藤村が詩人から小説家に転身した地

■小諸と藤村

　小説『破戒』で有名な島崎藤村は、1872年（明治5）に筑摩県馬籠村（現・岐阜県中津川市）で生まれ、大学卒業後に東京、仙台で教職に就いたのち、1899年に現在の長野・小諸市にあった私塾「小諸義塾」に赴任。上京までの約6年間を当地で暮らしている。

　藤村は「まだあげ初めし前髪の……」の一節が有名な詩『初恋』が収められた『若菜集』など、すでに詩人として名を馳せており、1901年に発行された『落梅集』には、小諸の情景を描いた詩も書いている。中でも『千曲川旅情の歌』として多くの曲がつけられた『小諸なる古城のほとり』は有名である。1958年に開館した当記念館も、詩のモチーフとなった小諸城跡の一角、懐古園内にある。

■転換期となった小諸時代

　もっとも、小諸は藤村にとって詩に別れを告げた場所でもある。写生文『千曲川のスケッチ』の執筆を機に、散文、小説への本格的な転身を図り、処女小説『旧主人』

常設展示室。

（1902年）を上梓。代表作『破戒』（1906年）も小諸時代に執筆を始めている。

　詩から小説へと舵を切った藤村の心境の変化に思いを馳せるにふさわしい場所に建つ当記念館は、東宮御所を手がけた谷口吉郎が設計。館内では小諸時代を中心とした作品、資料、愛用品が展示されている。

代表作
『旧主人』『破戒』『ある女の生涯』『夜明け前』（小説）、『若菜集』『落梅集』（詩集）、『千曲川のスケッチ』（写生文）など

メモ
記念館のある「懐古園」は桜と紅葉の名所。桜は種類が豊富で開花期間も長い。「小諸八重紅枝垂」というしだれ桜が特に有名。

小諸市立藤村記念館の
ホームページへ

写真提供：小諸市立藤村記念館

■アクセス
●小諸駅（JR、しなの鉄道）より東西自由通路を渡り徒歩5分

■所在地
長野県小諸市丁315
（懐古園内）
電話0267-22-1130

■入館料
懐古園共通券 500円／小・中学生 200円、藤村記念館のみ 200円／小・中生 100円

■開館時間
9:00～17:00

■休館日
12月～3月中旬まで毎週

藤村が愛用した煙草盆と煙草入れ。

軽井沢高原文庫

湖畔のリゾート地に文学者の別荘や書斎

堀辰雄
有島武郎
野上弥生子

【長野県】

■「軽井沢らしい文学施設を」

　明治以来、軽井沢は多くの文学者と縁を紡いできた。「小さくてもいい、軽井沢らしい文学に特化した施設を作ろう」と、1980年代初頭から町内有志が発起人となって開設準備を始める。堀辰雄、室生犀星、中村真一郎、辻邦生、川端康成らの縁者や軽井沢ゆかりの作家たちが資料収集に東奔西走。1985年（昭和60）には湖畔の複合リゾート地「軽井沢タリアセン」南西端に軽井沢高原文庫が開館する。「寄贈資料はすべて軽井沢の諸縁が生んだ宝物」との認識の下、現在も文化と自然の融合施設として日々来訪者を迎えている。

■作家たちの別荘を敷地内へ移築保存

　開館以降、同館は町内で空き家となっていた作家の別荘や書斎を敷地内へ移築した。「建物をきちんと移築保存することで、かつての人々の心象風景を後世の我々も感じることができるのでは」との信念から、建材の一つひとつまで念入りに調査を行って徹底的に再現している。「作家が実際に執

旧軽井沢にあった「堀辰雄1412番山荘」。堀は戦前ここで『菜穂子』など執筆、後に結核療養で転居して空き家に。1964年（昭和39）から20年間、知人の画家・深沢紅子夫妻が夏のアトリエとして愛用。大正期の別荘を堪能できる。1985年移築。

筆した空間をそのまま来館者に味わって欲しい」との願いが込められている。

【堀辰雄1412番山荘】 旧軽井沢の雑木林に建つ外国人の別荘を堀が気に入って1941年に購入。『菜穂子』『大和路・信濃路』など名作を執筆する。結核療養のため、3年後に軽井沢・追分の日当たりの良い住まいへ転居した（108ページ「堀辰雄文学記念館」）。旧軽井沢の別荘を1985年に同館へ

軽井沢高原文庫のホームページへ

■**アクセス**■
●電車・JR北陸新幹線 軽井沢駅下車、タクシー10分
●バス・町内循環バス「塩沢湖」下車、徒歩1分または「風越公園」下車、徒歩10分など

■**所在地**
長野県北佐久郡軽井沢町大字長倉202-3
電話 0267-45-1175

■**入館料**
大人（高校生以上）700円／小人（小中学生）300円（堀辰雄山荘・野上弥生子書斎・有島武郎別荘を含む）

■**開館時間**
9:00～17:00

■**休館日**■
冬季 12～2月 等

同文庫のある「軽井沢タリアセン」を上空から。

写真提供：軽井沢高原文庫

旧軽井沢の三笠ホテル近くにあった「有島武郎別荘」。明治終わり頃の建築で「浄月庵」とも呼ばれる。妻と父を大正5年に亡くした有島は、この別荘を訪れて名作『生れ出づる悩み』の一部を書く。1階カフェ「一房の葡萄」は有島作品タイトル。2階は有島武郎記念室として公開している。1989年移築。

北軽井沢にあった1933年築「野上弥生子書斎」。野上はここを「鬼女山房」と名付け、執筆の日々を送った。茶室を模したという質素な空間は、女流文学賞を受賞した代表作『秀吉と利休』を思い起こさせる。1996年移築。

軽井沢高原文庫の2階展示室。毎年夏季は特別展を開催、春・秋の常設展では軽井沢に縁ある立原道造、室生犀星、加藤周一といった作家や評論家などを紹介する。1階ショップでは作家ごとに著書やオリジナルグッズが並ぶ。

移築。なお、1412番は住所とは異なる各住居識別番号のことでハウスナンバーとも。

【野上弥生子書斎】1933年築。当初は北軽井沢の別荘開発地の法政大学村(現・大学村)に建てられた。野上は毎年5〜11月頃までここへ滞在、小さな書斎で執筆活動に勤しんだ。高浜虚子ら知人が来訪、大勢を迎えて謡の稽古なども。野上が晩年まで約50年にわたり愛用した建物を、1996年に移築した。

【有島武郎別荘「浄月庵」】明治終わり頃、実業家の父が三笠ホテル側に建てた別荘。父と妻を亡くした1916年以降、武郎はここへ滞在するようになり、『生れ出づる悩み』の一部など執筆。軽井沢夏期大学の講師としても活躍したが、1923年に心中。1989年に移築した。

なお、有島が札幌農学校へ進学した際、同校教師で遠縁でもあった新渡戸稲造と接点があり、浄月庵2階には軽井沢で新渡戸が愛用した机が置かれている。

代表作
有島武郎『カインの末裔』『或る女』『小さき者へ』、堀辰雄『風立ちぬ』『菜穂子』『かげろふの日記』、野上弥生子『秀吉と利休』『真知子』『迷路』など

メモ
同館から塩沢湖畔沿いに徒歩5分ほどで、水色に彩られた「深沢紅子野の花美術館」が見えてくる。明治44年築の軽井沢郵便局舎を移築して1996年に開館。旧軽井沢の別荘へ夏ごと20年通い、高原植物の水彩画で人々を魅了した画家・深沢紅子の描き下ろし作品等を展示。

「深沢紅子野の花美術館」。

池波正太郎真田太平記館

真田の郷に広がる池波文学の世界

【長野県】

■歴史・時代小説の巨匠

1923年（大正12）に東京で生まれた池波は、1946年に発表した戯曲『雪晴れ』によって、当初は劇作家としてデビューした。

その後、師事していた長谷川伸の勧めで小説の執筆も始め、1954年に処女小説『厨房（キッチン）にて』を発表。1960年の『錯乱』で直木賞を受賞。以後歴史小説家として『鬼平犯科帳』『剣客商売』『必殺仕掛人』といった創作的なシリーズものを含む秀作を次々と世に送り、また随筆家、映画評論家としても高い評価を受けた。

■"真田もの"が変えた作風

当初は昭和20年代を舞台とした現代ものが多かった池波だが、信濃の武家である真田一族に強い関心を持つと1956年に『恩田木工』を発表。その後『三代の風雪』などの短編を経て、集大成として大長編『真田太平記』を書き上げた。

1998年に長野県上田市に開館した当館は、池波が真田ものの執筆のために当地に足しげく通ったことが縁で建てられたも

「真田太平記コーナー」。真田太平記年表や真田家関連作品年表、登場人物の紹介、取材ノートなどを展示。

の。館内には作品のストーリーに沿った年表や直筆の取材ノート、また「真田太平記コーナー」には、夏の陣と冬の陣ジオラマや、書籍で使われた挿絵の原画なども展示されている。

代表作
『真田太平記』『三代の風雪』『恩田木工』『錯乱』『おとこの秘図』『編笠十兵衛』『雲霧仁左衛門』『戦国幻想曲』『賊将』など

メモ
別棟の「シアター館」「ギャラリー館」への導線には『真田太平記』にも登場する「草の者」のからくり絵のアトラクションが。

池波正太郎真田太平記館のホームページへ

■アクセス■
●電車・上田駅（北陸新幹線、しなの鉄道）より徒歩約10分
●車・上信越自動車道上田菅平ICより約10分

■所在地■
長野県上田市中央3-7-3
電話番号 0268-28-7100

■入館料■
大人400円／高・大学生260円／小・中学生130円／団体、障害者手帳割引有

■開館時間■
10:00～18:00
（入館は17:30まで）

■休館日■
水曜日、年末年始　等

「池波正太郎コーナー」。

写真提供：池波正太郎真田太平記館

安曇野ちひろ美術館
絶景を背に建つ世界有数の絵本美術館

【長野県】

■柔らかでみずみずしい画風

水彩画ならではの透明感あふれる子どもたちの姿を描き続け、国際的にも高い評価を得た絵本画家いわさきちひろ。1918年（大正7）、福井県武生（現・越前市）に生まれたちひろは、14歳で洋画家の岡田三郎助に師事して絵を学ぶなど、早くからその才能を開花させていた。

もっとも、画家として独り立ちをするのは、太平洋戦争を経た1950年、紙芝居『お母さんの話』の完成後。当時は油彩画も手がけていたが、1962年の『子ども』を最後に、水彩画を中心に子どもの本の世界で活躍。1968年発表の絵本『あめのひのおるすばん』で、水彩画ならではの滲みと色彩の美しさが際立つ柔和でみずみずしいちひろ独自の筆致がひとつの完成をみる。

■平和への思いと人間愛

こうしたちひろの作風は、戦争体験を通じて平和への思いと人間愛を強く心に抱くに至ったそれまでの半生と決して無縁ではない。『わたしがちいさかったときに』（1967

「展示室1 ちひろの仕事」。画業を俯瞰できる展示。

年）、そして最後の絵本となった1973年の『戦火のなかの子どもたち』などは、ちひろの真骨頂ともいえる作品である。

当館のある松川村は、戦後ちひろの両親が開拓農民として移住した土地で、ちひろの作品、素描、遺品だけでなく、海外作品を含む散逸しがちな絵本原画の保存、展示も。絵本美術館としては世界有数の規模。

代表作
『あめのひのおるすばん』『ことりのくるひ』『花の童話集』『戦火のなかの子どもたち』（絵本）、『窓ぎわのトットちゃん』（絵）など

メモ
来館者が気軽に参加できるワークシートなどを用意してある「子どもの部屋」では、子どもたちが創造性を発揮して楽しめる仕掛けと工夫がなされている。

安曇野ちひろ美術館のホームページへ

■**アクセス**■
●電車・JR大糸線 信濃松川駅から徒歩30分、車5分、レンタサイクル15分

■**所在地**■
長野県北安曇郡松川村西原3358-24
電話0261-62-0772

■**入館料**■
大人800円／高校生以下無料／団体、手帳等の提示で割引あり

■**開館時間**■
9:00〜17:00（GW・お盆は18:00まで）

■**休館日**■
第4水曜日（GW・8月は無休）、冬季休館 等

「世界の絵本館」の展示。

写真提供：安曇野ちひろ美術館

黒姫童話館

黒姫山麓の森に囲まれた牧歌的な童話館

松谷みよ子 / ミヒャエル・エンデ

【長野県】

■豊富な日独巨匠の寄贈資料

世界各国の童話や絵本、信州に伝わる昔話や民話をテーマとする黒姫童話館は、長野県信濃町の緑豊かな環境に建つ。

展示の中核を成すのが、児童文学作家の松谷みよ子とミヒャエル・エンデ（ドイツ）に関するもので、本人寄贈の資料が豊富に所蔵されている。

『龍の子太郎』や『モモちゃん』シリーズなどで知られる松谷は1926年（大正15）、東京で生まれる。当地との縁は、太平洋戦争末期、長野県内に疎開したことに始まり、作家への道を開くきっかけとなった。後に松谷は黒姫に別荘を建てることになる。

■地元の民話に共感したエンデ

一方、1929年生まれの世界的児童文学作家、ミヒャエル・エンデと信濃町は童話館の建設がきっかけで出会う。「できる限りの協力をしましょう」というエンデから直接寄贈された貴重な資料約2000点を所蔵。そのうち300点が常設展示で公開されている。

上は松谷みよ子、下はミヒャエル・エンデの展示室。

代表作
『龍の子太郎』『モモちゃんとアカネちゃん』『貝になった子供』（松谷）など。『モモ』『はてしない物語』（エンデ）など

メモ
敷地内には「童話の森ギャラリー」や1966年に絵本画家のいわさきちひろが建てた山荘も。未完の遺作『赤い蝋燭と人魚』の創作もこの山荘で行っていた。

黒姫童話館のホームページへ

■**アクセス**■
●バス・長野駅からしなの鉄道（北しなの線）で黒姫駅下車、路線バスなどで約15分
●車・信濃町ICから黒姫高原方面に向かって約15分

■**所在地**■
長野県上水内郡信濃町野尻3807-30
電話 026-255-2250

■**入館料**■
一般 600円／小・中学生 400円／団体、手帳等提示で割引有

■**開館時間**■
4/5～11/30の 9:00～17:00（入館は16:30まで）

■**休館日**■
5、6、9、10月の末日（日曜、祝日の場合は翌日）、冬季休館（12/1～4/4）

写真提供：黒姫童話館

中山晋平記念館

"歌謡曲の父"の故郷で郷愁に浸る

【長野県】

■ 日本の歌謡曲の原型を生む

「シャボン玉とんだ、屋根までとんだ……」
「てるてる坊主、てる坊主……」
時代と世代を超え、誰もがそのメロディを口ずさむ『シャボン玉』や『てるてる坊主』をはじめ、数々の名曲を世に送った中山晋平。"アメリカ音楽の父"と称されるスティーブン・フォスターを引いて"日本のフォスター"ともいわれる稀代の作曲家。生み出した作品は3000曲ともいわれ、確認されているものだけでも童謡823、新民謡287、流行歌468など約1800に及び、その中には200を超える校歌や社歌も含まれる。

一般には童謡が知られる中山だが1914年に発表し、大ヒットした『カチューシャの唄』が後の日本の歌謡曲の基本形となるなど、流行歌でも大きな功績を残している。

■ 中山愛用のオルガンで

中山が1887年(明治20)の生誕から18歳で上京するまで暮らしたのが、長野県下高井郡新野村(現・中野市新野)で、当館は彼の生誕100年を記念して、1987年に開館した。

第2展示室。直筆の楽譜や遺愛品等を展示。晋平の作品を歌詞映像で楽しめるリスニングコーナーも。

教会のような建物の内部では、約300点の遺品や書簡、作品集などが展示。また、中山晋平が尋常小学校時代に使っていたオルガンやピアノの伴奏で、晋平の楽曲を歌うことができる。

さらに毎年10月には「中山晋平記念館まつり」、中山にちなむ無料コンサートも年3、4回のペースで開かれている。

代表作
『シャボン玉』『てるてる坊主』『背くらべ』『船頭小唄』『ゴンドラの歌』『波浮(はぶ)の港』『カチューシャの唄』『東京音頭』など

メモ
記念館の裏手には、中山晋平の生まれ育った古き良き日本の旧家といった佇まいの家屋が、当時の姿のまま保存されている。

中山晋平記念館のホームページへ

■ アクセス
● 電車・JR長野駅より長野電鉄に乗り換え延徳駅下車徒歩約20分・信州中野駅下車、車で約10分
● 車・上信越自動車道信州中野ICより約20分

■ 所在地
長野県中野市新野76

電話 0269-22-7050

■ 入館料
一般 300円/高校生 150円/中学生以下無料/団体、手帳等の提示で割引、免除有

■ 開館時間
9:00～17:00 (3月～11月)/9:30～16:00 (12月～2月)/入館は閉館30分前まで

■ 休館日
12月～3月は祝日以外の月曜日、12/29～1/3

写真提供：中山晋平記念館

泉鏡花記念館
古き良き街並みの保存地区に隣接する

【石川県】

■ 尾崎紅葉の門下として

　泉鏡花は明治後期から昭和初期にかけて、巧みな文体と神秘的、浪漫主義的な作風で独自の世界を展開し、多くの小説と戯曲を世に送り、『陽炎座』『天守物語』など、現代でもなお、多くの作品が映画や漫画、舞台などの作品に原作として採用されている。

　鏡花は、1873年（明治6）に石川・金沢市の彫金師の家に生まれる。しかし小学校時代に母を亡くし、2人の妹は養女として家を出ることに。この3人との別れは、折に触れて作品のテーマとなる母性への憧憬や家族への愛惜という形で、後に鏡花の作風に色濃く反映されることになる。

　1889年、雅俗折衷の文体で明治の文壇を牽引した尾崎紅葉の小説『二人比丘尼色懺悔』に触れて小説家を志すようになり、1889年に上京。1891年に紅葉の邸宅を訪ね、書生としての修業を許される。

■ 浪漫主義文学への転身

　門下に入ってわずか1年後の1892年、紅葉の推薦もあって、新聞に処女小説『冠

常設展示室「生涯と作品」。ほか「終の棲家一番町の家」「美と幻想の水脈」「鏡花本の世界」をテーマに自筆資料や遺愛品、代表作のジオラマなどを展示。

弥左衛門』を連載する。ただし評判は芳しくなかった。しかし1894年、後に『滝の白糸』の題名で舞台化される『義血侠血』が好評を得、また翌年には『夜行巡査』『外科室』が高い評価を受け、新進作家として注目されるようになる。

　もっとも、初期の作品は鋭敏な感覚と批評性をはらむ観念小説的な筆致で描かれており、鏡花がより評価を高める叙情に満ちた浪漫主義的な作風に転じるのは、鏡花珠玉の名作とされる『照葉狂言』が発表された1896年のこと。そして翌年に発表し

泉鏡花記念館のホームページへ

■ アクセス
● バス・JR金沢駅東口 11番バス乗り場から金沢ふらっとバス（此花ルート）「彦三緑地」下車、徒歩5分・7番バス乗り場から北鉄バス城下まち金沢周遊バス右回り「橋場町（金城楼前）」下車、徒歩3分　など

■ 所在地
石川県金沢市下新町2-3
電話 076-222-1025

■ 入館料
一般 300円／高校生以下無料／団体、手帳等の提示で割引、免除有

■ 開館時間
9:30～17:00
（入館は16:30まで）

■ 休館日
12/29～1/3　等

写真提供：泉鏡花記念館

■左上はミニシアター。鏡花の生涯を概観する「鏡花」、インタビュー映像「鏡花の魅力」、アニメ「絵本 化鳥」などを上映。■上は装丁が美しい「鏡花本」。■左下は常設展示室「終の棲家─番町の家」。

た『化鳥』をはじめ、『辰巳巷談』『湯島詣』『高野聖』などの傑作を次々と世に送り、紅葉を超える人気を博すようになる。

1900年代に入ると、しだいに島崎藤村に代表される自然主義文学が隆盛を極めたことで不遇の時代に。その世界観が再評価されるのは、1920年代に入ってからのことである。

■故郷・金沢の生家跡に建つ記念館

1999年に開館した当記念館は、鏡花の生家跡に建つ。近くには犀川と並び金沢を象徴する川、浅野川が流れ、鏡花が生れ育った当時の町並みの面影を色濃く残す主計町茶屋街やひがし茶屋街に隣接している。

上京以来、大半の年月を東京ですごした鏡花だが、代表作『照葉狂言』をはじめ、『鐘声夜半録』『誓之巻』『由縁の女』など、鏡花の故郷への思いは、これら金沢を舞台とした作品群にあらわれ、鏡花独特の幻想的でロマンあふれる筆致は、当地の魅力を大いに引き立てた。なお、1973年に金沢市が制定した『泉鏡花文学賞』は、地方自治体が設けた初の文学賞である。

記念館は黒瓦と格子造りの2階建ての木造家屋と3棟の土蔵を改修したもので、古き良き金沢の風情を今に伝えている。

板の間の展示室には約2000点の所蔵品の中から、原稿や自筆資料、愛用品などのほか、装丁の美しさに定評ある初版本や、映画化、劇化された作品についての資料などを紹介。鏡花作品に詳しくない人でも楽しめる工夫がなされている。

ショップ入口の格子戸は、鏡花の終の棲家となった東京・神楽坂にあった「番町の家」の玄関を模したもの。敷地内の小さな庭園も番町の家をイメージしたもので、庭内には飛来する雀に餌を与えていた鏡花夫妻愛用の餌台も復元されている。

代表作
『義血侠血』『夜行巡査』『外科室』『照葉狂言』『高野聖』『婦系図』『歌行灯』『薄紅梅』『夜叉ヶ池』『縷紅新草(るこうしんそう)』など
メモ
『義血侠血』の舞台、浅野川の天神橋から記念館付近までの川沿いには「鏡花の道」が。同作の主人公・滝の白糸の像も。

【石川県】

室生犀星記念館
筆名の由来、犀川近くの生家跡に建つ

■ふるさとは遠きにありて……

　大正、昭和の詩人、そして小説家として多くの名作を遺した室生犀星は、1889年（明治22）に金沢市裏千日町に婚外子として生まれた。

　生まれてすぐに近くの雨宝院という寺にもらわれて育った。犀星は、高等小学校（現在の中学校）に進学するも中退。給仕として働き始めるが、職場の上司から俳句を指南されたことを契機に詩人を志すようになり、1910年に上京。しかしそれから6年ほどは帰郷と上京を繰り返す時期が続いた。

　詩人として頭角を現し始めたのは1912年頃。北原白秋の目に留まり、翌年には白秋の雑誌『朱欒(ざんぼあ)』への寄稿を果たす。ここに収められたのが「ふるさとは遠きにありて思ふもの」で有名な『小景異情　その二』である。

　またこの頃、同世代で、後に〝日本近代詩の父〟と称される萩原朔太郎に出会い、山村暮鳥(ぼちょう)とともに同人誌『感情』を刊行している。

「生涯と作品・交友と人柄」の展示。犀星の生涯と作品を自筆原稿や書簡、遺品などで多面的に紹介。

■散文の世界へ

　1918年に発行した処女詩集『愛の詩集』、第2詩集『抒情小曲集』で詩人としての地位を確立した犀星だが、1919年になると小説『幼年時代』『性に眼覚める頃』を発表。散文の世界にも手を広げる。

　初期の小説は、詩と同じく独特の感覚的表現を用いた抒情的な文体が中心だったが、1934年に発表した『あにいもうと』以降は、市井の男女の露わな感情や人間の生命を描く〝市井鬼もの〟を中心に名を馳せる。また1956年には自身と愛娘をモデルとした

室生犀星記念館のホームページへ

■アクセス
●バス・金沢駅（JR、IRいしかわ鉄道）兼六園口乗り場より北陸鉄道バスまたは城下まち金沢周遊バス「片町」下車、徒歩6分・ふらっとバス（長町ルート）「白菊町」下車、徒歩1分

●車・金沢西ICから15分

■所在地
石川県金沢市千日町3-22
電話 076-245-1108

■入館料
一般300円／65歳以上200円／高校生以下無料／団体、障害者手帳等の提示で割引有

■開館時間
9:30～17:00
（入館は16:30まで）

■休館日
12/29～1/3　展示替え期間　等

写真提供：室生犀星記念館

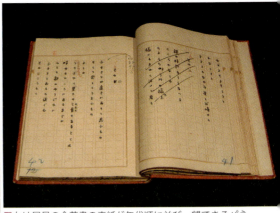

■左は犀星の全著書の表紙が年代順に並び一望できるパネル。■上は「ふるさとは遠きにありて思ふもの……」の自筆原稿。白秋は「自然のままで、稚い、それでも銀の柔毛を持つた栗の若葉のやう……」と犀星を評している。

小説『杏っ子』、1958年には王朝小説『かげろふの日記遺文』を発表する。

さらに1959年に上梓した、老小説家と少女に扮した金魚との生活を描いた幻想小説『蜜のあはれ』では、会話文だけで構成される前衛的な手法を採用。晩年期に至るまで次々と新境地を開拓。自由闊達な文体で人間の感情や生態を赤裸々に描き、一方で細やかな自然描写と生命への優しいまなざしが混在する犀星の作風は、後進の文人たちにも大きな影響を与えた。

一方、詩については1934年に『詩よ君とお別れする』と題した一文を発表したものの、実際はその後も多くの秀作を世に送り続けた。

■犀星の故郷・金沢

2002年に開館した当記念館は、犀星の故郷金沢の生家跡に建つ。近隣には犀星がこよなく愛し、犀星の筆名の由来ともなった犀川が流れ、周辺には古き良き家屋が、当時の趣を残したまま点在している。

館内には直筆原稿や書簡、愛用品を展示。ときには犀星の代表的な詩集『抒情小曲集』の完全原稿や、珍しいところでは軽井沢別宅の表札が展示される。

ところで「ふるさとは遠きにありて思ふもの……」で始まる詩は、上京後、生活に困窮して帰郷していた時期に金沢で書かれたもの。詩は「そして悲しくうたふもの」「うらぶれて異土の乞食となるとても　帰るところにあるまじや」と続き、複雑な出自を持つ犀星の故郷への複雑な思いが吐露されている。

やがて名を馳せ、徳田秋聲、泉鏡花とともに"金沢三文豪"として並び称される犀星。その記念館が当地に建ったことは、この詩に込められた思いとともに意味深い。

代表作
『愛の詩集』『抒情小曲集』（詩集）『性に眼覚める頃』『あにいもうと』『幼年時代』『杏っ子』『かげろふの日記遺文』（小説）など

メモ
近隣の犀川大橋近くの川べりには、犀星が青年期まで養子として育ち、作品にもたびたび登場する寺院「雨宝院」がある。

【石川県】

徳田秋聲記念館
川端康成が"名人"と評した文豪を偲ぶ

■自然主義文学の旗手

泉鏡花、室生犀星と"金沢の三文豪"に数えられる徳田秋聲。神業と評された女性描写に代表される巧みな文体は、川端康成をして"小説の名人"と言わしめた。

1871年(明治4)、秋聲は激動の時代の金沢に生まれる。その境遇は、後に弱者への温かいまなざしと生活感あふれる作風の原点となる。1895年、尾崎紅葉の門下に入った秋聲は、翌年、処女作の『藪かうじ』を発表。1900年には出世作となる『雲のゆくへ』、1908年には高浜虚子の依頼で『新世帯(あらじょたい)』を著し、自然主義的な作風に転換。その後、夏目漱石の推薦で『黴(かび)』(1911年)を発表。さらに1915年に長編『あらくれ』を発表。後にこの作品を「新たな頂を極めた」と絶賛した川端は、1943年の秋聲没後、「日本の小説は源氏にはじまって西鶴に飛び、西鶴から秋聲に飛ぶ」と讃えた。

■未完作品の直筆原稿も

当記念館は2005年に、秋聲が幼少期を過ごし、今も古都金沢の伝統的な建物群が

東京都文京区に現存する秋聲旧宅の書斎を再現。遺愛品も展示している。

残る東山地区に開館。未完の傑作『縮図』の直筆原稿や初版本、愛用の万年筆や英和辞典などの遺品を展示しているほか、東京に現存する旧宅の書斎も再現。また、作中の主人公を和紙人形でかたどった映像の上映や、各時代の文豪たちによる秋聲の技巧や世界観への賛辞も紹介している。

代表作
『藪かうじ』『足跡』『黴』『新世帯』『爛』『あらくれ』『仮装人物』『光を追うて』『町の踊り場』『和解』など

メモ
記念館では『新世帯』『仮装人物』『縮図』などの名作を現代表記版に改編して復刊。大半が絶版となっている秋聲作品ゆえに貴重。

徳田秋聲記念館のホームページへ

■アクセス■
●バス・金沢駅(JR、IRいしかわ鉄道)から北陸鉄道バス「橋場町」下車、徒歩3分
など

■所在地■
石川県金沢市東山1-19-1
電話 076-251-4300

■入館料■
一般 300円/高校生以下無料/団体、手帳等の提示で割引、免除有

■開館時間■
9:00〜17:00
(入館は16:30まで)

■休館日■
12/29〜1/3 等

「秋聲と金沢」の展示。

写真提供:徳田秋聲記念館

【石川県】

千代女の里俳句館
江戸時代随一の女流俳人生誕の地に

加賀の千代女

■上はエントランスホール。■下は常設展示室。俳句や季語について学べる。千代女の直筆の掛軸等も展示。

■芭蕉の弟子をも唸らせた独創性

「朝顔に つるべ取られて もらい水」

この句で有名な江戸中期の俳人、加賀の千代女は、1703年（元禄16）に加賀国松任町（現・石川県白山市）に生を受けた。

幼い頃から俳諧を嗜んだ千代女の句は早くから評判を呼び、17歳のときには、当地を訪れた芭蕉門下"蕉門十哲"のひとり、各務支考と面会して句を披露、支考はその巧みさを絶賛した。

1763年の朝鮮通信使来日の際、千代女は自句21句を贈答品として献上し、日本中にその名を響かせた。

■愛用の手鏡や直筆の掛け軸

当館は千代女の生誕地に程近い現在のJR松任駅の至近に、2006年に開館。展示構成は、初心者が俳句を自然に学べる配慮がなされ、愛用の手鏡や、直筆の掛軸なども展示。また映像化された千代女の生涯を視聴できる。

73歳で没した千代女の辞世の句は「月も見て我はこの世をかしく哉」。生涯1700あまりの句を遺したといわれている

代表作
『千代尼句集』『俳諧松の声』『飛州十景図千代尼賛絵巻』など

メモ
隣接地には国の登録有形文化財に指定され、地元経済界の名士だった吉田茂平の邸宅が移築された。「紫雲園」と呼ばれる庭園には千代女生誕300年を記念した句碑がある。

千代女の里俳句館の
ホームページへ

写真提供：千代女の里俳句館

■アクセス■
●電車・JR松任駅下車、南口徒歩1分
●バス・北鉄バス「松任」経由「松任」下車、松任駅方面へ徒歩1分

■所在地■
石川県白山市殿町310
電話076-276-0819

■入館料■
一般200円／高校生100円／中学生以下無料／団体、手帳等の提示で割引、免除有

■開館時間■
9:00～17:00
（入館は16:30まで）

■休館日■
月曜日（祝日の場合は翌日）、年末年始

【富山県】

高志の国文学館
富山ゆかりの作家や作品の魅力を紹介

堀田善衞
源氏鶏太
藤子不二雄Ⓐ　ほ

■越中万葉の里が輩出した巨匠たち

かつて「越中国」と呼ばれた富山県は、「三十六歌仙」のひとりに数えられる奈良時代の歌人・大伴家持が国司(国の官吏)として赴いた地として知られている。

家持は『万葉集』4516首のうち473首を詠んでいるが、そのうち223首はここ越中で詠まれた。そして家持の部下や当地にまつわる歌を加えると、これら"越中万葉"は337首にものぼる。

現代でも、当地は志賀直哉の『早春の旅』、宮本輝の『螢川』、柏原兵三の『長い道』、新田次郎の『劔岳 点の記』、五木寛之の『風の柩』など、数々の名作の舞台となり、多くの巨匠を惹きつけてやまない。

さらに小説家や歌人など富山ゆかりの著名な作家は多い。堀田善衞(高岡市)、源氏鶏太(富山市)、柏原兵三(入善町)などの小説家、角川書店の創業者でもある角川源義(富山市)や角川の実娘の辺見じゅん、また前田普羅といった俳人・歌人、そして滝田洋二郎や本木克英、細田守といった映画・アニメ監督。また漫画家では、藤子不二雄Ⓐ(氷見市)と藤子・F・不二雄(高岡市)も、ともに当地にゆかりがある。

■広い敷地にゆったりとした造り

2012年に開館した高志の国文学館は、こうした当地にゆかりのある巨匠たちの作品の魅力を紹介し、かつ人々が文芸に親しみ、学び、また創作意欲をかき立てられる場としての工夫が多くなされている。

建物は富山県の旧知事公舎を改修、増築し、東京の世田谷文学館を手本に、従来の文学館とは一線を画すというコンセプトのもと、広い敷地をゆったりと使い、いにしえの蔵と回廊をモチーフにしたモダンな造り。建材には富山県の主要産業であるアルミパネル約1000枚のほか、要所要所に地元産の木材、和紙などを使用するなど、細部へのこだわりも感じられる。

■幅広く、楽しみながら

展示構成は富山ゆかりの作家や作品を中心に、文学、映画、漫画などを幅広く楽しむ趣向となっている。

高志の国文学館のホームページへ

■アクセス
●電車・JR富山駅から徒歩15分・市内電車「県庁前」下車、徒歩5分
●バス・コミュニティバスまいどはや「高志の国文学館・サンシップとやま前」下車、徒歩2分
●車・富山空港から20分・北陸自動車道富山インターから20分
●車・金沢西ICから15分

■所在地
富山市舟橋南町2-22
電話 076-431-5492

■観覧料
一般 200円(常設展)／企画展は展覧会ごと／団体、障害者手帳等の提示で割引、免除有

■開館時間
9:00～18:00
(観覧受付は17:30まで)

■休館日
火曜日(祝日を除く)、祝日の翌日、年末年始　等

写真提供:高志の国文学館

■左上は万葉の時代から続く富山の文学が一望できる文学年表。■右上はゆかりの文学関連書籍で埋め尽くされた壁。■左下は漫画家コーナー。■右下は「親子スペース」。

「ふるさと文学の回廊」では大伴家持の生涯を描いたデジタル絵巻（映像）などを、また「ふるさと文学の蔵」には、富山ゆかりの文学作品で埋め尽くされた巨大な壁面書架や、当地に関係する代表的な作家23人をパネルや直筆原稿で紹介するコーナーがある。「越中の先人コーナー」では、様々な分野で活躍した富山県出身の先人たちを紹介。また漫画関連のコーナーには、巨匠たちの紹介だけでなく、漫画やアニメーションの制作過程がわかるデジタル絵本など、楽しみながら学べる仕掛けも用意されている。

■ソファに座ってゆったりと読書を

付帯施設も充実している。コーヒーカウンターを備えた「ライブラリーコーナー」では、当地ゆかりの小説や漫画、同人誌など、2000冊以上の作品が閲覧可能。庭を眺めながら、ソファでゆったりと読書にふけるのもいい。また木や和紙をふんだんに使った明るい造りの「親子スペース」は、親子で絵本が楽しめる空間となっている。イベントとして、文学講座のほか、観桜の集い、観月の集い、朗読と音楽を組み合わせた「朗読と音楽の夕べ」や、夏休みの読書感想文指導、アニメーションの制作についてのイベントなど、ユニークな企画も開催している。

こうした数々の試みもあって人気は高く、開館わずか7カ月で来館者10万人を達成するなど、地方の同種の施設としては突出した集客力を誇る文学館である。

> **メモ**
> 文学館の南側には富山市を象徴する清流、松川が流れる。JR富山駅の南東側を流れ、春には桜並木が映える川沿いの散歩道には3首の越中万葉歌碑が建ち、途中には富山城址公園も。文学館に散策しながら向かうには最適なルート。市街中心部にも近い。

【福井県】

福井県ふるさと文学館
荒海と美しい山河が育んだ文学に触れる

三好達治
津村節子
高見順 ほ

■多くの名作を生み出した郷愁の地

福井県は平安時代の作家、歌人の紫式部が一時期住んでいたことでも知られ、〝越山若水〟と称される越前の美しい山々と若狭の清水に代表される豊かな自然、そして古い町並みが多く残る地域である。

郷愁を誘う山河や景観から、小説や映画の舞台となることも多く、当地出身の中野重治の小説『おばあさんの村』や『梨の花』をはじめ、名勝・東尋坊を舞台にした新田次郎の『栄光の岩壁』や三好達治の詩集『故郷の花』、敦賀を旅する女性を描いた田辺聖子の小説『愛の幻滅』などがある。また高浜虚子の小説『虹』は、三国町（現・坂井市）で生まれ、暮らした俳人・森田愛子をモデルにした作品だ。

なお、福井県で中学、高校時代を過ごした歌人・俵万智は、高校の最寄駅「田原町」と自身の名前が同じであることなど、福井での思い出を『よつ葉のエッセイ』に著している。

■県立図書館内に併設

2015年（平成27）に県立図書館内に開

■左は高見順の詩『おそろしいものが』の世界を表現する武藤政彦制作の自動人形。■右は三好達治ら「代表作家」の展示のようす。

館した当文学館は、福井出身の芥川賞作家、津村節子が特別館長を務め、津村のほか、当地ゆかりの三好達治、中野重治、高見順、水上勉を中心に、福井が育んだ文人や作品に関する資料、映像などを紹介している。

また「図書ゾーン」の書架には約7000冊の福井の文学に関する書籍、同人誌、関連資料を配置し、貸出しも可能だ。

> **メモ**
> 併設する福井県文書館では、県の歴史的な公文書や県内の貴重な古文書の閲覧による歴史探究、生涯学習が可能。

福井県ふるさと文学館のホームページへ

■**アクセス**
●バス・福井駅（JR、えちぜん鉄道、福井鉄道）東口バスターミナルからフレンドリーバス（無料）が福井駅と県立図書館の間を30分間隔で運行（所要時間15分）
など

■**所在地**
福井県福井市下馬町51-11
電話 0776-33-8866

■**入館料**
無料

■**開館時間**
平日（9:00～19:00）
土・日・祝日（9:00～18:00）

■**休館日**
月曜日（休日の場合は翌日）、祝日の翌日（翌日が土・日曜日の場合は除く）、年末年始　等

※左記QRコードは2019年3月末日まで。4月1日より新しいURLに移行されます。

写真撮影：福井県ふるさと文学館

【福井県】

福井市橘曙覧記念文学館
古き良き風情が残る旧居跡に

■米大統領が引用した連作短歌

　1994年（平成6）、天皇皇后両陛下が訪米した際、ホストのクリントン大統領が、歓迎スピーチの結びで、ある短歌を引用した。「たのしみは　朝おきいでて昨日まで　無かりし花の咲ける見る時」

　これは1812年に現在の福井市に生まれ、当時としては珍しく、身近な言葉で日常を詠んだ幕末の歌人・橘曙覧（たちばなのあけみ）が詠んだ52首の連作『独楽吟（どくらくぎん）』の中の1首。52首はすべて「たのしみは」で始まり、「〜とき」で終わる形式で詠まれ、その内容に共感して多くの人が館を訪れている。

　『独楽吟』を含む曙覧の和歌は、1878年に長男の編纂により『志濃夫廼舎歌集（しのぶのやかしゅう）』として刊行。歌集を読み、独創性に感嘆した正岡子規が世に広め、その名が後世に残ることとなった。

■かつての料亭街に建つ記念館

　2000年に福井市中心部にある足羽山（あすわ）麓の旧居跡地に開館。福井の古き良き風情が残る石段坂（愛宕坂）にある。館内では、曙覧

第2展示室。『独楽吟』全52首をイメージポールで表示。

の生涯や業績を資料や映像で紹介。また『独楽吟』全52首が刻まれたイメージポールや、一部復元された曙覧の住まい「藁屋（わらや）」が、裕福な商家の出ながら生涯清貧を貫き、独創的作風を確立した曙覧の世界観へといざなってくれる。

　文学館はかつて料亭街だった足羽山にあり、当館も開館前は料亭だった場所にある。

代表作
『志濃夫廼舎歌集』（短歌集）、『藁屋詠草』（長歌集）、『藁屋文集』、『榊の薫』（紀行文）、『囲炉裡譚』（随筆集）など

メモ
年3〜4回の企画展、特別展や講座、史跡巡りなどを開催。庭園からは福井市内が一望できる。

福井市橘曙覧記念文学館のホームページへ

写真提供：福井市橘曙覧記念文学館

■アクセス
●バス・福井駅（JR、えちぜん鉄道、福井鉄道）からコミュニティバスすまいる照手足羽方面行「愛宕坂」下車、徒歩1分　など

■所在地
福井県福井市足羽1-6-34
電話0776-35-1110

■入館料
一般100円／中学生以下無料／70歳以上無料／団体、手帳等の提示で割引、免除有

■開館時間
9:00〜17:15
（入館は16:45まで）

■休館日
年末年始、展示替え時

「藁屋」復原コーナー。

【福井県】

「ちひろの生まれた家」記念館
ちひろ誕生時の大正の暮らしを偲ばせる

■教育者だったちひろの母

　日本を代表する絵本画家・いわさきちひろ。生涯の大半を東京ですごした彼女だが、生誕地は当記念館のある福井県の武生町（現・越前市）である。これはちひろの母・文江が教師として開校されたばかりの武生町立実科高等女学校に赴任していたため。

　文江は1918年の春に結婚するも、単身当地に残って教師を続け、同年の年末にちひろを出産。当時女学校寄宿舎の舎監をしていた文江だが、妊娠後に移り住んだのが、現在記念館となっている商家だった。

　文江は長野県の出身で、地元の高校を卒業後、奈良女子高等師範学校の第1期生となる。東京女子高等師範学校とともに女子教育の双璧を成していた女子高等師範学校である。ちひろの才能を早くから認め、14歳で有名画家のもとへ勉強に出すなど、文江の子育ては、文江自身の受けた教育が影響しているのかもしれない。

■ちひろのアトリエを復元

　記念館となっている古民家は、その外観

本館2階の企画展示室。「ちひろ美術館」と連携した企画展が随時開催されている。

もさることながら、内部も板壁や箱階段など、当時の暮らしを彷彿とさせる造り。1階には母・文江に関する資料。2階には、ちひろの作品や関連写真の展示のほか、東京のちひろ宅（現・ちひろ美術館）に設けられた1972年頃のアトリエも再現されている。

> **メモ**
> 2017年9月にちひろの絵本などが並ぶ「絵本ライブラリー」や「ミニシアタールーム」を備えた別館を増床。「絵本ライブラリー」にはセルフカフェが併設され、ゆったりちひろの世界に浸ることができる。

「ちひろの生まれた家」記念館のホームページへ

■アクセス■
●電車・JR武生駅下車、徒歩約10分・福井鉄道越前武生駅下車、徒歩約15分
●車・北陸自動車道武生ICより約15分

■所在地■
福井県越前市天王町4-14
電話 0778-66-7112

■入館料■
一般 300円／高校生以下は無料／団体、障害者手帳の提示で割引有

■開館時間■
10:00～16:00

■休館日■
火曜日（祝日の場合は翌日）、年末年始　等

再現されたアトリエ。

写真提供：「ちひろの生まれた家」記念館

【岐阜県】

大垣市奥の細道むすびの地記念館

松尾芭蕉

『奥の細道』と松尾芭蕉を知る

「芭蕉館」の展示。芭蕉の人物像や旅に生きた人生を紹介。

■ 多くの門人がいた芭蕉ゆかりの地

「月日は百代の過客にして、行かふ年も又旅人也」。この序文で始まる江戸中期の俳人・松尾芭蕉の俳諧紀行『奥の細道』（1702年刊行）。その旅の行程は、まず江戸から関東（武蔵、下野）、東北（陸奥、出羽）に。さらに日本海側へと出、北陸（越後、越中、加賀、越前）を南下。岐阜（美濃）の大垣で結ばれた。

1689年の春から秋にかけて約5カ月半、全行程約600里（2400km）に及ぶ旅の終着地・大垣には、船問屋を営む俳人・谷木因など、早くから芭蕉の俳風に親しむ友人や門人が多くいた。1684年、『野ざらし紀行』の旅でも、芭蕉は大垣に1カ月ほど逗留している。

■ 芭蕉の生涯と旅を振り返る

2012年に開館した記念館では、『奥の細道』を章段ごとに解説しつつ、芭蕉が旅した土地や生涯のあゆみを紹介。さらに「AVシアター」にある大型スクリーンでは『奥の細道』の旅を3D化した映像を鑑賞できるほか、芭蕉の真筆などを展示する企画展も行っている。また館の東側に流れる水門川には、芭蕉が旅を終えて伊勢の式年遷宮を拝むために船出した往時をしのばせる船町川港跡が残る。

芭蕉は人々が船出を見送る中、その名残惜しさを「蛤のふたみにわかれ行秋ぞ」と詠み、『奥の細道』の結びの句とした。

代表作
『野ざらし紀行』『鹿島紀行』『笈の小文』『更級紀行』『奥の細道』など

メモ
"水都"としても名高い大垣らしく、記念館の敷地には「むすびの泉」という湧水泉があり、無料で汲むことができる。

大垣市奥の細道むすびの地記念館のホームページへ

■ **アクセス**
● 電車・JR大垣駅から徒歩16分
● バス・JR大垣駅4番のりば「奥の細道むすびの地記念館前」下車すぐ
● 車・名神高速道路大垣ICから車で20分 など

■ **所在地**
岐阜県大垣市船町2-26-1

電話 0584-84-8430

■ **入館料**
一般 300円／18歳以下は無料／団体割引有

■ **開館時間**
9:00～17:00

■ **休館日**
12/29～1/3 等

「先賢館」。江馬蘭斎など大垣の先賢を紹介。

写真提供：大垣市教育委員会

【岐阜県】

藤村記念館
生誕の地に建つ日本初の文学館

■生誕の地で藤村の人生をたどる

中山道43番目の宿場町・馬籠宿（現・岐阜県中津川市）にある島崎藤村の生家跡に建つ当館は、日本初の文学館として藤村堂という名称で1947年（昭和22）に開館した。開館にあたっては地元の無償ボランティアや、隣県・長野県の教員や小中高生からの寄付が大きく寄与した。

館内には、藤村の長男・楠雄から寄贈された直筆原稿など約5000点もの資料を含む6000点以上が所蔵され、その中には第1作『若菜集』から絶筆『東方の門』までの作品群や、藤村が収集した文献や書籍も。また最期をすごした大磯町（神奈川県）の邸宅にしつらえた書斎も復元され、藤村の作家生活を網羅する構成となっている。

■代表作『夜明け前』の舞台

当地は藤村の生誕地にして、「木曽路はすべて山の中である」という有名な書き出しで始まる歴史小説『夜明け前』の舞台ともなった場所でもある。明治維新という激動の時代に、主人公が自らの思想と、かつ

大磯町（神奈川県）の邸宅にしつらえた書斎の復元。

て武将、大名の木曽氏に仕え、本陣、問屋、庄屋を兼ねた名家の一員という境遇の狭間で苦悩する姿を描いた作品である。モデルは藤村の父・正樹。『家』で描かれた名家の重圧が、ここでも描かれている。

記念館の周囲は『夜明け前』で描かれたとおり、中央アルプスなどの高峰を周囲に従え、旧街道は今も往時の趣をたたえている。

> **メモ**
> 記念館の裏手には島崎家の墓がある永昌寺があり、藤村の遺髪や遺爪とともに冬子夫人、夭逝した三人の娘たちが眠る。また当地馬籠宿は、江戸時代の面影を残す旧宿場町として観光客に人気が高い。

藤村記念館のホームページへ

■アクセス
●バス・JR中津川駅から北恵那バス馬籠行き「馬籠」下車（所要時間30分）徒歩10分
●車・中央道中津川IC（木曽福島方面）から国道19号線 沖田交差点、馬籠まで25分

■所在地
岐阜県中津川市馬籠4256-1
電話 0573-69-2047

■入館料
大人 500円／学生 400円／小・中学生 100円／団体割引有

■開館時間
9:00～17:00
(12月～3月は16:00まで。入館は15分前まで）

■休館日
12月～2月の水曜日 等

写真提供：藤村記念館

伊豆近代文学博物館
浄蓮の滝にほど近い天城の森に

川端康成
井上靖
若山牧水 ほか

【静岡県】

■伊豆と文学

　伊豆を巡ると、各所に時代時代の文豪たちの碑があり、ゆかりの宿や店がある。

　1000年以上の歴史を持つ有数の温泉地帯、山海に囲まれた風光明媚な土地柄。この地で流刑された源頼朝が挙兵へと至ったことに代表される歴史の痕跡。軽井沢ほど西洋的でなく、箱根ほどの贅もない。そんな素朴な保養地を多くの文豪が執筆や取材、静養に訪れ、尾崎紅葉の『金色夜叉』、三島由紀夫の『獣の戯れ』、川端康成の『伊豆の踊子』など、名作の舞台にも選ばれた。

■『伊豆の踊子』の原稿も

　「道がつづら折りになっていよいよ天城峠に近づいたと思う頃……」
　『伊豆の踊子』の序文である。旧天城湯ケ島町（現・伊豆市）にある当文学館は、その天城峠から約3kmの「道の駅『天城越え』」の敷地にある。往時「文士村」と呼ばれるほど多くの文豪が訪れ、『伊豆の踊子』のほか、井上靖の『しろばんば』や松本清張の『天城越え』などの舞台になった地である。

中庭の紅葉。

　当館では川端康成、井上靖、若山牧水、北原白秋、島崎藤村、梶井基次郎など伊豆ゆかりの文豪120人に関する資料などを紹介。とりわけ幼少期に当地で暮らした井上や川端に関する展示が豊富で、初版本や『伊豆の踊子』の直筆原稿も展示されている。

　春には中庭では、ソメイヨシノやシャクナゲが咲き誇り、秋には紅葉も楽しめる。

メモ
近隣の湯ヶ島温泉にある川端康成が『伊豆の踊子』を執筆した旅館「湯本館」では、逗留した部屋に川端の書などを展示している。また天城湯ヶ島はわさびの生産地としても有名で、敷地内の道の駅では生わさびなどの販売や、収穫体験（要予約）なども。

伊豆近代文学博物館のホームページへ

■アクセス
●バス・伊豆箱根鉄道修善寺駅から東海バス河津行き「昭和の森会館」下車（所要時間38分）、徒歩すぐ
●車・東名高速沼津IC・新東名長泉沼津ICより60分 など

■所在地
伊豆市湯ヶ島892-6
電話0558-85-1110

■入館料
大人300円／子ども100円

■開館時間
8:30～16:30

■休館日
第3水曜日

文豪120人を紹介する展示室。

写真提供：伊豆近代文学博物館

【静岡県】

井上靖旧居
小説にも描かれた幼少期の住まい

■ "郷里"と複雑な幼少期

歴史小説、現代小説、詩、童話、随筆、その多作と多様性で"山脈"と呼ばれる膨大な作品群を遺した芥川賞作家・井上靖。

1907年(明治40)に北海道旭川で生まれた井上は、軍医だった父の韓国赴任を機に、3歳の時に母の郷里・伊豆湯ケ島(現・静岡県伊豆市)に転居。曾祖父の愛人で戸籍上の祖母と、隣接する土蔵で暮らし始めた。その複雑な環境下での幼少期の暮らしは、やがて小説『しろばんば』、『あすなろ物語』などで描かれることになる。

なお井上は後年「……少年時代を過ごした原籍地の伊豆が私の本当の意味での郷里……ここで……人間の根底になるものはすべて作られた……」(随筆『私の自己形成史』)と述べている。

■浄蓮の滝近くの天城の森に

湯ケ島の井上靖の旧居は1983年、現在道の駅・天城越えなどがある伊豆市(旧天城湯ケ島町)の「昭和の森」に移築されたもの。水車小屋もある1890年築の木造2階建

1階部分が見学できる。意外に天井が低いのに驚かされる。

て家屋だが、保存状態が良く、井上が育った当時の雰囲気を今に伝える。1階部分は内部の見学もでき、裏手には紅葉林が生い茂る。有名な浄蓮の滝は2kmほどの距離。

なお「昭和の森」敷地内には「伊豆近代文学博物館」があり、井上作品の初版本や小学校の通信簿などが展示されている。

代表作
『あすなろ物語』『しろばんば』『夏草冬涛』(小説)、『幼き日のこと』『郷里伊豆』(随筆、『日本の風土記伊豆』所収)など

メモ
井上は1991年に東京で没したが、墓所は当地にあり、毎年1月末には井上を偲ぶ「あすなろ忌」が催され、墓参も行われる。

■アクセス
●バス・伊豆箱根鉄道修善寺駅から東海バス河津行き「昭和の森会館」下車(所要時間38分)、徒歩すぐ
●車・東名高速沼津IC・新東名長泉沼津ICより60分 など

■所在地
伊豆市湯ケ島892-6
電話0558-85-1110

■入館料
大人300円／子ども100円

■開館時間
8:30〜16:30

■休館日
第3水曜日

井上靖旧居のホームページへ

1890年築の旧居。

写真提供：井上靖旧居

井上靖文学館
青春と文学に目覚めた地を見下ろす丘に

【静岡県】

■人生の転機、沼津時代

『氷壁』や『天平の甍』など、詩情豊かな文体と卓越した構成力で、800以上の作品を遺した昭和文壇の巨匠・井上靖。

井上は旭川で生まれ、伊豆で幼少期を送った後、浜松(静岡県)を経、1922年(大正11)に三島・沼津に移り住み、中学(現在の高校)時代をすごす。ここで井上は、後年「彼らとに付き合うことによって……文学と中学生らしい放埒の、両方の洗礼を受けることになった」(随筆『青春放浪』)と回想したように、自らを青春と文学に目覚めさせた友人たちと出会う。そしてこの瑞々しい体験は、後に小説『夏草冬濤(なつぐさふゆなみ)』(1964年)などで描かれることになる。

■作品にも登場する丘に

当文学館は井上存命中の1973年、その沼津の地を見下ろす長泉町の丘に開館した。井上の小説『あすなろ物語』に登場する短歌「寒月ガ カカレバ キミヲシノブカナ 愛鷹山(あしたかやま)ノフモトニ住マウ」は、この丘を含む愛鷹山の風景を詠んだものである。

あすなろ(アオモリヒバ)を使用した展示室。木の優しさが感じられる。

近代的な工法ながら純和風の佇まいを持つ館内では、井上の著作と生原稿、手直し原稿、創作ノートなどを展示。また、本人が登場する映像資料も。

そのほか井上にちなむ企画展、講座のほか、作品に登場する料理を親子で作るユニークなイベントも開催している。

代表作
『氷壁』『しろばんば』『敦煌』『風林火山』(小説)、『青春放浪』『私の自己形成史』(随筆)など
メモ
当館の開館後、周囲の敷地は文化複合施設「クレマチスの丘」として整備され、現在は美術館のほか、3つのレストランも併設。

井上靖文学館のホームページへ

■**アクセス**
●バス・JR東海道線三島駅下車、北口より無料シャトルバス など
■**所在地**
静岡県駿東郡長泉町東野クレマチスの丘515-57
電話 055-986-1771

■**入館料**
大人500円/高・大学生400円/小・中学生 無料/団体割引有
■**開館時間**
10:00〜(閉館時間は時期によって異なる)
■**休館日**
水曜日(祝日の場合は翌日)、年末年始

愛用した満寿屋の原稿用紙とモンブランの万年筆。

写真提供:井上靖文学館

沼津市若山牧水記念館
終生愛した千本松と富士に抱かれて

【静岡県】

■西行、芭蕉と並称された歌人

「幾山河越えさりゆかば 寂しさのはてなむ国ぞけふも旅ゆく」

幾つもの山を越えれば、寂しさが果てる国がある。そう思いながら今日も旅路を行く……。この歌を詠んだ若山牧水は、自然を愛し、旅を愛し、酒を愛し、明治、大正、昭和の日本を歩き、歌を詠み続けた。

初期の「白玉の 歯にしみとほる秋の夜の酒は静かに飲むべかりけり」などの素朴な歌。円熟期における「うすべにに 葉はいちはやく萌えいでて 咲かむとすなり山桜花」などの自然詠。43年の生涯で詠んだ歌は8800余首にものぼり、牧水が終生師と仰いだ尾上柴舟は「そのかみの 西行芭蕉良寛の列に誰置く われ君を置く」と詠み、その若き死を悼み、功績を讃えた。

■早稲田の三水

1885年(明治18)、宮崎県坪谷村に生まれた牧水は、中学時代から牧水の号で短歌を詠み、1904年に早稲田大学に入学すると、同級の中林蘇水、北原射水(後に白秋)とともに「早稲田の三水」とも称された。冒頭の歌も在学中に旅の道中で詠んだもの。また、ドイツの詩人、カール・ブッセの詩『山のあなた』に出会い、その叙情的な作風に大きな影響を受けたのもこの頃である。

1908年に大学を卒業すると、その年の7月に第1歌集『海の声』、1910年に第2歌集『独り歌へる』と第3歌集『別離』を刊行。これを機に歌壇の注目を集め、その後、毎年のように歌集を世に送り、1918年、33歳時には第12歌集を上梓するに至った。

■千本松に魅せられて沼津へ

当時の牧水は東京暮らし。だが名声とともに来訪者、そして酒席の数が増え、仕事に影響をきたしていた。そんな時、伊豆に渡る際に一泊した沼津の「千本松原」に心を奪われ、当地への移住を決意する。1920年8月、牧水35歳のときだった。

「千本松原」は、すでに鎌倉時代には防風・防潮林として、この地にあったという記録がある。愛鷹山と富士山が織り成す絶景に、牧水は惹かれていた。

沼津市若山牧水記念館のホームページへ

■アクセス
● 電車・JR沼津駅から徒歩20分またはタクシー5分
● バス・JR沼津駅から東海バスオレンジシャトル(2番線)千本経由「牧水記念館前」下車
● 車・東名沼津インターから約20分

■所在地
静岡県沼津市千本郷林1907-11
電話 055-962-0424

■入館料
大人 200円／子ども 100円／沼津市内の小・中学生は無料、団体割引等有

■開館時間
9:00～17:00
(入館は16:30まで)

■休館日
月曜日(祝日の場合は翌日)、12/29～1/3

写真提供：沼津市若山牧水記念館

■左上は書斎の復元。■右上は「牧水と酒」のコーナー。■左下は牧水旧居のミニチュア(50分の1)。部屋数は11あった。■右下は牧水が愛用した徳利と盃。盃は遺骸とともに火葬された実物。

1925年、牧水は40歳のときに、借家から千本浜の近くに構えた約80坪の邸宅に転居。ここを拠点に創作の旅に出、また周辺を歩いては、「駿河なる 沼津より見れば富士が嶺の 前に垣なせる愛鷹の山」など、当地の情景を歌に詠んだ。さらに当地への愛情が昂じて、1926年に静岡県が千本松の伐採を計画した際、反対を表明する一文を新聞に寄稿し、断念させた逸話も残っている。

しかし1928年、牧水は43歳の若さで病死。沼津での生活は8年で終焉した。

■館長は牧水の孫

当記念館は、牧水の邸宅(戦災で焼失)と同じく、千本松原がある千本浜付近に1987年に開館。建設前には約6000万円もの寄付が集まったという。

館内では牧水の生涯を「坪谷、延岡時代」「大学時代と東京生活」「沼津移住」などに分けて日記や書簡、作歌帳などを介して時系列で紹介。さらに「牧水と旅」「牧水と酒」といったテーマごとに、旅先での写真や揮毫した作品、愛用品のほか、焼失した邸宅の模型、復元した書斎も見ることができる。また売店には『牧水 酒のうた』などの歌集や、牧水の毛筆が印刷された短歌の色紙や短冊、風呂敷などの品々も。

館長は牧水の孫・榎本篁子(むらこ)。牧水の長男で第2代館長も務めた若山旅人(故人)の長女にあたる。

代表作
『海の声』『別離』『くろ土』『黒松』(歌集)、『みなかみ紀行』『静かなる旅をゆきつつ』(紀行文)など

メモ
近隣には牧水が見た風景を今に残す千本浜公園があり、牧水の歌碑や井上靖の文学碑も。松の数は園外を含めて現在約1万3000本。

新美南吉記念館
名作の舞台となった作者の故郷に

【愛知県】

■ 短命の童話作家

　国語教材の定番としても有名な『ごんぎつね』をはじめ、慈しみ合うことの大切さと、その難しさゆえに生じる後悔と悲しみを描き続けた童話作家・新美南吉。

　1913年（大正2）、愛知県半田町（現・半田市）に生まれた新美は4歳で母と死別、8歳で養子に出されるなど、孤独な幼少期を送る。慰めは、14歳で始めた童話や童謡の創作だった。

　1931年、18歳の時に投稿作品が、敬愛する北原白秋なども寄稿していた児童雑誌『赤い鳥』に掲載、名作『ごんぎつね』も発表する。

　その後、大学に入り、21歳の時には『でんでんむしのかなしみ』などの童話約30編を執筆。卒業後は教員などをしながら創作を続けるも、28歳で発表した『良寛物語 手毬と鉢の子』（1941年）の執筆後に健康状態が悪化。死期を悟った新美は、翌年童話集『おぢいさんのランプ』を出版し、1943年、29歳で永遠の眠りにつく直前まで作品

『手ぶくろを買いに』の舞台になる帽子屋と店にやって来た子狐を原寸大で再現。

を書き続けた。

　屋根の芝生と曲線美が特徴的な当記念館は、新美の故郷であり、代表作『ごんぎつね』の舞台となった地に1994年に開館。約1500もの作品を遺した新美の自筆原稿や日記などを展示。作品映像も上映している。

代表作
『ごんぎつね』『おぢいさんのランプ』『牛をつないだ椿の木』『手袋を買いに』（作品）など

メモ
館内にはカフェとショップを併設。『ごんぎつね』の水彩画グッズも。

新美南吉記念館のホームページへ

■ アクセス ■
●バス・名鉄知多半田駅から徒歩5分の雁宿ホール前停留所から南吉バス半田中央線半田図書館・博物館方面行き「新美南吉記念館」下車（所要時間約15分）
●車・半田中央ICより5分など

■ 所在地 ■
愛知県半田市岩滑西町1-10-1
電話 0569-26-4888

■ 入館料 ■
210円／中学生以下無料、団体、手帳等の提示で割引、免除有

■ 開館時間 ■
9:30〜17:30

■ 休館日 ■
月曜日、毎月第2火曜日（祝日・休日は開館、翌日休館）、年末年始

写真提供：新美南吉記念館

近畿エリア

芭蕉翁生家／蓑虫庵・136
芭蕉翁記念館・137
鳥羽みなとまち文学館
江戸川乱歩館・138
嵯峨嵐山文華館・140
宇治市源氏物語ミュージアム・142
小津安二郎青春館・144
与謝野町立江山文庫・145
佐藤春夫記念館・146
奈良県立万葉文化館・147
茨木市立川端康成文学館・148
司馬遼太郎記念館・150
与謝野晶子記念館・152
大阪樟蔭女子大学
田辺聖子文学館・154
直木三十五記念館・155
姫路文学館・156
福崎町立柳田國男・
松岡家記念館・158
芦屋市谷崎潤一郎記念館・160
宝塚市立手塚治虫記念館・162
倚松庵・164

芭蕉翁生家／蓑虫庵

俳聖が誕生した時代の趣、そのままに

【三重県】

■30歳の頃まで故郷・伊賀の地に

俳聖とも称される漂泊の俳人・松尾芭蕉は、1644年（寛永21）に伊賀国（現・三重県伊賀市）で生まれたとされる。芭蕉の幼少期、伊賀では俳諧が流行。彼も周囲からの手ほどきを受けた。

さらに10代後半には、藤堂藩の重臣、藤堂新七郎家に奉公に出、俳諧を嗜む跡継ぎの良忠と出会う。その時期に「姥桜さくや老後の思ひ出」などを詠んだ。

1666年に良忠が早逝。これを機に職業としての俳諧を志し、29歳となった1672年の春に編さんした処女句集『貝おほひ』を上野天神宮（現存）に奉納した。

なお、後に芭蕉は「蕉風」と呼ばれる俳風に到達するが、このときの『貝おほひ』は小唄や流行語などを用いるなど上方発祥の談林を思わせる趣だった。

■処女句集を編纂した生家

伊賀上野城跡の南西にある芭蕉の生家は19世紀後半に再建されたもの。しかし屋内は芭蕉が暮らしていた当時の佇まいの雰囲

芭蕉五庵のうち唯一現存する「蓑虫庵」。

気が色濃く残されていて、奥庭には処女句集『貝おほひ』を編纂したといわれる離れ（釣月軒）がある。

また生家から1.5kmほどの距離には、芭蕉もたびたび逗留した芭蕉五庵といわれる門弟の住居のうち、唯一現存する「蓑虫庵」があり、こちらも名所となっている。

代表作
『貝おほひ』（句集、本名＝宗房での刊行）『蕉翁句集』『蕉翁文集』（門弟・服部土芳らが芭蕉没後に当地で編さん）など

メモ
生家の東向かいにある「愛染院」は松尾家の菩提寺。境内には芭蕉の遺髪を納めた「故郷塚」があり、明治の文豪・尾崎紅葉や江見水蔭らが訪れ、記念撮影をした逸話も。

芭蕉翁生家／蓑虫庵のホームページへ

■**アクセス**
[芭蕉翁生家] ●電車・伊賀鉄道伊賀線上野市駅から徒歩10分
[蓑虫庵] ●電車・伊賀鉄道伊賀線上野市駅から徒歩15分

■**所在地**
[芭蕉翁生家] 三重県伊賀市上野赤坂町304
[蓑虫庵] 三重県伊賀市上野西日南町1820
電話 0595-23-8921

■**入館料**
大人（大学生以上）300円／小・中・高生100円／団体、障害者手帳の提示で割引、免除有

■**開館時間**
8:30～17:00
（入館受付は16:30まで）

■**休館日（蓑虫庵）**
火曜日、年末年始　等
（※生家は耐震調査などのため、休館中。道路から佇まいを見学可）

写真提供：芭蕉翁生家／蓑虫庵

芭蕉翁記念館
没後 "蕉風" 継承の地となった故郷に

【三重県】

■西への旅ごとに立ち寄った故郷

「ふるさとや臍の緒に泣としのくれ」1687年（貞享4）の年末、『笈の小文』の旅の中で芭蕉が、故郷伊賀上野の実家に立ち寄った際に目にした自らのへその緒に、亡き父母の愛情に思いを馳せて詠んだ句である。

芭蕉は江戸に居を移して以降も、故郷に多くの門弟を持ち、また西方への旅の際には、必ずといっていいほど帰郷している。

たとえば『奥の細道』の旅では、結びの地・大垣から伊勢参りへ出向いた後に。1691年に刊した句集『猿蓑』の巻頭句も、伊勢から故郷への道中で詠んだものである。

最後の帰郷は1694年、芭蕉が旅先で没した年である。故郷では句会などにも顔を出しながら、2カ月余りを過ごし、「家はみな 杖にしら髪の 墓参」という句も遺した。

次に向かった大坂で病に没したのは、故郷を辞した約1カ月後。辞世の句は「旅に病んで夢は枯野をかけ廻る」とされる。

■直筆色紙や遺言状も

当記念館は、1959年に上野城跡がある

芭蕉の書簡や旅の足跡を展示。

上野公園の一角に開館。生家からは徒歩10分程度の距離である。

館内には『笈の小文』所収の句「たび人と我名よばれむ初しぐれ」の直筆色紙や、大坂で没する直前に書かれた遺言状をはじめ、連歌、俳諧に関する資料を展示。また『奥の細道』など、5つの旅の足跡を電光パネルで紹介するコーナーもある。

代表作
『奥の細道』『笈の小文』『猿蓑』など
メモ
芭蕉筆『更科紀行』草稿（伊賀市蔵　重要文化財）、元禄七年十月付松尾半左衛門宛芭蕉書簡（芭蕉翁顕彰会蔵　三重県指定有形文化財）など貴重な資料が所蔵されている。

芭蕉翁記念館のホームページへ

写真提供：芭蕉翁生記念館

■**アクセス**
●電車・伊賀鉄道伊賀線
上野市駅から徒歩5分
■**所在地**
三重県伊賀市上野丸之内117-13
電話 0595-21-2219
■**入館料**
大人（大学生以上）300円／小・中・高生 100円／団体、障害者手帳の提示で割引、免除有
■**開館時間**
8:30～17:00
（入館受付は16:30まで）
■**休館日**
年末年始　等

芭蕉の旅装束を体験できるコーナーもある。

【三重県】

鳥羽みなとまち文学館 江戸川乱歩館

乱歩が暮らした時代の息吹が残る街に

■和製探偵小説の先駆者

日本の文学界に「探偵小説」という分野を確立、ホラー小説の先駆けとしても大きな足跡を残した江戸川乱歩。その猟奇的で時に退廃的な世界観は、文学の枠を超え、現在でも多くの表現者に影響を与えている。

乱歩は1894年（明治27）、三重・名張町（現・名張市）に生まれる。原体験となった探偵小説はイギリスの作家、ウィルキー・コリンズの『The Dead Secret』を菊池幽芳が翻案した『秘中の秘』。小学生の時に母親が読み聞かせた1冊である。

中学に入ると日本における冒険小説の先駆者である押川春浪や、海外の探偵小説の翻案作を多く手がけた黒岩涙香などの作品を読みふける。特に黒岩の『幽霊塔』は乱歩の原点となり、1937年には自身が日本を舞台に移した翻案作も出版する。またこの頃、手製の少年雑誌作りにも没頭し、昂じて活字を入手。印刷までしていた。

■人気は大人から子どもまで

1912年、乱歩は早稲田大学に入学し、筆名の由来となったエドガー・アラン・ポー（アメリカ）、コナン・ドイル（イギリス）などの推理小説を原書で読み、翻訳、暗号の研究にも取り組む。また1913年には初の短編探偵小説『火縄銃』を執筆。ただし出版は叶わなかった（1932年書籍化）。

大学卒業（1916年）後は貿易会社、古本屋、新聞社、ラーメン屋など職を転々とするが、1923年に初の短編推理小説『二銭銅貨』を発表。作家としての道を歩み始める。

その後、後に〝少年探偵団シリーズ〟で有名になる名探偵・明智小五郎の初出作『D坂の殺人事件』（1924年）や『心理試験』（1925年）などの短編でトリックの妙を駆使する手法を確立。その後『陰獣』（1928年）などの中長編で人気を博し、1929年から1930年にかけては『蜘蛛男』を連載。嗜虐的かつ淫靡な〝乱歩流〟の基礎を作った。

さらに1936年には、初の少年向け作品『怪人二十面相』の連載が大ヒット。続く『少年探偵団』（1937年）など、明智小五郎が登場するシリーズは、戦時下の言論統制

江戸川乱歩館のホームページへ

■アクセス
●電車・鳥羽駅（JR、近鉄）より徒歩10分
など

■所在地
三重県鳥羽市鳥羽2-5-2
電話 0599-26-3745

■入館料
300円

■開館時間
土・日・祝日　10:00〜15:00
平日（予約制）10:00〜15:00
平日の予約は鳥羽ガイドセンター（電話 0599-25-8255）へ

■休館日
火曜日、年末年始

衣装レンタルもある。

写真提供：鳥羽みなとまち文学館　江戸川乱歩館

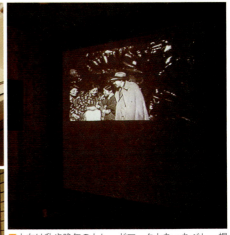

■上左は乱歩晩年のトレードマークとなったベレー帽や眼鏡などの遺愛品の展示。■右上は『乱歩シアター「パノラマ座」』。乱歩自身が相島（現・真珠島）で撮影し、編集した貴重な映像などを上映。■左は奇才・岩田準一の書斎を再現した展示。

時代を除いて続き、後期の代表作となった。

■乱歩と岩田と鳥羽

2004年、「鳥羽みなとまち文学館」の中に開館した当館は、古い街並みが残る三重県鳥羽市にある画家・風俗研究家の岩田準一が暮らした旧宅敷地内に建つ。岩田は竹久夢二に師事する一方で、男色研究を通じ、日本の影の部分に光をあてるという先駆的な仕事を成している。

岩田の邸宅は乱歩が23歳の時、当地の造船所に職を得て暮らした居室の向かいにあり、互いに風俗研究の同好の士として意気投合。以来岩田は、乱歩作品の挿絵を描き、創作のヒントも与えるなど、親交を持つ。

鳥羽ゆかりの作品としては、当地で着想を得た『屋根裏の散歩者』（1925年）と、当地が舞台の『パノラマ島奇譚』（1926年）がある。また乱歩が当地出身の妻、隆と出会ったのもこの地である。

■乱歩の時代と世界に遊ぶ

町家風の古き良き日本家屋を利用した館内では乱歩の業績、眼鏡、万年筆、ベレー帽などの愛用品、岩田の筆による挿絵原画、『屋根裏の散歩者』などの作品の象徴的な場面を再現した模型などを展示。中でも貴重なのが、乱歩が撮影・編集を手がけた8ミリ映像。被写体は当地の海女で、映像には乱歩独特の視点と雰囲気が漂う。

また1954年発表の評論書にちなんで「幻影城」と名づけられた土蔵は、奇々怪々で妖しげな乱歩作品の世界を再現している。

代表作
『二銭銅貨』『パノラマ島奇譚』『心理試験』『陰獣』『何者』『蜘蛛男』『怪人二十面相』『石榴』（小説）『幻影城』（評論集）など

メモ
館のある鳥羽みなとまち文学館には、岩田準一とその師・竹久夢二の展示物も豊富。近隣には昭和の街並みを再現した通りも。

嵯峨嵐山文華館

『小倉百人一首』ゆかりの地で和歌と日本美術に浸る

【京都府】

■選歌の地、嵯峨嵐山

いにしえより有数の景勝地として貴族や文化人に愛されてきた京都・嵯峨嵐山。平安時代は紅葉の名所として、さらに江戸時代中期になると桜の名所として、庶民の間でも人気の行楽地となった。

一方、嵯峨嵐山は『百人一首』ゆかりの地という顔も持つ。100人の優れた歌人の短歌をひとり1首ずつ集めた秀歌選である『百人一首』。その中でもっとも有名な『小倉百人一首』の100首は、この地で選ばれたからである。

天智天皇の「秋の田の かりほの庵のとまをあらみ わが衣手は 露にぬれつつ」から、順徳天皇（順徳院）の「百敷や 古き軒端のしのぶにも 猶あまりある 昔なりけり」に至る100首の選者は、平安時代末期から鎌倉時代初期にかけて歌人としても高名だった公家、藤原定家である。

■『小倉百人一首』は襖の装飾

定家は鎌倉幕府の御家人で歌人でもあった宇都宮頼綱（蓮生）に依頼され、当地の小倉山に新築した山荘の装飾として、『古今和歌集』や『新古今和歌集』などの勅撰和歌集（天皇の命で編さんされた秀歌選）から選んだ100人100首の秀歌を色紙にしたためたと伝えられている。これが後の『小倉百人一首』である。

なお、定家は『新古今和歌集』では選者の助手を、また『新勅撰和歌集』では単独で選者を務め、自身の歌も史上最多の465首が勅撰集に入り、"歌聖"と呼ばれた人物である。

■100人100首を人形と英訳で紹介

嵯峨嵐山を象徴する渡月橋から川沿いに上流方向へ5分ほど進むと、小倉山を背に大堰川を借景にした宝物殿のような寄棟造りのモダンな建物が視界に入る。2018年11月にリニューアルオープンした「嵯峨嵐山文華館」である。

元は「百人一首殿堂 時雨殿」であったが、現在は百人一首の常設展とともに年4回、シーズン毎に京都にゆかりの日本画などを企画展示するミュージアムとなっている。

嵯峨嵐山文華館のホームページへ

■アクセス
●電車・JR山陰本線（嵯峨野線）嵯峨嵐山駅下車、徒歩14分・阪急電鉄（嵐山線）嵐山駅下車、徒歩13分・京福電鉄（嵐山本線）嵐山駅下車、徒歩5分

■所在地
京都府京都市右京区嵯峨天龍寺芒ノ馬場町11
電話 075-882-1111

■入館料
一般・大学生 900円／高校生 500円／小・中学生 300円／団体、手帳等の提示で割引有

■開館時間
10:00～17:00
（入館は16:30まで）

■休館日
火曜日（祝日の場合は翌日）、年末年始 等

写真提供：嵯峨嵐山文華館

■左上と右上は2階の120畳もの広さがある畳ギャラリー。■右中は1階の展示室。■下左は石庭に面したテラス部分のカフェ。開放感あふれる空間が広がる。■下右は江戸時代前期に作られたという手描きのかるた。

和歌にはアイルランド出身の日本文学研究者、ピーター・J・マックミランによる英訳も付されている。

■庭園と絶景で日本美術の心に浸る

京都らしい、石庭の美しさも当館の特徴である。また、石庭に面したテラスにはカフェ「嵐山OMOKAGEテラス」があり、春はしだれ桜、初夏はサツキツツジ、秋は紅葉、冬は雪、和歌の心そのものである季節ごとの美の移ろいを感じながら、ランチや京都の酒造とコラボレートしたデザートなどを味わうことができる。

また、2階からは大堰川と嵐山が織りなす情緒ある景色とともに、120畳の大広間「畳ギャラリー」にて、日本画などの美術品をゆっくりと楽しむことができる。

> **メモ**
> 百人一首以外に美術分野の展示もあり、京都ゆかりの絵画や和歌、俳句などをテーマにした企画展や講演、講座なども開催している。なお、企画展開催期間中は、毎週土曜、日曜に学芸員による展示解説トークショーも行っている。周辺には百人一首の歌碑も。

【京都府】

宇治市源氏物語ミュージアム
唯一の『源氏物語』専門館

■作者・紫式部

　平安時代中期の王朝物語の名作として、わが国を代表する文学作品の傑作として、今日に至るまで多くの人々に愛され続けている『源氏物語』。その作者・紫式部は、藤原為時を父に、970年（元禄元）頃誕生したといわれている。学者で漢詩人でもある父の影響を受け、兄弟とともに漢籍を学んだ。こうした素養が『源氏物語』の下地になった。

　年の離れた藤原宣孝と結婚し、賢子（後の大弐三位）を産む。しかし幼子を残し宣孝は急死。悲しみを慰めるべく書き始めたのが『源氏物語』といわれている。

　その後、一条天皇中宮で、藤原道長の娘・彰子のもとに、女房として出仕する。当時、天皇のキサキのもとには、才気あふれる女性が女房として仕えていた。紫式部をはじめ、『小倉百人一首』でもお馴染みの清少納言、和泉式部、赤染衛門……。女房たちが切磋琢磨した時代だ。

　『源氏物語』に詠まれた和歌は795首。紫式部は平安時代を代表する歌人であり、『源氏物語』は、後世、和歌を詠む人にとって必読の書だった。

■五十四帖・3部構成

　『源氏物語』は、全編で五十四帖（54巻）。約75年にわたる物語の構成については、3部構成で考えるのが分かりやすいとされている。第1部は、主人公・光源氏の誕生から栄華を極めるまで。第2部は光源氏の栄華に陰りが見えはじめ出家の決意をするまで。第3部は、光源氏が亡くなった後、息子とされる薫や孫の匂宮の物語。巻45「橋姫」から巻54「夢浮橋」の最後の十帖は、宇治を主な舞台とするため「宇治十帖」と呼ばれている。

■源氏物語と宇治

　平安時代の宇治は、貴族たちにとって、風光明媚な別荘地として親しまれてきた。この宇治の地に、1998年に開館した宇治市源氏物語ミュージアムは、復元模型や映像、体験型展示を通じ、『源氏物語』と平安時代の文化に親しめる博物館だ。開館20周年にあたる2018年9月に、2度目のリ

宇治市源氏物語ミュージアムのホームページへ

■アクセス
●電車・京阪電車宇治線宇治駅下車、徒歩約8分・JR奈良線宇治駅下車、徒歩約15分
●バス・近鉄京都線近鉄大久保駅から「京阪宇治」下車（所要時間約15分）、徒歩約8分　など

■所在地
京都府宇治市宇治東内45-26
電話 0774-39-9300

■入館料
大人 600円／子ども 300円／団体、障害者手帳等の提示で割引有（2019年4月1日からの料金）

■開館時間
9:00～17:00
（入館は16:30まで）

■休館日
月曜日（祝日の場合は翌日）、年末年始

写真提供：宇治市源氏物語ミュージアム

■左上は光源氏の邸宅「六条院」。■右上は無料ゾーンのコーナー。体験を通じて『源氏物語』の世界に親しめる。■右下は「早わかり源氏物語」などの展示。■左下は牛車。

ニューアルを行っている。

　展示（有料）ゾーンでは、実物大の牛車や調度品の複製、光源氏の邸宅である六条院の模型などを展示。またリニューアルで、明かりの効果による垣間見の体験や体を動かして行うインタラクティブコンテンツ、身近な香りで源氏香を体験するコーナーなど、体験型展示を導入。体験型展示は、情報（無料）ゾーンの『源氏物語』に親しむコーナーにも新設した。

　展示ゾーンにある映像展示室では、篠田正浩監督による『浮舟』、白石加代子主演による『橋姫』を上映。ともに『宇治十帖』の悲恋の物語をテーマにした演出の異なるオリジナル映画だ。

　情報（無料）ゾーンには、『源氏物語』や平安時代の文化などに関する約4500冊の専門書や児童書が揃っている。

> **メモ**
> ミュージアムから宇治上神社（世界文化遺産）、宇治神社、そして宇治川畔に至る道は「さわらびの道」と呼ばれ、散策道が整備されている。宇治川、宇治橋に周辺には、宇治十帖の古蹟も点在する。

小津安二郎青春館
映画館通いに明け暮れた青春の地に

【三重県】

■ "家族"を描き続けた世界的巨匠

戦前戦後を通じて、市井の家庭生活を題材に親子関係や人間の機微を描き、『浮草』『晩春』『東京物語』など、大衆性と芸術性を備えた多くの名作映画を世に送った小津安二郎。軽妙と深刻さが入れ替わる独特のリズムと、ロー・アングル撮影と厳密な画面構成によって生み出された"小津調"は世界的にも評価が高く、2012年（平成24）には『東京物語』が、イギリスの国立映画研究所の機関誌で、世界の映画監督が選ぶ史上最も優れた作品に選ばれた。

1903年に東京に生まれた小津は、9歳で父の故郷、三重・松阪市に移住。日本映画草創期のスター、尾上松之助の出演映画に惹かれ、旧制中学（戦前の学校制度・5年制）の5年生時、寄宿舎を出て自宅から通学するようになると映画館通いに明け暮れた。

■映画館を模した外観

当館は、9歳から19歳まで小津が暮らした家の跡地に2002年に開館。外観は小津が通った近所の映画館「神楽座」をイメー

内部のようす。小津が少年時代に使っていた机や自著の書、普段着ていた作業着などの展示もある。

ジしたもので、券売ブースも備えている。

町屋の屋根組みなど、小津が暮らした大正時代を偲ばせる造りの館内には、当時の家具を設えた居間が再現され、小学生の頃に使った机、手紙、日記、書画、またスイス製の16ミリ映写機なども展示。さらに映像スペースでは、小津ゆかりの場所や幼少時の逸話などをビデオで紹介している。

代表作
『懺悔の刃』『生れてはみたけれど』『出来ごころ』『浮草』『一人息子』『晩春』『麦秋』『東京物語』『早春』『秋刀魚の味』など

メモ
近隣には松阪の豪商・三井家の遺構と、長谷川家、小津清左衛門家の屋敷が保存・公開されている。なお小津家は安二郎の縁続きの商家。

小津安二郎青春館のホームページへ

■アクセス■
●電車・松阪駅（JR、近鉄）から徒歩約12分
●バス・松阪駅（JR、近鉄）から市街地循環線（鈴の音バス）「愛宕町東」下車、徒歩1分
●車・伊勢自動車道松阪ICより約20分　など

■所在地■
三重県松阪市愛宕町2-44
電話 0598-22-2660

■入館料■
無料

■開館時間■
11:00～17:00（4月～10月）／10:00～16:00（11月～3月）

■休館日■
火・水・木曜日
（祝日の場合は開館）

写真提供：小津安二郎青春館

与謝野町立江山文庫
山あいに佇む俳句・短歌の資料館

【京都府】

■鉄幹、晶子の名のルーツ

日本海に突きだした丹後半島のつけ根に位置し、「鬼伝説」でも有名な与謝野町(京都府)は、歌人・与謝野鉄幹の父で「尚絅(しょうけい)」の号を持つ僧侶歌人・礼厳(れいごん)の故郷として知られ、1930年(昭和5)には息子夫婦の鉄幹と晶子が揃って訪れ、当地にちなむ歌を詠んでいる。

礼厳は、もともと細見という姓を持っていたが、出家の後、明治の初めに当地「与謝」にちなんで与謝姓を名乗り始める。ここ与謝野町は、2006年に与謝郡の3町が合併した際に誕生した名だ。

■ゆかりの歌人、俳人

峠から望む雲海と天橋立の「一字観」が美しく、天橋立から連なる大江山の麓の町に建つのが、俳句や短歌などに関する3000点以上もの資料を所蔵・展示する町立江山文庫である。

文庫内では当地ゆかりの与謝野礼厳、鉄幹、晶子のほか、高浜虚子、山口誓子らの短歌や俳句に関する掛け軸や短冊などを所蔵するほか、紋紙を使った短冊掛け作りの

展示室のようす。

体験も。また四季の花々などをテーマにした企画展や全国俳句大会も開催している。

なお「江山(こうざん)」の名は、俳人・与謝蕪村が、当地の大江山をそう呼んだことにちなんで大阪の俳人・故里見恭一郎が名づけたもの。里見は膨大な短歌・俳句資料を寄贈し、館蔵資料の礎を作った人物である。なお、与謝蕪村の姓もまた、当地が由来とされる。

> **メモ**
> 多くの歌人や俳人が訪れて歌や句を詠んだ当地には、礼厳、鉄幹、晶子、蕪村のほか、高浜虚子、河東碧梧桐などの歌碑や句碑が点在。特に天橋立を一望できる大内峠周辺は、鉄幹、晶子を含む多くの碑がある。

与謝野町立江山文庫のホームページへ

写真提供:与謝野町立江山文庫

■**アクセス**
●車・京都丹後鉄道与謝野駅から約15分 など

■**所在地**
京都府与謝郡与謝野町字金屋1682
電話 0772-43-2180

■**入館料**
大人 200円／小・中学生 100円／団体割引、障害者手帳等の提示による減免有

■**開館時間**
9:00～17:00
(入館受付は16:30まで)

■**休館日**
月曜日(祝日の場合は翌日)、12/29～1/3 等

中庭の晶子の歌碑。

【和歌山県】

佐藤春夫記念館

"帰郷"した昭和モダン漂う洋館風の旧宅

■多才な文化勲章作家

　大正時代に芥川龍之介と新進流行作家として並称され、小説、詩、短歌、俳句、戯曲、翻訳、童話など、分野を超えて多くの名作を世に送り続けた文豪・佐藤春夫。

　1892年（明治25）、和歌山・新宮町（現・新宮市）に生まれた佐藤は、1910年に上京。生田長江に師事し、与謝野鉄幹の『新詩社』にも関わった。人々の鬱屈した自意識を抒情的に描いた詩で早くから注目され、1923年には、有名な『秋刀魚の歌』を収めた『我が一九二二年』を発表する。

　一方、1917年の小説『西班牙犬の家』や『田園の憂鬱』など、幻想美と鋭い心象描写に満ちた小説を次々と発表し、戦後は『小説智恵子抄』などの伝記小説でも力量を発揮。1960年には文化勲章も受章した。

■庭に至るまで復元

　1989年に熊野速玉大社の境内に開館した当館の建物は、1927年に建てられた東京の邸宅を移築したもの。洋館風の家屋のほか、門や石畳、庭を復元している。

寝室をほぼ倍の広さに改造した「展示室」。春夫の詩集、小説、随筆、翻訳の初版本や春夫の絵画作品、書、谷崎潤一郎と春夫連名の（離婚、結婚）挨拶状などを展示。

　当時の家具を展示し応接間を再現するほか、2階には自筆の原稿や絵画、自作詩歌の書、初版本、愛用品のほか、少年時代の資料などを展示。その中には谷崎潤一郎と連名で出した離婚・結婚時の挨拶状もある。

　1964年、佐藤はマントルピースを設えた1階の応接間でラジオ番組の収録中、死去。「幸いに……」が最期の言葉だった。

> **メモ**
> 記念館から新宮城跡に向かう1kmほどの道には、佐藤の生家跡や育った家の跡、地元出身の著名人の碑などが点在。新宮城跡には師・与謝野鉄幹の歌碑も。なお佐藤は上京後、慶應義塾大学予科に入学し、永井荷風の教えも受けている。

佐藤春夫記念館のホームページへ

■**アクセス**
●電車・JR新宮駅から徒歩約20分
●バス・JR新宮駅から「権現前」下車、徒歩約2分

■**所在地**
和歌山県新宮市新宮1番地（熊野速玉大社境内）
電話 0735-21-1755

■**入館料**
一般310円／小・中学生150円／団体、障害者手帳等の提示で割引、免除有

■**開館時間**
9:00～17:00
（入館は16:30まで）

■**休館日**
月曜日（祝日の場合は翌日）、祝日の翌日、12/28～1/3

2階「八角塔」の書斎。

写真提供：佐藤春夫記念館

奈良県立万葉文化館
万葉の里に再現された万葉の時代

【奈良県】

■日本最古の歌集

8世紀末ごろに完成したとされる現存する日本最古の歌集『万葉集』。

短歌、長歌、旋頭歌(せどうか)など、5世紀から8世紀に詠まれた約4500首が20巻に収録されている。宮廷などで詠まれた歌から防人(さきもり)の歌まで、歌人は多種多様。公的な儀式などで詠まれた「雑歌(ぞうか)」、恋歌を中心とした「相聞歌」、人の死にまつわる「挽歌」など、歌の内容も多岐にわたる。

■万葉文化を視覚・聴覚で体感

小野老(おののおゆ)「あをによし 奈良の都は 咲く花の にほふがごとく 今盛りなり」をはじめ、奈良は『万葉集』にもっとも多く詠われた地。当館は、その奈良でも飛鳥時代の史跡が多く残る明日香村に2001年(平成13)に開館。古代の暮らしや、人々が「歌」に興じる場面を人形などで再現した「歌の広場」、『万葉集』の歌人が登場する物語を、音と光を使った斬新な映像で紹介する「万葉劇場」、さらに『万葉集』の歌をモチーフにした「万葉日本画」を中心に、さまざまな展覧会を行う「日本画展示室」など、かの時代を感覚的に楽しみながら体感できる構成となっている。

敷地内には日本最古の鋳造銭「富本銭」などを製造していた飛鳥池工房遺跡もあり、古代の文化を総合的に知ることができる。

「歌の広場」の展示のようす。古代の市空間を再現。「声」で歌われた古代の歌から「文字」で表現された歌など、万葉歌を中心としたさまざまな歌に出会える。

> **メモ**
> ミュージアムショップでは、万葉日本画をデザインした一筆箋やクリアファイルなどを販売。また1階展望ロビーからは"大和三山"の耳成山、香久山をはじめ、のどかな飛鳥の田園風景の眺望も。

奈良県立万葉文化館のホームページへ

写真提供:奈良県立万葉文化館

■**アクセス**
●バス・近鉄橿原神宮前駅東口または飛鳥駅から明日香周遊バス(赤かめ)で「万葉文化館西口」下車 など

■**所在地**
奈良県高市郡明日香村飛鳥10

電話 0744-54-1850

■**展覧会観覧料**
一般600円/学生(高校・大学生)500円/小人(小・中学生)300円/団体、障害者手帳などの提示で割引、免除有
(入館料は無料、特別展は別途)

■**開館時間**
9:00~17:30
(入館は17:00まで)

■**休館日**
月曜日(祝日の場合は翌平日)、年末年始、展示替日

茨木市立川端康成文学館
孤独の中で大望を抱いた立志の地に

【大阪府】

■ 近代日本文学の巨匠

　日本初のノーベル賞作家・川端康成。
　抒情的かつ詩的な表現を駆使したその作品は、日本古来の美意識を描きながら、一方で日本文学の新境地を常に提示し続けた。
　本格的なキャリアは、東京帝国大学（現・東京大学）時代の1921年（大正10）、友人たちと発刊した同人誌に掲載した短編小説『招魂祭一景』が、文壇で認められたことに始まる。
　1926年、26歳の時に初期の代表作『伊豆の踊子』を発表。30代に入ると『浅草紅団』『抒情歌』『禽獣』など、"新感覚派"と呼ばれた独特の言語感覚を活かした話題作を次々と世に送り、流行作家としての地位を確固たるものに。
　そして1935年、36歳の川端は「国境の長いトンネルを抜けると雪国であった。夜の底が白くなった」という書き出しで始まり、後に『雪国』として発刊される小説の連作を開始。また戦後には、日本古来の伝統美や哀切がより色濃く滲む『千羽鶴』や、戦後日本文学の最高峰とされる『山の音』を発表。そして1961年の文化勲章に続き、1968年にはノーベル文学賞を受賞する。
　「すぐれた感性で日本の心の神髄を表現するその叙述の巧みさ」が受賞理由で対象作品は『雪国』『千羽鶴』『古都』などであった。

■ 祖父母と暮らした少年時代

　川端は1899年に大阪市で生まれたが、2歳で父を、3歳で母を亡くし、大阪市と京都市の中間にある山裾の農村、豊川村（現・大阪府茨木市）に住む祖父母に引き取られた。
　川端は後に「まるで真綿にくるむように育てられた」と回想しているが、それも7歳の時に祖母を、15歳の時に祖父を亡くしたことで失われる。そしてこの特異な体験は、後に川端作品で描かれる病気や早死への畏怖、母性への憧憬となって表われる。
　川端は小学生の頃は小説、中学に入ると文芸雑誌にも読書の手を広げ、また、寝たきりになった祖父との日々を克明に日記（1925年に『十六歳の日記』として出版）に記すなど、読み書きには関心が高かったが、

茨木市立川端康成文学館のホームページへ

■ アクセス
● 電車・JR総持寺駅より徒歩約10分
● 車・JR茨木駅より約7分・阪急茨木市駅より約7分・名神茨木ICより国道171号線京都方面へ約7分

■ 所在地
大阪府茨木市
上中条 2-11-25
電話 072-625-5978

■ 入館料
無料

■ 開館時間
9:00～17:00

■ 休館日
火曜日、祝日の翌日、12/28～1/4　等

写真提供：茨木市立川端康成文学館

■左上は「作家の書斎」コーナー。鎌倉の川端邸の書斎をレプリカ等で再現。希望者はコーナー内で仕事机に座り、館特製の原稿用紙に万年筆で文字を書くなどの作家体験ができる。■右上は茨木時代を祖父母と暮らした屋敷の模型（20分の1）。約4分の音声とモニターによる解説がある。■右は展示室のようす。「川端康成の生い立ち」「川端文学とその舞台」「ストックホルムの川端康成」などのコーナーで川端の生涯とその作品を辿る。写真と地図でゆかりの地を紹介する「川端康成文学散歩」や映像コーナーも。

祖父母の死がもたらした深い孤独は、川端をより文学に駆り立てていくことになる。

旧制中学時代には、地元新聞に短編小説や短歌が掲載されるようになり、卒業直前には、実際の恩師の葬儀の様子を描いた『生徒の肩に柩を載せて』が、地元大阪発行の家庭雑誌に載り、評判を呼んだ。

■ 川端の仕事場を再現

川端が18歳で上京するまで暮らしたこの地に建つ当館は、1985年に開館。館内では、川端の直筆原稿や遺品、友人宛ての書簡、写真、祖父母と暮らした家の模型など、約400点の資料が展示され、中には元婚約者・伊藤初代の写真といった貴重な品々も。

また少年時代の川端を紹介するコーナーには、小学校で使った算数の教科書や、字の練習に使った用箋なども展示。さらに「書斎体験コーナー」には、鎌倉の邸宅にあった仕事場が再現され、川端のトレードマークである着流し姿に扮装して撮影ができるというユニークな趣向も用意されている。

代表作
『伊豆の踊子』『抒情歌』『禽獣』『雪国』『千羽鶴』『山の音』『古都』『十六歳の日記』など
メモ
川端の旧宅は、文学館から車で15分ほどの宿久庄（しゅくのしょう）地区の閑静な場所にある。

【大阪府】

司馬遼太郎記念館
国民的作家が愛した邸宅に寄り添う

■新境地を拓いた歴史観

戦国期や幕末期の変革の時代を描き続けた作家・司馬遼太郎。独自の歴史観で、歴史小説にとどまらず、エッセイや紀行文、対談を通じて、文明・文化論を世に問うた国民的作家である。

司馬遼太郎の筆名でデビューしたのは新聞記者時代の1956年（昭和31）、講談倶楽部賞を受賞した「ペルシャの幻術師」。京都の宗教紙に連載した最初の長編小説『梟の城』（原題：梟のいる都城）で1959年度下半期の直木賞を受賞したのを機に、38歳で執筆活動に専念するようになった。

初期の司馬作品は幻想をテーマにした作品が多かったが、1962年から4年間の長期におよんだ新聞連載小説『竜馬がゆく』で新たな歴史小説を展開。以降、『国盗り物語』『坂の上の雲』『菜の花の沖』『翔ぶが如く』などの作品を発表した。

『坂の上の雲』を新聞に連載中の1971年から週刊誌で『街道をゆく』の連載を開始。取材紀行は国内外にわたり、執筆期間は25年、計43巻が刊行された。

■作風の原点となった戦争体験

司馬は1943年、大阪外国語学校（のち大阪外国語大学、現・大阪大学）のとき、20歳で学徒出陣。旧満州（中国東北部）の旧陸軍・戦車学校に行き、1945年、本土防衛の任についた栃木県佐野市で終戦をむかえた。当時22歳の司馬は「なぜこんなおろかな戦争が起きたのか」について考えた。戦国期や幕末期、あるいは明治の時代の日本人はもう少しましだったのでは、という自問自答に対する回答がみつからない。後年、司馬は「作品は22歳の自分への回答の手紙のようなもの」という意味のことを話した。つまり、人間とは、日本人とは、日本の国とは、について考えることであり、それが司馬作品の根底のテーマにもなった。

■終生大阪で執筆した司馬

1923年（大正12）、大阪市内に生まれた司馬は旧制中学時代、学校近くの図書館に通い詰め、学徒出陣までに「ほぼ全部と言ってもいいくらい」と述懐するほどの本を読

司馬遼太郎記念館のホームページへ

■アクセス
●電車・近鉄奈良線 八戸ノ里駅下車、徒歩約8分・近鉄奈良線 河内小阪駅下車、徒歩約12分

■所在地
大阪府東大阪市下小阪3-11-18
電話 06-6726-3860

■入館料
大人 500円／中・高生 300円／小学生 200円／団体割引有

■開館時間
10:00～17:00
（入館は16:30まで）

■休館日
毎週月曜（祝日の場合は翌日）、9/1～9/10、12/28～1/4 等

写真提供：司馬遼太郎記念館

■上は小径から見える司馬の書斎。■下左は展示ケース。作品関連の企画展を約半年ごとに切り替えて実施。■下右は2万冊が並ぶ壁面書棚。

んだ。古代中国やその周辺の諸民族に関心を示し、大阪外国語学校の蒙古語部を選んだのもその影響という。軍隊の経験と図書館での読書、そして新聞記者時代が作家としての原型を形作っていった。

　司馬は都市のもつ**機能性やざわめき**のようなものを好み、大阪を離れず、1964年、大阪市内から布施市（現・東大阪市）に移り住んだ。その後、資料が増えたため近くに越し、1996年に没するまで執筆活動を続けた。記念館はその自宅と安藤忠雄設計の建物で構成され、2001年秋に開館した。

■2万冊が壁一面に

　雑木林を模した小径を進み司馬の邸宅に差しかかると、大きな窓越しに司馬が使っていた書斎が現れる。館内には自筆の原稿や色紙なども展示されているが、ことさら目を引くのが高さ11mの吹き抜けに設えた壁面書棚である。この書棚には約6万冊という司馬の蔵書の一部、約2万冊がイメージ展示されている。企画展は半年ごとに切り替わり、約150席のホールでは企画展に関連する映像が上映され、講演会や音楽会なども催される。

> **その他の代表作**
> 『世に棲む日日』『峠』『花神』『歳月』『関ケ原』『21世紀に生きる君たちへ』など
> **メモ**
> 司馬遼太郎の命日2月12日を「菜の花忌」といい、この頃、記念館や周辺の街並みは地域の人が育てた菜の花で彩られる。

与謝野晶子記念館
生誕の地、最愛の人に出会った地に

【大阪府】

■情熱の歌人

「やは肌の あつき血汐にふれも見で さびしからずや道を説く君」などの初期の情熱的な吟詠、そして後期の叙情的かつ感嘆を込めた人間讃歌。明治、大正、昭和にわたって時代を牽引し続けた"情熱の歌人"与謝野晶子。1878年（明治11）に大阪府堺市に生まれた晶子は、女学校補習科を卒業後、家業を手伝いながら古典を独習。17歳頃で和歌の投稿を始める。

そして1901年、晶子は22歳で上京し、同年に歌人の与謝野鉄幹（その後、鉄幹の号を廃し、本名の「寛」を名乗る）と結婚。鉄幹が主宰する『明星』の社友ともなり、鉄幹が"白百合の君"と称した歌人・山川登美子とともに『明星』の色調を形成していく。またこの年には第1歌集『みだれ髪』も刊行。激しい恋心と官能を詠い上げたその内容は、歌壇で大きな物議をかもしたが、一方で詩人で日本有数の批評家である上田敏が、「詩壇革新の先駆」と評するなど、当時の歌壇、文壇に大きな一石を投じた。

以降、晶子の歌集は『小扇』（1904年）から、没後に編まれた『白桜集』（1942年）まで、20集以上を重ねる。

■君死にたまふこと勿れ

晶子は詩や古典の現代語訳も手がけた。特に当時の世相に抗い、日露戦争に出征した弟の身を案じた詩『君死にたまふこと勿れ』や、独自の解釈に立つ『源氏物語』の現代語訳は、晶子の代表作として後世に語り継がれる。

また評論活動にも幅を拡げ、後のフェミニズム運動に影響を与える「母性保護論争」では、晶子は女性は「母性」の実現だけでなく、経済的、精神的自立を果たすべきと主張した。なお、晶子は生涯12人の子どもをもうけている。

■館内に生家を実寸復元

当館は2015年、晶子の生家跡から徒歩5分ほどの場所にある文化複合施設「さかい利晶の杜」内に開館した。

館内には、生家の菓子商「駿河屋」をほぼ実寸で復元した「少女となりし父母の家」

与謝野晶子記念館のホームページへ

■アクセス■
●電車・阪堺線 宿院駅より徒歩1分
●車・阪神高速15号堺線 堺ICから約3分 など

■所在地■
大阪府堺市堺区宿院町西2丁1-1 さかい利晶の杜内
電話 072-260-4386

■入館料■
大人 300円／高校生 200円／中学生以下 100円／団体、手帳等の提示で割引、免除有

■開館時間■
9:00 ～ 18:00
（入館は17:30まで）

■休館日■
第3火曜日（祝日の場合は翌日）、年末年始

千利休屋敷跡もある。

■左上は「創作の場」。晶子が執筆活動をしていた書斎のイメージ再現。晶子自筆の歌百首屏風(複製)も展示。■右上は「晶子の装幀」。晶子の著書の装幀は一流の作家が手がけたものが多く、色彩豊か。■下は「少女となりし父母の家」。晶子の生家「駿河屋」をほぼ実際のサイズで再現。西洋好みの父が建てた家は、当時としては珍しく大きな時計がかけられ、2階は洋風。晶子が店番をしながら文学作品を読んだという帳場も再現されている。

があり、若き晶子が店番をしながら文学作品を読みふけったという帳場も再現。また「詩歌の森」には、晶子の詩歌の世界を映像と音声で体感できる装置も。

さらに「晶子の装幀」のコーナーでは、高名な画家が手がけ、豊かな色彩美で知られる著書の装丁や裏表紙などを展示。

そのほか「創作の場」のコーナーでは、晶子の書斎をイメージ展示し、自筆の歌百種屏風(複製)、また在りし日の映像や『源氏物語』を朗読した肉声なども視聴できる。なお生誕の地、堺は晶子が21歳の夏に、初めて鉄幹と対面を果たした地。市内には生家跡だけでなく、出会いの場所となった覚応寺や、2人で歌会に参加し、逢瀬を楽しんだ浜寺公園など、ゆかりの場所が点在し、歌碑などが建立されている。

当館にも与謝野夫妻をテーマにしたコーナー「寛と歩んだ人生の軌跡」があり、2人の業績の紹介のほか、引き出しを開けると夫妻のアルバムなどが見られる趣向がある。

メモ

当館のある「さかい利晶の杜」には、当地出身でわび茶の大成者として知られる千利休の展示を行う「千利休茶の湯館」や、利休作とされる茶室を再現した「さかい待庵」などがある。また本格的な茶室で、茶会や茶道体験なども行われている。

【大阪府】

大阪樟蔭女子大学田辺聖子文学館
"お聖さん" 思い出の学び舎に建つ

■大阪で育った下町の文学少女

　大阪弁を巧みに駆使して男女の機微を描く「恋愛小説の大家」にして、伝記、歴史、古典、社会風刺など、その多彩な創作で知られる文化勲章受章作家・田辺聖子。1928年（昭和3）、大阪市福島で生まれた田辺は、少女小説や古典に親しむ文学少女だった。一方で〝キタ〟の中心地に隣接する下町・福島で、大阪の風俗を一身に浴びて育った。

　女学校時代から懸賞応募などを通じて創作に励んだ田辺は、社会人になってもこれを継続。1958年に懸賞小説入選作であった長編小説『花狩』で本格デビュー。1964年には『感傷旅行（センチメンタルジャーニイ）』で芥川賞を受賞し、一躍、新進小説家として注目を集める。一方で『新源氏物語』シリーズなど、多様な分野での著作も手がけ続けた。

■愛用の品々が充実

　当館は2007年、田辺の母校・大阪樟蔭女子大学（在学当時は専門学校）の図書館内に開館。田辺の歩みを軸に、その時々の自筆原稿などを紹介する構成が特長だ。

書斎の再現コーナー。

　奥にある「文学ウォール」には著作が壁一面に飾られ、装丁の美しさも目を引く。また「お聖さん・夢の世界」には、田辺が愛するフランス人形や宝塚歌劇団のパンフレットなどがずらり。

　また伊丹市の自宅にある書斎が小物一つひとつまで忠実に再現され、今も現役の田辺がふらりと訪れそうな雰囲気を醸し出す。

代表作
『花衣ぬぐやまつわる……』『ジョゼと虎と魚たち』『ひねくれ一茶』『道頓堀の雨に別れて以来なり』『姥ざかり花の旅笠』など

メモ
近隣には田辺との親交もあった司馬遼太郎の記念館と、戦前にグリコのおまけのデザインを手がけた宮本順三の記念館がある。

大阪樟蔭女子大学田辺聖子文学館のホームページへ

■**アクセス**■
●電車・近鉄奈良線河内小阪駅より西へ徒歩5分・JRおおさか東線河内永和駅または近鉄奈良線河内永和駅より東へ徒歩7分

■**所在地**■
大阪府東大阪市菱屋西4-2-26　大阪樟蔭女子大学　図書館内
電話 06-7506-9334

■**入館料**■
無料

■**開館時間**■
9:00〜16:30

■**休館日**■
日曜・祝日、大学の休業日

「文学ウォール」。びっしりと田辺の作品を展示。

写真提供：大阪樟蔭女子大学田辺聖子文学館

直木三十五記念館
大衆文学の変革者を育んだ街に建つ

【大阪府】

■現代大衆文学の先駆け

　一般には大衆文学賞の名の由来として知られ、昭和初期に大衆小説の新境地を拓き、一躍寵児となった直木三十五。

　1891年（明治24）に大阪市に生まれた直木は、近所の貸本屋と講談場を遊び場とする少年時代を送った。これが題材の格調を損わず、平易な表現と豊かな物語性、そして語り口を楽しむような筆致で描く直木文学の原点であり、後の大衆小説の標準様式ともなる。

　1911年、20歳で上京するが大学は中退。その後、出版社、映画制作集団などを起こすがいずれも失敗。1921年、31歳の時から文芸時評などの記事を寄稿し、1923年に『文藝春秋』の創刊に参加。この頃から大衆小説を書き始め、『由比根元大殺記』（1929年）『南国太平記』（1930年～1931年）の両連載で流行作家の地位を固めた。

　しかしその矢先の1934年、直木は43歳で病死。そして翌年、『文藝春秋』創刊時の仲間である菊池寛が直木の死を悼み、優れた大衆小説に贈る「直木賞」を創設した。

館内のようす。上敷きが目を引く。

■畳敷きの書斎を再現

　直木の母校・大阪市立桃園小学校の跡地に隣接して建つ当記念館は、2005年に開館。

　直木が自ら設計した横浜市の自宅に倣って、壁や天井は黒に統一され、横になって執筆するのを好んだ直木の畳敷きの書斎も再現。そのほか手紙や愛用品、中学校の文集に寄稿した作文なども展示している。

代表作
『黄門廻国記』『源九郎義経』『新作仇討全集』『楠木正成』『大衆文藝評判記』など

メモ
近隣には生家跡、寓居跡、文学碑が点在。また徒歩約5分の距離には、直木が育った戦前の風情を残す店と、古い家屋を利用した新感覚の店が同居する「空堀商店街」も。

直木三十五記念館のホームページへ

写真提供：直木三十五記念館

■アクセス
●電車・地下鉄谷町線谷町6丁目駅2番出口より徒歩2分。地下鉄長堀鶴見緑地線松屋町駅3番出口より徒歩5分

■所在地
大阪府大阪市中央区谷町6-5-26

電話06-6796-8834（受付：コワーキングスペース往来）

■入館料
一般200円／小学生以下100円

■開館時間
11:00～17:00

■休館日
水曜日

腹ばいになって執筆中の直木。

姫路文学館
名城を借景に文学と対話する

【兵庫県】

和辻哲郎
司馬遼太郎 ほ

■名城を頂く播州の中核都市

古くは大化改新後に播磨国(兵庫県南西部)の国府が置かれ、現在でも兵庫県第2の都市として播州の中核を担う姫路市。その名は当地の象徴、姫路城が建つ「姫山」の旧名「日女道丘(ひめじ)」に由来するといわれている。

国宝にして世界文化遺産にも登録された姫路城は、室町時代に当地の豪族・赤松氏によってその基礎が築かれ、後に羽柴(豊臣)秀吉が天守閣を建造。その後、播磨姫路藩の初代藩主・池田輝政が1601年(慶長6)から1609年にかけて大規模な修築を施したことで、白鷺城(しらさぎ)とも呼ばれる白漆喰総塗籠造り(ぬりごめ)の優美な姿となった。

■物語の宝庫・姫路城

姫路、姫路城ゆかりの名作は少なくない。古くは歌舞伎、その後は落語の演目(『皿屋敷』『お菊の皿』)にもなった怪談「播州皿屋敷」がある。また城下に住む実在の若い男女の悲恋を元にした"お夏清十郎"ものは、井原西鶴の浮世草子『好色五人女』の一編『姿姫路清十郎物語』や、近松門左衛門の『五十年忌歌念仏』のほか、後世の芝居や現代小説にも数多く描かれた。

そして何より知られたのが、姫路城天守閣の最上階にすむ「おさかべ姫」の妖怪伝説である。姫路城で足軽奉公をしていた宮本武蔵が城主の命令で妖怪を退治する講談や、美しき妖怪と若き鷹匠との恋を描いた泉鏡花の戯曲『天守物語』はここから生まれた。また「武蔵が姫路城の天守閣に3年間幽閉された」という舞台設定でも有名な、吉川英治の小説『宮本武蔵』もある。

■言葉が浮遊するタッチパネル

姫路城の清水橋から500mほど。1991年の開館から25年を経てリニューアルされた当館は、木立の背後に城を望む環境に立地。安藤忠雄が設計を手がけ、ともにゆったりとした展示スペースを持つ、メインの北館と入場無料の南館の2棟で構成されている。

北館の「姫路城歴史ものがたり回廊」では、奈良時代の『播磨国風土記』から始まる姫山と城の歴史を、年表や史料のほか、漫画やドラマ映像を使って紹介。また「こ

姫路文学館のホームページへ

■アクセス
●バス・JR、山電姫路駅神姫バスターミナル 9、10、17、18番から乗車約6分、「市之橋文学館前」下車、北へ徒歩約4分・同バスターミナル6番から城周辺観光ループバス乗車約10分「清水橋(文学館前)」下車、西へ徒歩約3分

■所在地
兵庫県姫路市山野井町84
電話 079-293-8228

■入館料
一般300円／高・大学生200円／小・中学生100円／団体、障害者手帳等の提示で割引有

■開館時間
10:00～17:00
(入館は16:30まで)

■休館日
月曜日(祝日の場合は開館)、祝日の翌日(土・日の場合は開館)、12/25～1/5

写真提供：姫路文学館

■上は「ことばの森展示室」（北館1階）。播磨ゆかりの文人たちの残した印象的な言葉や、その人生と出会う空間。■下左は「姫路城歴史ものがたり回廊」（北館1階）。姫路城と城が建つ姫山をめぐる物語や歴史を全26のエピソードで紹介。■下右は和辻哲郎コーナー（北館2階）。

とばの森展示室」には、タッチパネルに浮遊する「夢」「仕事」といったキーワードを選ぶと、それを生んだ作家や作品の情報が現れる装置があり、播磨出身の民俗学者・柳田國男、落語家の桂米朝、児童文学作家の森はなといった、当地ゆかりの作家、学者の作品や著作にふれることができる。

また『古寺巡礼』『風土』などの著作で知られる当地出身の哲学者・和辻哲郎に関する展示や、南館には祖父の代まで姫路の生まれというルーツを持つ司馬遼太郎のフロアもあり、原稿のほか、懐中時計やメガネといった愛用品が展示されている。

さらに同じ南館の「よいこのへや」は親子で絵本を楽しめるスペース。絵本にはオレンジと青のラベルが貼られ、対象年齢が一目でわかる工夫が。そのほかカフェ、ミュージアムショップも併設されている。

> **メモ**
> 敷地内には当地の実業家・濱本八治郎が大正時代に建設した別邸が「望景亭」として保存され、公開されている。内部は保存状態の良い板戸絵が目を引き、日本庭園や茶室も備える。2009年、国登録有形文化財に登録。

福崎町立柳田國男・松岡家記念館
"日本民俗学の父"誕生の地に

【兵庫県】

■高級官僚から民俗学者へ

徹底した現場主義による民間伝承などの調査を通じて、庶民の日常生活や文化の歴史と発展の経緯を掘り起こし、日本の民俗学の基礎を確立した柳田國男のキャリアは、農商務省の高級官僚から始まる。

在職中の1908年(明治41)、視察と講演のため、約3カ月にわたって九州や四国を巡回した柳田は、各地で庶民生活や土地の伝承に触れたことで、民俗的な事柄への関心を強め、翌1909年に、宮崎で耳にした故実を聞き書きした事柄をまとめ、後に日本民俗学最初の採集記録とされた『後狩詞記』を刊行。また翌年には、道祖神など、石でかたどった民間信仰の神について考察した『石神問答』、そして岩手県遠野郷に伝わる伝承などを書きつづった『遠野物語』を出版した。

さらに1919年の退官後は、新聞社の客員論説委員などを務めながら「民俗学研究所」の開設など、日本の民俗学の確立にまい進した。また方言の研究にも取り組み、1930年に出版された『蝸牛考』では、蝸牛(かたつむり)の地域ごとの呼び名から、方言が京都を中心に同心円状に伝播するとのユニークな仮説も展開。こうした先駆的な業績から、柳田は"日本民俗学の父"と呼ばれ、1951年には文化勲章を受章した。

■なぜ農民は貧なりや……

柳田は、1875年に兵庫・田原村(現・福崎町)に松岡家の六男として生まれた。なお、後に柳田姓となるのは、1901年に大審院判事・柳田直平の養嗣子となったため。

当地は東西と南北を結ぶ2つの街道が交差する土地で、多様な文化を自ずと吸収でき、古い農村ゆえに、狐を神使とする稲荷信仰や、河童にまつわる伝説など、伝承にも事欠かない土地柄であった。

また祖母が漢学の師匠だったこともあり、幼い頃から詩文に親しんでいた柳田は、10歳のときに1年間預けられた地元の旧家でも膨大な蔵書を読み漁り、これが民俗学に役立つ雑学的な基礎を育んだ。

しかし同じ年、柳田は母の郷土で起こった

福崎町立柳田國男・松岡家記念館のホームページへ

■アクセス
●車・JR播但線で福崎駅下車、10分・播但連絡道路・中国自動車道で福崎ICから約5分　など

■所在地
兵庫県神崎郡福崎町西田原1038-12
電話 0790-22-1000

■入館料
無料

■開館時間
9:00〜16:30

■休館日
月曜日(祝日の場合は開館)、祝日の翌日(土・日の場合は開館)、12/28〜1/4

展示室のようす。

写真提供：福崎町立柳田國男・松岡家記念館

■上は國男が愛用していた机。■下左は松岡家の八男、映丘が14歳のときに描いた絵。東京美術学校を首席で卒業後、母校の教授になる。大和絵の発展に生涯をかけ、画壇に大きな影響を与えた。■下右は國男の生家。

飢饉を目の当たりにする。この衝撃は、柳田に生涯「なぜ農民は貧なりや」という命題を残し、東京に出て、文人たちと交流を持つほど文学に傾倒した自身を、農政官僚、民俗学への道へと進ませることになった。

■「日本一小さい家」とともに

当記念館は、1975年に柳田の故郷・旧田原村（現・福崎町）に開館。柳田が「日本一小さい家」と形容した生家も移築され、当館に隣接している。狭い空間ゆえに父母と兄夫婦の関係が悪かったことで、柳田を日本の家屋と家族関係のありかたに注目させ、民俗学を志す源となった家である。

館内では愛用の机や、原稿、書簡、著作などの展示のほか、国文学者で歌人でもある実兄の井上通泰をはじめ、医師で政治家の松岡鼎、海軍大佐・松岡静雄、日本画家・松岡映丘などそれぞれに名を成した柳田の兄弟に関する展示も行っている。

なお、記念館のある標高130m足らずの辻川山近辺は柳田の馴染みの遊び場で、近隣の鈴ノ森神社には、木登りを止められていた柳田が憧れた山桃の木や遊具にしていた狛犬が現存する。

メモ
町立の神埼郡歴史民俗資料館が隣接し、福崎町の原始、古代から近現代までの資料、当地で使われていた生活用具や農具などを展示。

芦屋市谷崎潤一郎記念館
文豪とその妻が暮らした街に

【兵庫県】

■ 歌舞伎と苦学

　明治から昭和まで、独特の美意識で日本文学の既成概念を超越する新境地を拓き続けた文化勲章作家・谷崎潤一郎。妖艶かつ背徳的な美を描き、人間の内面を浮き彫りにするその筆致は、文学界に多大な影響を与え、国際的にも高い評価を受けた。

　1886年（明治19）、谷崎は東京日本橋の商家に生まれた。内気な"お母さん子"だったが、4歳から母や親族に連れられ歌舞伎や芝居に親しんだことが、作家としての原点となった。

　その後、谷崎は小学校の授業で古典小説や古典詩歌の美文に触れて文学に目覚め、13歳からは短編小説や漢詩などを同人誌に発表。しかし旧制中学（高校）入学を前に家業が傾き、奉公に出されそうになる。

　だが、小学生で30分を超える長文の暗誦をこなしたほどの才を惜しんだ周囲の助けで中学に進学。篤志家の書生をしつつ高校、大学にも進み、創作に励むも不遇を囲い、1911年、26歳で大学を中退する。

■ 関西への移住と作品の変化

　だがその直後、同年に発表した短編小説『少年』などを永井荷風らが激賞する。

　谷崎は文壇に躍り出、その後『悪魔』（1912年）、『恋を知る頃』（1913年）、『饒太郎』（1914年）、『呪はれた戯曲』（1919年）、『途上』（1920年）などの作品で「悪」に潜む美の描写を基調とする作風を構築。そして1924年、39歳のときに、前年の関東大震災後に避難していた関西に残り、兵庫県の本山村（現・神戸市）に転居。同年には代表作『痴人の愛』の連載も始まった。

　これを機に谷崎の作品に変化が現れる。関西を舞台にし、かつ古典や純日本的な要素を盛りんだ作品群の出現である。これは1928年に連載を開始した『蓼喰ふ虫』から始まり、『吉野葛』（1931年）、『蘆刈』（1932年）、『春琴抄』（1933年）で顕著に。そしてこの傾向は不朽の名作『細雪』（1943年連載開始）など、後の作品にも引き継がれた。

■ 谷崎ゆかりの女性の写真も

　1988年に開館した当館は、谷崎が1934

芦屋市谷崎潤一郎記念館のホームページへ

■ アクセス
● 電車・阪神芦屋駅より徒歩15分
● バス・阪神芦屋駅より南側2番乗り場から新浜町行き「緑町」下車、徒歩1分・JR芦屋駅より北側5番乗り場から新浜町行き「緑町」下車、徒歩1分

■ 所在地
兵庫県芦屋市伊勢町12-15
電話 0797-23-5852

■ 入館料
一般300円／高・大学生200円／中学生以下無料／65歳以上半額／団体、障害者手帳等の提示で割引有／特別展開催時は、一般400円、高・大学生300円、中学生以下無料

■ 開館時間
10:00 ～ 17:00
（入館は16:30まで）

■ 休館日
月曜日（祝日の場合は翌日）、12/28 ～ 1/4　等

写真提供：芦屋市谷崎潤一郎記念館

■上と下左は約300㎡の広さがある日本庭園。四季折々の美しさを見せる。■下右は再現された四畳半の書斎。愛用した座机や硯箱などが配されている。

年から2年間暮らした兵庫・芦屋市（当時精道村）にある。これは夫人がもっとも思い出深い芦屋に記念館をと希望したためで、谷崎はその時代に、谷崎家をモデルに『猫と庄造と二人のをんな』（1936年）の執筆と『源氏物語』の現代語訳を手がけている。

館の建物は谷崎が好んだ数寄屋風の邸宅を模したもので、玄関横には神戸市内の旧宅にあった巨大な庭石も。館内では遺族から寄贈された愛用の机、硯、筆、美術品、手紙のほか、谷崎ゆかりの女性たちの写真や遺品なども展示。また当時の書籍も保存されており、表紙を赤黒の漆で塗った『春琴抄』など、装丁の豪華さが目を引く。

さらに再現された書斎からは、関西で最後に暮らした京都の邸宅のそれを模した庭園を望み、時折、鹿威しの音も響く。

企画展も豊富で、2018年には親友にして文学論争の好敵手・芥川龍之介と谷崎の交流をテーマにした特設展示などが催された。

> **代表作**
> 『刺青』『卍』『少将滋幹の母』『鍵』『瘋癲老人日記』（1961年〜1962年）『陰翳礼讃』など
> **メモ**
> 北へ約1kmの距離に芦屋時代の邸宅が現存。谷崎転居後は詩人の富田砕花が終の棲家とし、内部が公開されている（日・水曜日のみ）。

【兵庫県】

宝塚市立手塚治虫記念館
5歳から約20年を過ごした宝塚に立地

■戦後漫画界の巨匠

「漫画の神様」手塚治虫は1933年（昭和8）、5歳のときに現・大阪府豊中市から現・宝塚市へ移住した。当時の宝塚は宝塚少女歌劇団（現・宝塚歌劇団）の宝塚大劇場をはじめ宝塚ルナパーク（後の宝塚ファミリーランド）、宝塚ホテル、宝塚ゴルフ倶楽部、ダンスホールなどの施設が立ち並び、現在の宝塚市の基盤が確立しつつあった。

そんな"非日常"に常に触れながら過ごしたことが、手塚の漫画に大きな影響を与えたとされる。

■『リボンの騎士』の外観、常設展示は『火の鳥』

宝塚市立手塚治虫記念館のエントランスホールは手塚の代表作のひとつ『リボンの騎士』の王宮をイメージしており、主人公・サファイアや鉄腕アトムが出迎えてくれる。左手には、鉄腕アトムをはじめとする手塚キャラクターのグッズが多数展示されている棚がある。

同じく1階には常設展示があり、『火の鳥 未来編』で登場するカプセルをモチー

『リボンの騎士』の王宮をイメージしたエントランスホール。

フにした展示ケースが40本設置されている。前半と後半に分かれ、前半は誕生から宝塚に移り住み、漫画家としてデビューするまで。後半は漫画、アニメの世界に次々

宝塚市立手塚治虫記念館のホームページへ

■アクセス
●電車・宝塚駅（JR、阪急）より花のみちを徒歩8分・阪急宝塚南口駅より宝塚大橋を渡り徒歩5分など

■所在地
兵庫県宝塚市武庫川町7-65

電話 0797-81-2970

■入館料
大人700円／中・高生300円／小学生100円／団体、手帳等の提示で割引あり

■開館時間
9:30～17:00
（入館は16:30まで）

■休館日
水曜日（祝日の場合は開館）

※展示内容等のリニューアルのため2019年4月1日に再オープン予定。展示内容は変更される可能性がある。

写真提供：宝塚市立手塚治虫記念館

■上は『火の鳥 未来編』に登場する生命維持装置をモチーフにした展示カプセル。40本が並び、前半の「宝塚と手塚治虫」と後半「作家、手塚治虫」に分かれる。■右上は「情報・アニメ検索機」で手塚キャラクターとゲームができたり、手塚アニメを観ることができる。■右はアトムをはじめとするキャラクターグッズの展示。

と革命を起こした作家としての手塚の足跡が展示されている。

前半の展示では幼い頃に親しんだ『のらくろ』や『フクチャン』といった漫画本や「昆虫マニア」の手塚が表紙を描いて発行した『動物の世界』、本好きだった手塚の広範なジャンルにわたる書籍、デビュー作となった『少国民新聞(現・毎日小学生新聞)関西版』に連載された4コ漫画『マアチャンの日記帳』、大阪で大ベストセラーになった赤本漫画『新寶島』、"珍品"では奈良県立医科大学から授与された医学博士の学位記なども見ることができる。

後半の展示では1950年代半ばからの漫画月刊誌の隆盛を牽引した手塚作品群、漫画制作をシステム化したその軌跡、伝説のトキワ荘を経て虫プロダクションの設立。そして虫プロダクションが国産最初の長編連続テレビアニメ『鉄腕アトム』に次いで日本初のカラーテレビアニメ『ジャングル大帝』を制作し、アニメブームを勃発させた歴史を写真や絵コンテなどの制作物で閲覧できる。その他「ほんとうのストーリーまんがとはどういうものかを、わたしなりに示したい」とした新雑誌『COM』の創刊やライフワーク『火の鳥』への取り組みについても展示されている。

■ 2階は企画展示室やジャングルカフェ

2階は企画展示室、ミュージアムショップ、情報・アニメ検索機、ライブラリーなどがある。地階にはジオラマ「手塚治虫昆虫日記の宝塚」、アニメ制作を体験できるアニメ工房がある。

代表作
『新寶島』『鉄腕アトム』『ジャングル大帝』『リボンの騎士』『火の鳥』『どろろ』『ブラック・ジャック』『三つ目がとおる』など
メモ
宝塚歌劇団の本拠地、宝塚大劇場はすぐ近く。

倚松庵(いしょうあん)

『細雪』の舞台となった文豪の旧邸

【兵庫県】

■新旧同居する『細雪』の世界

文豪・谷崎潤一郎が、古きものが持つ美に傾倒した末に到達した傑作『細雪』。

物語は昭和10年代の関西上流社会を舞台に、大阪船場(せんば)の商家に育った4人姉妹の命運を軸に、奥ゆかしさと奔放さ、変容する社会と昔からの風習などを対比させ、"時代遅れ"の中にある美徳を浮き彫りにする。

1943年(昭和18)に連載を開始し、軍の圧力による中断を経て1948年に完結したこの作品は、谷崎3人目の妻・松子の生家をモチーフとし、次女・幸子夫妻と四女・妙子が住む芦屋の家は、"転居魔"の谷崎がもっとも長く(1936～1943)暮らした神戸市反高林(たんたかばやし)の借家「倚松庵」がモデルとされる。

■昭和モダン漂う邸宅

松子夫人にちなみ「倚松庵」の雅号を持つこの家は、1990年に近隣に移築されたもの。

元の家主はベルギー人の夫を持つ日本人女性で、外観は純和風だが、1階は西の間をのぞいて洋風の内装。『細雪』で頻繁に登場する暖炉のある応接間には、作品の中に

応接間。『細雪』で家族は自然にこの部屋に集まり、1日の大部分を過ごした。

描かれたステンドグラスや三枚扉がある。

一方、2階は純和風の造りで「こいさん、頼むわ～」の台詞で有名な幸子の部屋や、「こいさん(大阪船場言葉で「末娘」の意)」こと妹・妙子が使っていた部屋などがあり、各部屋とも作品世界をほうふつとさせる雰囲気が漂う。

また庵内には著書などを集めた「谷崎文庫」を併設。直筆原稿を収蔵した書庫もある。

> **メモ**
> 芦屋市にある谷崎潤一郎記念館は、当庵から東へ車で20分ほど、阪神電車利用の場合は徒歩を含めて40分ほどの距離。

■**アクセス**
●電車・JR住吉駅から徒歩約12分・六甲ライナー魚崎駅から徒歩約2分・阪神魚崎駅から徒歩約6分

■**所在地**
兵庫県神戸市東灘区住吉東町1-6-50

電話078-842-0730
(開館曜日・時間のみ応対)

■**入館料**
無料

■**開館時間**
原則 土・日曜日のみ
(年末年始を除く)
10:00～16:00

倚松庵のホームページへ

2階の8畳間。

写真提供：倚松庵

中国エリア

吉備路文学館・166
夢二郷土美術館・168
ふくやま文学館・169
水木しげる記念館・170
森鷗外記念館・172
安野光雅美術館・174
中原中也記念館・176
金子みすゞ記念館・178
宇野千代生家・180
因幡万葉歴史館・182
山頭火ふるさと館・183
星野哲郎記念館・184

吉備路文学館

滝が流れる回遊式庭園が美しい文学館

内田百閒
坪田譲治
正宗白鳥 ほ

【岡山県】

■古代日本の強国「吉備」

古墳時代は、現在の岡山県全域と広島県東部に加え、香川県の島しょ部、兵庫県西部までを勢力下に置き、筑紫、出雲、大和などと並ぶ有力な地方国家だった吉備国。後の律令下では、備前、備中、美作（以上岡山県）、そして備後（広島県東部）に分割されるが、現在これらの地域は「吉備路」と呼ばれ、今も多くの分野で共通の文化を持つ。

歴史的経緯から古代史跡も多く、全国4位の大きさを誇る造山古墳（岡山市）をはじめとする古墳や、吉備津彦命と温羅が死闘を繰り広げた古代山城「鬼ノ城」（岡山・総社市）などの古代山城の城跡が点在。また、総延長398mの長い回廊で有名な、上田秋成の小説『雨月物語』にも登場する吉備津神社をはじめ、由緒ある神社仏閣にも恵まれている。

■80以上の文学碑が点在

備中国分寺の五重塔を借景にした花園など、「日本の原風景」ともいえる郷愁を誘う景色に富む吉備路には、松尾芭蕉、若山牧水、与謝野鉄幹、清水比庵などにまつわる80以上の文学碑が建つ。歌人・若山牧水が「幾山河 こえさりゆかば 寂しさの はてなむ 国ぞ けふも旅ゆく」という有名な歌を詠んだのも、当地の岡山と広島の県境を結ぶ二本松峠である。また父親が岡山出身で、本人も当地での疎開経験を持つ推理作家・横溝正史も、疎開先で見た美しい風景に心を打たれ、『悪魔の手毬唄』『悪霊島』など、当地を舞台とする作品を多く手がけた。

なお、吉備路出身の著名な文人には、短編小説や風刺とユーモアに富む随筆で名を馳せた内田百閒、小説『正太の馬』などの「正太もの」や新感覚の創作童話で知られる坪田譲治、自然主義的な小説と文芸評論で知られる正宗白鳥、庶民的で飄々とした作風で私小説の第一人者となった木山捷平、「剣豪小説」の大家で直木賞作家の柴田錬三郎、明治後期の代表的詩人・薄田泣菫などがいる。また現役では、芥川賞作家の小川洋子や、青春小説の名手・あさのあつこ

吉備路文学館のホームページへ

■アクセス
●電車・JR岡山駅より徒歩15分、車3分
●バス・JR岡山駅東口より宇野バス12番乗り場から美作方面行き「南方交番前」下車、徒歩3分 など

■所在地
岡山県岡山市北区南方3-5-35
電話 086-223-7411

■入館料
一般400円／高・大学生300円／小・中学生200円／団体、障害者手帳の提示等で割引有

■開館時間
9:30～17:00
（入館は16:30まで）

■休館日
月曜日（祝日は開館）、祝日の翌日、年末年始 等

写真提供：吉備路文学館

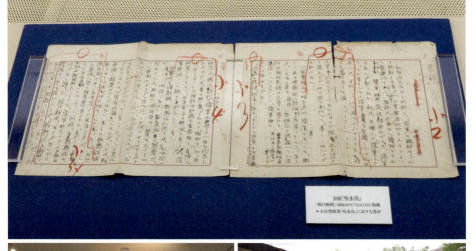

■上は正宗白鳥の自筆原稿。1941年7月21日付けの『朝日新聞』に掲載された小宮豊隆著『啄木鳥』の書評。小宮は夏目漱石の門下で、伝記『夏目漱石』などを著している。■下左は展示室のようす。■下右は回遊式庭園に咲く鬱金桜。

も当地出身である。

　一方、ゆかりの人物として、戦時中に岡山に疎開していた谷崎潤一郎と永井荷風、2歳まで内田百閒と同じ市内で暮らした吉行淳之介などがいる。なお谷崎は疎開中に名作『細雪』の一部を執筆したという。

■120人以上、3万点以上の資料

　当館は岡山に本店がある中国銀行の支援を受け、1986年に岡山市内の武家屋敷跡に開館。内田百閒、正宗白鳥、坪田譲治、柴田錬三郎など、120人以上の吉備路ゆかりの文人たちの原稿や初版本など、3万点以上の資料を収蔵し、年4回の特別展、企画展では、直筆の原稿や関連資料、愛用品などを紹介している。

　館の周囲を巡る回遊式の庭園には滝が流れ、屋敷跡に残っていた橋や燈篭が趣を添える。鬱金桜が咲く4月上旬に催す茶会も人気で、期間中は多くの人で賑わう。

メモ
近隣には公文書や地域の資料を収集・所蔵する岡山県立記録資料館があり、古文書など、文学にも資する歴史的資料が閲覧可能。

夢二郷土美術館
竹久夢二の随一のコレクションを収蔵

【岡山県】

■作品と生涯を知る美術館と夢二生家記念館

　夢二郷土美術館本館は1984年（昭和59）に竹久夢二生誕100年を記念して開館。この本館のほか、瀬戸内市に夢二の生家もある。本館には夢二の描いた掛け軸や屏風、版画、油彩画、水彩画、スケッチ、楽譜の表紙絵、手紙など、作品と資料で約3000点を収蔵。常時約100点の作品を、夢二芸術の魅力を紹介する年に4回の企画展示で紹介している。

　夢二生家記念館では生家や夢二が東京に建てたアトリエ（復元）を閲覧できる。夢二生前の写真やデザインの作品などの展示もある。

アトリエ兼住居の「少年山荘」（復元）。夢二が自ら設計を手がけた。

■上は本館での企画展展示。常時約100点の作品を展示し、幅広い作家活動を紹介している。■下は「夢二生家記念館」。16歳までここで過ごした。

メモ
同館から夢二生家記念館は車で約30分の距離。夢二生家記念館・少年山荘は共通券（大人600円）。

夢二郷土美術館のホームページへ

■アクセス■
●電車・JR岡山駅から路面電車東山行「城下」下車（所要時間約5分）、徒歩15分
●バス・JR岡山駅1番バス乗り場より直行（約10分）
●車・山陽自動車道、岡山ICより、約30分

■所在地■
岡山県岡山市中区浜2-1-32
電話 086-271-1000

■入館料■
大人800円／中・高・大学生400円／小学生300円／団体割引有

■開館時間■
9:00 ～ 17:00
（入館は16:30まで）

■休館日■
月曜日（祝日・休日の場合は翌日）、12/28 ～ 1/1

写真提供：夢二郷土美術館

【広島県】

ふくやま文学館
福山市ゆかりの文学者の足跡をたどり顕彰

井伏鱒二 / 福原麟太郎 / 小山祐士 ほか

■井伏をメインにゆかりの文学者たちを紹介

ふくやま文学館は1999年（平成11）に開館。常設展の「第一展示室」は「福山市および近接市町ゆかりの文学者たち」。英国風の随筆文学を日本に開花させた英文学者・随筆家の福原麟太郎、戦後は主に原爆を扱った戯曲を書いた劇作家の小山祐士、薬局を営むかたわら文学活動を続けた詩人・俳人木下夕爾など約20人の福山市および近接市町ゆかりの文学者を紹介し、関係資料を展示している。「第二」から「第五展示室」は「井伏鱒二の世界」。井伏の生涯にわたる経歴の紹介、主要作品約30作の解説、そして著書・雑誌・原稿類の展示など、井伏の生涯の歩みと文学活動の両面から展示。井伏の書斎の再現をはじめ、書画やさまざまな愛用品の展示もあり、多趣味だった井伏の一面を知ることができる。

そのほか「映像展示室」では「福山地方に華開いた文学」「旅と幽閉－井伏鱒二の生涯－」といった上映時間約25分のプログラムを鑑賞できる。

■上は井伏の書斎の再現。下は「第一展示室」のようす。

メモ
「ふくやま文学館」は福山城跡の一角に建つ。福山城跡にはその他「広島県立歴史博物館」「福山市立福山城博物館」などがある。

ふくやま文学館の
ホームページへ

写真提供：ふくやま文学館

■アクセス■
●電車・JR福山駅北口から西北へ徒歩8分

■所在地■
広島県福山市丸之内1-9-9
電話084-932-7010

■入館料■
一般300円／高校生以下は無料／団体割引有

■開館時間■
9:30～17:00

■休館日■
月曜（祝日の場合は翌日）

「映像展示室」。

水木しげる記念館
水木が紡ぎ出した妖怪ワールドの拠点

【鳥取県】

2階の通路。お馴染みのキャラクターが出迎える。

■水木スタイルを貫いて開花

　水木しげるは1922年（大正11）に生まれ、鳥取県境港市で育った。妖怪漫画・妖怪研究の第一人者で、代表作の『悪魔くん』や『ゲゲゲの鬼太郎』などは厳しい戦争体験、なかなか日の目を見ない紙芝居や貸本の制作の日々から生まれた。陰鬱とも評された題材と画風にこだわり続け、世界的にも評価を得た。90歳を越えて漫画連載を始めるなど旺盛な活動をみせていたが、2015年、93歳で死去した。

■妖怪ワールドの拠点

　JR境線の各駅は妖怪の愛称がついて、鬼太郎列車が走る。境港駅前交番は「鬼太郎交番」で、境港駅から伸びる「水木しげるロード」に沿って妖怪のブロンズ像が並び、境港郵便局をはじめ境港市内7郵便局の風景印は全て鬼太郎らのデザイン。そんな市全体を包み込む妖怪ワールドの拠点が「水木しげる記念館」だ。
「水木しげる漫画ワールド」では、妖怪漫画だけにとどまらない水木作品や水木の冒険旅行写真の展示、旅先で集めた面などの展示がある。また、貸本屋時代からの貴重な漫画雑誌の展示、閲覧できる漫画の本棚が設置されている。「ねぼけ人生の間」ではアトリエの再現展示や愛用していた筆記具、「水木ギャラリー」では直筆の壁画、代表作の原画（複製）を展示。「妖怪広場」には日本各地に伝わる代表的な妖怪を全都道府県からひとつずつ集め、地図上に描いた「全国妖怪大地図」もある。「妖怪洞窟」には漫画にも登場するたくさんの妖怪が棲む。
　水木しげるロードを記念館まで歩いていると運が良ければ鬼太郎たちに出会えるかもしれない。毎日2、3体が出没するという。

水木しげる記念館の
ホームページへ

■アクセス
●電車・JR境線 境港駅（鬼太郎駅）から徒歩約10分
●車・米子自動車道の米子ICから国道431号を北上、約40分
など

■所在地
鳥取県境港市本町5番地
電話 0859-42-2171

■入館料
一般700円／中・高生500円／小学生300円／団体、手帳等の提示で割引有

■開館時間
9:30～18:00
（入館受付 17:30まで）

■休館日
なし

写真：© 水木プロ

■上は鬼太郎とその仲間たち。■中左は「妖怪洞窟」。■中右は「妖怪アパート」。アパート自体も妖怪。■下は中庭（妖怪庭園）の「鬼太郎の家」。家の中では鬼太郎、ねずみ男、茶碗風呂の目玉おやじが霊界テレビを見ながら寛いでいる。

代表作
『ゲゲゲの鬼太郎』『河童の三平』『悪魔くん』（漫画）、『のんのんばあとオレ』（随筆）、『日本妖怪大全』（画集）など

メモ
JR境線は「JR米子駅0番乗り場（ねずみ男駅）」に始まって、終点「JR境港駅（鬼太郎駅）」まで16のすべての駅に妖怪の名前がついていて、「鬼太郎列車」「ねずみ男列車」「ねこ娘列車」「目玉おやじ列車」「こなきじじい列車」「砂かけばばあ列車」が走っている。境港駅の前は「水木しげるロード」。「水木しげるロード」には「目玉おやじ清め水」が設置された妖怪神社がある。

森鷗外記念館
文豪が幼少期を過ごした生誕地に建つ

【島根県】

■石見人、森林太郎

　明治期を代表する文豪、森鷗外は1862年（文久2）、石見国津和野、現在の島根県鹿足郡津和野町町田に生まれた。本名は森林太郎。森家は代々続く津和野藩の藩医家だった。嫡男である鷗外は幼いときから英才教育を受け、10歳で上京するまで論語、孟子、四書、五経、オランダ語を学ぶ。神童と呼ばれ、やがて軍医として文学者として大成してゆく。

　死に臨んで「余ハ石見人森林太郎トシテ死セント欲ス」という遺言を残し、1922年に60歳で永眠した。

■記念館と記念館に隣接する旧宅

　森鷗外記念館は鷗外の生地、津和野にある。1995年に開館。国指定史跡・森鷗外旧宅の南側に隣接している。

　建物は鉄筋コンクリート造地上3階地下1階建てで、2つの展示室がある。ロビーに入ると中庭越しに土塀に囲まれた旧宅を見通すことができる設計で、旧宅も展示物のひとつになっている。

　まず鷗外の生涯を6分ほどにまとめた映像『二生を生きる』の上映があり、第1展示室は鷗外が10歳で上京してから60歳でその生涯を終えるまでを著作、遺品、直筆原稿などで紹介している。

　第1展示室と第2展示室をつなぐ「小憩ホール」からは、眼下に津和野川の流れ、目を上げれば津和野城（三本松城）の石垣を望むことができる。

　第2展示室では、鷗外の著作などの資料を元に多感な時期を過ごした津和野時代を大画面のハイビジョン映像で紹介している。また、幕末の津和野の絵地図で「鷗外の見た津和野」を紹介した展示もある。

　隣接する森鷗外旧宅は他の場所に移築されていたが、1954年の鷗外33回忌の際に津和野町が譲り受け、現在の場所に移築、復元。1969年に国指定史跡に指定されている。玄関を入って左手は三畳の薬の調合室、その奥に四畳半の幼き日の鷗外の勉強部屋がある。中に入ることはできないが、玄関や庭から屋内を観覧することができる。

森鷗外記念館のホームページへ

■アクセス
●バス・JR山口線 津和野駅から津和野温泉・長野行き「鷗外旧居前」下車、徒歩3分　など

■所在地
島根県鹿足郡津和野町町田イ238
電話 0856-72-3210

■入館料
（森鷗外旧宅入館料を含む）大人600円／中・高生400円／小学生250円／団体、手帳等の提示で割引、免除有
※森鷗外旧宅のみの観覧は100円

■開館時間
9:00〜17:00
（入館は16:45まで）

■休館日
月曜日（祝日の場合は翌日）、12/29〜12/31等
※森鷗外旧宅は無休

写真提供：森鷗外記念館

■上は森鷗外旧宅。■下左は鷗外の遺品、大礼服。大礼服は国が制定した最上級の礼服。■下右は第1展示室。津和野を離れてからの鷗外が紹介されている。

代表作
『舞姫』『ヰタ・セクスアリス』『青年』『山椒大夫』『高瀬舟』など

メモ
津和野川の対岸には鷗外の遠戚にあたる哲学者で教育者、西周の旧居が残されている。

安野光雅美術館

津和野で安野光雅の空想の世界に時間を忘れる

【島根県】

■絵画を軸にしたマルチな活躍

　画家で絵本作家、装丁家でもある安野光雅は1926年（大正15）、島根県津和野町に生まれる。生家は小さな宿屋を営んでいた。昭和7年津和野小学校へ入学。香川県で終戦を迎え、1948年から代用教員として山口・徳山市（現・周南市）の加見小学校に勤める。1950年に東京・町田市にある玉川学園の美術教員の職に就くために上京。教員として働く一方で本の装丁などを手がけるようになる。

　1961年、35歳のときに教員を辞め、画家として独立。そして1968年、文章がなく見れば見るほど不思議な絵本『ふしぎなえ』で絵本界にデビューする。その後、細部を描き込んだ淡い色調の水彩画で、優しくのどかな雰囲気をまとう風景画などを発表し続けている。

　安野の作品は主に絵画だが、彼が取り込む世界はとてつもなく広い。動植物学、数学、工学、天文学、文学などありとあらゆる分野に興味を持ち、咀嚼し、出力する。例えば2010年には安野と同じく津和野町出身の森鷗外が訳した『即興詩人』を安野流に口語訳した『口語訳 即興詩人』を著している。またNHKのラジオトーク番組『日曜喫茶室』（2017年3月に放送終了）のレギュラー出演など、その活動の幅は広い。

■生まれ故郷の安野ワールド

　安野光雅美術館は2001年、安野の75歳の誕生日に故郷津和野の駅前に開館。津和野らしい赤褐色の石見瓦と白い漆喰の壁の美術館だ。

　美術館には本館の展示棟と別館の学習棟があり、初期から最新の作品を展示棟の第1展示室と第2展示室で鑑賞できる。展示作品は3カ月に一度テーマを変え、入れ替えられる。学習棟には昭和初期の小学校の教室を再現した「昔の教室」、安野作品を中心に世界の絵本や美術書を自由に閲覧できる「図書室」、安野の「空想を育む大切さ」を形にした「プラネタリウム」やアトリエを再現した「アトリエ」がある。

　全館に安野ワールドが詰め込まれた心地よい空間だ。

安野光雅美術館のホームページへ

■アクセス
●電車・JR山口線津和野駅から徒歩1分

■所在地
島根県鹿足郡津和野町後田イ60-1
電話 0856-72-4155

■入館料
一般800円／中・高生400円／小学生250円／団体、手帳等の提示で割引、免除有

■開館時間
9:00～17:00
（入館は16:45まで）

■休館日
木曜日、12/29～31

ミュージアムショップ。

写真提供：安野光雅美術館

■上は学習棟2階の「アトリエ」。■中左は展示棟の第1展示室。■中右は学習棟1階の「昔の教室」。■下は学習棟1階の「プラネタリウム」。50席ある。津和野の四季の星空や安野作品の『天動説の絵本』などで編成された館独自の番組を上映。番組の最初と最後では安野自身の言葉で空想や夢について語りかける。

代表作
『ふしぎなえ』『ABCの本』『天動説の絵本』『旅の絵本』『繪本 平家物語』『繪本 三國志』(絵本)、司馬遼太郎の紀行『街道をゆく』(装画)、『キャンバスが絵になるとき』(画文集) など

メモ
津和野は2013年に文化庁の重要伝統的建造物群保存地区に選定された。武家屋敷、町屋、近代以降の古い街並みが残されている。

中原中也記念館
生誕地で詩と短い生涯をたどる

【山口県】

■夭折した詩人

詩人・中原中也は1907年（明治40）、現在の山口市湯田温泉に個人病院を営む中原家の長男として生まれる。小学校高学年から短歌をつくり始め、雑誌や新聞の歌壇への投稿や読書に明け暮れ、中学3年では落第。立命館中学へ転校するため山口から京都へ移り、下宿生活を送る。京都でダダイスト詩人・高橋新吉の詩集や詩人・富永太郎らと出会ったことが詩人としての道を歩む大きなきっかけになった。

中也は結核性脳膜炎により、30歳という若さで生涯を終える。遺した作品は第1詩集『山羊の歌』（1934）、文芸評論家・小林秀雄に託した原稿が死去の翌年に上梓された詩集『在りし日の歌』（1938）、雑誌への掲載、そのほかフランス詩人ランボーの訳詩集『ランボオ詩集《学校時代の詩》』（1933）、『ランボオ詩抄』（1936）など。独特な擬態語が印象的な詩編『サーカス』、死と生を一篇に閉じ込めたかのような『一つのメルヘン』、「汚れつちまつた悲しみに今日も小雪の降りかかる」と書き出される『汚れつちまつた悲しみに……』といった詩は教科書にも採用されている。

没して80年以上経つが、いまも中也の詩に惹かれる者は数多い。

■生誕地に記念館

中原中也記念館は中也の生誕地に1994年開館した。生家は広い敷地をもつ医院だったが1972年に焼失。火事の際に遺族によって運び出された中也の遺稿や遺品を中心に展示公開されている。

展示は常設展示、テーマ展示、企画展示の3部構成。常設展示では「中也の詩業・生涯」「初期短歌」「翻訳詩」「『山羊の歌』」「『在りし日の歌』」のコーナーがある。テーマ展示は1年ごと、企画展示は年数回の展示替えを実施している。また、山口線で使われていた枕木を一部敷きつめた中庭の一画に、中也の詩を紹介している屋外展示がある。

また同館は「中原中也賞」や「中原中也の会」をサポートするなど、中也の生誕地で現代詩を後援する役割も担っている。

中原中也記念館のホームページへ

■アクセス
●電車・JR山口線 湯田温泉駅から徒歩約10分
●バス・JR新山口駅より防長交通バス「湯田温泉」下車すぐ　など

■所在地
山口県山口市湯田温泉1-11-21

電話 083-932-6430

■入館料
一般 320円／大学生・高等専門学校生 210円／18歳以下 無料／団体、手帳等の提示で割引、免除有

■開館時間
5月〜10月 9:00〜18:00
11月〜4月 9:00〜17:00
（いずれも入館は30分前まで）

■休館日
月曜日（祝日の場合は翌日）、毎月最終火曜日　年末年始　等

写真提供：中原中也記念館

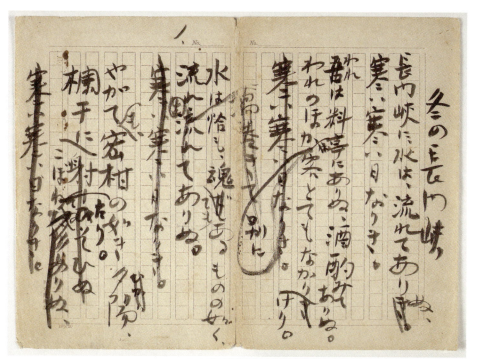

■上は『冬の長門峡』の直筆原稿。推敲の息づかいが生々しく感じられる。■中左は中也が愛用していたコート。■下右は常設展示。直筆原稿のほか詩集の初版本、同人誌、中也自身の言葉や関連する人物の証言なども紹介。因みにテーマ展示では、これまで「中也 愛の詩─いとしい者へ」「中也の本棚─外国文学篇」「私が選ぶ中也の詩」などが実施されている。

代表作
『山羊の歌』『在りし日の歌』(詩集)など

メモ
同館は、建設省(現・国土交通省)が設立50周年を記念して1998年に発表した優れた公共建築物100件の公共建築百選に選定されている。

金子みすゞ記念館
短い生涯で優しく力強い詩を紡いだ詩人の館

【山口県】

■あまりにも早い死と後年の大きな再評価

　童謡詩人・金子みすゞは1903年（明治36）、日本海に面した山口県大津郡仙崎村（現・長門市仙崎）に生まれた。

　大正時代の末期、『赤い鳥』（1918年創刊）、『金の船』（1919年創刊、後に『金の星』に改題）、『童話』（1920年創刊）といった童話や童謡をテーマにした雑誌が次々と創刊され、隆盛を極めていた。みすゞはそんな童話・童謡界に鮮烈なデビューを果たす。『金の星』『童話』『婦人倶楽部』『婦人画報』の4誌に投稿していた詩が1923年、一斉に掲載されたのである。『童話』の選者だった詩人で作詞家の西條八十に「若き童謡詩人の中の巨星」と賞賛され、みすゞの名は一躍有名になった。

　しかし彼女の生涯は過酷だった。23歳で結婚するも詩作に理解のなかった夫はみすゞに詩作を禁じ、投稿仲間との連絡を取るのも厳しく制限した。その後夫とは離婚するが、幼い娘の親権などに悩み、みすゞは26歳で自ら命を絶った。

　その後、みすゞは忘れられた詩人になってしまっていたが、詩人の矢崎節夫が300篇余りの童謡が集められた『日本童謡集』の「朝焼小焼だ　大漁だ　大羽鰮の　大漁だ」で始まるみすゞの詩『大漁』を読んで衝撃を受けたことから事態は動き出す。矢崎は「みすゞ探し」に精力を傾け、ついに彼はみすゞの遺稿を探し当てたのである。

■みすゞが暮らした書店跡地に記念館

　みすゞは死後50年以上経って再び脚光を浴びることになった。そして、生誕100年に当たる2003年、みすゞが幼少期を過ごした書店金子文英堂跡地に「金子みすゞ記念館」が開館した。現在の館長はみすゞを「再発見」した矢崎節夫である。みすゞの詩は平明な言葉が優しいリズムで織りなされるけれど、読む者の心を素通りしない力強さがある。教科書やテレビCMにも採用されて多くの耳目を集めている。

　捕鯨をはじめとする漁業で栄えてきた仙崎でみすゞは海、人、魚に彼女独自の詩情を育んでいたに違いない。

金子みすゞ記念館の
ホームページへ

■アクセス
●電車・JR山陰本線 仙崎駅から徒歩約5分
●車・中国自動車道 美祢ICから約45分

■所在地
山口県長門市仙崎1308番地
電話 0837-26-5155

■入館料
一般350円／小・中・高生150円／団体、手帳等の提示で割引、免除有
※長門市営の4施設（金子みすゞ記念館、香月泰男美術館、村田清風記念館、くじら資料館）の共通入館は一般700円／高校生以下300円。購入日から30日間有効

■開館時間
10:00～17:00
（入館は16:30まで）
※年末年始の短縮営業有

■休館日
なし（臨時休館有）

写真提供：金子みすゞ記念館

■上は遺稿集や着物などの遺品を展示した常設展示室。復元された金子文英堂の建物や庭の奥に本館がある。■左下は「みすゞギャラリー」の展示。みすゞの詩の世界を音と光で体感できる。■右下は金子文英堂2階の「みすゞの部屋」。窓は館前のみすゞ通りに面している。

代表作
『私と小鳥と鈴と』『大漁』『こだまでしょうか』（いずれも詩）など
メモ
8月に奇祭・数方庭祭が行われる八坂神社は記念館から徒歩で3分ほど。

宇野千代生家
本人自ら修復した明治期の自宅が記念館に

【山口県】

生家内の展示。着物を愛した千代は戦後間もなくから着物デザイナーとしても活躍した。

■ 多才で自由奔放

　宇野千代は1897年（明治30）、山口県玖珂郡横山村（現・岩国市）に生まれる。大正から平成にかけて活躍した小説家、随筆家である。1914年に抜群の成績で高等女学校を卒業すると、千代は尋常小学校に代用教員として採用される。そしてその翌年に、後の千代の自由奔放でなり振り構わない恋愛遍歴を彷彿とさせる事件が起きる。千代は新任の教員に恋し、なんと授業中の生徒にラブレターを届けさせたのである。今ならもちろん、当時でも大問題になり、千代は免職されてしまう。千代は彼の新しい赴任先へ押しかけるも初恋は破れる。

　19歳で結婚し、夫の東京帝国大学進学に連れ添って上京。生活費を得るために働いていた料理店で文学に触れることになった。客の今東光や久米正雄、芥川龍之介、滝田樗陰らと知り合ったのである。なかでも『中央公論』の編集長だった滝田との出会いは、千代の文壇デビューの大きな契機になった。『墓を発く』が1922年5月号の『中央公論』に掲載され、千代は作家の道を歩み出す。

　千代は北海道に就職した夫を残したまま小説家の尾崎士郎と暮らし始める。その後も梶井基次郎、東郷青児、北原武夫らと同

宇野千代生家のホームページへ

■ アクセス ■
● 電車・JR岩徳線川西駅から徒歩5分
● 車・山陽自動車道岩国ICから10分・岩国錦帯橋空港より15分

■ 所在地 ■
山口県岩国市川西2-9-35
電話 0827-43-1693

■ 入館料 ■
高校生以上300円／小・中学生・障害者100円／団体割引有

■ 開館時間 ■
10:00～16:00

■ 休館日 ■
火曜日（祝日は開館）、お盆、年末年始

庭から生家を眺める。

写真提供：宇野千代生家

■左は仏間。庭に面して千代の文机が置かれている。■右は庭の築山に鎮座する仏頭。千代が骨董屋から購入し、石臼も据えた。

■左は企画展示「宇野千代展　華麗なる作家の人生」のようす。■右は文机に載せられた自筆原稿。芯の柔らかい6Bの鉛筆を愛用したという。

棲したり結婚したり離婚したりの恋愛劇を繰り広げる。その一方で、『或る女の生活』（1924年）、『罌粟はなぜ紅い』（1930年）、『色ざんげ』（1935年）など著作を続け、戦後1946年には『おはん』の連載を開始する。

■生家の再建

宇野千代生家は、明治期に建てられ、朽ちかけていた自宅を本人が1974年に修復したもの。約300坪の敷地内の広い庭には千代の好んだモミジが多数植えられている。千代は多才だった。文筆業だけでなく、日本初のファッション雑誌『スタイル』の創刊、着物のデザインやその販売を自ら手がけもした。波乱という言葉では言い表せない時間を生きた千代の事績が、生家の落ち着いた空間の中で展示されている。86歳で『生きて行く私』を刊行。98歳で死去した。

代表作
『色ざんげ』『おはん』『或る一人の女の話』『幸福』『生きて行く私』など
メモ
国の名勝に指定されている木造のアーチ橋、錦帯橋まで徒歩約20分。

【鳥取県】

因幡万葉歴史館
大伴家持を通して万葉びとの生き方に迫る

大伴家持

■歌人にして官僚

　大伴家持は奈良時代の歌人。4500首以上の歌を収録した『万葉集』を編纂したとされ、自身の歌も473首が掲載されている。

　家持は歌人であると同時に、代々続く高級官僚だった。家持は758年（天平宝字2）に因幡国守として現在の国府町へ赴任し、翌年の元旦に万葉集の最後を飾る歌を詠んでいる。

　因幡万葉歴史館では、常設展「大伴家持ホール」で、万葉歌人として活躍しながら、大伴氏の族長として政治の世界を生き抜いた家持の生涯にスポットをあてている。因幡に赴任した家持のようすを再現した映像などが見られる。また「企画展示室」では古代の服飾や食膳模型などを展示し、万葉びとの生活や感性に迫る。館外には万葉集に歌われた植物を植えた回遊式庭園がある。

　そのほか、原寸大の古墳石室や岡益石堂、因幡国庁模型、伊福吉部徳足比売の骨蔵器（複製）など、国府町の歴史民俗文化に関する豊富な資料が展示されている。

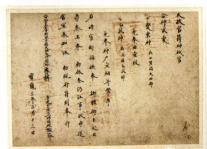

■上は大伴家持ホール。■下は太政官符（複製）。左から2行目の上が家持の自著。

代表作
『万葉集』の編纂など

メモ
万葉集の最後を飾る大伴の歌が刻まれた歌碑が、国府町庁の集落に大木に寄り添うように立っている。歴史館から徒歩約5分。

■アクセス■
●バス・JR鳥取駅 駅前バスセンター3番のりば日ノ丸バス 中河原線で「因幡万葉歴史館」または「因幡万葉歴史館入口」で下車、徒歩5分
●車・JR鳥取駅から約20分

因幡万葉歴史館のホームページへ

■所在地■
鳥取県鳥取市国府町町屋726
電話 0857-26-1780

■入館料■
一般300円／小・中・高生無料／団体、手帳等の提示で割引、免除有

■開館時間■
9:00～17:00
（入館は16:30まで）

■休館日■
月曜日（祝日の場合は翌平日）、祝日の翌平日、12/29～1/3

写真提供：因幡万葉歴史館

山頭火ふるさと館
自由律俳句を代表する俳人の郷里に建つ館
【山口県】

■生誕の地の記念館

　種田山頭火は定型にとらわれない自由律俳句の代表的な俳人。1882年（明治15）山口県佐波郡（現・防府市）の大地主の長男として生まれる。

　経営していた酒造場の倒産、母の自殺、離婚、出家、そして句をつくり続けた放浪のなか故郷の近くに庵を結ぶこともあった。

　常設展示室では壁一面を使って山頭火の生涯を紹介。山頭火が投稿した雑誌、晩年に出版した句集などの実物資料のほか、日記や鉄鉢などのレプリカも展示している。句集のレプリカは手に取って見ることができる。特別展示室では年に4、5回の企画展を実施。山頭火の直筆作品など、貴重な資料が展示される。ミュージアムショップもあり、館オリジナルの絵はがきや館の開館を記念して2017年に山口県内の一部郵便局で限定販売された山頭火オリジナルフレーム切手（1300円）などが販売されている。「ふるさとの水をのみ水をあび」など10句が切手になっている。

■上は山頭火が1932年から1940年にかけて出版した「七句集」。■下は常設展示室のようす。

代表作
句集『鉢の子』『草木塔』『山行水行』『雑草風景』『柿の葉』など

メモ
山頭火生家跡まで徒歩で10分ほど。

山頭火ふるさと館の
ホームページへ

■アクセス
●電車・JR防府駅てんじんぐちから15分
●車・JR防府駅てんじんぐちから7分・山陽自動車道防府東IC、西ICより約7分
●まちの駅「うめてらす」から約100m

■所在地
山口県防府市宮市町5-13
電話0835-28-3107

■入館料
大人 300円／小・中・高生 150円／団体、各種手帳等の提示で割引・免除有

■開館時間
10:00～18:00
（展示室への入室は17:30まで）

■休館日
火曜日（祝日の場合は翌平日）、12/26～12/31

写真提供：山頭火ふるさと館

星野哲郎記念館
瀬戸内海に浮かぶ郷里の島に建つ

【山口県】

■戦後演歌・歌謡界の巨人

星野哲郎は演歌・歌謡界を代表する作詞家。1925年（大正14）、山口県大島郡森野村（現・周防大島町）に生まれる。周防大島町は瀬戸内海に浮かぶ島々からなる町で、星野は周防大島（屋代島）の生まれ。遠洋漁業の乗組員になるも、腎臓結核を発病し、郷里で闘病生活を送る。闘病中に作詞を始め、雑誌等の懸賞に応募した作品が次々と認められ、プロの世界に入った。2010年、3000を越える作品を残して死去。85歳だった。葬儀では自身が作詞した『男はつらいよ』が流れるなか出棺された。

記念館は郷里の島に建つ。瀬戸内海を見渡せる絶好のロケーションだ。いくつもの展示コーナーがあるが、「二行詞のこころ」では星野「えん歌」の代表作16点それぞれから二行の詞を抜粋、星野の直筆で展示している。演歌の「えん」は演だけでなく艶や援などさまざまな意味を持つ、と星野は演歌を「えん歌」と書いたという。

■上は星野のドキュメンタリー映像を見られる映像館。■下左は若き日に星野が通いつめた東京・新宿の居酒屋さくらいが復元され、星野の歩みを紹介する星野工房■右上は舞台にもなる畳の休憩スペース「タタミ舞台」。■右下はミュージアムショップ。

代表作
『函館の女』『三百六十五歩のマーチ』『アンコ椿は恋の花』『風雪ながれ旅』『みだれ髪』など

星野哲郎記念館のホームページへ

■**アクセス**
●バス・JR大畠駅から大島本線バス（周防油宇行き）「周防平野」下車、徒歩1分
●車・大島大橋を渡って左折、国道437号線を約30分

■**所在地**
山口県大島郡周防大島町大字平野 417-11

電話 0820-78-0365

■**入館料**
高校生以上 510円／小・中学生 300円／団体割引有

■**開館時間**
9:00～17:00

■**休館日**
水曜日（祝日の場合は翌日）

記念館の向こうに瀬戸内海を望む。

写真提供：星野哲郎記念館

四国エリア

松山市立子規記念博物館・186
子規堂・188
一草庵・189
伊丹十三記念館・190
坂の上の雲ミュージアム・192
菊池寛記念館・193
壺井栄文学館・194
徳島県立文学書道館・196
高知県立文学館・197
大原富枝文学館・198
香美市立吉井勇記念館・199
香美市立やなせたかし記念館・200
横山隆一記念まんが館・202

松山市立子規記念博物館
膨大な資料で明治文学界の革命児の姿に迫る

【愛媛県】

■夭折した明治のマルチ文学者

正岡子規は1867年（慶応3）、伊予国温泉郡（現・愛媛県松山市）に生まれた。俳句をはじめ短歌、小説、評論、随筆など多方面の文芸活動に大きな足跡を残し、明治時代の文学界を牽引したひとりである。

1883年に政治を志して上京し、帝国大学哲学科に進学するも後に国文科に転科。1892年に近世俳諧を評論し、俳句革新の口火を切った俳句論『獺祭書屋俳話』を発表。1897年に俳句雑誌『ホトトギス』を創刊する。1898年には歌論『歌よみに与ふる書』で短歌の革新にも乗り出し、やがて短歌結社誌『アララギ』の創刊へと発展していく。

子規は長く患っていた結核から脊椎カリエスに罹患、34歳の若さで死去した。その随筆『病牀六尺』は死に向かう透徹した眼差しに貫かれていて高い評価を得ている。

■圧倒的な子規関連資料

子規記念博物館には『病牀六尺』の自筆原稿を含め、約6万点の資料が収蔵されて

「道後・松山の歴史」のコーナー。「伝承の愛比売」「古代人の美」「中世の文化と伊予」などの展示がある。

いる。

常設展示は2階と3階。「人間正岡子規」をテーマに「道後・松山の歴史」「子規とその時代」（以上、2階の展示第1室）「子規のめざした世界」（3階の展示第2室）の3つのコーナーを設けて子規の生涯を追える展示になっている。「ジャーナリスト子規」「映像でたどる明治の息吹」「名作『坊っちゃん』と松山」「闘病の中での文学的結晶」「俳句をつくろう！」「子規とベースボール」など興味深い展示が並ぶ。

展示第2室には、愚陀佛庵の1階部分が

松山市立子規記念博物館
のホームページへ

■**アクセス**
●電車・JR松山駅より（市内電車）道後温泉行き道後温泉駅下車（所要約20分）、徒歩約5分　など

■**所在地**
愛媛県松山市道後公園1-30
電話 089-931-5566

■**入館料**
個人400円／高校生以下無料／団体、高齢者、手帳等の提示で割引、免除有

■**開館時間**
・5/1 〜 10/31　9:00 〜 18:00（入館は17:30まで）
・11/1 〜 4/30　9:00 〜 17:00（入館は16:30まで）

■**休館日**
火曜日、祝日の翌日（土・日は開館）

ミュージアムショップ。

写真提供：松山市立子規記念博物館

■上は常設展示室に復元された愚陀佛庵。シルエットは映像コーナー「語らう二人」のようす。■下の左右も常設展示室のようす。ゆったりとした通路でじっくりと展示物を見られる。

復元されている。愚陀佛庵は親友の夏目漱石の下宿先で、子規は52日間にわたって居候し、2人で句作に耽ったという。座敷に座ることもできる。

このほか、1階の視聴覚室では子規の生涯を約20分で紹介する短編映画が休日を中心に上映されている。

代表作
『歌よみに与ふる書』（歌論）、『俳諧大要』『獺祭書屋俳話』（俳論）など

メモ
同館は道後公園（湯築城跡）の一角に建つ。道後公園には堀や土塁が現存していて、国の史跡に指定されている。また、湯築城資料館や発掘調査を元に復元された武家屋敷、石造湯釜などがある。道後温泉本館は北へ徒歩5分ほど。

子規堂
正岡子規の実家を復元

【愛媛県】

■勉強部屋などを復元

　子規堂は俳人・正岡子規が上京する17歳まで過ごした邸宅を模して建てられた木造平家建の建物。松山市駅の南、正岡家の菩提寺である正宗寺(しょうじゅうじ)の境内にあり、子規が使っていた机や遺墨、遺愛品のほか写真などが展示されている。

　復元された勉強部屋は三畳で、子規が松山中学に入ってから13歳の頃に増築された天井もない質素な小部屋だ。

　1904年（明治37）、子規の三回忌の折、子規と親交のあった当時の住職仏海師が子規の遺髪を埋葬し、埋髪塔を建てた。「子規居士」の書は子規の友人で子規から俳句を学んだ日本画家・俳人の下村為山による。因みに松山市市章をデザインしたのも為山だ。

　正岡累代の墓もここにある。そのほか境内には、幕末の松山藩の武士で明治・大正期は子規に師事した俳人の内藤鳴雪、同じく子規に師事して明治・大正・昭和にわたって俳人や小説家として活動した高浜虚子ゆかりの碑も建っている。

■上は子規の勉強部屋。■下は正宗寺境内にある埋髪塔（右）。左は内藤鳴雪の鬚塚。すぐ傍に高浜虚子の筆塚も建っている。

メモ
子規堂前には、「坊っちゃん列車」の客車が展示されている。子規の墓は東京・北区の大龍寺にある。

■アクセス
●電車・JR松山駅から伊予鉄道市内電車（路面電車）松山市駅行き 松山市駅下車（所要時間約15分）、徒歩5分など

■所在地
愛媛県松山市末広町16-3 正宗寺内

電話 089-945-0400

■入館料
50円

■開館時間
9:00〜17:00

■休館日
なし

子規堂のホームページへ

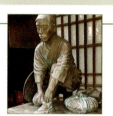

子規堂正面の「旅立ちの像」。25歳時の子規がモデル。

写真提供：子規堂

【愛媛県】

一草庵
放浪の俳人・種田山頭火が終焉を迎えた庵

種田山頭火

■おちついて死ねさうな草萌ゆる

　定型にとらわれない自由律俳句の代表的な俳人・種田山頭火の終焉の地に再建された庵が記念館になっている。句作は15歳頃から始めたとされる。42歳で出家した山頭火は一笠一杖の行乞の旅に出る。極貧のなか放浪に明け暮れ、酒に溺れ、句を詠んだ。

　流浪に身をまかせた山頭火は、1939年に愛媛県・松山市の御幸寺境内に一草庵を結ぶ。翌年、一草庵での句会でいびきをかきながら寝た山頭火はそのまま、57歳で死去する。

　老朽化した庵は山頭火顕彰会の働きかけで1952年に改築された。1980年に寄贈を受けた松山市は隣接する用地を取得し、休憩所などの施設を整えてきた。2009年より年間120日の内部公開が始まり、公開日には市の委嘱を受けたNPO法人を中心に、市民ボランティアの「一草庵案内人」のガイドを受けることができる。地元の一草庵管理協力会らも参加し、庵周辺の整備が行われている。庵の庭はいつも自由に観覧できる。

■上は一草庵。山頭火は柿の句を数多く残している。「やつと郵便が来てそれから熟柿のおちるだけ」■下は庵内部のようす。

代表作
『草木塔』（自選一代句集）、『行乞記』『其中日記』『松山日記』『一草庵日記』（日記）など
メモ
道後温泉まで徒歩で20分強。

一草庵のホームページへ

■アクセス
●電車・伊予鉄市内電車（路面電車）赤十字病院前電停より徒歩7分

■所在地
愛媛県松山市御幸1-435-1
電話089-948-6891
（松山市文化財課）

■入館料
無料

■開館時間
外観見学自由
庵の内部公開は
※3/1〜6/30、9/1〜10/31
の土・日・祝日
9:00〜17:00
※7/1〜8/31の土・日・祝日
9:00〜17:30
※11/1〜12/27、1/5〜2/28の土・日・祝日
9:00〜16:30

■休館日
なし

写真提供：NPO法人まつやま山頭火倶楽部

伊丹十三記念館

何者か？13方向からのアプローチ

【愛媛県】

■知らないことがきっと見つかる

　伊丹十三は（1933〈昭和8〉〜1997〈平成9〉）京都市生まれ。両親の死後、1950年に父の郷里である愛媛県松山市に転居する。高校卒業後上京し、商業デザイナーなどを経て26歳で大映に入社、伊丹一三の芸名で俳優になる。1983年公開の『家族ゲーム』『細雪』などでキネマ旬報助演男優賞を受賞。その一方で、エッセイの執筆やドキュメンタリー番組・テレビCMの制作にも携わるほか、精神分析に関する雑誌『モノンクル』を創刊、幅広く活動した。51歳の1984年に手がけた『お葬式』以降、10本の脚本・監督作品を発表し、高い評価を得た。

■13のコーナーを設置

　こうした伊丹の八面六臂の働きを記念館では名前に因んで13のコーナーで展示している。「一　池内岳彦」「二　音楽愛好家」「三　商業デザイナー」「四　俳優」「五　エッセイスト」「六　イラストレーター」「七　料理通」「八　乗り物マニア」「九　テレビマン」「十　猫好き」「十一　精神分析啓蒙家」

初監督映画『お葬式』の撮影時の一コマ。
©伊丹プロダクション

「十二　ＣＭ作家」「十三　映画監督」の13。引き出し式展示台や手回し式展示台といった、動かして鑑賞する仕掛けも楽しめる。

　「一　池内岳彦」では絵画や日記で少年期の伊丹が紹介されている。戸籍に記載された本名は池内家の慣習を継ぐ義弘だったが、映画監督の父・伊丹万作の意向で普段は岳彦と呼ばれていたという。「十三　映画監督」では、絵コンテや書き込みのある撮影台本など直筆の制作資料もあり、伊丹の映画づくりに対する息づかいを感じられる。

伊丹十三記念館のホームページへ

■アクセス■
●バス・伊予鉄松山市駅より伊予鉄バス砥部方面行き「天山橋」下車（所要時間約20分）、徒歩2分など

■所在地■
愛媛県松山市東石井1-6-10
電話 089-969-1313

■入館料■
大人800円／高・大学生500円／中学生以下無料

■開館時間■
10:00〜18:00
（入館は17:30まで）

■休館日■
火曜日（祝日の場合は翌日）、年末年始、保守点検日

伊丹が小学校1年生の頃に描いた野菜の絵。「池内岳彦」の署名がある。

写真提供：伊丹十三記念館

■上は映画『タンポポ』の絵コンテ。■下は左右とも常設展のよう。企画展も開催されている。

代表作
映画『お葬式』『マルサの女』『ミンボーの女』など。エッセイ集『ヨーロッパ退屈日記』『女たちよ!』『問いつめられたパパとママの本』『日本世間噺大系』など

メモ
中庭を囲む回廊、オリジナルケーキが食べられる入館者専用カフェ、伊丹十三が描いた猫がプリントされているTシャツなど数多くのオリジナルグッズがそろったショップがある。設計は建築家・中村好文。

坂の上の雲ミュージアム

秋山兄弟と子規、3人の主人公の郷里に建つ

司馬遼太郎

【愛媛県】

■ひとつの小説をテーマにした館

小説家・司馬遼太郎の代表作、小説『坂の上の雲』の名を冠したミュージアム。2007年（平成19）に開館した。

「まことに小さな国が、開化期を迎えようとしている。」と書き出される『坂の上の雲』は『産経新聞』（夕刊）に1968年から1972年にかけて、4年半にわたり計1296回連載された。明治維新から日露戦争に勝利にするまでの30数年間、近代化に邁進する日本の姿を描いた長編歴史小説である。

陸軍第一騎兵旅団司令官の秋山好古、好古の10歳年下の弟で海軍連合艦隊参謀の秋山真之、真之の幼馴染で近代文学を代表する俳人・正岡子規、この3人の主人公を軸に物語は編まれていく。

■歴史と未来を思索する

ミュージアムは主人公たちの出身地である松山に建つ。松山市は町全体を屋根のない博物館とするフィールドミュージアム構想に基づき、「坂の上の雲ミュージアム」をその中核施設として位置付けている。

3～4階のスロープの「新聞の壁」。『産経新聞』夕刊に連載された1296回すべてが壁全体を覆っている。

展示室1は「『坂の上の雲』とその時代／近代国家へ」、展示室2は「『坂の上の雲』3人の主人公」など、『坂の上の雲』をテーマにして「歴史を学び、未来への思索を深める」ことを企図した展示が行われている。

地下1階、地上4階建てのミュージアムは、建築家・安藤忠雄の設計。館内の各階はひと続きのスロープで結ばれている。

メモ
大阪府には司馬の自宅に隣接する地に「司馬遼太郎記念館」（150～151ページ）がある。道後温泉は徒歩で約30分。

坂の上の雲ミュージアムのホームページへ

■**アクセス**■
●電車・JR松山駅から伊予鉄道市内電車（路面電車）道後温泉行き 大街道下車、徒歩2分（所要時間約10分）・道後温泉から伊予鉄道市内電車（路面電車）全線 大街道下車、徒歩2分（所要時間約10分）

●バス・松山空港からリムジンバス 道後温泉駅前行き「一番町下車」、徒歩2分（所要時間約30分）など

■**所在地**■
愛媛県松山市一番町3-20
電話 089-915-2600

■**入館料**■
一般400円／高校生・高齢者200円／中学生以下無料／団体、手帳等の提示で割引、免除有

■**開館時間**■
9:00～18:30
（入館受付は18:00まで）

■**休館日**■
月曜日（休日は開館）

写真提供：坂の上の雲ミュージアム

菊池寛記念館
多種多様な業績を俯瞰できる記念館

【香川県】

■ マルチな才能を持った文学者

菊池寛は1888年（明治21）に香川・高松で生まれた小説家、劇作家、ジャーナリスト。出版社・文藝春秋社（現・株式会社文藝春秋）を創設し、実業家の顔も持つ。また「芥川賞」「直木賞」「菊池寛賞」を創設したことでも知られる。

1917年に戯曲『父帰る』を発表し、同年に同郷の奥村包子と結婚。翌年には『無名作家の日記』や『忠直卿行状記』を発表し、文壇での地位を確立する。1920年から新聞連載された大衆小説『真珠夫人』が大ヒットした。

■ 菊池を浮き彫りにする多角的な展示

記念館では「菊池寛の生涯」の映像展示や菊池の肉声を聞くことができるCD、直筆資料や愛用品などを展示。菊池の文学や功績、素顔に触れることができる。

また芥川賞、直木賞、菊池寛賞の歴代受賞者の紹介パネルやサイン色紙なども展示。地元ゆかりの作家の展示コーナーや、菊池の作品を閲覧できるスペースもある。

■上は「生活者の文学」コーナー。■下は書斎の復元。

代表作
『父帰る』『恩讐の彼方に』『真珠夫人』など

メモ
記念館から徒歩10分ほどの菊池寛通りには「父帰る」の像、高松市中央公園には菊池寛の立像や、文学碑などが建つ。

菊池寛記念館のホームページへ

■ アクセス
● 電車・JR高松駅から高徳線 昭和町駅下車（所要時間3分）、徒歩3分
● バス・ことでんバス「昭和町・市図書館前」下車すぐ
● 徒歩・高松駅から約25分など

■ 所在地
香川県高松市昭和町1-2-20サンクリスタル高松3階（1・2階は高松市中央図書館、4階は高松市歴史資料館）
電話 087-861-4502

■ 入館料
一般 200円／大学生 150円／団体、手帳等の提示で割引、免除有

■ 開館時間
9:00～17:00
（入館は16:30まで）

■ 休館日
月曜日（祝日の場合は翌平日）、12/29～1/3

写真提供：菊池寛記念館

【香川県】

壺井栄文学館
映画村の文学館で栄文学を体感

■ 小豆島出身

壺井栄は1899年（明治32）、小豆島に生まれた。他家の子守をして家計を助け、高等小学校を卒業後、村の郵便局、村役場などに勤めながら文学に親しむようになる。

1925年、隣村出身の壺井繁治を頼って上京し、繁治と結婚。プロレタリア詩人の繁治の伝手で同郷の黒島伝治、佐多稲子、宮本百合子などの作家の影響を受け、小説を書くようになる。1938年に処女作『大根の葉』を『文藝』に発表。以降、67歳で死去するまで300篇の小説を発表し、随筆などを含めると1500篇にのぼる作品を執筆した。

1952年に発表した『二十四の瞳』は、2年後に木下惠介監督、高峰秀子主演で映画化され、すでに著名作家の仲間入りをしていた栄の名ばかりでなく、小豆島を広く全国に知らしめた。

■ テーマパーク内に開館

壺井栄文学館は瀬戸内海に浮かぶ小豆島の「二十四の瞳映画村」にあり、1992年に開館した。映画村の敷地は約1万㎡。受付

壺井家を再現した展示。

を抜けてすぐの汐江川に架かる橋を渡った先が文学館だ。

「ふるさとを愛した壺井栄」コーナーでは『二十四の瞳』の自筆原稿や栄の遺愛品、初版本などを展示している。壺井夫妻が住んでいた東京・白鷺の家から文学館に移築・再現された囲炉裏を切った部屋や木製の応接セットの展示もある。

そのほか、壺井繁治や黒島伝治のコーナー、原作になった16編を数える映画のポスターやスチル写真、ビデオ『壺井栄文学のこころ』（13分）の常時上映もある。

壺井栄文学館のホームページへ

■アクセス■
●船・神戸港から小豆島ジャンボフェリー 坂手港へ（所要時間約3時間）・姫路港から小豆島フェリー 福田港へ（所要時間約1時間40分）・高松港から四国フェリーグループ 土庄港へ（所要時間約1時間）など
港からはバス、車を利用

■所在地■
香川県小豆郡小豆島町田浦甲931番地
二十四の瞳映画村内
電話 0879-82-5624

■入館料■
二十四の瞳映画村 入場券・中学生以上790円／小学生380円／団体、手帳等の提示で割引有
（2019.4.1よりの料金）

■開館時間■
9:00～17:00
（11月のみ8:30～17:00）

■休館日■
なし

写真提供：壺井栄文学館

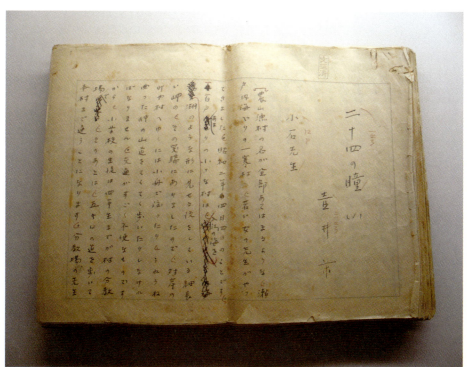

■上は『二十四の瞳』の自筆原稿。■中は「ふるさとを愛した壺井栄」コーナーの一部。■下は壺井の遺愛品。

代表作
『母のない子と子のない母と』『坂道』『暦』『風』
『二十四の瞳』『雑居家族』など
メモ
二十四の瞳映画村は昭和初期の村を再現したテーマパーク。撮影用に建設された木造校舎や漁師の家、映画通りなど見どころは多数。

【徳島県】

徳島県立文学書道館
文学館と書道美術館の複合施設

瀬戸内寂聴
北條民雄
賀川豊彦 ほ

■瀬戸内寂聴記念室をメーンに展示

　徳島県立文学書道館は2002年（平成14）に開館。徳島ゆかりの文学者と書家の作品や関連資料を展示、「豊かな知の世界　言の葉ミュージアム」を標榜している。

　常設展示は「文学常設展示室」「瀬戸内寂聴記念室」「書道美術常設展示室」「収蔵展示室」がある。文学者42人、書家約20人の作品や資料が展示されている。

「文学常設展示室」では日本のSF小説の先駆者である徳島市出身の海野十三、ハンセン病と闘いながら『いのちの初夜』などの名作を残した阿南市出身の作家・北條民雄、幼・少年期を過ごした徳島で洗礼を受け、1920年に『死線を越えて』が大ベストセラーになった賀川豊彦らを展示。「瀬戸内寂聴記念室」には京都・嵯峨野の「寂庵」を模した書斎があり、「収蔵展示室」では瀬戸内寄贈による日本近代女性史の研究資料などが見られる。「書道美術常設展示室」では〝線の行者〟といわれる書家・小坂奇石の書斎が再現されている。

■上は「文学常設展示室」。■下は「書道美術常設展示室」。

メモ
常設展示室は3階。1階の「図書閲覧室」では文学・書道に関する書籍を自由に閲覧できる。

徳島県立文学書道館のホームページへ

■アクセス■
●JR徳島駅から徒歩約15分

■所在地■
徳島県徳島市中前川町2-22-1
電話 088-625-7485

■入館料■
一般300円／高・大学生200円／小・中学生100円／団体、手帳等の提示で割引等有

■開館時間■
9:30～17:00

■休館日■
月曜日（祝日・休日の場合は翌日）、12/28～1/4

「瀬戸内寂聴記念室・著作の壁」。

写真提供：徳島県立文学書道館

【高知県】

高知県立文学館

高知ゆかりの文学者を"変わる常設展示"で紹介

宮尾登美子
寺田寅彦
有川浩 ほか

■紀貫之から有川浩まで

　高知県立文学館は1997年（平成9）の開館。同館が「紀貫之から有川浩まで」というように、平安時代前期に紀貫之が書いた『土佐日記』からベストセラー作家・有川浩など現在の人気作家の作品まで、高知県に関わる文学者の作品と人が紹介されている。

　常設展示室では高知ゆかりの作家について、企画コーナーの設置や展示品のローテーション化で「変わる！常設展示」を企図している。高知三部作と呼ばれる『櫂』『鬼龍院花子の生涯』『陽暉楼』などのヒット作を書いた高知出身の小説家・宮尾登美子、同じく高知出身の物理学者で随筆家の寺田寅彦の2人はそれぞれ独立した展示室がある。そのほか、明治半ばに日刊新聞『萬朝報』を発行したジャーナリストで、『巌窟王（モンテ・クリスト伯）』『噫無情（レ・ミゼラブル）』などの翻訳小説も著した黒岩涙香、小説家の安岡章太郎や倉橋由美子など数多くの文学者が紹介されている。

　企画展は年4回から6回、開催されている。

上下とも常設展示室。■上は「宮尾文学の世界」の部屋。宮尾本人から寄贈された資料で業績を紹介する。
■下は「寺田寅彦記念室」。原稿や書簡、絵画などの貴重な資料で物理学者・随筆家の寺田を紹介する。

メモ

同館は高知市の市街地のほぼ中心に位置する。すぐ西には、明治の廃城令や戦災を免れ、天守と本丸御殿が唯一現存している高知城がある。はりまや橋などの観光地をはじめ、坂本龍馬関連などの史跡も多い。

高知県立文学館のホームページへ

写真提供：高知県立文学館

■**アクセス**
●電車・JR高知駅より徒歩20分・路面電車「高知城前」より北へ徒歩5分
●バス・JR高知駅から路線バスや空港連絡バスで「高知城前」下車、北へ徒歩5分

■**所在地**
高知県高知市丸ノ内1-1-20
電話 088-822-0231

■**入館料**
一般360円／高校生以下無料／団体、手帳等の提示で割引、免除有
（企画展時は料金が変わる）

■**開館時間**
9:00～17:00
（入館受付は16:30まで）

■**休館日**
12/27～1/1　等

大原富枝文学館
いまも故郷に息づく大原文学の原点

【高知県】

■『婉という女』で評価を得る

　小説家・大原富枝は1912年（大正元）、高知県長岡郡吉野村（現・本山町）に生まれる。高知県女子師範学校（高知大学教育学部の前身）に入学するも教室で喀血し、中退する。以来10年間の療養生活を送ることになる。療養生活中に執筆を初め、1941年には上京して本格的に文筆活動へ入る。1960年に発表した『婉という女』で大原の作家としての地位は不動のものとなる。以降、精力的に執筆活動を続ける。64歳でカトリックに入信。2000年、『草を褥に　小説 牧野富太郎』を雑誌『サライ』で連載中、心不全で死去。87歳だった。

■文学館と散歩道

　文学館は1991年に開館。当時、現役作家の文学館として珍しいものだった。1階は『婉という女』にテーマを絞った展示。土佐藩家老・野中兼山の四女として過酷きわまりない生涯を送った婉の姿が鮮明に浮かび上がる。文学館の一帯には5km超の「大原富枝文学散歩道」が整備されている。

■上は1階の展示室。■下は2階。富枝の部屋を再現。

代表作
『婉という女』『於雪―土佐一條家の崩壊』『アブラハムの幕舎』『原阿佐緒』『草を褥に　小説牧野富太郎』など

メモ
大原の墓所は「散歩道」の途中、文学館から約3km弱の寺家地区にある。

大原富枝文学館のホームページへ

■アクセス
●電車・JR土讃線大杉駅下車、とさでん交通バス（田井行）「本山プラチナセンター前」下車、徒歩1分（所要時間約20分）
●バス・とさでん交通バス（高知県庁前発～田井行）「本山プラチナセンター前」下車、徒歩1分（所要時間約1時間40分）
●車・高知空港より50分

■所在地
高知県長岡郡本山町本山568-2
電話 088-76-2837

■入館料
一般・大学生300円／小・中・高生100円／団体、手帳等の提示で割引有

■開館時間
9:00～17:00
（入館受付は16:30まで）

■休館日
月曜日（祝日の場合は翌日）、12/28～1/4

写真提供：大原富枝文学館

香美市立吉井勇記念館
隠棲し、再起への力を蓄えた地に建つ

【高知県】

■上は展示室。■下は移築された渓鬼荘。

■「伯爵歌人」「祇園歌人」

歌人・吉井勇は1886年(明治19)、伯爵家の次男として東京に生まれる。20歳を過ぎた頃から短歌を発表する。1910年には雑誌『明星』や『スバル』に掲載された短歌をまとめた第一歌集『酒ほがひ』を出版し「伯爵歌人」と呼ばれる。また、祇園に関する歌が多かったことから「祇園歌人」とも称されるようになる。1915年には芸術座の『その前夜』の劇中歌『ゴンドラの唄』を作詞している。以降も精力的に文芸活動を続けるが、やがて家庭内の問題などで表舞台から去る。

■隠棲の地

吉井は1934年から1937年の高知県・猪野々での隠棲を機に再起を果たす。物部川の断崖に渓鬼荘と名付けた庵を建て、その暮らしを後に「人間修行の日々」と語ったという。記念館では吉井が猪野々で過ごした日々を中心に、吉井に贈られた友人たちの言葉、自筆原稿、写真、映像などをテーマごとに展示。記念館の隣には渓鬼荘が移築されている。

代表作
歌集『酒ほがひ』『祇園歌集』『人間経』『天彦』など

メモ
記念館の受付で歌碑めぐり用の猪野々マップを入手できる。墓所は東京・青山の青山霊園。

香美市立吉井勇記念館
のホームページへ

写真提供:香美市立吉井勇記念館

■アクセス
●車・JR土佐山田駅より約40分・JR高知駅から約1時間10分・高知空港から約50分・高知自動車道南国ICから約50分
●バス・JR土佐山田駅よりJRバス「美良布」下車(所要時間約20分)、タクシーで約20分 など

■所在地
高知県香美市香北町猪野々514
電話 0887-58-2220

■入館料
大人420円/高校生以下無料/団体、手帳等の提示で割引有

■開館時間
9:00～17:00
(入館受付は16:30まで)

■休館日
火曜日(祝日の場合は翌日)、12/28～1/4

【高知県】

香美市立やなせたかし記念館
「アンパンマンミュージアム」と「詩とメルヘン絵本館」

■アンパンマンの生みの親

漫画家・やなせたかしは1919年（大正8）生まれ、父母の郷里である高知県で育った。上京、東京高等工芸学校工芸図案科（現・千葉大学工学部）卒業、就職、兵役を経て帰高。高知新聞に入社するも再び上京。三越に入社し、宣伝部でグラフィックデザイナーとして働く一方で、精力的に漫画を描き始める。現在まで使われている三越の包装紙「華ひらく」は、画家・猪熊弦一郎デザインにやなせが「Mitsukoshi」のロゴを書き入れて完成させたものだ。

漫画家として独立し、何本もの連載漫画を手がけるようになるが、手塚治虫らのストーリー漫画の興隆で仕事は減少。1960年代には放送作家や舞台美術制作など多彩な創作活動を行うようになる。この頃、舞台美術制作がきっかけで作曲家・いずみたくと知り合い、やなせは『手のひらを太陽に』を作詞する。国民的な愛唱歌のひとつとして歌い継がれている"作詞家・やなせ"の代表作である。

「アンパンマンミュージアム」のエントランス（上）と絵本原画などを展示する「やなせたかしギャラリー」。

1969年、50歳のときに『アンパンマン』を発表。1988年にはアニメ『それいけ！アンパンマン』の放映が始まった。作品そして彼自身の人気は衰えることのないまま2013年、94歳で死去した。

香美市立やなせたかし記念館のホームページへ

■アクセス
●バス・JR土讃線土佐山田駅よりJRバス大栃線「アンパンマンミュージアム前」下車（所要時間約25分）すぐ　など

■所在地
高知県香美市香北町美良布1224-2

電話 0887-59-2300

■入館料
大人 700円／中・高生 500円／3歳以上小学生以下 300円／「詩とメルヘン絵本館」にも入館可／団体、手帳等の提示で割引有

■開館時間
9:30 ～ 17:00
（入館は 16:30 まで）
7/20 ～ 8/31 までは 9:00 開館

■休館日
火曜日（祝日の場合は翌日）
ただし春休み、GW、夏休み、冬休みの期間は無休

© やなせたかし／フレーベル館・TMS・NTV

■上は「アンパンマンミュージアム」地下1階の「アンパンマンワールド」。アンパンマンたちが暮らす町を再現したジオラマに『それいけ!アンパンマン』の世界が広がる。■右はやなせ自身もお気に入りだったというこぢんまりとした「名誉館長室」。絵で描かれた本棚に並ぶ本のタイトルに仕掛けがある。

■やなせワールド

　記念館は1996年に開館。「アンパンマンミュージアム」「詩とメルヘン絵本館」「別館」「やなせたかし記念公園」などの施設が道路で結ばれている。

　「アンパンマンミュージアム」はアンパンマン一色。順路はなく、屋外を含め4階建ての館全体にアンパンマンやキャラクターに出会える展示が詰まっている。

　「詩とメルヘン絵本館」はやなせが創刊した投稿詩を主にした月刊誌『詩とメルヘン』(1973年創刊)がテーマ。創刊以来、30年間やなせが描いてきた表紙のイラストやカットの原画を集めたギャラリーだ。館の床にはやなせの代表作のひとつでもある4コマ漫画『ボオ氏』が埋め込まれている。

代表作
『やさしいライオン』『アンパンマン』など
メモ
車体やシートにキャラクターが描かれたJR土讃線のアンパンマン列車やJRバス大栃線のアンパンマンバスの運行がある。

【高知県】

横山隆一記念まんが館
4コマ漫画に迷い込んだような遊び心満載の空間

■ **漫画家として初の文化功労者**

　漫画家・横山隆一は1909年（明治42）、高知市に生まれる。1956年から1971年まで毎日新聞に連載した4コマ漫画『フクちゃん』が代表作のひとつにあげられるが、漫画ばかりでなく絵本や油彩画、水墨画、日本初とされるテレビアニメシリーズも手掛けている。横山は1927年に美大受験を目指して上京するが漫画に転進。ベテラン勢に負けじと新漫画派集団（現・漫画集団）を結成し、漫画界を牽引した。1936年には東京朝日新聞に『江戸ッ子健ちゃん』の連載が始まった。健ちゃんの脇役だったフクちゃんに人気が高まり、『フクちゃん』が誕生した。

■ **世代を超えて漫画で遊ぶ**

　記念まんが館は横山が2001年に92歳で死去した翌年に開館。「フクちゃん通り」はのぞき穴やだまし絵などの仕掛けたっぷりで、横山のアトリエの再現や鉄道模型、珍コレクションを展示した「わが遊戯的世界」などもある。

■上は「フクちゃん通り」。■下は「わが遊戯的世界」。

代表作
『江戸ッ子健ちゃん』『フクちゃん』『デンスケ』『おんぶおばけ』『百馬鹿』など

メモ
歌謡曲『南国土佐を後にして』で有名になったはりまや橋は徒歩5分ほど。

横山隆一記念まんが館のホームページへ

■**アクセス**
●電車・JR高知駅から路面電車（とさでん交通）菜園場町下車、徒歩3分など

■**所在地**
高知市九反田2-1
高知市文化プラザかるぽーと内
電話 088-883-5029

■**入館料**
個人410円／65歳以上200円／高校生以下 無料／団体、手帳等の提示で割引有

■**開館時間**
9:00～18:00

■**休館日**
月曜日（祝日・休日の場合は開館）、12/28～1/4

「フクちゃんとなかまたち」。

写真提供：横山隆一記念まんが館

九州エリア

北九州市立文学館・204
北原白秋生家・記念館・205
北九州市立松本清張記念館・206
長崎市遠藤周作文学館・208
北九州市漫画ミュージアム・210
くまもと文学・歴史館・211
夏目漱石内坪井旧居・212
瀧廉太郎記念館・213
国木田独歩館・214
野上弥生子文学記念館・215
若山牧水記念文学館・216
かごしま近代文学館・217
川内まごころ文学館・218
椋鳩十文学記念館・219

【福岡県】

北九州市立文学館
北九州市ゆかりの文学者が勢揃い

- 火野葦平
- 林芙美子
- 森鷗外 ほか

■北九州ゆかりの文学者を紹介

北九州市立文学館には、北九州地域ゆかりの文学者たちの資料が収集され、自筆の原稿や書、書簡などの資料が展示されている。

明治期に、陸軍第十二師団軍医部長として小倉に赴任した森鷗外、『糞尿譚』『麦と兵隊』『花と龍』などを書いた火野葦平、『放浪記』『浮雲』『めし』などで知られる林芙美子、女性俳人の草分けとされる杉田久女や橋本多佳子、詩や美術評論、翻訳など多分野で業績を遺した宗左近などのほか、地域に根ざした活動を続けた文学者たちの展示もある。

■アーチ状の天井で開放的な空間

2006年(平成18)に開館した北九州市立文学館は隣接する北九州市立中央図書館とともに建築家・磯崎新による設計。柱の数が少なくても屋根を支えることができる建築構造で、アーチ状の高い天井が特徴だ。

2020年には、現在活躍しているゆかりの文学者も展示に含めてリニューアル予定だ。

館のシンボル的なステンドグラス。磯崎新のデザイン。

メモ

文学館は小倉城の近くにあり、周辺には文学スポットが多数。「松本清張記念館」や「杉田久女・橋本多佳子記念室」、森鷗外旧居も近い。小倉からJRで少し足をのばした門司港駅前にある旧門司三井倶楽部内には「林芙美子記念室」(下)がある。国内で最も多くの林芙美子の資料(複製含む)を常時展示している。

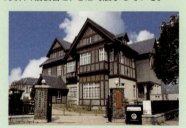

北九州市立文学館の
ホームページへ

■**アクセス**■
●電車・JR小倉駅より徒歩15分・JR西小倉駅より徒歩10分
●バス・「勝山公園(市立文学館前)」より徒歩1分・「北九州市役所前」より徒歩2分
など

■**所在地**■
福岡県北九州市小倉北区城内4-1
電話 093-571-1505

■**入館料**■
一般240円/中・高生120円/小学生60円/(2019年4月改定)団体、障害者手帳等の提示で割引有

■**開館時間**■
9:30～18:00
(入館は17:30まで)

■**休館日**■
月曜日(休日の場合は翌日)、12/29～1/3

写真提供:北九州市立文学館

【福岡県】

北原白秋生家・記念館
酒造業を営んでいた広大な敷地に記念館と生家

■白秋の詩心を育んだ柳川
　白秋は1885年（明治18）に水の都・柳川で生まれた。この地で詩歌に対する志を育み、父親の反対を振り切って上京したのは19歳のときだった。

■記念館(資料館)と復元された母屋
　代々海産物問屋だった白秋の生家は、父の代に柳川地方でも一二を争う酒造業を営むようになった。1町3反（3300坪）もの広大な敷地を有していたが、1901年の大火で母屋の一部を残して焼失した。母屋は1969年に復元され、後に母屋に附属していた隠居部屋も復元された。

　1985年には白秋生誕100年を記念して北原白秋記念館が開館した。記念館はなまこ壁の土蔵造りで、1階は「水郷」柳川の中世以降の歴史や人々の暮らしぶりの展示、2階では白秋の生涯を5つの時代に分け、直筆原稿などの資料が展示されている。

　復元された生家内にも白秋の著書や遺品をはじめ、柳川の民俗資料が数多く展示されている。酒を売る店先、茶の間、父の部屋、食事場、座敷、蔵など白秋の暮らした時代にタイムトリップできる空間だ。

■上は記念館の展示室。■下は生家内の展示室。

代表作
『邪宗門』『思ひ出』『東京景物詩及其他』（以上詩集）、『桐の花』（歌集）、『この道』『からたちの花』『揺籃のうた』（以上歌詞）など

メモ
西鉄柳川駅前の「からたちの花銘板」をはじめ、市内には「水の構図碑」「立秋詩碑」「まちぼうけの碑」など数多くの詩歌碑がある。

北原白秋生家・記念館のホームページへ

■**アクセス**■
● バス・西鉄柳川駅よりバス約20分
● 車・福岡空港より1時間・佐賀空港より30分など

■**所在地**■
福岡県柳川市沖端町55-1
電話 0944-72-6773

■**入館料**■
大人 500円／学生 450円／小人 250円／団体割引有

■**開館時間**■
9:00〜17:00

■**休館日**■
12/29〜1/3

幼少時の壁の落書き。

写真提供：北原白秋生家・記念館

北九州市立松本清張記念館

蔵書2万冊の書庫や書斎を他界した日のままに展示

【福岡県】

■42歳からの本格始動

1953年（昭和28）の第28回芥川賞は松本清張の『或る「小倉日記」伝』が受賞した。当時清張が居住していた福岡・小倉市（現・北九州市）を舞台にした短編小説で、受賞は朝日新聞西部本社に勤務しながら執筆活動を行っていた清張が44歳のときだった。

決して早いとはいえない作家としての本格デビューだが、82歳で没するまでの作家生活40年で、清張が残した作品は700の著書、1000篇に及ぶ。社会派推理小説というジャンルを創始したばかりでなく、その活動は多層的かつ多角的だ。

■1階の「松本清張の世界」

そんな清張の業績は、1階の「展示室1」の展示で俯瞰できる。「松本清張全著作」コーナーでは約700冊の著書が紹介され、「松本清張とその時代」コーナーでは清張の生涯が22mの長大な年表に書き記されている。年表にはモニターが設置され、彼が生きた時代の社会背景や世相などがその時代のニュース映像などで映し出される。

壁面に展示された約700冊の清張の著書。右には東京の自宅から運び込まれた東大寺の礎石。

また、「推理劇場」では代表作のひとつ『日本の黒い霧』を主軸に、占領下の小倉で発生したアフリカ系アメリカ人兵の集団脱走事件を扱った短編小説『黒地の絵』を題材にしたドキュメンタリー映像『日本の黒い霧－遙かな照射』も上映されている。貴重な資料フィルムや写真などで構成され、1日に5回の上映で上映時間は80分ある。

■1階と2階は「思索と創作の城」

1992年8月4日、清張は入院中の東京女子医科大学病院で没した。死因は肝臓がん

松本清張記念館のホームページへ

■アクセス
●電車・JR小倉駅より徒歩15分・JR西小倉駅より徒歩5分
●バス・市営バス「北九州市役所前」下車
・西鉄バス「小倉北警察署」「小倉城・松本清張記念館前」下車

●車・北九州都市高速、大手町ランプより5分など

■所在地
福岡県北九州市小倉北区城内2-3
電話 093-582-2761

■入館料
一般600円／中・高生360円／小学生240円／（2019年4月改定）団体、障害者手帳等の提示で割引有

■開館時間
9:30～18:00
（入館は17:30まで）

■休館日
年末（12/29～12/31）

写真提供：北九州市立松本清張記念館

■上は書斎。■右上は応接室で、奥に書庫の一部が見えている。いずれも清張が没した1992年当時のままに再現されている。■右は20mを越える年表『松本清張とその時代』。

だった。東京都杉並区高井戸にあった住居は近くを神田川が流れる緑の多い住宅街で、京王井の頭線もすぐそばを走る立地。「展示室2」では1960年頃から住んでいたこの家を、当時そのままのたたずまいで松本清張記念館に「思索と創作の城」として再現展示されている。

「城」の1階は玄関を入って右が応接室で、その背後に書庫がある。2階は書斎、書庫、資料室がある。2階の書庫と1階の書庫は階段で行き来できるようになっている。

編集者と打ち合わせをした応接室、書架がつくる書庫の迷路、今にもギッときしみそうな書斎の椅子。ガラス越しの見学ながら主の息吹を感じるにはじゅうぶんの「そのまま」の迫力がある。

■地階は「情報ライブラリィ」など

地階には「企画展示室・映像ホール」「情報ライブラリィ」「読書室」「ミュージアムショップ」がある。

「企画展示室・映像ホール」では企画展や講演会などが開催される。「情報ライブラリィ」では清張全仕事(全作品、全著作のデータベース)、収蔵品一覧(原稿や書簡、写真、美術品、家具調度品、遺愛品など)、清張の書庫(書庫収蔵の全書物のタイトルが一覧できるデータベース)、昭和事件簿(『日本の黒い霧』『昭和史発掘』でとりあげた事件についての解説)といった記念館が収集した情報をパソコンで検索できるようになっている。休憩コーナーも地階にある。

代表作
『或る「小倉日記」伝』『点と線』『眼の壁』『ゼロの焦点』『小説帝銀事件』『日本の黒い霧』『砂の器』『黒革の手帖』など
メモ
「北九州市立文学館」や小倉城が近い。

長崎市遠藤周作文学館
「神様がとっておいてくれた場所」に建つ

【長崎県】

■キリスト教と狐狸庵山人

　遠藤は1923年（大正12）東京で生まれ、12歳でカトリックの洗礼を受ける。慶應義塾大学仏文科卒業、フランス留学などを経て、神のために拷問の苦痛に耐える友を見て己の嗜虐性にまみれるフランス人を描いた『白い人』で芥川賞を受賞する。32歳のときだった。安岡章太郎や吉行淳之介とともに第三の新人と称され、以降、キリスト教と日本の精神風土の関わりをテーマに精力的に執筆活動を続けた。その一方で「狐狸庵山人」としてユーモアあふれるエッセイを数多く発表し、コーヒーやワープロのテレビコマーシャルにも出演している。

　1995年に72歳で文化勲章を受章。翌年、肺炎による呼吸不全で死去した。

■『沈黙』の地

　遠藤は1966年に書下ろし長編『沈黙』を刊行し、同作品で谷崎潤一郎賞を受賞する。長崎市遠藤周作文学館は『沈黙』の舞台となった長崎市外海地区に立地。キリシタンの里として知られるこの地区（旧・外海町

常設展示の書斎を再現したコーナー。

黒崎村）に、遠藤は『沈黙』を執筆するための取材で訪れている。この「黒崎村」が小説に登場する「トモギ村」のモデルの一つになった。後に遠藤は「神様が僕のためにとっておいてくれた場所」と評したという。

　遠藤の没後に約3万点の自筆原稿や蔵書、遺愛品などが遺族から寄贈・寄託され、2000年に「外海町立遠藤周作文学館」が開館した（後の市町合併で「長崎市遠藤周作文学館」と名称変更）。

　遠藤の葬儀では『深い河』とともに『沈

長崎市遠藤周作文学館のホームページへ

■アクセス
●バス・長崎駅前経由 桜の里ターミナル（大瀬戸・板の浦）行き「桜の里ターミナル」下車、さいかい交通大瀬戸・板の浦行きに乗り換え「道の駅（文学館入口）」下車（「長崎駅前」から「道の駅（文学館入口）」まで約75分）、徒歩2分など

■所在地
長崎県長崎市東出津町77番地
電話 0959-37-6011

■入館料
一般 360円／小・中・高生 200円／団体、手帳等の提示で割引有

■開館時間
9:00～17:00
（入館は16:30まで）

■休館日
12/29～1/3

写真提供：長崎市遠藤周作文学館

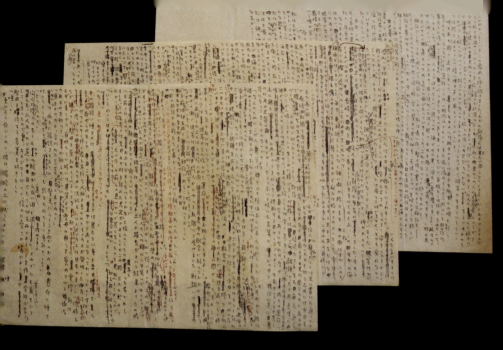

■上は『沈黙』の草稿。几帳面な筆運びと数多くの推敲の跡が見られる。■右は常設展示の「遠藤周作の生涯」コーナー。「少年時代」「大学時代」「フランス留学」「作家の軌跡」「人生と文学の集大成」といった区分で展示されている。

黙』の2冊が遺志にしたがって棺の中に入れられた。

■ 誕生から晩年までの歩み

　誕生から晩年までの歩みを年表で紹介した常設展示や「遠藤周作の愛蔵品」コーナーがあり、原稿・草稿や文化勲章メダルなどを見ることができる。生前の書斎を再現したコーナーもある。またショップ「外海」では遠藤の著作のほか、ここでしか入手できない過去に開催された企画展の図録や栞などのグッズを販売している。思索空間「アンシャンテ」では、海を眺めながら思索や読書などで寛ぐことができる。

代表作
『海と毒薬』『おバカさん』『わたしが・棄てた・女』『沈黙』『死海のほとり』『イエスの生涯』『キリストの誕生』『侍』『女の一生』『深い河』など

メモ
外海は夕陽の名所で、五島灘に沈む美しい夕陽が見られる。
同館から北へ1.5kmほどの「出津文化村」の一角、海を見下ろす場所に「沈黙の碑」がある。遠藤が生前中の1987年に建立。2つの岩からなり、ひとつには「沈黙の碑」の文字が刻まれ、もうひとつには、遠藤周作の筆による「人間がこんなに哀しいのに　主よ　海があまりに碧いのです」という文が彫られている。

【福岡県】

北九州市漫画ミュージアム
同地出身の漫画家の資料と3つのテーマ

松本零士
わたせせいぞう
畑中純

■著名な漫画家を輩出

北九州市は松本零士(代表作『銀河鉄道999』『宇宙戦艦ヤマト』など)、わたせせいぞう(代表作『ハートカクテル』など)、畑中純(代表作『まんだら屋の良太』など)、北条司(代表作『キャッツ♥アイ』など)らの著名な漫画家が数多く輩出している。こうした地元ゆかりの漫画家を中心に漫画作品と関連資料を収集・保存、漫画の特性や魅力を伝える研究を行い、その成果を展示や閲覧にいかすミュージアムとして2012年(平成24)に開館した。

■「見る」「読む」「描く」

北九州市漫画ミュージアムは「見る」「読む」「描く」の3つのテーマで構成されている。「見る」では常設展示の漫画の歴史、地元ゆかりの漫画家、松本零士のコーナーのほか、企画展示はオリジナル企画展、全国の大型巡回企画展、他館との共同企画展などが実施される。「読む」では過去の代表的作品から現代の人気作品まで約5万冊の漫画本を閲覧できるコーナーを設置。そして「描く」では月に2回、漫画体験教室や漫画スクールが開催される。

常設展示エリアの閲覧ゾーン。約5万冊の漫画を自由に読むことができる。そのほか「北九州発・銀河行き~松本零士を生んだ街~」「漫画の七不思議」「漫画の街・北九州」「漫画タイムトンネル」などのコーナーがある。

メモ
「あるあるCity」という商業施設の5階と6階にある。5階は企画展示エリアで6階は常設展示エリア。6階エントランスにある等身大のハーロック(左上の写真。松本零士作の宇宙海賊)は記念撮影に人気。

北九州市漫画ミュージアムのホームページへ

■アクセス
●電車・JR小倉駅より徒歩2分
など

■所在地
福岡県北九州市小倉北区浅野 2-14-5
あるある City 5階・6階
電話 093-512-5077

■入館料
一般480円/中・高生240円/小学生120円/(2019年4月改定)団体、障害者手帳等の提示で割引有

■開館時間
11:00 ~ 19:00
(入館は 18:30 まで)

■休館日
火曜日(休日の場合は翌日)年末年始、館内整理日

写真提供:北九州市漫画ミュージアム

【熊本県】

くまもと文学・歴史館
熊本ゆかりの文学者の自筆原稿や遺愛品

[小泉八雲]
[徳富蘇峰]
[夏目漱石] ほか

■小泉八雲や徳富蘇峰など32人

熊本近代文学館が収集してきた文学資料に加え、熊本県立図書館が所蔵する古文書などの歴史資料を統合し、2016年（平成28）に開館した。

小泉八雲（小説家、随筆家、日本研究家）、徳富蘇峰（ジャーナリスト、歴史家）、夏目漱石（小説家、英文学者）、徳富蘆花（小説家）、戸川秋骨（作家、翻訳家、英文学者）、種田山頭火（俳人）、徳永直（小説家）、木下順二（劇作家）、石牟礼道子（小説家、歌人）など熊本ゆかりの文学者32人の資料収集が行われ、自筆原稿や遺愛品を見ることができる。

企画展もあり、過去に「来熊120年 漱石と熊本 ―秋はふみ吾に天下の志―」などが開催されている。

■歴史資料の展示

歴史分野では、熊本県立図書館が所蔵する熊本県の公文類纂（県政資料）や熊本藩の古文書・絵図など約6万点にのぼる資料が順次展示される。

■上は「展示室1」。熊本に関する古文書や絵図などが展示されている。■下は「展示室2」。熊本ゆかりの文学者の業績がパネル表示され、原稿や遺愛品が展示されている。

メモ
くまもと文学・歴史館は熊本県立図書館の1階にある。旧砂取細川邸庭園が隣接している。庭園内には阿蘇からの伏流水が湧き、四季折々の景観が楽しめる。

くまもと文学・歴史館のホームページへ

■アクセス■
●電車・JR新水前寺駅から徒歩約20分
●バス・「水前寺公園前・県立図書館入口」下車、徒歩約5分
●熊本市電（路面電車）「市立体育館前」下車、徒歩約5分 など

■所在地■
熊本県熊本市中央区出水2-5-1
電話 096-384-5000

■入館料■
無料

■開館時間■
9:30～17:15

■休館日■
火曜日、毎月最終金曜日、年末年始（12/28～1/3）、特別整理期間（年間14日以内）

写真提供：くまもと文学・歴史館

夏目漱石内坪井旧居
新婚時代を過ごした熊本5番目の住居

【熊本県】

■熊本で5番目の住居

　夏目漱石は1896年（明治29）、第五高等学校（現・熊本大学）の教師として来熊した。漱石は生涯で30回以上転居しているが、4年3カ月の熊本滞在期間中には6回も転居。そのうち、5番目に移り住んだ家がここ内坪井旧居。最も長い1年8カ月を暮らした。鏡子との新婚生活もスタートし、長女筆子はここで誕生した。筆子が産湯に使った井戸や、漱石の五高の教え子で後に物理学者・随筆家となった寺田寅彦が泊めてくれと頼んだ馬丁小屋なども残っている。また、内坪井旧居はスタジオジブリ制作の長編アニメ映画『風立ちぬ』に登場する主人公・堀越二郎と菜穂子の住まいのモデルになったとされる。

　邸内には漱石のレプリカ原稿をはじめ、五高時代の写真、五高の学生たちが語った漱石の印象や漱石が学生に贈った言葉などが展示されている。和室の一室では座卓の前に座る漱石と猫のからくり人形が来館者を楽しませてくれる。

上下とも内坪井旧居の内部。下は来館者を迎える漱石と猫のからくり人形。

メモ
水前寺公園の東端に、漱石が熊本で3番目に暮らした夏目漱石大江旧居がある。また、内坪井旧居から南に15分ほど歩くと小泉八雲熊本旧居がある。

夏目漱石内坪井旧居のホームページへ

■**アクセス**■
●電車・JR熊本駅から路面電車A系統健軍町行き「熊本城市役所前」下車（所要時間約17分）、徒歩約13分
●バス・交通センターから路線（壺1～3）「壺井橋」下車（所要時間約6分）、徒歩約2分
など

■**所在地**■
熊本県熊本市中央区内坪井町4-22
電話 096-328-2039
（熊本市文化振興課）

■**入館料**■
無料

■**開館時間**■
9:30～16:30

■**休館日**■
月曜（祝日の場合は翌日）、12/29日～1/3

※地震の被害で現在復旧中。庭園のみを一部公開。

写真提供：夏目漱石内坪井旧居

瀧廉太郎記念館
夭折した音楽家が暮らした家

【大分県】

■国民的愛唱歌を作曲

『荒城の月』や『鳩ぽっぽ』の作曲で知られる音楽家、瀧廉太郎(1879〈明治12〉〜1903〈明治36〉)が12歳から14歳まで暮らした屋敷が記念館として公開されている。東京で生まれた瀧だが、官僚の父の転勤に伴い、日本各地に移り住んだ。

瀧は大分に暮らした少年時代、大分・竹田市の荒廃した岡城に登って遊んだ思い出をもとに『荒城の月』(1900年)を作曲したといわれている。岡城の下の国道502号の上り車線はメロディ舗装になっていて、車で走行すると『荒城の月』を聞くことができる。

■直筆譜面や映像

瀧はドイツ留学中に結核を発病し、父の故郷で両親が暮らす大分市で療養したが、23歳という若さで生涯を終えた。

館内には瀧の手紙や写真をはじめ、直筆の譜面などを展示している。瀧の短いながらも凝縮された作曲家としての生涯を追った15分間の映像も観ることができる。

上下とも瀧廉太郎記念館の内部。庭には馬小屋として使われていた岩穴もある。瀧は竹田で音楽の道へ進むことを決心し、直入郡高等小学校(現・竹田小学校)を卒業後に東京音楽学校へ入学している。

代表作
『荒城の月』『鳩ぽっぽ』『お正月』『花』『雪やこんこん』(いずれも作曲)など。
メモ
岡城には廉太郎の銅像が建てられている。

瀧廉太郎記念館のホームページへ

■アクセス
●電車・JR豊肥本線豊後竹田駅から徒歩10分など
■所在地
大分県竹田市竹田町2120-1
電話 0974-63-0559

■入館料
高校生以上300円／小・中学生200円／団体割引有
■開館時間
9:00〜17:00(入館16:30まで)
■休館日
年末年始(12/29〜1/3)

竹田で初めて手にした尺八を吹く瀧の銅像。

写真提供:瀧廉太郎記念館

国木田独歩館

城山を背後に控えた独歩の下宿先

【大分県】

■ 短いけれど「大切な時代」を過ごした家

　国木田独歩は1893年（明治26）10月、22歳のとき大分・佐伯市の鶴谷学館に教師として赴任した。下宿先は館長・坂本永年の住居で、母屋の2階に暮らした。この坂本邸を修復し、国木田独歩館が開館した。佐伯での生活は翌年の6月までとごく短い期間だったが、すぐ近くの城山（佐伯城跡）をはじめ佐伯の自然に深く親しんだ。

　ロマン主義から作風を転換し、自然主義の先駆者へと名を高めてゆく1904年に発表した『春の鳥』は「今より六七年前、私はある地方に英語と数学の教師をしていたことがございます。その町に城山というのがあって、大木暗く茂った山で、あまり高くはないが、はなはだ風景に富んでいましたゆえ、私は散歩がてらいつもこの山に登りました。」と書き出されている。

　また『独歩全集6』（新潮社1939）に「佐伯には山もあれば海もある、自然の感化を受くるには尤も適当な所なので、同君は教鞭を執る傍ら山と海とに親しみ、世間の俗事を忘れて心ゆくばかり修養した。佐伯に於ける一ケ年の修養は後年独歩の名を文壇に高からしむ基礎を作った大切な時代である」と、徳富蘇峰の言葉が記されている。

■ 上は独歩が下宿していた母屋の2階。天井がとても低い。
■ 下は母屋の2階の三畳間。土蔵の1、2階にも展示スペースがある。

代表作
『武蔵野』『牛肉と馬鈴薯』『春の鳥』『竹の木戸』など

メモ
豊後佐伯城の遺構である櫓門まで歩いて5分ほど。城山の頂上には「独歩碑」が建つ。

国木田独歩館のホームページへ

■ アクセス ■
● 電車・JR佐伯駅から徒歩20分、タクシー5分
● バス・大分バス「内町入口」下車、徒歩5分
● 車・東九州自動車道佐伯ICより車で15分
など

■ 所在地 ■
大分県佐伯市 城下東町9-37
電話 0972-22-2866

■ 入館料 ■
一般 200円／小・中・高生 100円／団体・手帳等の提示で割引、免除有

■ 開館時間 ■
9:00～17:00
（入館は16:30まで）

■ 休館日 ■
月曜日（祝日の場合は翌日）、12/29～1/3

写真提供：佐伯市教育委員会

【大分県】

野上弥生子文学記念館
風情のある街並みが残る生家の商家に開館

■99歳まで執筆

　小説家の野上弥生子は1885年（明治18）、大分・臼杵に生まれた。15歳で上京し、明治女学校に入学。1906年に明治女学校を卒業し、夏目漱石門下で同郷の野上豊一郎と結婚した。夏目漱石の指導を受けながら小説を書き始め、1907年には処女作『縁』を発表し、以後99歳で死去する間際まで現役作家として執筆を続けた。

　知識人としての生き方を問い続ける姿勢を崩さず、法政大学女子高等学校（現・法政大学国際高等学校）で1949年の創設以来、名誉校長を務めていた野上は「女性である前に、まず人間であれ」というメッセージを残している。

■生家に記念館

　1986年、生家（小手川酒造）の一部を文学記念館として開館。少女時代の勉強部屋や死去の直前まで愛用されていた筆記具、小説の書き方を教授する夏目漱石から弥生子に宛てた手紙など、遺品約200点が公開されている。

上下とも記念館の内部。1階にはビデオ解説もある。

代表作
『海神丸』『真知子』『迷路』『秀吉と利休』『森』など

メモ
国宝の臼杵石仏（磨崖仏）は車で10分ほどの場所にある。臼杵市歴史資料館は徒歩で10分ほど。墓所は鎌倉の東慶寺にある。

野上弥生子文学記念館のホームページへ

■アクセス■
●電車・JR臼杵駅から徒歩15分
●車・JR臼杵駅から5分など

■所在地■
大分県臼杵市大字臼杵538
電話 0972-63-4803

■入館料■
一般 300円／小・中学生 150円

■開館時間■
9:30～17:00

■休館日■
なし

臼杵には武家屋敷や古い商家が残っている。

写真提供：野上弥生子文学記念館

【宮崎県】

若山牧水記念文学館
漂泊の歌人の旅はここから始まった

■「今日も旅ゆく」

漂泊の歌人、若山牧水は1885年（明治18）に現在の宮崎県日向市で生まれた。19歳で上京し、早稲田大学に入学する。

23歳で早稲田大学を卒業すると同時に第1歌集『海の声』を発表。

「白鳥は哀しからずや空の青海のあをにも染まずただよふ」

「幾山河越えさり行かば寂しさの終てなむ国ぞ今日も旅ゆく」

といった現代まで愛唱される歌を詠み、旅に旅を重ねる作歌生活の一歩を踏み出した。歌人としてばかりでなく、文芸雑誌の刊行に精力的に取り組み続け、43歳で死去した。

■牧水公園内に立地

記念文学館は牧水の歌碑が点在する牧水公園内にある。第1展示室は牧水について、第2展示室は日向市に生まれて中原中也と親交のあった詩人・高森文夫について、そして企画展示室の3ゾーンに分かれ、ミュージアムショップもある。

いずれも第1展示室の牧水に関する展示。自作短歌の揮毫も数多く展示されており、牧水の書家としての一面も見られる。

代表作
歌集に『海の声』『別離』『路上』『みなかみ』『死か芸術か』『白梅集』『くろ土』など

メモ
牧水の生家は徒歩で5分ほどの場所。牧水が生まれた縁側など、当時の姿が残されている。36歳のときに家族とともに転居し、死去するまで暮らした静岡・沼津には若山牧水記念館（132ページ）がある。

若山牧水記念文学館のホームページへ

■**アクセス**
●バス・JR日向市駅東口から宮崎交通バス「牧水生家」下車、徒歩5分など

■**所在地**
宮崎県日向市東郷町坪谷1271番地
電話 0982-68-9511

■**入館料**
高校生以上300円／小・中学生100円／団体割引有

■**開館時間**
9:00～17:00
（入館は16:30まで）

■**休館日**
月曜日（祝日は開館）、12/29～1/3、臨時等

牧水生家。

写真提供：若山牧水記念文学館

【鹿児島県】

かごしま近代文学館
鹿児島ゆかりの作家と風土を多面的に展示

海音寺潮五郎
向田邦子
林芙美子 ほか

■28人の作家とその業績

　かごしま近代文学館は、鹿児島ゆかりの28人の作家や鹿児島を舞台にした作品を展示している。

　展示室は1階と2階。1階には常設展示作家のポートレートと言葉のレリーフ「鹿児島ゆかりの作家たち」、5人の作家（海音寺潮五郎、林芙美子、椋鳩十、梅崎春生、島尾敏雄）に焦点を当て、創作への情熱や創作過程をジオラマ等で紹介する「ゆかりの作家たちの情熱」、鹿児島の景観とそこで生まれた文学作品を映像で紹介する「鹿児島情熱絵巻」などのコーナーがある。また「文学アトリエ」にはタッチパネルに触れると言葉が浮かび上がる「ことばの情景」や電子黒板を使う「みんなの原稿用紙」、鹿児島ゆかりの作家の代表作などを手に取って読めるコーナーがある。

　2階の「鹿児島文学の群像」では有島武郎や里見弴など鹿児島ゆかりの22人の作家を紹介し、企画展も開催される。「向田邦子の世界」は遺族より約9000点に及ぶ

■上は「ゆかりの作家たちの情熱」コーナー。■左下は海音寺潮五郎の書斎の展示。■右下は「向田邦子の世界」。

資料の寄贈を受け、向田の世界に触れられる展示コーナーになっている。

> **メモ**
> 「かごしまメルヘン館」が併設されている。「おはなしのまち」「おはなしの散歩道」「絵本のお城」など童話や絵本の世界で遊べる。

かごしま近代文学館のホームページへ

■アクセス■
●電車・JR鹿児島中央駅から市電2系統鹿児島駅行き「朝日通」下車（所要時間約7分）、徒歩7分
●バス・JR鹿児島中央駅東口バス乗り場　東4～6番より天文館、市役所方面行き「金生町」下車（所要時間約9分）、徒歩7分
●車・JR鹿児島中央駅から約10分　など

■所在地■
鹿児島県鹿児島市城山町5-1
電話 099-226-7771

■入館料■
一般300円／小・中学生150円／団体、手帳等の提示で割引や免除有

■開館時間■
9：30～18：00
（入館は17：30まで）

■休館日■
火曜日（休日の場合は翌日）、12/29～1/1

写真提供：かごしま近代文学館

【鹿児島県】

川内まごころ文学館
ジャーナリスト・山本實彦や作家・里見弴

- 里見弴
- 山本實彦(さねひこ)
- 与謝野鉄幹 ほ

■山本實彦や里見弴

　鹿児島・川内の風土が育んだ表現者の文化遺産を後世に伝え、「新たな文化の創造の場、そして21世紀の要請する心の交流の場」として、2004年（平成16）に開館した。

　1階は「改造社に残された作家二百余人の直筆原稿の世界」の展示。改造社は川内出身のジャーナリスト・山本實彦が創業した出版社で、1919年に創刊した総合雑誌『改造』は『中央公論』と並ぶ評価を得た。山本は作家の育成にも注力し、林芙美子の『放浪記』をはじめとするベストセラーを連発した。『改造』などに寄稿した芥川龍之介や谷崎潤一郎、武者小路実篤といった近代文学者たちの直筆原稿や手紙などが閲覧できる。

　2階は「有島芸術‐とくに里見弴の文芸の世界‐」と「郷土ゆかりの芸術家たちの世界」の展示。白樺派の書や絵画のほか、画家の山口長男、歌人の与謝野鉄幹・晶子など川内に関わりの深い芸術家たちの資料を展示している。

■上は1階の展示室。「改造社が育んだベストセラー作家たち」のコーナー。■下は2階の展示。有島三兄弟の父・武の出身が川内。里見の住居の一部を復元した展示もある。

メモ
隣接する川内歴史資料館では、約2万年前から現在に至る地域の歴史や文化に関する資料を収集・保存し、展示している。また徒歩3分ほどの場所には国指定史跡薩摩国分寺跡史跡公園がある。

川内まごころ文学館のホームページへ

■アクセス■
- バス・川内駅（JR、肥薩おれんじ鉄道）よりくるくるバス「歴史資料館前」下車
- 車・川内駅（JR、肥薩おれんじ鉄道）より7分 など

■所在地■
鹿児島県薩摩川内市中郷2-2-6
電話 0996-25-5580

■入館料■
一般・大学生 300円／小・中・高生 150円／団体・手帳等の提出で割引・免除有（土・日曜日及び祝日は小・中・高生の入館無料）

■開館時間■
9:00～17:00
（入館は16:30まで）

■休館日■
月曜日（祝日の場合は翌平日）等

写真提供：川内まごころ文学館

椋鳩十文学記念館

「動物文学」ジャンルが打ち立てられた地

【鹿児島県】

■動物文学ジャンルを開拓

椋鳩十は、1905年（明治38）長野・下伊那郡喬木村に生まれ、法政大学法学部文学科を卒業して以来、82歳で死去するまで鹿児島で暮らした。椋は1930年に加治木高等女学校の国語教師に赴任。1938年に月刊雑誌『少年倶楽部』に『山の太郎熊』を発表、以降、まだジャンルとして確立していなかった動物文学作品を次々と発表していった。

■20年間暮らした地

記念館は1990年、椋が20年間過ごした加治木町に開館。マルチスクリーンでは椋の故郷長野や加治木町の風景をバックに、彼の生涯をまとめた映像を見られ、展示ホールでは椋の生い立ち、直筆の色紙や掛軸、著名作家からの手紙などを展示。また、鹿児島市長田町の自宅2階にあった書斎を復元。執筆原稿、取材手帳の写しを手に取って見ることができる。代表作品のアニメ（28本、各20分程度）を鑑賞できるコーナーもある。

■上は展示ホール。椋の生い立ちをパネル展示で詳しく紹介。■下は『自然の中で』の「ミミズの歌」の自筆原稿。

代表作
『片耳の大シカ』『マヤの一生』『カガミジシ』『大造じいさんとガン』など

メモ
庭園は椋鳩十の故郷信州をイメージした松林があり、寛ぎの空間となっている。

椋鳩十文学記念館のホームページへ

写真提供：椋鳩十文学記念館

■**アクセス**
●電車・JR日豊本線　加治木駅または錦江駅から徒歩10分
など

■**所在地**
鹿児島県姶良市加治木町反土 2624-1
電話 0995-62-4800

■**入館料**
高校生以上 329円／小・中学生 216円／団体、手帳等の提示で割引や免除有

■**開館時間**
9:00～17:00
（入館は16:30まで）

■**休館日**
月曜日（祝日の場合は翌日）、12/29～1/3

自由の館（別館）。児童図書約5000冊を自由に読める。

生没年表

作家名	代表作	出身地	～1860	1860-1870	1870-1880	1880-1890	1890-1900	1900-191
大伴家持	『万葉集』選者	不明	718-785					
紀貫之	随筆『土佐日記』	平安京	868頃-945頃					
清少納言	随筆『枕草子』	不明	966頃-1025頃					
紫式部	小説『源氏物語』	平安京	970頃-1019頃					
鴨長明	随筆『方丈記』	平安京	1155-1216					
吉田兼好	随筆『徒然草』	不明	1283頃-1352以後					
井原西鶴	浮世草子『好色一代男』	難波	1642-1693					
松尾芭蕉	紀行文『おくのほそ道』	伊賀	1644-1694					
近松門左衛門	浄瑠璃『曽根崎心中』	越前	1653-1725					
加賀千代女	俳句	加賀	1703-1775					
与謝蕪村	俳句	摂津	1716-1784					
小林一茶	俳句	信濃	1763-1827					
十返舎一九	滑稽本『東海道中膝栗毛』	駿河	1765-1831					
滝沢馬琴	読本『南総里見八犬伝』	江戸	1767-1848					
橘曙覧	和歌『独楽吟』	越前	1812	1868				
坪内逍遥	小説『当世書生気質』	美濃	1859					
森鷗外	小説『舞姫』	津和野		1862				
徳冨蘇峰	通史『近世日本国民史』	肥後		1863				
二葉亭四迷	小説『浮雲』	江戸		1864			1909	
幸田露伴	小説『五重塔』	江戸		1867				
夏目漱石	小説『坊ちゃん』	江戸		1867				
正岡子規	句誌『ホトトギス』	伊予		1867			1902	
尾崎紅葉	小説『金色夜叉』	江戸		1868			1903	
北村透谷	詩集『蓬莱曲』	相模		1868			1894	
徳冨蘆花	小説『不如帰』	肥後		1868				
横山大観	日本画『富嶽飛翔』	茨城		1868				
大町桂月	紀行文『行雲流水』	高知		1869				
国木田独歩	小説『武蔵野』	千葉			1871			1908
島村抱月	劇作『復活』(トルストイ原作)	島根			1871			
田山花袋	小説『田舎教師』	群馬			1871			
徳田秋聲	小説『あらくれ』	石川			1871			
島崎藤村	小説『夜明け前』	岐阜			1872			
樋口一葉	小説『たけくらべ』	東京			1872		1896	
泉鏡花	小説『高野聖』	石川			1873			
久留島武彦	作詞『夕やけ小やけ』	大分			1874			
高浜虚子	句集『虚子句集』	愛媛			1874			
柳田國男	民話集『遠野物語』	兵庫			1875			
有島武郎	小説『生れ出づる悩み』	東京			1878			
与謝野晶子	歌集『みだれ髪』	大阪			1878			
永井荷風	小説『断腸亭日乗』	東京			1879			
正宗白鳥	小説『何処へ』	岡山			1879			
小川未明	童話『赤い蝋燭と人魚』	新潟				1882		
斎藤茂吉	歌集『赤光』	山形				1882		
種田山頭火	句集『草木塔』	山口				1882		
野口雨情	作詞『十五夜お月さん』	茨城				1882		
志賀直哉	小説『暗夜行路』	宮城				1883		
高村光太郎	詩『道程』	東京				1883		
竹久夢二	美人画『黒船屋』	岡山				1884		
北原白秋	歌集『桐の花』	福岡				1885		
野上弥生子	小説『真知子』	大分				1885		
武者小路実篤	小説『真理先生』	東京				1885		

※生没年や出身地（出生地）には諸説ある場合があります。
※1930年代までの出生者を対象にしています。

20-1930	1930-1940	1940-1950	1950-1960	1960-1970	1970-1980	1980-1990	1990-2000	2000-2010	2010〜
	1935								
22									
			1957						
		1947							
27									
			1958						
25									
30									
		1943							
		1943							
	1939								
			1960						
			1959						
				1962					
23									
		1942							
			1959						
				1962					
				1961					
			1953						
	1940								
		1945							
					1971				
			1956						
	1934								
		1942							
						1985			
					1976				

221

作家名	代表作	出身地	～1860	1860-1870	1870-1880	1880-1890	1890-1900	1900-19
若山牧水	歌集『別離』	宮崎				1885		
石川啄木	歌集『一握の砂』	岩手				1886		
萩原朔太郎	詩集『月に吠える』	群馬				1886		
高村智恵子	紙絵『あじさい』	福島				1886		
谷崎潤一郎	小説『細雪』	東京				1886		
吉井勇	戯曲集『午後三時』	東京				1886		
山本有三	小説『路傍の石』	栃木				1887		
菊池寛	戯曲『父帰る』	香川				1888		
里見弴	短編集『恋ごころ』	神奈川				1888		
原阿佐緒	歌集『死をみつめて』	宮城				1888		
岡本かの子	小説『生々流転』	東京				1889		
室生犀星	小説『杏っ子』	石川				1889		
白鳥省吾	作詞『星影のワルツ』	宮城					1890	
土屋文明	歌集『往還集』	群馬					1890	
坪田譲治	小説『お化けの世界』	岡山					1890	
久米正雄	戯曲『牛乳屋の兄弟』	長野					1891	
直木三十五	小説『南国太平記』	大阪					1891	
芥川龍之介	小説『歯車』	東京					1892	
吉川英治	小説『宮本武蔵』	神奈川					1892	
佐藤春夫	詩集『殉情詩集』	和歌山					1892	
堀口大學	訳詩集『月下の一群』	東京					1892	
浜田広介	童話『泣いた赤鬼』	山形					1893	
村岡花子	翻訳『赤毛のアン』	山梨					1893	
江戸川乱歩	推理小説『怪人二十面相』	三重					1894	
宮城道雄	作曲・箏曲『春の海』	兵庫					1894	
宮沢賢治	童話『銀河鉄道の夜』	岩手					1896	
宇野千代	小説『おはん』	山口					1897	
海野十三	探偵小説『深夜の市長』	徳島					1897	
大佛次郎	小説『鞍馬天狗』	神奈川					1897	
井伏鱒二	短編小説『山椒魚』	広島					1898	
尾崎士郎	小説『人生劇場』	愛知					1898	
横光利一	短編小説『機械』	福島					1898	
石川淳	小説『普賢』	東京					1899	
尾崎一雄	小説『暢気眼鏡』	三重					1899	
川端康成	小説『雪国』	大阪					1899	
壺井栄	小説『二十四の瞳』	香川					1899	
石坂洋次郎	小説『青い山脈』	青森						1900
三好達治	詩集『駱駝の瘤にまたがつて』	大阪						1900
海音寺潮五郎	小説『天と地と』	鹿児島						1901
梶井基次郎	短編小説『檸檬』	大阪						1901
村野四郎	詩集『亡羊記』	東京						1901
上林暁	小説『ブロンズの首』	高知						1902
小林秀雄	評論『本居宣長』	東京						1902
横溝正史	推理小説『八つ墓村』	兵庫						1902
草野心平	詩集『日本沙漠』	福島						1903
サトウハチロー	作詞『りんごの歌』	東京						1903
林芙美子	小説『放浪記』	山口						1903
山本周五郎	小説『樅ノ木は残った』	山梨						1903
古賀政男	作曲『酒は涙か溜息か』	福岡						1904
佐多稲子	短編集『時に佇つ』	長崎						1904
丹羽文雄	小説『蛇と鳩』	三重						1904
堀辰雄	小説『風立ちぬ』	東京						1904
石川達三	小説『蒼氓』	秋田						1905

1920-1930	1930-1940	1940-1950	1950-1960	1960-1970	1970-1980	1980-1990	1990-2000	2000-2010	2010~
1928									
		1942							
	1938								
				1965					
			1960						
					1974				
		1948							
						1983			
				1969					
	1939								
				1962					
					1973				
						1990			
						1982			
			1952						
	1934								
1927									
				1962					
				1964					
						1981			
					1973				
				1968					
				1965					
			1956						
	1933								
							1996		
		1949							
					1973				
							1993		
				1964					
		1947							
						1987			
						1983			
					1972				
				1967					
						1986			
				1964					
					1977				
	1932								
					1975				
					1980				
						1983			
						1981			
						1988			
					1973				
			1951						
				1967					
					1978				
							1998		
								2005	
			1953						
						1985			

作家名	代表作	出身地	～1860	1860-1870	1870-1880	1880-1890	1890-1900	1900-19*
伊藤整	翻訳『チャタレイ夫人の恋人』	北海道						1905
臼井吉見	小説『安曇野』	長野						1905
円地文子	現代語訳『源氏物語』	東京						1905
平林たい子	小説『かういふ女』	長野						1905
坂口安吾	短編小説『白痴』	新潟						1906
石井桃子	小説『ノンちゃん雲に乗る』	埼玉						1907
井上靖	小説『天平の甍』	北海道						1907
高見順	小説『如何なる星の下に』	福井						1907
中原中也	詩集『山羊の歌』	山口						1907
東山魁夷	日本画『残照』	神奈川						1908
大岡昇平	小説『野火』	東京						1909
太宰治	小説『斜陽』	青森						1909
中島敦	短編小説『山月記』	東京						1909
埴谷雄高	小説『死霊』	台湾						1909
松本清張	推理小説『ゼロの焦点』	福岡						1909
黒澤明	映画『七人の侍』	東京						
大原富枝	小説『婉という女』	高知						
檀一雄	小説『火宅の人』	山梨						
戸川幸夫	動物小説『高安犬物語』	佐賀						
新田次郎	小説『強力伝』	長野						
森敦	小説『月山』	長崎						
新美南吉	童話『ごん狐』	愛知						
芝木好子	小説『隅田川暮色』	東京						
深沢七郎	短編小説『楢山節考』	山梨						
柴田錬三郎	小説『眠狂四郎無頼控』	岡山						
島尾敏雄	小説『死の棘』	神奈川						
堀田善衞	小説『広場の孤独』	富山						
水上勉	推理小説『飢餓海峡』	福井						
安岡章太郎	小説『流離譚』	高知						
庄野潤三	小説『プールサイド小景』	大阪						
吉田正	作曲『いつでも夢を』	茨城						
瀬戸内寂聴	小説『花芯』	徳島						
三浦綾子	小説『氷点』	北海道						
池波正太郎	時代小説『鬼平犯科帳』	東京						
遠藤周作	小説『沈黙』	東京						
司馬遼太郎	小説『竜馬がゆく』	大阪						
安部公房	小説『砂の女』	東京						
黒岩重吾	小説『背徳のメス』	大阪						
陳舜臣	小説『阿片戦争』	兵庫						
山崎豊子	小説『沈まぬ太陽』	大阪						
吉行淳之介	小説『砂の上の植物群』	岡山						
大城立裕	小説『カクテル・パーティー』	沖縄						
杉本苑子	小説『春日局』	東京						
辻邦生	小説『背教者ユリアヌス』	東京						
永井路子	小説『雲と風と』	東京						
丸谷才一	小説『年の残り』	山形						
三島由紀夫	小説『金閣寺』	東京						
井上光晴	小説『地の群れ』	福岡						
茨木のり子	詩集『鎮魂歌』	大阪						
河野多惠子	小説『蟹』	大阪						
立原正秋	短編小説『白い罌粟』	朝鮮						
星新一	短編集『ボッコちゃん』	東京						
松谷みよ子	小説『龍の子太郎』	東京						
三浦朱門	小説『武蔵野インディアン』	東京						

1920-1930	1930-1940	1940-1950	1950-1960	1960-1970	1970-1980	1980-1990	1990-2000	2000-2010	2010~
				1969					
						1987			
						1986			
					1972				
			1955						
								2008	
							1991		
				1965					
	1937								
							1999		
						1988			
		1948							
		1942							
							1997		
							1992		
							1998		
								2000	
					1976				
								2004	
					1980				
						1989			
		1943							
							1991		
						1987			
					1978				
						1986			
							1998		
								2004	
									2013
								2009	
							1998		
							1999		
						1990			
							1996		
							1996		
							1993		
								2003	
									2015
									2013
							1994		
									2017
							1999		
									2012
				1970					
							1992		
								2006	
									2015
					1980				
							1997		
									2015
									2017

作家名	代表作	出身地	～1860	1860-1870	1870-1880	1880-1890	1890-1900	1900-19
宮尾登美子	小説『一絃の琴』	高知						
石牟礼道子	小説『苦海浄土 わが水俣病』	熊本						
小川国夫	短編集『ハシッシ・ギャング』	静岡						
北杜夫	随筆『どくとるマンボウ航海記』	東京						
城山三郎	小説『落日燃ゆ』	愛知						
辻井喬	小説『父の肖像』	東京						
藤沢周平	時代小説『たそがれ清兵衛』	山形						
吉村昭	小説『戦艦武蔵』	東京						
澁澤龍彦	小説『高丘親王航海記』	東京						
高橋揆一郎	小説『伸予』	北海道						
田辺聖子	古典翻訳『新源氏物語』	大阪						
津村節子	小説『玩具』	福井						
手塚治虫	漫画『鉄腕アトム』	兵庫						
色川武大	小説『狂人日記』	東京						
加賀乙彦	小説『宣告』	東京						
高橋治	小説『秘伝』	千葉						
日野啓三	小説『あの夕陽』	東京						
大庭みな子	小説『三匹の蟹』	東京						
開高健	小説『輝ける闇』	大阪						
西村京太郎	小説『寝台特急殺人事件』	東京						
野坂昭如	小説『火垂るの墓』	神奈川						
林京子	小説『やすらかに今はねむり給え』	長崎						
赤瀬川準	小説『白球残映』	三重						
大岡信	随筆『折々のうた』	静岡						
曽野綾子	小説『神の汚れた手』	東京						
谷川俊太郎	詩集『シャガールと木の葉』	東京						
三浦哲郎	小説『忍ぶ川』	青森						
石原慎太郎	小説『太陽の季節』	兵庫						
五木寛之	小説『青春の門』	福岡						
平岩弓枝	小説『御宿かわせみ』	東京						
船村徹	作曲『矢切の渡し』	栃木						
泡坂妻夫	小説『乱れからくり』	東京						
半村良	小説『雨やどり』	東京						
森村誠一	小説『人間の証明』	埼玉						
渡辺淳一	小説『化身』	北海道						
池田満寿夫	小説『エーゲ海に捧ぐ』	満州国						
井上ひさし	小説『吉里吉里人』	山形						
内田康夫	小説『浅見光彦シリーズ』	東京						
筒井康隆	小説『虚人たち』	大阪						
阿刀田高	小説『ナポレオン狂』	東京						
大江健三郎	小説『万延元年のフットボール』	愛媛						
柴田翔	小説『されどわれらが日々―』	東京						
寺山修司	評論集『書を捨てよ、町へ出よう』	青森						
富岡多恵子	短編集『当世凡人伝』	大阪						
三木卓	小説『鶸』	東京						
李恢成	小説『砧を打つ女』	樺太						
佐木隆三	小説『復讐するは我にあり』	朝鮮						
塩野七生	小説『ローマ人の物語』	東京						
庄司薫	小説『赤ずきんちゃん気をつけて』	東京						
モンキー・パンチ	漫画『ルパン三世』	北海道						
夏樹静子	小説『Wの悲劇』	東京						
いわむらかずお	絵本『14ひきのシリーズ』	東京						

1920-1930	1930-1940	1940-1950	1950-1960	1960-1970	1970-1980	1980-1990	1990-2000	2000-2010	2010~
1926									2014
1927									2018
1927								2008	
1927									2011
1927								2007	
1927									2013
1927							1997		
1927								2006	
1928						1987			
1928								2007	
1928									
1928									
1928						1989			
1929						1989			
1929									
1929									2015
1929								2002	
	1930							2007	
	1930						1989		
	1930								
	1930								2015
	1930								2017
	1931								2015
	1931								2017
	1931								
	1931								
	1931							2010	
	1932								
	1932								
	1932								
	1932								2017
	1933							2009	
	1933							2002	
	1933								
	1933								2014
	1934						1997		
	1934							2010	
	1934								2018
	1934								
	1935								
	1935								
	1935								
	1935					1983			
	1935								
	1935								
	1935								
	1937								2015
	1937								
	1937								
	1937								
	1938								2016
	1939								

文学館・記念館等リスト　【　】は掲載ページ

	北海道・東北エリア	
北海道立文学館【8】	1995年（平成7）開館。常設展は北海道文学の歴史を振り返りつつ全般を俯瞰する内容で、「誕生から現代まで」「さまざまなジャンル」等、ゾーンに分けて豊富な展示で紐解いている。期間ごとの特別展示も北海道に関連付けて幅広く展開。所蔵資料は約30万点。	北海道札幌市中央区中島公園1-4 電話 011-511-7655
室蘭市港の文学館	1988年（平成元）開館。同市出身者にスポットを当て、芥川賞作家3人に関する展示のほか、現役の小説家やコミック作家などの生原稿や写真を展示。室蘭文学の軌跡を辿ることができる。	北海道室蘭市海岸町1-1-9 電話 0143-22-1501
函館市文学館	1993年（平成5）開館。函館は、江戸時代終わり近くの1859年に、横浜や長崎とともに国際貿易港として開港した町。函館が育んだ文学を伝えるべく、1921年（大正10）築の銀行の建物を利用して文学館開館に至った。石川啄木の直筆資料ほか、函館生まれの直木賞作家・久生十蘭や、高校時代を過ごした芥川賞作家・辻仁成ら十数人の原稿や愛用品を常設展示。	北海道函館市末広町22-5 電話 0138-22-9014
市立小樽文学館【9】	1978年（昭和53）開館。市民募金による手作り文学館。小林多喜二の『蟹工船』初版本、伊藤整の原稿ほか、数十人の資料が並ぶ。展示以外にも、同時に複数の企画展を開催、作家ゆかりの地を訪ねる文学散歩の実施など、精力的な運営。	北海道小樽市色内1-9-5 電話 0134-32-2388
旭川文学資料館【10】	2009年（平成21）開館。小熊秀雄、板東三百、齋藤史、知里幸恵等旭川ゆかりの作家や作品に関する展示。資料、本棚、机や椅子等、備品は市民からの寄贈品。2000年頃から資料の収集・整理・調査を開始。	北海道旭川市常磐公園内常磐館 中2階 電話 0166-22-3334
港文館	1993年（平成5）開館。石川啄木の資料館。建物は、1908年（明治41）に竣工した旧釧路新聞社を復元したもの。同年に釧路を訪れた啄木は2カ月半ほど釧路に滞在して新聞記者生活を送った。当時の交友記録や書簡を展示。釧路で写した唯一の写真もある。	北海道釧路市大町2-1-12 電話 0154-42-5584
石川啄木函館記念館（土方・啄木浪漫館）	1999年（平成11）開館。本人似のロボットが歌を詠み、来場者に話しかけるほか、館からは啄木が好んだ大森浜が一望できる。『一握の砂』の初版本や『悲しき玩具』のフランス装丁版などを展示。隣接する大森浜沿いの啄木小公園には啄木の座像がある。	北海道函館市日乃出町25-4 電話 0138-56-2801
有島記念館【11】	1978年（昭和53）開館。作家・有島武郎が父から引き継いで不在地主として経営し、後に無償解放した農場の資料や作品を紹介。	北海道虻田郡ニセコ町字有島57 電話 0136-44-3245
有島武郎旧邸【12】	1913年（大正2）築の旧邸を移築。有島武郎自ら設計・構想した邸宅は随所にこだわりがあり、当時の雰囲気をそのまま残している。資料展示もある。	北海道札幌市南区芸術の森2-75 電話 011-592-5111
三浦綾子記念文学館【14】	1998年（平成10）開館。三浦の出身地であり、デビュー作『氷点』の舞台でもある旭川の地に、全国の三浦綾子ファンからの募金で建てられた。旭川駅から1.3kmの直線道路が「氷点通り」と名付けられ、行き着く先に文学館がある。物語の中心「外国樹種見本林」の場所でもある。読書会、朗読会等の催し多数。	北海道旭川市神楽7条8-2-15 電話 0166-69-2626
塩狩峠記念館（三浦綾子旧宅）【15】	1999年（平成11）開館。1955頃（昭和30年代）に三浦夫妻が住んでいた家屋を復元し展示館としたもの。生活用品も実際に使っていたものを展示。「三浦文学の礎を伝えるため」と。冬季12～3月は閉館。	北海道上川郡和寒町字塩狩 電話 0165-32-4088
井上靖記念館【13】	1993年（平成5）開館。井上は旭川出身。取材ノート、直筆原稿、作品、交友関係の紹介など。東京世田谷の自宅から書斎と応接間を移築し、愛用の壺や灰皿、茶碗など小物に至るまで展示している。	北海道旭川市春光5条7-5 電話 0166-51-1188

館名	説明	所在地
渡辺淳一文学館【17】	1998年（平成10）開館。北海道上砂川町出身の渡辺、建物は安藤忠雄デザイン。作家の活躍中に開館した稀な文学館で、作家自らがこだわりを持って展示を更新し続けた。	北海道札幌市中央区南12条西6-414 電話011-551-1282
モンキー・パンチ・コレクション	『ルパン三世』の作者であるモンキー・パンチの出身地で、19歳まで過ごした北海道浜中町に建つ。パネル、等身大フィギュアのほか、使用していた画材、スケッチ、原稿などを展示。なお、町内にもフィギュアやパネル、ラッピングバスなど関連演出多数。	北海道厚岸郡浜中町霧多布西三条1-47 電話0153-62-3131
オホーツク文学館【16】	1993年（平成5）開館。オホーツクを舞台にした作品、直筆原稿、関連資料など約500点を展示。	北海道紋別郡遠軽町生田原886 電話0158-45-2343
青森県近代文学館【18】	1994年（平成6）開設。佐藤紅緑、秋田雨雀、葛西善蔵、福士幸次郎、石坂洋次郎、北村小松、北畠八穂、高木恭造、太宰治、今官一、三浦哲郎、長部日出雄、寺山修司ら、青森県を代表する作家の作品や青森を舞台とした作品、作家の遺愛品等を展示紹介している。所蔵資料は約15万点。	青森県青森市荒川字藤戸119-7（県立図書館2階）電話017-739-2575
弘前市立郷土文学館【19】	明治以降に活躍した弘前市ゆかりの文学者にスポット。「石坂洋次郎記念室」があり、原稿・著作・愛用品、『青い山脈』などの映画ポスターも多数展示。ほかに「方言詩コーナー」も。	青森県弘前市大字下白銀町2-1（追手門広場内）電話0172-37-5505
太宰治記念館「斜陽館」【20】	1998年（平成10）開館。明治40年に建てられた太宰の実家を同年に町が買い取り、記念館にした。建物は国の重要文化財で、明治後期の重厚な建築物。作中登場の部屋をそのまま見ることができる。近隣には太宰作品『津軽』に登場する赤い屋根の「駅舎」があり、喫茶軽食を提供。	青森県五所川原市金木町朝日山412-1 電話0173-53-2020
太宰治疎開の家〈旧津島家新座敷〉	2007年（平成19）開館。元は太宰の兄・文治夫妻のために建築された家。大戦の疎開中、太宰はここに暮らし1年4カ月の間に23もの作品を書き上げている。文壇デビュー後の居宅として現存する貴重な邸宅。希望者にはわかりやすいガイドがある。	青森県五所川原市金木町朝日山317-9 電話0173-52-3063
三沢市寺山修司記念館【21】	1997年（平成9）開館。青森県三沢市で育った寺山の遺品が、母・はつ氏から寄贈されたことが開館のきっかけ。来場者が各作品を堪能できる空間を企図。映画・演劇作品はDVDで視聴可能。	青森県三沢市大字三沢淋代平116-2955 電話0176-59-3434
あきた文学資料館	2006年（平成18）、秋田県立図書館の分館として開館。県内文芸誌の創刊号や、県ゆかりの作家の資料を収集・保存し、公開。文学講座や展示を通じて、文学の楽しさを発信する文学活動の拠点となっている。	秋田県秋田市中通6-6-10 電話018-884-7760
石坂洋次郎文学記念館【22】	1988年（昭和63）開館。青森・弘前出身の石坂が13年間の教員生活を送った秋田・横手に建つ。館内では晩年を過ごした静岡・伊豆の自宅書斎を再現。また、戦後に続々と上映された石坂作品原作の映画ポスターも展示されている。	秋田県横手市幸町2-10 電話0182-33-5052
横手市増田まんが美術館【23】	1995年（平成7）開館。日本初の漫画をテーマとした美術館。秋田出身の『釣りキチ三平』作者・矢口高雄をはじめ、常設作家・国内外180人の原画約350点を展示。原画の所蔵点数は20万点以上にのぼる。2019年5月リニューアルオープン予定。	秋田県横手市増田町増田字新町285 電話0182-45-5569
新潮社記念文学館	新潮社を1904年（明治37）に創設した佐藤義亮が秋田県角館町（現・仙北市）出身であることから、2000年に開設された文学館。東北、秋田、仙北市の文人を紹介。佐藤の生い立ちや、新潮社創設の経緯、交流のあった作家の資料などを展示。ほか、2017年より常設展示で仙北市ゆかりの芥川賞作家・高井有一の書斎を旧蔵書で再現。	秋田県仙北市角館町田町上丁23 電話0187-43-3333
とおの物語の館【38】	1986年（昭和61）に岩手に開館し、2013年リニューアル。『遠野物語』に登場する北国の民話や昔話を、映像や音声で視聴できる館。また「柳田國男展示館」として、著者の柳田國男が晩年を過ごした住まい（隠居所）と定宿だった旧高善旅館を館内に移築して公開。	岩手県遠野市中央通り2-11 電話0198-62-7887

高村光太郎記念館	彫刻家で詩人としても知られる同氏が戦中から戦後を過ごした花巻市に建つ。2015年（平成27）に公立施設として現在地へ移転、リニューアル。彫刻の代表作『手』などのほか、書画や直筆原稿等を展示。戦後7年間、独居自炊生活を送った「高村山荘」が隣接。山荘は地元住民の尽力によって保存された経緯をもつ。	岩手県花巻市太田第3地割85-1 電話 0198-28-3012
石川啄木記念館【24】	1970年（昭和45）開館、1986年リニューアル。詩『家』に記された啄木の理想の家を実現した造り。直筆書簡やノートや日誌などを生涯の歩みに沿って紹介。代用教員時代に間借りしていた住居も移築されている。	岩手県盛岡市渋民字渋民9 電話 019-683-2315
啄木新婚の家	啄木が妻・節子との新婚時代に3週間住んだ家。元・武家屋敷の味わいある家屋内を観覧できる。なお、啄木の随筆文『我が四畳半』に新婚生活のようすが書かれている。	岩手県盛岡市中央通3-17-18 電話 019-624-2193
もりおか啄木・賢治青春館【25】	2002年（平成14）開館。盛岡で青春期を過ごした2人の作品世界を展示と映像で体験できる。なお、建物は明治時代にロマネスク式建築で建てられた銀行を改修したもので国の重要文化財。	岩手県盛岡市中ノ橋通1-1-25 電話 019-604-8900
宮沢賢治記念館【28】	1982年（昭和57）開館。賢治作品の世界を彷彿とさせる、照明を抑えた館内演出。スクリーン映像や資料展示を通じて、作品や創作プロセスを解説。	岩手県花巻市矢沢第1-1-36 電話 0198-31-2319
宮沢賢治童話村【26】	1996年（平成8）開館。賢治ゆかりの地である花巻市に、作品世界を再現したテーマパークとして開館。「ファンタジックホール」「銀河ステーション」「天空の広場」「妖精の小径」「ふくろうの小径」「山野草園」など。中心となる「賢治の学校」は「宇宙」「天空」「大地」「水」の各ゾーンで構成。	岩手県花巻市高松26-19 電話 0198-31-2211
宮沢賢治イーハトーブ館	宮沢賢治に関する関連書籍や研究論文を多数揃え、宮沢賢治に関する作品の企画展や賢治童話のアニメーション等の上映も実施している。館内には「宮沢賢治学会イーハトーブセンター」の本部があり、愛好者や研究者による活発な研究活動や交流が行われている。	岩手県花巻市高松第1地割1-1 電話 0198-31-2116
石と賢治のミュージアム【29】	1999年（平成11）開館。少年期から鉱物採集を好み、「石っこ賢さん」と呼ばれていた宮沢賢治。東北の農業を石灰石肥料で救うことを夢みて、晩年は砕石工場で働いた。その工場近くに建つ同ミュージアム館内には、石や化石が数百点ほど展示されている。	岩手県一関市東山町松川字滝ノ沢149-1 電話 0191-47-3655
日本現代詩歌文学館【30】	1990年（平成2）開館。資料130万点。首都圏の詩人や出版関係者から要望があり、全国の詩歌に関する資料一切を一箇所に集約することを目的として開館。作品集、雑誌、同人誌、原稿、評論等を、作者の知名度に関わらず収集保存。開館当初の名誉館長は井上靖。館内に「井上靖記念室」あり。	岩手県北上市本石町2-5-60 電話 0197-65-1728
サトウハチロー記念館	1996年（平成8）開館。『ちいさい秋みつけた』の作詞家として知られるハチローは東京生まれだが、両親は東北出身。本人他界後、東京に記念館が建てられたが、後年、館長職を継いだ次男・佐藤四郎の妻の実家である北上市に移転、桜の名所として知られる同市の展勝地に開館した。生涯の作品総数2万とも言われる同氏の資料や音源が数多く当館に保存されている。	岩手県北上市立花13-67-3 電話 0197-65-5401
瀬戸内寂聴記念館	2009年（平成21）開館。岩手県二戸市の名誉市民である瀬戸内寂聴の愛用品、多数の著書、天台寺住職時代の住民とのスナップ写真を展示。書斎の再現もされている。なお、京都には自ら開いている寺院「曼陀羅山　寂庵」がある。	岩手県二戸市浄法寺町下前田37-4　二戸市役所浄法寺総合支所2階 電話 0195-38-2211
仙台文学館【32】	1999年（平成11）開館。初代館長は井上ひさし。仙台で教員生活を送った島崎藤村など、宮城に縁のある作家や仙台を舞台にした作品等を常設展示。特別展示もある。資料約13万点。2019年4月末に常設展示室をリニューアル予定。	宮城県仙台市青葉区北根2-7-1 電話 022-271-3020

原阿佐緒記念館	1990年（平成2）開館。宮城県宮床村（現・大和町宮床）出身の原は、才能を謳われながらも恋愛問題で歌壇を去ったアララギ派女流歌人。戦後に再評価が進み、擬洋風建築の生家を改修した。与謝野晶子に師事して詠んだ歌や、趣味の日本画作品を展示。自室も公開され、生涯のあゆみを辿ることができる。他の女流作家の活躍も展示。	宮城県黒川郡大和町宮床八坊原 19-2 電話 022-346-2925
白鳥省吾記念館	1998年（平成10年）開館。白鳥省吾は宮城県栗原市出身の民衆詩派詩人で、大正・昭和にかけて詩壇に一時代を画した。生涯のあゆみを原稿・遺愛品・写真パネル・映像などで紹介。情報検索システムで作詞した校歌などの作品を調べることができる。企画展も随時開催。	宮城県栗原市築館薬師 3-3-26 電話 0228-23-7967
石ノ森萬画館 【31】	『仮面ライダー』や『サイボーグ009』などの作者、萬画家・石ノ森章太郎の原画展示をはじめ、作品を立体的に再現した展示や体験アトラクションなどがある。東日本大震災では甚大な被害を受けるも全国各地からの支援を受け、翌2012年再開を果たす。	宮城県石巻市中瀬 2-7 電話 0225-96-5055
山寺芭蕉記念館	1689年（元禄2）、俳人・松尾芭蕉は出羽国で尾花沢の人々に勧められて山寺立石寺を訪れ、名句「閑さや岩にしみ入蝉の声」を詠んだ。これに因んで『おくのほそ道』行脚300年記念として1989年に同館が建設された。館内には芭蕉直筆の俳句のほか、与謝蕪村や正岡子規、高浜虚子らに関する資料などを展示している。	山形県山形市山寺 4223 電話 023-695-2221
斎藤茂吉記念館 【34】	歌人・斎藤茂吉は山形県上山市出身。遠く蔵王の山並を望む立地に1968年（昭和43）開館。2018年リニューアル。歌人・医師としての業績と人間茂吉の歩みを辿る展示構成で、生涯をまとめた映像の上映、晩年の居室の再現、本人による朗読音声の公開などを実施。	山形県上山市北町字弁天 1421 電話 023-672-7227
まほろば・童話の里　浜田広介記念館	1989年（平成元）開館。山形県高畠町出身の浜田広介は童話作家で約1000篇の作品を書き、「ひろすけ童話」と親しまれた。『泣いた赤おに』のスライド上映など。敷地には囲炉裏のある生家が移築・復元され、庭園には作品に因む石像が散在。	山形県東置賜郡高畠町一本柳 2110 電話 0238-52-3838
鶴岡市立藤沢周平記念館 【36】	2010年（平成22）開館。鶴岡市出身の時代小説家、藤沢周平の作品を味わい深める拠点。『蝉しぐれ』『橋ものがたり』など数多くの作品を執筆した書斎を移築・再現、自筆原稿や創作資料、愛用品などを展示し、藤沢の作品世界と生涯を紹介している。	山形県鶴岡市馬場町 4-6 電話 0235-29-1880
遅筆堂文庫	1987年（昭和62）開館。山形県川西町出身の井上ひさしが、創作のために蒐集した蔵書7万冊を同町に寄贈したことに始まる。その後も寄贈は続き、最終的には22万冊という膨大な数に上った。「遅筆でも良い作品を書きたい」という同氏の思いが施設名に。付箋や書込みがある資料を手に取って見ることができる。	山形県東置賜郡川西町大字上小松 1037-1 電話 0238-46-3311
野口雨情記念湯本温泉童謡館	2008年（平成20）に開館。大正時代、童謡詩人・野口雨情は福島県いわきの湯本温泉内にあった芸妓置屋「柏家」に35歳から約3年にわたり2人の子と住んだ。雨情が制作に関わった書籍の初版本、掛け軸、書簡、愛用の硯や筆などを入替展示する。	福島県いわき市常磐湯本町三函 204 電話 0246-44-0500
二本松智恵子記念館	詩集『智恵子抄』で知られる高村光太郎の妻、高村智恵子は、福島・二本松出身。その智恵子生誕の地には、造り酒屋であった生家が当時の面影のままに公開されている。裏庭には同館が建ち、智恵子が晩年病に侵されながらも光太郎への命と愛のメッセージとして残した「紙絵」や油絵等が展示されている。	福島県二本松市油井字漆原 36 電話 0243-22-6151
いわき市立草野心平記念文学館 【40】	1998年（平成10）開館。詩人・草野の故郷であるいわき市小川町の山腹に開館。常設展では自ら「ジグザグロード」と名付けた波乱の生涯の歩みや作品をトンネルを歩きながら閲覧する趣向。ほか、企画展、講演会やコンサート、朗読会など多彩な取り組みを実施。	福島県いわき市小川町高萩字下タ道 1-39 電話 0246-83-0005
天山文庫	詩人・草野心平は川内村の自然環境や住民の人柄に惹かれ、毎年のように同村を訪れ、1960年名誉村民に。褒賞の木炭年100俵のお礼に、草野は蔵書3000冊を村へ寄付。これを機に村民が建設に協力し、藁葺きの天山文庫が完成した。館内では草野の寄付本を閲覧可。	福島県川内村大字上川内字早渡 513 電話 0240-38-2076

施設名	概要	所在地・電話
こおりやま文学の森資料館【39】	2000年（平成12）開館。広く緑豊かな庭園が広がっている。複数作家の作品を紹介する「郡山市文学資料館」と、作家自宅を鎌倉から移築した「久米正雄記念館」がある。前者には宮本百合子、玄侑宗久など郡山ゆかりの作家の原稿・書籍・映像がある。久米正雄は長野居住の6歳時、小学校長を務める父親が明治天皇御真影を焼失した責任で割腹自殺、一家は母の実家である福島・郡山へ移り住んだ縁がある。その後、漱石門下生となり多くの文人と交流。後に移り住んだ鎌倉の住居を郡山へ移築し、記念館にした。	福島県郡山市豊田町3-5 電話024-991-7610

関東エリア

施設名	概要	所在地・電話
童謡ふるさと館	1989（平成元）開館。同町出身の石原和三郎は童謡作詞家。『うさぎとかめ』『はなさかじじい』『金太郎』など名作を生んだ。館内では、和三郎の直筆原稿や写真等で生涯のあゆみを紹介。また、童謡を絵と詩で表現したパネル、『うさぎとかめ』の作品世界を表現したおもちゃ等が展示されている。童話と童謡を組み合わせた「童謡劇場」もデジタル映像に生まれ変わり復活。	群馬県みどり市東町座間367-1 電話0277-97-3008
田山花袋記念文学館【42】	1987年（昭和62）開館。群馬県館林市出身の自然主義文学者、田山花袋の作品や書簡・愛用品を展示。尾崎紅葉、島崎藤村、国木田独歩、柳田國男らとの交友も辿ることができる。	群馬県館林市城町1-3 電話0276-74-5100
萩原朔太郎記念・水と緑と詩のまち前橋文学館【43】	1993年（平成5）開館。群馬県前橋出身の萩原朔太郎について、圧倒的資料ボリュームを誇る文学館。朔太郎展示室では、その生涯および趣味や交友関係を写真や自筆ノート・原稿・書簡で辿る。自らデザインした机と椅子があり、愛用のギターも展示。交流のあった室生犀星、高橋元吉らの詩も。近隣の広瀬川河畔緑地にある「萩原朔太郎記念館」は、2017年に土蔵や書斎や離れ座敷を移築・復元して新たに公開したもの。	群馬県前橋市千代田町3-12-10 電話027-235-8011
群馬県立土屋文明記念文学館【44】	1996年（平成8）開館。群馬県高崎市出身の歌人・土屋文明について、その生涯と作品を展示。東京・南青山の瀟洒な書斎を移築してある。歌人である土屋に因み、「三十六歌人」と題したコーナーで各歌人を短歌とフィギュアで解説。ほか、県ゆかりの文学者に関する展示がある。	群馬県高崎市保渡田町2000 電話027-373-7721
徳冨蘆花記念文学館	徳冨蘆花は東京・世田谷を住まいとする一方、自然豊かな伊香保の土地を気に入り、頻繁に足を運んだ。蘆花が定宿としていた旅館の離れを移築・復元し、記念館として公開。ほか、写真や書簡、遺品、絵画、文学作品など蘆花に関する様々な資料を揃えた展示館もある。豊富な展示資料により蘆花の生い立ちや時代背景にも触れることができる。	群馬県渋川市伊香保町伊香保614-8 電話0279-72-2237
竹久夢二伊香保記念館【69】	大正時代、美人画で人気を博した夢二は、ファンからの手紙で伊香保を知り、この地をこよなく愛するようになる。「大正ロマンの森」と呼ばれる敷地内には「黒船館」「義山楼」など趣の異なる施設が点在。	群馬県渋川市伊香保町544-119 電話0279-72-4788
現代詩資料館榛名まほろば【45】	自身も詩人である富沢智が現代詩に関する資料を集め、個人で運営する館。資料2万5000点と豊富で、谷川俊太郎らも来館している。	群馬県北群馬郡榛東村広馬場1067-2 電話0279-55-0665
野口雨情旧居	茨城県出身で大正期に『赤い靴』『十五夜お月さん』など名作を生んだ童謡作家・野口雨情が、晩年1年間を過ごした家。第二次大戦の戦火を逃れるために東京・武蔵野市から当地へ疎開してきたが、1945年、終戦を待たずに他界した。その後、近隣住民の協力により、かつての趣を残した形で家屋を保存。	栃木県宇都宮市鶴田町1744 電話028-648-3131
山本有三ふるさと記念館	1997年（平成9）開館。呉服商だった有三の生家に隣接していた江戸末期の店蔵を修復した記念館。作家・山本有三が晩年に愛用した机と椅子、応接セットなどを展示している。NPO法人山本有三記念会が設立し、管理運営を行っている。	栃木県栃木市万町5-3 電話0282-22-8805

大田原市黒羽芭蕉の館 【46】	芭蕉が『奥の細道』の旅の途上、長期にわたり滞在した大田原市。芭蕉関連の資料を展示する。また、かつての黒羽城(三の丸)跡に建っていることから、藩主大関家の資料も。ゆとりと静寂さを備えた広い敷地は往事を彷彿とさせる。庭や周辺には文学碑や句碑が点在する。	栃木県大田原市前田980-1 電話 0287-54-4151
日本のこころのうたミュージアム・船村徹記念館 【47】	2015年(平成27)開館。日光に近い栃木・塩谷出身で昭和を代表する作曲家・船村について、作品のレコードジャケット展示、メロディ紹介、生涯のあゆみ展示、トーク映像上映のほか、主要作品のエピソードを映像で紹介している。カラオケコーナーも。	栃木県日光市今市719-1 電話 0288-25-7771
いわむらかずお絵本の丘美術館 【48】	1998年(平成10年)に馬頭町(現・那珂川町)に開館した絵本作家・いわむらかずおの個人美術館。雑木林や草原、田んぼ、畑などの里山のフィールドに囲まれた丘の上に建つ。「絵本・自然・子ども」をテーマに絵本の世界と自然を同時に体験できる美術館活動をつづけている。	栃木県那須郡那珂川町小砂3097 電話 0287-92-5514
古河文学館 【49】	1998年(平成10)開館。茨城県初の文学館。古河にゆかりある作家の作品を瀟洒な洋館内に展示。歴史小説家の永井路子をはじめ小林久三、佐江衆一、和田芳恵、粒来哲蔵、粕谷栄市など。サロンや講座室も設置、別館として永井路子の旧宅が公開されている。	茨城県古河市中央町3-10-21 電話 0280-21-1129
柳田國男記念公苑 【50】	『遠野物語』の作者であり、民俗学の父と称される柳田國男が利根町に3年ほど住んでいたことから、住まいであった旧小川家を復元。少年期に読書に耽ったという土蔵を資料館にし、公開している。神秘体験をしたという祠も土蔵前にある。柳田が民俗学へ向かうベースを形作ったといわれる利根町での暮らしを追体験できる。	茨城県北相馬郡利根町布川1787-1 電話 0297-68-7189
野口雨情記念館 (北茨城市歴史民俗資料館)【51】	1980年(昭和55)開館。2019年4月リニューアルオープン予定。「七つの子」『赤い靴』『青い眼の人形』『十五夜お月さん』など著名な童謡の作詩家であり、校歌も多数手掛けた雨情の資料展示。	茨城県北茨城市磯原町磯原130-1 電話 0293-43-4160
野口雨情生家・資料館	1967年(昭和42)開館。廻船問屋を営んだ雨情の生家は磯原海岸に面す。逗留した水戸光圀が「海観亭」と称した風光明媚な立地かつ威厳と風情ある建物だ。雨情が10代まで住んだ同家屋を「生家・資料館」とした。野口雨情記念館へは徒歩2、3分。	茨城県北茨城市磯原町磯原73 電話 0293-42-1891
吉田正音楽記念館 【52】	2004年(平成16)開館。戦後の歌謡史に大きな足跡を残し、国民栄誉賞を受賞した作曲家・吉田正の出身地、日立市に開館。生涯の映像紹介、690枚のレコードジャケットの展示などがある。有料の貸出携帯音楽プレーヤーで作品214曲を聴くことができる。	茨城県日立市宮田町5-2-25 電話 0294-21-1125
さいたま文学館 【53】	1997年(平成9)開館。埼玉ゆかりの文学者、田山花袋、武者小路実篤、大谷藤子、深沢七郎など19人について作品と写真パネルの展示など。土日の午後はボランティアスタッフによる解説がある。	埼玉県桶川市若宮1-5-9 電話 048-789-1515
羽生市立郷土資料館	1986年(昭和61)開館。羽生を舞台にした田山花袋の『田舎教師』関連の資料を所蔵。羽生市内の寺に下宿していた青年教師の日記を参考に書き上げたとされる『田舎教師』は、郷土資料としても貴重である。ほか多様な郷土資料を所蔵。通常展示期間中(3月~5月が基本)のみ『田舎教師』関連資料を展示。羽生市立図書館に併設。	埼玉県羽生市大字下羽生948 羽生市立図書館内 電話 048-562-4341
市川市文学ミュージアム 【54】	2013年(平成25)開館。主として市川市ゆかりの作家に関する展示。『ひめゆりの塔』を書いた脚本家の水木洋子、戦後に市川を終の住まいとした永井荷風、市川で20年近く暮らした井上ひさし等に関する資料を展示。60インチのタッチパネルで資料閲覧ができる。	千葉県市川市鬼高1-1-4 生涯学習センター2階 電話 047-320-3334
市川市東山魁夷記念館 【56】	2005年(平成17)開館。戦後50年以上にわたり市川に住み、市川で描き続けた日本画家・東山魁夷。絵画やスケッチ展示のほか、生涯の紹介、肉声DVD上映などを行っている。	千葉県市川市中山1-16-2 電話 047-333-2011

施設名	概要	所在地
我孫子市白樺文学館【55】	2001年（平成13）開館。別荘地であった手賀沼のほとりに、柳宗悦、志賀直哉、武者小路実篤ら白樺派の中心人物が住み始めたのは大正初期の1914〜1916年のこと。雑誌『白樺』の展示や、我孫子の町と白樺派との関わりを示す展示などで、白樺派の創作活動が活発だった当時の様子を伝える。	千葉県我孫子市緑2-11-8 電話047-185-2192
八犬伝博物館	1982年（昭和57）開館。館山城跡に建つ博物館。ほぼ原稿料のみで生計を立てることができた日本初の人物と言われる戯作者・曲亭馬琴の代表作『南総里見八犬伝』に関し、作品の版本、錦絵などを展示する。同じく城山公園内にある「博物館本館」では、戦国から江戸初期まで長らくこの地を支配した武将・里見氏のあゆみや人々の暮らしを紹介しているほか、安房地方の民家を再現した展示もある。	千葉県館山市館山351-2 電話0470-23-5212
白根記念渋谷区郷土博物館・文学館【58】	2005年（平成17）開館。かつて東京の郊外と位置付けられていた渋谷近辺には、多くの文人が住み、渋谷を題材にした作品を書き、交流を重ねた。渋谷ゆかりの作家に関する資料展示。	東京都渋谷区東4-9-1 電話03-3486-2791
世田谷文学館	1995年（平成7）開館。世田谷ゆかりの文学と文学者の資料を所蔵。所蔵資料は、横溝正史や海野十三など推理作家の原稿に加え、映画ポスター、台本など9万点以上。既存の枠にとらわれない幅広い展示を志向する。「ムットーニのからくり劇場」が来館者に人気。	東京都世田谷区南烏山1-10-10 電話03-5374-9111
町田市民文学館ことばらんど	2006年（平成18）開館。遠藤周作、白洲正子、八木重吉、赤瀬川原平など町田ゆかりの作家を中心に、年4回の企画展を実施。絵本の展覧会、朗読会、紙芝居、子ども向けワークショップも人気があり、市民の文学活動、交流の場ともなっている。	東京都町田市原町田4-16-17 電話042-739-3420
講談社野間記念館	講談社の創立90周年事業として2000年（平成12）に開館。創業者の野間清治が大正から昭和初期にかけて収集した美術品「野間コレクション」、大正期以降の雑誌の挿絵・口絵・表紙絵などの原画、そして昭和から平成と多彩な活動を続け、新聞・雑誌の挿絵や絵本原画なども制作して日本の出版文化に貢献している画家・村上豊の作品群を、展示の3つの柱としている。	東京都文京区関口2-11-30 電話：03-3945-0947
日本近代文学館【57】	1967年（昭和42）開館。開館に先立って高見順、伊藤整、小田切進などの文壇有志が発起人となり1963年財団法人を発足。設立趣意書には谷崎潤一郎や川端康成ら44人が寄稿した。初期事業のひとつ、近代文学名著の初版本の複刻をはじめ、書籍刊行事業も行う。著者や出版社からの寄贈で集まった膨大な書籍・原稿・書簡・日記・遺品等を公開。企画展示や講演会も実施。収蔵資料約120万点。	東京都目黒区駒場4-3-55（駒場公園内）電話03-3468-4181
文京区立森鷗外記念館【63】	2012年（平成24）開館。鷗外が30年間を過ごした千駄木の旧居「観潮楼」には多くの文人らが集ったという。記念館は同跡地に建つ。自筆原稿のほか、書籍や資料など展覧可。所蔵資料の閲覧に関しては要問合せ。	東京都文京区千駄木1-23-4 電話03-3824-5511
俳句文学館【60】	1976年（昭和51）竣工。公益社団法人俳人協会が運営する世界唯一の俳句専門資料センター。全国各地の俳句結社が発行する俳句雑誌の最新号とバックナンバー、諸資料を閲覧できるほか、歴代俳人の短冊なども観覧可。俳句大会、俳句講座、子ども向け催事等も精力的に開催。	東京都新宿区百人町3-28-10 電話03-3367-6621
江東区芭蕉記念館【62】	1981年（昭和56）開館。芭蕉が庵を結んだ地で資料等公開。近隣には芭蕉翁の座像が設置された分館（芭蕉庵史跡展望庭園）など。	東京都江東区常盤1-6-3 電話03-3631-1448
新宿区立漱石山房記念館【64】	2017年（平成29）開館。夏目漱石が亡くなるまでの9年間を過ごした「漱石山房」の跡地に建つ。「漱石山房」の一部が再現され、生涯や人物像、作品、交友関係などをパネル展示で紹介するほか、企画展示も開催している。	東京都新宿区早稲田南町7 電話03-3205-0209

水月ホテル鷗外荘	陸軍衛生学研究のため、4年間のドイツ留学を命じられた森鷗外は、帰国後西周の媒酌で海軍中将赤松則良の長女登志子と結婚。赤松家所有の花園町の家を森家の新居とし、翌年この地で『舞姫』を発表する。現在は水月ホテル鷗外荘の特別室として会食会場になっている。見学は要問合せ。	東京都台東区池之端 3-3-2 電話 03-3822-4611
子規庵 【66】	俳人にして歌人である正岡子規が晩年住んだ場所に建つ。結核の療養を続けながら開催した句会や歌会には、夏目漱石や森鷗外をはじめ、高浜虚子など後の文学界を担う多くの門下生が集った。子規没後も母妹が住み続けて句会の世話を続けたが空襲で焼失。1950年（昭和25）に再建され、1952年に東京都指定史跡となった。	東京都台東区根岸 2-5-11 電話 03-3876-8218
台東区立一葉記念館 【67】	1961年（昭和36）に開館した明治期の作家、樋口一葉の記念館。裕福に育つも父の没後17歳で一家の暮らしを背負い、吉原の玄関口である下谷龍泉寺町（現在の台東区）で荒物・駄菓子屋を営んだ。この時期に見聞を広めたことが、名作『たけくらべ』など後世に残る作品群につながったと言われる。住民の協力により国内初の女流作家単独資料館が完成。館内では生涯のあゆみ、下書き原稿、愛用の文机複製などを展示する。	東京都台東区竜泉 3-18-4 電話 03-3873-0004
竹久夢二美術館 【70】	1990年（平成2）開館。創設者・鹿野琢見コレクションを公開。鹿野によって設立された弥生美術館から独立し、竹久夢二の作品を常時展示。都内で夢二の作品を鑑賞できるのは当館のみ。200〜250点を鑑賞できる。所蔵館数は3000点以上。	東京都文京区弥生 2-4-2 電話 03-5689-0462
三鷹市山本有三記念館 【72】	1996年（平成8）開館。山本有三が家族と1936〜1946年の約10年間を過ごし、『路傍の石』などを著した三鷹の邸宅をそのまま記念館として公開。その生涯と作品を紹介している。大正末期の洋風建築でロケ施設としても人気。	東京都三鷹市下連雀 2-12-27 電話 0422-42-6233
調布市武者小路実篤記念館 【74】	1985年（昭和60）開館。70歳からの晩年20年間を調布で過ごした武者小路実篤の記念館。原稿や画、手紙、蒐集美術品など展示。向かいにある「実篤公園」内に旧居があり、土日祝は公開している。	東京都調布市若葉町 1-8-30 電話 03-3326-0648
田端文士村記念館 【75】	1993年（平成5）開館。公益財団法人北区文化振興財団による管理、運営。上野の東京美術学校（現・東京藝大）開校を機に明治中期から昭和にかけて、多くの芸術家や作家などが田端に移り住むようになった。大正期には、芥川龍之介、室生犀星、萩原朔太郎、菊池寛、堀辰雄、佐多稲子らが田端に転入するなど、「文士村」の様相を呈した。同館では、当時の田端の様子や、ゆかりの文士・芸術家の業績を伝えている。	東京都北区田端 6-1-2 電話 03-5685-5171
村岡花子文庫展示コーナー 【68】	2015年（平成27）開館。『赤毛のアン』を日本で初めて翻訳した児童文学者、村岡花子は日本における家庭文学の普及を志し、翻訳出版に尽力した。母校である東洋英和女学院内に、書斎や資料を展示している。	東京都港区六本木 5-14-40 東洋英和女学院　本部・大学院棟 電話 03-3583-3166
宮城道雄記念館	1978年（昭和53）開館。日本初の音楽家の記念館が自宅跡地に。盲目の作曲家で『春の海』『瀬音』などを作曲した一方、古典箏曲の演奏を得手とし、天才箏曲家といわれた。館内ではCDやDVDで宮城の演奏を紹介しているほか、書斎「検校の間」（国登録有形文化財）を公開。	東京都新宿区中町 35 電話 03-3269-0208
ミステリー文学資料館 【76】	1999年（平成11）開館。世界でも珍しい推理小説専門の資料館。池袋・要町の光文社ビル1階にある。所蔵3万5000冊、うち現在は約6000冊を公開しており、歴代の推理小説を自由に手にとって読むことができる。	東京都豊島区池袋 3-1-2 光文社ビル1階 電話 03-3986-3024

名称	解説	所在地
旧江戸川乱歩邸	2006年（平成18）開館。『怪人二十面相』等の少年探偵シリーズを生んだ推理小説作家、江戸川乱歩の旧宅。生涯で40回以上の転居を繰り返した乱歩が、当地に住んでからは居を変えることなく約30年間過ごし、終の住処となった。立教大学が建物を譲り受け、「立教大学江戸川乱歩記念大衆文化研究センター」として資料整理を進めている。水・金曜および臨時公開日には建物入り口付近から内部見学可。	東京都豊島区西池袋3-34-1 電話 03-3985-4641
大田区立尾﨑士郎記念館	2008年（平成20）開館。『人生劇場』を大ヒットさせた尾﨑が晩年10年間を過ごした東京・大田区山王の旧宅跡に書庫・客間・書斎を復元し、記念館とした。館内には『人生劇場』初版本や原稿、愛用の万年筆や手帳などを展示。かつて大田区に諸作家が集い「馬込文士村」として賑わった当時の様子も伝える。同館内部は通常入館できず、学芸員付き添いで月1回（基本は第1土曜14～15時）入館可。	東京都大田区山王1-36-26 電話 03-3772-0680（大田区立龍子記念館）
新宿区立佐伯祐三アトリエ記念館	画家・佐伯は銀座の象牙商の娘と結婚、翌1921年（大正10）に当地にアトリエ付きの自宅を新築した。大正時代を彷彿とさせるアトリエを復元し、記念館として2010年に開館。館内では佐伯の生涯のあゆみを紹介、パネル展示も行う。パリの裏街を描いた作品で知られる佐伯祐三だが、当アトリエ時代に描いた"下落合風景"の連作は当時の東京郊外の様子をも伝えている。	東京都新宿区中落合2-4-21 電話 03-5988-0091
大宅壮一文庫	1971年（昭和46）開館。戦後の評論分野を牽引し、かつ雑誌収集家としても著名であった大宅のコレクションを引き継ぎ、最新号まで公開している。大宅が収集した蔵書20万冊を引き継ぎ、明治期から約130年分の雑誌を所蔵。「蔵書は多くの人と共有を」と語った大宅の意向に沿い、図書館形式で運営を行っている。	東京都世田谷区八幡山3-10-20 電話 03-3303-2000
府中市郷土の森博物館 詩人 村野四郎記念館	昭和期に活躍した府中出身の詩人、村野四郎に関する展示を行う。『体操詩集』などで知られる村野は、童謡『ぶんぶんぶん』や『巣立ちの朝』のほか、多くの校歌の作詞を行っている。館内では作品、愛用品、生涯のあゆみ等を展示。なお、同館は「府中市郷土の森博物館」敷地内に移築・復元された旧府中尋常高等小学校内に設置されている。	東京都府中市南町6-32 府中市郷土の森博物館内 電話 042-368-7921
新宿区立林芙美子記念館【78】	1992年（平成4）開館。人気作家だった芙美子が最晩年10年間を過ごした家屋。建築に当たり、設計士や大工を連れて京都の寺院や民家見学、木場での木材探しなど本人の相当な思い入れがあったという。作品執筆に使われた書斎のほか、こだわりの居室を庭園から見学できる。ボランティアガイドによる解説もある。	東京都新宿区中井2-20-1 電話 03-5996-9207
古賀政男音楽博物館【77】	作曲家・古賀が1938年（昭和13）に移り住んだ代々木上原の地に開館。音楽村をつくる構想を抱いていた古賀の意志を継ぎ、昭和の歌謡曲に関する資料展示、古賀の書斎展示のほか、誰でもレコーディングしCDを作成できるコーナーも。大衆音楽を楽しめる内容になっている。	東京都渋谷区上原3-6-12 電話 03-3460-9051
石井桃子記念かつら文庫【80】	1958年（昭和33）開館。戦前から編集者・翻訳者・作家として活躍した石井が、子どもたちが自由に本を楽しめるようにと自宅の一部を開放し、施設図書室にしたのがはじまり。名称の「かつら」は窓から見える月桂樹の木に因む。	東京都杉並区荻窪3-37-11 電話 03-3565-7711 （東京子ども図書館）
三鷹市太宰治文学サロン	2008年（平成20）開館。太宰が7年ほど住んだ東京・三鷹において、小説『十二月八日』に登場する酒舗伊勢元の跡地に開設した。太宰のスナップ写真、太宰宅周辺の当時の地図、愛用の火鉢など地元ならではの展示品のほか、直筆原稿や初版本等の資料も展示している。	東京都三鷹市下連雀3-16-14 グランジャルダン三鷹1階 電話 0422-26-9150
旧白洲邸 武相荘	2001年（平成13）開館。白洲次郎・白洲正子夫妻が1943年から住んでいた旧宅で、夫妻が実際に使用していた調度品などを展示。往年のこだわりの暮らしぶりが伺える。正子は随筆家で代表作に『かくれ里』などがある。夫は実業家。	東京都町田市熊ヶ谷7-3-2 電話 042-735-5732

名称	概要	所在地・連絡先
岡本太郎記念館 【81】	1998年（平成7）開館。岡本太郎が両親と暮らした旧宅があった場所であり、戦災で焼失後は住居兼アトリエを新築して40年以上住んだ場所でもある。アトリエをそのまま記念館とし、デッサンや彫刻を展示、企画展も開催。	東京都港区南青山6-1-19 電話03-3406-0801
ちひろ美術館・東京 【82】	1977年（昭和52）開館、2002年リニューアル。画家・いわさきちひろが亡くなるまでの22年間を過ごした東京・石神井の自宅兼アトリエ跡に建つ。絵本3000冊が揃う図書室、給湯器を備えた個室授乳室、子どもも使いやすい高さの洗面台、子ども用の補助便座を備えたトイレもあり、乳幼児連れ向けバリアフリーを徹底している。復元アトリエ、ちひろが愛した植栽も。美術館には珍しくベビーカーでの入場可、貸し出しもある。	東京都練馬区下石神井4-7-2 電話03-3995-0612
長谷川町子美術館 【88】	1985年（昭和60）長谷川美術館として開館、1992年に現在の名称に。『サザエさん』を描いた漫画家・長谷川が生前に集めた美術品を中心に展示。「町子コーナー」では原画展示、毎年夏には「アニメサザエさん展」を開催している。	東京都世田谷区桜新町1-30-6 電話03-3701-8766
池波正太郎記念文庫 【84】	2001年（平成13）開館。東京浅草生まれで『鬼平犯科帳』など時代小説の第一人者だった池波。生涯を辿る年譜や、初版本約700冊の展示のほか、生前のままに再現した書斎、万年筆・パイプ・帽子などの愛用品も。池波著作以外の時代小説作家作品も含め、約3000冊を常設展示している。	東京都台東区西浅草3-25-16 台東区生涯学習センター 台東区立中央図書館内 電話03-5246-5915
吉村昭記念文学館 【89】	2017年（平成29）開館。荒川区日暮里出身の小説家・吉村昭の生涯や作品に関する展示。書斎を再現展示しているほか、生まれ育った荒川区や各作品の舞台となった土地を各地と協力して紹介。明治、昭和の三陸大津波に関する証言メモ展示なども。	東京都荒川区荒川2-50-1 ゆいの森あらかわ内 電話03-3891-4349
相田みつを美術館 【86】	1996年（平成8）東京・銀座に開館、2003年現在地へ移転。相田みつをの長男が館長を務める。「美術館は鑑賞に1時間、余韻に1時間」をコンセプトに、来館者に人生の2時間を過ごしてもらう場所として美術館を運営。書家で詩人の相田の作品を100点近く展示し、アトリエ再現コーナーやビデオコーナーもある。	東京都千代田区丸の内3-5-1 東京国際フォーラム地下1階 電話03-6212-3200
向田邦子文庫 【90】	1987年（昭和62）、作家・向田邦子の母校である実践女子大学の図書館に特殊文庫として開設。編集に関わった雑誌『映画ストーリー』執筆記事、手掛けたシナリオ、全著書の初版本、愛用品などを展示している。すっきりした空間デザイン。	東京都渋谷区東1-1-49 実践女子大学渋谷キャンパス創立120周年記念館1階プラザ 電話03-6450-6817（代）
大岡信ことば館	かつて、大岡の出身地である静岡・三島には2009年開設の「大岡信ことば館」があった。三島で創業した通信添削企業・Z会が運営していたものだが、大岡が死去した2017年に閉館。新館の開設に向けて模索が続いている。	
青梅赤塚不二夫会館 【91】	2003年（平成15）開館。赤塚は1960年代、漫画『おそ松くん』『ひみつのアッコちゃん』『天才バカボン』などが漫画雑誌に掲載されて人気に。会館はかつて外科医院として使用されていた建物を活用。展示は漫画原稿、漫画家が共同生活を送ったトキワ荘をイメージして作られた空間など。所在地・青梅市は街一帯に昭和の雰囲気を演出しているので、併せて楽しめる。	東京都青梅市住江町66 電話0428-20-0355
明治大学阿久悠記念館 【92】	2011年（平成23）開館。昭和時代、歌謡曲の作詞家として絶大な支持を得た阿久悠に関する展示。自筆原稿など資料およそ1万点。母校である明治大学内に開設され、コンパクトな空間に豊富な展示が盛り込まれている。	東京都千代田区神田駿河台1-1 明治大学アカデミーコモン地下1階 電話03-3296-4329（総務課大学史資料センター）

小田原文学館【97】	幕末から大正期にかけて活躍した田中光顕の別荘を文学館として公開。斎藤緑雨、村井弦斎、北原白秋、坂口安吾など、小田原ゆかりの作家について常設展示や特別展示等で作品や関連資料を展示。敷地内には小田原出身の尾崎一雄の移築書斎もある。	神奈川県小田原市南町2-3-4 電話 0465-22-9881
大佛次郎記念館【93】	1978年(昭和53)開館。関東大震災後、生活のために筆をとった『鞍馬天狗』が人気を呼び、大佛は一躍「大衆文学の旗手」に。『霧笛』『幻燈』では幕末明治期を舞台に、故郷横浜を描いた。港の見える丘公園に建つ赤レンガの同記念館は、多数の自著や原稿の他、書簡や美術資料等を展示している。猫好きに因み猫の置物が多い。	神奈川県横浜市中区山手町113 電話 045-622-5002
神奈川近代文学館【96】	1984年(昭和59)開館。年間を通して大規模な企画展を開催。常設展示「文学の森へ 神奈川と作家たち」では、神奈川にゆかり深い芥川龍之介、谷崎潤一郎、太宰治、三島由紀夫などを紹介する展示を順次実施。閲覧室では、図書・雑誌のほか夏目漱石コレクションの画像アーカイブや、井上靖文庫、大岡昇平文庫、尾崎一雄文庫、埴谷雄高文庫などが閲覧可能(図書・雑誌以外は要事前申請)。所蔵資料120万点以上。	神奈川県横浜市中区山手町110 電話 045-622-6666
鎌倉文学館【94】	1985年(昭和60)開館、前田利家の系譜の侯爵家別邸を活用。鎌倉に居住・滞在した300人以上の作家を写真パネルや資料で紹介している。広い庭園や館内から見渡せる湘南の海も見どころのひとつ。鎌倉は文学者の活動が盛んで、1936年に久米正雄を会長に鎌倉ペンクラブが結成された。	神奈川県鎌倉市長谷1-5-3 電話 0467-23-3911
堀口大學文庫	明治から昭和にかけての翻訳詩人・堀口大學に関する資料展示。外交官の父の諸赴任地を訪問するなど多彩な体験を背景に翻訳詩を多く残した堀口は、58歳の頃に葉山へ移住。町歌を作詞し、町内の森戸神社境内には詩碑が建つ等、葉山に馴染んだ。	神奈川県三浦郡葉山町堀内1874 葉山町立図書館内 電話 046-875-0088
徳富蘇峰記念館	1969年(昭和44)開館。徳富は熊本出身。長年秘書であった塩崎氏が神奈川の自宅内に開設。知人多きジャーナリストだった徳富宛で書簡約4万6000通(差出人数は約1万2000人)を順次展示している。伊藤博文、大隈重信、勝海舟、渋沢栄一からの書簡あり。閲覧可(予約制)。	神奈川県中郡二宮町二宮605 電話 0463-71-0266
旧島崎藤村邸	大磯駅から徒歩5分、海が近い場所に建つこぢんまりした平屋が島崎藤村の旧居である。藤村は3室のうち1室を書斎と定め、小さな庭を愛でつつ原稿を書いたという。毎年8月の命日には近隣の地福寺で「藤村忌」が行われる。一般参列可能。	神奈川県大磯町東小磯88-9 0463-61-3300 (大磯町観光協会)
西村京太郎記念館【98】	2001年(平成13)開館。推理作家・西村が湯河原を終の住処と定めたのがきっかけ。600点を超える著書、原稿、鉄道ジオラマ、蒐集物などを展示。サイン会が開催されることもある。	神奈川県足柄下郡湯河原町宮上42-29 電話 0465-63-1599
星の王子さまミュージアム 箱根サン=テグジュペリ	1999年(平成11)、『星の王子さま』の作者サン=テグジュペリ生誕100年を記念して開園。写真や手紙・愛用品などを通して作者の生涯を紹介、400インチスクリーンでの映像紹介も。フランスにある作者生家や『星の王子さま』を執筆したニューヨークの部屋の再現もある。	神奈川県足柄下郡箱根町仙石原909 電話 0460-86-3700
茅ヶ崎市開高健記念館【99】	ジャーナリスト、開高が晩年15年ほど住んだ茅ヶ崎の自宅を記念館として公開。小物類まで当時のままに展示、また生涯のあゆみを執筆歴と対比させて紹介している。敷地内には「哲学の小径」と名付けた石段も。	神奈川県茅ヶ崎市東海岸南6-6-64 電話 0467-87-0567
川崎市藤子・F・不二雄ミュージアム【100】	2011年(平成23)開館。『ドラえもん』作者の藤子が川崎市多摩区に長く住んだことから開設。「どうぶつたちの部屋」「先生のにちようび」など工夫をこらしたスペースづくり。オリジナル映像作品を200インチスクリーンで観られる。日時指定でチケット購入。	神奈川県川崎市多摩区長尾2-8-1 電話 0570-055-245
川崎市岡本太郎美術館【102】	1999年(平成11)開館。2000点近い作品を収蔵する。芸術家・岡本太郎は1911年、現在の神奈川県川崎市高津区二子に生まれる。1991年、太郎が80歳とき、主要作品を川崎市に寄贈したことをきっかけに美術館建設が始動した。	神奈川県川崎市多摩区枡形7-1-5 生田緑地内 電話 044-900-9898

中部エリア

山梨県立文学館【104】	1989年（平成元）開館。山梨ゆかりの作家に関して膨大な資料を収蔵。常設展でも年に4回の展示替えを実施。山梨ゆかりの作家として樋口一葉、芥川龍之介、飯田蛇笏、山本周五郎、太宰治、村岡花子、井伏鱒二などを紹介。	山梨県甲府市貢川1-5-35 電話 055-235-8080
三島由紀夫文学館【105】	1999年（平成11）開館。作品の中に山中湖が登場するのが縁。三島が10代に書いた原稿を含む多くの作品を閲覧できて貴重だ。初版本99冊の展示、作品を10、20、30、40代に分けて変遷を辿り、生涯を辿る映像も。同館のある「山中湖文学の森」にはほかにジャーナリスト・徳富蘇峰を顕彰する「徳富蘇峰館」、官僚を退官後に俳句指導に力を注いだ富安風生の「俳句の館風生庵」、与謝野晶子や松尾芭蕉、高浜虚子などの句碑も点在。	山梨県南都留郡山中湖村平野506-296 電話 0555-20-2655
横溝正史館【106】	2006年（平成18）開館。推理小説の巨匠である横溝が晩年まで執筆場所にしていた東京・成城の木造平屋宅を、山梨の笛吹川近くに移築。笛吹川は、同氏が呼吸器疾患の転地療養のために長野・上諏訪へ向かう際、乗り物恐怖症を紛らわせるために途中下車した場所として縁がある。『犬神家の一族』『獄門島』の原稿、江戸川乱歩からの書簡、書斎の再現、愛用品の硯や灰皿、「謎の骨格に論理の肉付けをして浪漫の衣を着せましょう」と書いた色紙などの展示がある。	山梨県山梨市江曽原1411-6 電話 0553-21-8250（山梨市教育委員会生涯学習課）
軽井沢絵本の森美術館（ムーゼの森）	1990年（平成2）開館。欧米絵本を中心に、近・現代に活躍する画家の原画、初版本などを展示する絵本専門の美術館で、年間2〜3回企画展を開催。また英米児童文学研究者である吉田新一の研究資料や、ピーターラビットに関する展示もあり、絵本の世界を楽しむことができる。敷地内には軽井沢の原生植物を中心とした庭「ピクチャレスク・ガーデン」も広がる。	長野県北佐久郡軽井沢町長倉182（塩沢・風越公園） 電話 0267-48-3340
森のおうち	1994年（平成6）開館。森の中に佇む洋館風の建物。館内コンセプトとして宮沢賢治作品の要素をふんだんに盛り込んでおり、カフェ名は「ポラーノ」、宿泊コテージは「ジョバンニ」。企画展として、国内外の絵本作家の原画展を精力的に行う。ほか「お話会」企画も実施。	長野県安曇野市穂高有明2215-9 電話 0263-83-5670
一茶記念館【107】	1960年（昭和35）開館、2003年リニューアル。北信濃に生まれ、俳句を作りながら放浪し、晩年は再び故郷で暮らした小林一茶。墓のある小丸山に建つ記念館には彼の生涯や作品、信濃での暮らしぶりに迫る資料を展示。江戸後期築の宿場民家を移築し、当時の生活用品を展示した民俗資料棟も。	長野県上水内郡信濃町柏原2437-2 電話 026-255-3741
堀辰雄文学記念館【108】	1993年（平成5）開館。堀が晩年を過ごした住宅を記念館に。旧宅には、師事した芥川龍之介の居を真似てコブシの木で作った床の間があり、そこには川端康成から新築祝いにと贈られた書がある。書庫を離れとして建設、しかし完成後すぐに他界。現在、書庫内は堀の意向を忠実に反映した本の並びとなっている。記念館周辺は堀ゆかりの史跡多く散策に最適。	長野県北佐久郡軽井沢町大字追分662 電話 0267-45-2050
室生犀星記念館	1999年（平成11）開館。犀星が1931年に建てた別荘を公開している。犀星は1961年まで毎夏ここで過ごし、堀辰雄、津村信夫、立原道造、志賀直哉、川端康成ら文人との交流を楽しんだ。改修を経て2019年7月下旬開館予定。	長野県北佐久郡軽井沢町大字軽井沢979-3 電話 0267-45-8695

軽井沢高原文庫 【110】	1985年（昭和60）開館。軽井沢ゆかりの作家や、軽井沢を舞台とした作品について展示。浅間石を使用した本館を中心に、敷地には有島武郎の別邸「浄月庵」、旧軽井沢から移築した堀辰雄山荘、野上弥生子が昭和初期に北軽井沢に建て、50年にわたり夏を過ごした茅葺きの書斎を当敷地内に移築した「鬼女山房」などが点在。	長野県北佐久郡軽井沢町大字長倉 202-3 電話 0267-45-1175
高瀬家資料館	島崎藤村の姉の嫁ぎ先であった高瀬家の蔵を資料館として公開。武家であり、かつ徳川家献上品である薬の製造を担っていた高瀬家。藤村の小説『家』は同家をモデルにしている。館内には藤村ゆかりの品々や写真、武術や薬に関わる物などが展示されている。	長野県木曽郡木曽町福島 4788 電話 0264-22-2802
小諸市立藤村記念館 【109】	1958年（昭和33）開館。島崎藤村は恩師の勧めで1899年に小諸義塾に赴任。小諸在住6年ほどの期間に書いた名作『破戒』をはじめとする諸作品について、作品・資料・愛用品を展示。築400年の小諸城跡地を公園とした「懐古園」の敷地内に建つ。	長野県小諸市丁 315(懐古園内) 電話 0267-22-1130
高浜虚子記念館	2000年（平成12）開館。俳人・高浜虚子が1944年から約4年間住んだ疎開宅の隣接地に建つ。疎開中の作風は「小諸時代」と称される。館内には、該当時期に書いた作品の掛け軸や関連資料を展示。なお、疎開時の住まいは「虚子庵」として公開している。	長野県小諸市与良町 2-3-24 電話 0267-26-3010
平林たい子記念館	諏訪市の中洲福島区生まれの平林を顕彰するため、同区が尽力し1973年（昭和48）に建設。農家出身、のちロシア文学に精通した平林はプロレタリア作家として知られるように。戦後『かういふ女』で第1回女流文学賞を受賞。館内では執筆場所だった居間を再現、書簡や作品も展示する。	長野県諏訪市大字中洲 5091 電話 0266-52-4141
椋鳩十記念館・記念図書館	国語教科書に掲載されている『大造じいさんとガン』などを執筆した文学作家、椋鳩十。出身地である長野県喬木村に1992年（平成4）開館。館内では生涯のあゆみ、直筆原稿、喬木村の別荘に置いてあった書籍などを展示するほか、長野県飯田市南信濃や大鹿村など椋の文学や自然観を育む根っこをつくった伊那谷のエピソードを映像・パネルで紹介。動物文学の先駆者と言われる椋作品のアニメも上映する。	長野県下伊那郡喬木村 1459-2 電話 0265-33-4569
池波正太郎真田太平記館 【112】	1998年（平成10）開館。池波は真田一族の歴史に大きな関心を寄せ、真田太平記を書く際には何度も長野・上田を訪れていた。「池波正太郎コーナー」は書簡や愛用品で池波を偲ぶ。ほか、真田太平記の作品内でのできごとを記した年表や登場人物紹介、取材ノート、夏の陣と冬の陣ジオラマ、書籍で使われた挿絵原画などを展示する「真田太平記コーナー」などがある。	長野県上田市中央 3-7-3 電話 0268-28-7100
安曇野ちひろ美術館 【113】	1997年（平成9）、ちひろ美術館・東京の開館20周年を記念して開館。画家・いわさきちひろの両親が戦後に開拓農民として暮らした松川村に建つ。バリアフリーで子どもも見やすい高さで展示するなど子どもに優しい「ファースト・ミュージアム」を目指す美術館。	長野県北安曇郡松川村西原 3358-24 電話 0261-62-0772
黒姫童話館 【114】	1991年（平成3）開館。松谷みよ子コーナーの開設は『モモちゃんとアカネちゃん』シリーズなどを書いた彼女のデビューのきっかけが野尻湖だった縁から。ミヒャエル・エンデコーナーにスケッチや挿絵も。敷地内には1966年にいわさきちひろが建てた山荘もある。	長野県上水内郡信濃町野尻 3807-30 電話 026-255-2250

中山晋平記念館 【115】	1987年（昭和62）開館。大正から昭和の音楽界を牽引した作曲家として童謡・民謡・歌謡・校歌・社歌3000曲を作った中山に関する展示。中野市出身で、地元代用教員職を2年で辞して18歳で島村抱月の書生となり、音楽学校を経て作曲の道へ。作詞家の野口雨情や西條八十、北原白秋との共作多い。代表作は『シャボン玉』『てるてる坊主』など。生家に隣接。	長野県中野市新野76 電話 0269-22-7050
小川未明文学館	2005年（平成17）開館。上越市出身の小説家・童話作家、小川未明に関する展示施設。「日本児童文学の父」「日本のアンデルセン」と称される未明は、『赤い蝋燭と人魚』『金の輪』など1200篇あまりの童話を遺した。館内では、未明のおいたちや作品が生まれた背景を紹介するとともに、大スクリーンにて代表作をアニメ化した作品や作家の生涯を辿るドキュメンタリー映像などを上映する。東京の高円寺にあった自宅書斎を館内に再現し、愛用品と共に展示。	新潟県上越市本城町8-30（高田図書館内） 電話 025-523-1083
安吾 風の館	坂口安吾が生まれ育った新潟市に2009年（平成21）開館。1922年竣工の旧市長公舎を改修し、約8000点の坂口安吾の遺品資料や愛用品を活用して展示を行っている。伝統様式を取り入れた庭園には初代新潟奉行が植えたとされる松群を残し、その風情からも作家・坂口安吾を育んだ新潟の風土が伝わってくる施設である。	新潟県新潟市中央区西大畑町 5927-9 電話 025-222-3062
大棟山美術博物館	1989年（平成元）開館。坂口安吾の姉の嫁ぎ先だった村山家の家屋を活用した施設である。安吾は、度々訪れた当家を「かつては京都と奥州を結ぶ道筋に当たって（中略）言葉や柔和な風習なぞにも多分に京の名残があって」と作品にも登場させている。庄屋として700年の歴史をもつ旧宅と庭を、安吾の甥に当たる現当主が博物館に改修。館内には安吾の資料など展示する。	新潟県十日町市松之山1222 電話 025-596-2051
石川近代文学館	1968年（昭和43）開館。1891年築で煉瓦造りの旧制第四高等学校の校舎本館（国重要文化財）を活用した施設。泉鏡花、徳田秋聲、室生犀星など石川ゆかりの作家約70人の作品や資料を展示する。東京馬込の室生犀星の自宅書斎を再現しているほか、四高に在籍した井上靖や金沢を舞台にした作品を多々著した五木寛之ら、現代作家の愛用品・直筆原稿などを幅広く展示。	石川県金沢市広坂 2-2-5　石川四高記念文化交流館内 電話 076-262-5464
泉鏡花記念館 【116】	1999年（平成11）開館。金沢出身の鏡花の生涯を辿りつつ、作品、作家の魅力を紹介する映像上映や装丁の美しさに定評ある初版本の数々も展示。記念館は鏡花の生家跡地に木造瓦葺きで建てられている。金沢三文豪の徳田秋聲、泉鏡花、室生犀星らの記念館はいずれも金沢文化振興財団が運営。	石川県金沢市下新町2-3 電話 076-222-1025
室生犀星記念館 【118】	2002年（平成14）開館。金沢の生家跡に建つ。近くの寺、雨宝院で育った犀星が書いた作品の原稿、書簡、愛用品を展示。庭へ思い入れがあった犀星に因み、愛用の石塔や手水鉢をそのまま同館の庭に使用。	石川県金沢市千日町3-22 電話 076-245-1108
徳田秋聲記念館 【120】	2005年（平成17）開館。金沢出身の徳田の生家近くに。作品や生涯を辿る展示のほか、作中の主人公を和紙人形で登場させた映像作品の上映、他作家からみた徳田の作品評の紹介など、独自の視点あり。また、東京の文京区本郷の自宅書斎を再現。	石川県金沢市東山 1-19-1 電話 076-251-4300
雨宝院室生犀星展示室	犀星が幼少期から青年期まで養子として育った寺院「雨宝院」内で、初版本や原稿のほか、愛用した帽子や虫かご、晩年の犀星が定期的に寺へ寄付金を贈呈した際に用いた封筒などを展示。パネル展示等で少年期の犀星が文学を志向するに至った経緯を紐解く。近隣に「室生犀星記念館」、作品に登場する犀川の清流も。	石川県金沢市千日町1-3 電話 076-241-5646

千代女の里俳句館 【121】	2006年（平成18）開館。「朝顔やつるべとられてもらひ水」で知られ、芭蕉門下生からも評価されたという18世紀の俳人・加賀の千代女は白山市出身。千代女の生涯を映像で見られる。	石川県白山市殿町310 電話 076-276-0819
芭蕉の館	芭蕉が数日滞在した旅館「泉屋」に隣接の「扇屋別荘」を改築し、関連資料を集め公開。芭蕉が書いた掛け軸、『奥の細道』に関する古俳書など江戸初期から中期にかけての貴重な資料のほか、山中漆器の優品も展示している。	石川県加賀市山中温泉二丁目ニ86-1 電話 0761-78-1720
金沢湯涌夢二館	大正時代に活躍した詩人画家・竹久夢二の妻・岸たまきの出身地であり、恋人・笠井彦乃との滞在地でもあった金沢に2000年（平成12）開館。大正ロマンをイメージした建物内に作品や愛用品を常設展示するほか、豊富な所蔵品を企画展で順次公開している。	石川県金沢市湯涌町イ144-1 電話 076-235-1112
永井豪記念館	2009年（平成21）開館。漫画家・永井豪本人が名誉館長を務める。『デビルマン』『キューティーハニー』『マジンガーZ』の作者である永井は輪島出身。高校卒業後、石ノ森章太郎のアシスタントとして漫画の仕事を始めた。以降、漫画雑誌で人気を獲得してテレビ放映へと移っていった永井のあゆみを、館内展示で辿ることができる。時代劇漫画ヒーローの大パネル展示、貴重な原画・フィギュアの展示を見ることができる。	石川県輪島市河井町1-123 電話 0768-23-0715
高志の国文学館 【122】	2012年（平成24）開館。映画監督の細田守、漫画家の藤子不二雄Ⓐ、藤子・F・不二雄を輩出した県として、文学・絵本・映画・漫画を楽しめる施設を指向。「ふるさと文学」のコーナーを多く設け、富山ゆかりの作家や作品を展示紹介。広い庭を望むフレンチレストランも併設されている。	富山県富山市舟橋南町2-22 電話 076-431-5492
隠し文学館 花ざかりの森	2008年（平成20）開館。3月の約1カ月間が開館期間で、ほかは連絡のうえ訪問可。三島由紀夫が19歳で出版した初著作集の名称を館名にし、資料展示。	富山県富山市向新庄町2-4-65 電話 076-413-6636
福井県ふるさと文学館 【124】	2015年（平成27）開館。県立図書館内に併設された文学館。当地ゆかりの三好達治、中野重治、高見順、水上勉、津村節子を中心に、福井ゆかりの文人や作品に関する資料、愛用品、映像なども展示。高見順の詩『おそろしいものが』をモチーフにした自動人形も展示されている。	福井県福井市下馬町51-11（福井県立図書館内） 電話 0776-33-8866
紫式部公園「藤波亭」	紫式部が越前国司の父・藤原為時とともに1年ほど過ごした越前に、池や釣殿を配して平安時代当時を偲ばせる「紫式部公園」がある。公園隣接の無料休憩所「藤波亭」にて紫式部に因んだ展示を行っている。	福井県越前市東千福町21-12 電話 0778-22-7133（藤波亭）
福井市橘曙覧記念文学館 【125】	2000年（平成12）開館。橘が暮らした旧居跡地に建つ。墨や紙など文具を扱う商家に生まれた橘は19世紀の歌人。28歳で隠居、日常を素朴な歌に詠む日々へ。「たのしみは……」で始まり、「……とき」で終わる形式で詠んだ和歌52首の連作『独楽吟』が有名。創作拠点となった住まい「藁屋」を再現し、生涯を映像などで辿る。	福井県福井市足羽1-6-34 電話 0776-35-1110
「ちひろの生まれた家」記念館 【126】	2004年（平成16）開館。画家・いわさきちひろの母は出産のために質・古着商の商家であったこの家の離れを借りたという。建物は大正時代当時を彷彿とさせる造り。館内には東京のアトリエが復元されている。セルフカフェコーナーを併設した絵本ライブラリーやミニシアタールームのある別館を2017年に開館。	福井県越前市天王町4-14 電話 0778-66-7712

施設名	説明	所在地・連絡先
若州一滴文庫	福井・おおい町出身の直木賞作家、水上勉が私財を投じ1985年（昭和60）に開館。「本を読むことで子どもたちに人生や夢を拾ってほしい」との水上の思いを具現化し、同氏蔵書約2万冊を開架式で無料開放した。水上旗揚げ「若州人形座」の竹人形や他作家資料も展示する。竹紙漉きや竹筆作り等の体験企画も多い。	福井県大飯郡おおい町岡田33-2-1 電話 0770-77-2445
越前市かこさとしふるさと絵本館「砳（らく）」	2013年（平成25）開館。『だるまちゃん』シリーズや『からすのパンやさん』などが人気の絵本作家・かこさとしは越前市出身、小学2年までを過ごした。館内では、本人作品のほか5200冊の絵本や紙芝居が閲覧可能。絵本の複製原画を展示しているほか、館内外の至る所で絵本の場面を再現している。昔遊びや工作を体験できるコーナーもあり、世代を問わず楽しめる施設となっている。	福井県越前市高瀬1-14-7 電話 0778-21-2019
大垣市奥の細道むすびの地記念館【127】	2012年（平成24）開館。1689年3月末に松尾芭蕉の『奥の細道』の旅がスタート、2400kmを歩いて約5カ月半後にここ大垣で旅を終えた。映像や資料で訪問地や芭蕉の生涯を展示し、『奥の細道』を章段ごとに紹介。谷木因との親交関係を示す書簡なども。「先賢館」では大垣ゆかりのさまざまな分野の先賢を紹介する。	岐阜県大垣市船町2-26-1 電話 0584-84-8430
藤村記念館【128】	島崎藤村の出身地である木曽の馬籠宿、生家跡地に建つ。藤村堂として1947年（昭和22）開館。『夜明け前』などの原稿、愛用品、蒐集本など6000点以上を収蔵。第1作『若菜集』から絶筆『東方の門』までの作品群や、終の住処となった神奈川・大磯宅の復元書斎の展示があり、藤村の生涯を詳細に辿ることができる。	岐阜県中津川市馬籠4256-1 電話 0573-69-2047
浜松文芸館	1988年（昭和63）開館、2015年リニューアル。浜松出身の作家やゆかりある諸作家に関する展示を行うほか、文学全般を対象とした企画展や言葉に焦点を当てた展示など、ユニークな取り組みを実施している。収蔵資料は約3万点。	静岡県浜松市中区早馬町2-1　クリエート浜松5階 電話 053-453-3933
昭和の森会館 伊豆近代文学博物館【129】／井上靖旧居【130】	伊豆近代文学博物館は作家120人の原稿などの資料を展示。昭和の森会館内に開設。井上靖旧居は1948年築の家屋を移築。北海道生まれだが幼少期に暮らした伊豆を自らの故郷と公言した井上が、晩年、伊豆に居を構えて著作を続けた。	静岡県伊豆市湯ヶ島892-6 電話 0558-85-1110 （昭和の森会館）
井上靖文学館【131】	1973年（昭和48）開館。井上が66歳時に開館した。生まれは北海道だが、18歳まで静岡の天城・三島・沼津で過ごし、中学友人らとの出会いから文学を志向した作家。館内には、自伝的三部作『しろばんば』『夏草冬濤』『北の海』に関する展示、井上本人が登場する映像コーナーなどもある。	静岡県駿東郡長泉町クレマチスの丘515-57 電話 055-986-1771
沼津市若山牧水記念館【132】	1987年（昭和62）開館。牧水は千本松原の景色を気に入り、家族とともに晩年9年間を過ごした。牧水の愛した千本松原のある千本浜付近に記念館を建設。生涯の歩みや、原稿、書簡などを展示。	静岡県沼津市千本郷林1907-11 電話 055-962-0424
石垣りん文学記念室	2009年（平成21）開館。詩人・石垣りんの実父の故郷である南伊豆の町立図書館に隣接して、ファンや有志らの協力により開設された。室内には愛用の文机、トレードマークだったベレー帽、原稿、書簡などを展示する。生前に親交があった詩人・谷川俊太郎による対談企画なども過去に実施。	静岡県賀茂郡南伊豆町加納791-1 電話 0558-62-7100
新美南吉記念館【134】	半田市出身の新美の記念館。新美が18歳時に書いた『ごんぎつね』の舞台であり、新美の生家近くでもあるこの地に1994年（平成6）開館、2013年リニューアル。29歳死去までに俳句などを含めて1500作品を生んだ彼の自筆原稿や手紙や作品映像を展示。	愛知県半田市岩滑西町1-10-1 電話 0569-26-4888
尾﨑士郎記念館	2002年（平成14）開館。作家・尾﨑士郎の出身地である愛知・三州吉良にある記念館。東京・大田区にあった尾﨑の自宅から書斎を移築公開しているほか、原稿や書簡、芝居の台本、愛用品などを展示。	愛知県西尾市吉良町荻原大道通18-1 電話 0563-32-4646

	近畿エリア		
芭蕉翁生家【136】	松尾芭蕉が30歳頃まで暮らした家。改修工事のため休館中。		三重県伊賀市上野赤坂町304 電話 0595-24-2711
蓑虫庵【136】	芭蕉が伊賀に帰郷した際は生家や門人宅に寄寓することもあった。そうした芭蕉五庵と呼ばれる無名庵(芭蕉自身の庵)、西麓庵、東麓庵、瓢竹庵、蓑虫庵のなかで唯一現存する庵。		三重県伊賀市上野西日南町1820 電話 0595-23-8921
芭蕉翁記念館【137】	1959年(昭和34)開館。館内の「芭蕉文庫」には芭蕉の真蹟をはじめ近世から現代までの連歌俳諧に関する資料が数多く保存され、展示されている。		三重県伊賀市上野丸之内117-13 電話 0595-21-2219
鳥羽みなとまち文学館　江戸川乱歩館【138】	乱歩と親交があった三重の画家・風俗研究家の岩田準一。彼の旧宅に乱歩の資料を展示。大正時代に使われていた生活用具が置かれ、岩田の書斎も再現するなど、当時のようすを残した造り。		三重県鳥羽市鳥羽2-5-2 電話 0599-26-3745
小津安二郎青春館【144】	2002年(平成14)開館。脚本家かつ映画監督である小津は10代をこの町で過ごした。外観は当時の映画館を模した造り。当地松阪と小津の関わりをビデオ化して放映し、大正時代当時の暮らしの雰囲気を居間として再現している。ゆかりの写真展示、小津が10代で書いた書や絵などの展示がある。		三重県松阪市愛宕町2-44 電話 0598-22-2660
義仲寺	12世紀、平家討伐の手柄虚しく源氏に追われて壮絶な最期を遂げた木曽義仲。彼が葬られたこの地を、17世紀の俳人・松尾芭蕉は何度も訪れたという。辞世の句をはじめ芭蕉の句碑が多く建っている。本堂の朝日堂など境内全域が国の史跡に指定されている。		滋賀県大津市馬場1-5-12 電話 077-523-2811
嵯峨嵐山文華館【140】	嵐山の景勝地に位置するミュージアム。2018年(平成30)リニューアルオープン。常設展「百人一首ヒストリー」のほか、シーズンごとに「日本の美を身近に感じられる」さまざまな企画展を開催する。		京都府京都市右京区嵯峨天龍寺芒ノ馬場町11 電話 075-882-1111
宇治市源氏物語ミュージアム【142】	1998年(平成10)開館。『源氏物語』と平安時代の貴族文化などを紹介している。模型、映像や体験型展示などで、『源氏物語』に楽しく親しむことができる。		京都府宇治市宇治東内45-26 電話 0774-39-9300
与謝野町立江山文庫【145】	1994年(平成6)開館。京都・丹後半島の尾根を背にした与謝野町は、与謝蕪村の母や、与謝野鉄幹の父の出身地とされ、与謝蕪村・与謝野鉄幹・与謝野晶子らがこの地を訪れたという。大阪・豊中市の俳人・里見恭一郎から短歌俳句資料が寄贈されたのが開館のきっかけ。		京都府与謝郡与謝野町字金屋1682 電話 0772-43-2180
奈良県立万葉文化館【147】	2001年(平成13)開館。日本の古代文化に関する調査・研究機能、万葉の世界を体感することのできる展示機能、万葉集に関する情報の収集提供を行う図書・情報サービス機能などを併せ持つ。たとえば、古代のようすが体感できるよう、当時の市場や人々の賑わいを再現した展示などがある。		奈良県高市郡明日香村飛鳥10 電話 0744-54-1850
吉野温泉元湯	1893年(明治26)の春、島崎藤村が22歳のときに約1カ月半にわたって逗留した宿。部屋は当時の雰囲気を残し、調度品は当時のままで作品も展示されている。		奈良県吉野郡吉野町吉野山902-2 電話 0746-32-3061
志賀直哉旧居(奈良学園セミナーハウス)	昭和初期に志賀直哉自身が設計した日本家屋。子ども5人含む家族一人ひとりの生活や、来客時の客の居場所など、細やかな配慮がなされた設計になっている。ここで過ごした9年の間に『暗夜行路』などを執筆。		奈良県奈良市高畑町1237-2 電話 0742-26-6490
万葉館	1994年(平成6)開館。万葉集に和歌山を歌った歌が100首以上あり、山部赤人が"和歌の浦"を詠んだこの地に開館。万葉集と和歌山の関係や詠まれた時代背景や歌人について実物や複製、パネル展示、映像などで紹介。		和歌山県和歌山市和歌浦中3-1700-2 (片男波公園内) 電話 073-446-5553

佐藤春夫記念館 【146】	1989年（平成元）開館。和歌山県新宮市出身で詩人・作家の佐藤は、医師だった父親が文学に造詣が深く、また新宮中学在学時に地元で出会った与謝野鉄幹を師と仰ぐようになる。没後、所帯を持ち東京・文京区関口で家族と住んだ自宅がそのまま新宮に移され記念館に。多彩な詩集や自筆の書、絵画などを展示。谷崎との縁もあり、芦屋の谷崎潤一郎記念館とは姉妹館だ。	和歌山県新宮市新宮1番地（熊野速玉大社境内）電話0735-21-1755
西鶴交流記念館	2003年（平成15）開館。井原西鶴の生誕地とされる日高川町三十木に開館。西鶴は江戸時代の俳諧師として活躍、また『好色一代男』などの浮世草子を出版。1968年（昭和43）にはユネスコの「世界の偉人」に選ばれた。館内には西鶴ゆかりの資料や壁画などの展示。西鶴の産湯に使われたといわれる井戸もある。	和歌山県日高郡日高川町三十木95 電話0738-54-0326（日高川町中央公民館）
茨木市立川端康成文学館 【148】	1985年（昭和60）開館。幼少期から旧制中学卒業までを大阪・茨木で過ごしたノーベル文学賞作家・川端康成の自筆原稿、書簡、墨書、写真、初版本、模型など約400点を展示。また、毎年誕生月6月に生誕記念企画展を実施。2018年は「川端康成と岡本太郎と万博と」と題し、「太陽の塔」に関連する岡本太郎の作品や、太郎の両親一平・かの子夫妻との交流について紹介した。	大阪府茨木市上中条2-11-25 電話072-625-5978
大阪府立中央図書館 国際児童文学館	明治以降出版された児童書とそれを研究するための関連資料を収集・保存・閲覧提供している。国内で中学生までを対象に発行される新刊書を、漫画を含め網羅的に収集。図書、雑誌、紙芝居など81万点以上の資料を収蔵。貸出しはしていない。漫画の閲覧には予約が必要。	大阪府東大阪市荒本北1-2-1 電話06-6745-0170
司馬遼太郎記念館 【150】	2001年（平成13）開館。安藤忠雄設計の記念館。生前の自宅に隣接して建つ。司馬が好きだった雑木林を模した小径を進むと大きな窓越しに司馬が使っていた書斎が現れる。また、約6万冊とされる司馬の蔵書を彷彿とさせる、高さ11mの吹き抜け空間には2万冊が並ぶ一面の書棚がある。ロビー、カフェなどもある。	大阪府東大阪市下小阪3-11-18 電話06-6726-3860
大阪樟蔭女子大学田辺聖子文学館 【154】	2007年（平成19）開館。田辺の母校である樟蔭学園に。自筆原稿をはじめ、フランス人形や市松人形、万華鏡、宝塚パンフレットなど愛用品のほか蔵書500冊などを展示。書斎にはぬいぐるみやガラス瓶など小物まで復元されていて、田辺ワールドを満喫できる。	大阪府東大阪市菱屋西4-2-26 大阪樟蔭女子大学図書館内 電話06-7506-9334
直木三十五記念館 【155】	2005年（平成17）開館。大阪出身の直木の母校跡に隣接。『南国太平記』で大衆文学における地位を築くも43歳で早世。翌1935年に友人だった文藝春秋創設者・菊池寛が直木賞を創設したことで、現在までその名が知られる。記念館は直木が晩年自ら設計した自宅を模し、直木がそこで横になって執筆するのを好んだという畳敷きがある。	大阪府大阪市中央区谷町6-5-26 電話06-6796-8834 （コワーキングスペース往来）
与謝野晶子記念館 【152】	2015年（平成27）開館。大阪・堺市の晶子生家近くに建つ。「詩歌の森」では詩を映像と音声でスクリーン展示、「晶子の装幀」では一流作家による美しい装丁本を展示、「創作の場」では書斎をイメージした空間に自筆の歌衣屏風（複製）や晶子自身の短歌朗読音声を聴くことができる。ほか、晶子が店番をしながら読書したというハイカラ建築の生家・和菓子屋「駿河屋」をほぼ実サイズで再現。	大阪府堺市堺区宿院町西2丁-1-1（「さかい利晶の杜」内）電話072-260-4386
三好達治記念館	1976年（昭和51）開館。『測量船』や『駱駝の瘤にまたがって』などの詩集で著名な詩人・三好達治の13回忌を記念して彼の大阪の弟妹が建立。彼の墓がある本澄寺の一角に建つ。詩集、自筆原稿、遺愛品を展示。事前の電話予約が必要。	大阪府高槻市上牧町2-6-31（本澄寺）電話072-669-1897

宮本輝ミュージアム	2005年（平成17）、開館。追手門学院大学の図書館に開設。『螢川』などの作品がある小説家・宮本輝は神戸生まれ、大阪の追手門学院大学卒。 芥川賞正賞で贈られた懐中時計、筆記具などの愛用品をはじめ直筆原稿（複製）、色紙を展示。企画展多し。2018年の大阪府北部地震による被害で現在復旧作業中。2019年4月より再開予定。	大阪府茨木市西安威2-1-15（追手門学院大学附属図書館〈安威キャンパス〉内） 電話 072-641-9638
姫路文学館 【156】	1991年（平成3）開館。安藤忠雄が設計。桂米朝や柳田國男など播磨ゆかりの文人たちの言葉をタッチパネル方式で展示。姫路城に関する26の歴史エピソード展示あり。姫路出身の和辻哲郎コーナーや司馬遼太郎と姫路の関わりを紹介するフロアもある。	兵庫県姫路市山野井町84 電話 079-293-8228
近松記念館	1975年（昭和50）竣工。資料室には、近松門左衛門愛用の文机や語りの正本（台本）など約100点が展示されている。国指定の史跡になっている近松の墓所が隣の広済寺にある。	兵庫県尼崎市久々知1-4-38 電話 06-6491-7555
福崎町立柳田國男・松岡家記念館 【158】	1975年（昭和50）開館。柳田國男と、様々な分野で活躍した柳田の生家・松岡家の人々の顕彰を行う。「日本一小さい家」と柳田自身が表現した生家が西隣に移築・保存されているほか、柳田に関しては著作物や原稿、書簡、葉書、机、卒業証書などの展示がある。	兵庫県神崎郡福崎町西田原1038-12 電話 0790-22-1000
虚子記念文学館	2000年（平成12）開館。高浜虚子の孫にあたる人物の住宅に隣接して建つ。大正始めから戦前まで阪神で流行した住宅様式スパニッシュ・スタイルの建築。常設展示室、図書室、多目的ホール、談話室、ミュージアムショップがある。	兵庫県芦屋市平田町8-22 電話 0797-21-1036
芦屋市谷崎潤一郎記念館 【160】	1988年（昭和63）開館。谷崎の芦屋時代の住まい近くに建つ。谷崎が好んだ数寄屋風の建物と庭園がある。書斎の再現コーナーや愛用の机、硯や筆、自筆原稿などの展示がある。谷崎に因んだ特別展やイベントが盛ん。	兵庫県芦屋市伊勢町12-15 電話 0797-23-5852
宝塚市立手塚治虫記念館 【162】	1994年（平成6）開館。日本漫画界の巨匠・手塚は5〜24歳まで宝塚市で暮らした。手塚作品など書籍約2000冊を揃え、初版本展示、手塚の生涯のあゆみを解説し、ゆかりの品や作品資料を展示。展示内容等のリニューアルを経て2019年4月1日に再オープン予定。	兵庫県宝塚市武庫川町7-65 電話 0797-81-2970
倚松庵 【164】	谷崎潤一郎が1936年（昭和11）から1943年まで暮らした旧邸。『細雪』の舞台となった洋間もある和風邸宅で、小説に登場する部屋や庭を見学できる。	兵庫県神戸市東灘区住吉東町1-6-50 電話 078-842-0730 （開館曜日・時間のみ応対）

中国エリア		
勝央美術文学館	2004年（平成16）開館。明治から昭和にかけて我が国の芸術文化の一翼を担った勝央町出身やゆかりの画家、文学者を顕彰。木村毅、額田六福、額田やえ子、岡本綺堂などの文学者のほか、福島金一郎、赤堀佐兵ら画家の作品資料を展示している。	岡山県勝田郡勝央町勝間田207-4 電話 0868-38-0270
吉備路文学館 【166】	1986年（昭和61）開館。岡山県全域と広島県東部までの吉備路を対象に、内田百閒、坪田譲治、現代作家のあさのあつこ、小川洋子など、ゆかりのある作家の作品や原稿、愛用品を展示。武家屋敷跡に建つ同館は敷地内に残っていた橋や燈籠をそのまま使用。回遊式の庭園が美しい。	岡山県岡山市北区南方3-5-35 電話 086-223-7411
夢二郷土美術館 【168】	1966年（昭和41）創設。竹久夢二の肉筆作品のコレクション数は随一。岡山市の本館では年4回の企画展を開催。また瀬戸内市の「夢二生家記念館」では夢二が16歳まで過ごした築約250年の生家で作品を展示し、夢二が設計したアトリエ「少年山荘」を復元して公開している。両館の距離は車で30分ほど。	岡山県岡山市中区浜2-1-32 電話 086-271-1000（本館）

名称	説明	所在地
いがらしゆみこ記念館	2000年（平成12）開館。いがらし本人が名誉館長を務める。1970年に漫画雑誌『なかよし』の専属漫画家になり、『キャンディキャンディ』が大ヒットし、テレビアニメ化。北海道・旭川出身だが、縁あって倉敷の法人企業が美術館を開館し現在に至る。いがらしの漫画の特徴を活かした、お姫さま体験やプリンセスカフェなど企画多数。原画展示、作品閲覧も。	岡山県倉敷市本町9-30 電話 086-426-1919
ふくやま文学館 【169】	1999年（平成11）開館。福山市及び周辺のゆかりの作家を紹介。福山市生まれの井伏鱒二に関する展示が多く、生涯を紹介、主作品30点の解説、著書・原稿の展示、書斎再現など。そのほか志賀直哉、伊藤整、林芙美子ほか。福山地方の文学と歴史、井伏鱒二の生涯の映像もある。	広島県福山市丸之内1-9-9 電話 084-932-7010
おのみち林芙美子記念館（旧林芙美子居宅）	2012年（平成24）リニューアル。芙美子の少女時代から東京での作家生活時代までの写真多数展示、生涯のあゆみも。記念館そばに思春期を過ごした住まいがある。両親とともに行商で各地を転々としていた生活から一転し、落ち着いた暮らしに入った頃の住まい。林芙美子像がすぐ傍にあり、十数メートル歩けば瀬戸内海の尾道水道へ出られる立地。	広島県尾道市土堂1-11-2 電話 0848-25-3922
おのみち文学の館	志賀直哉旧居、文学記念室、中村憲吉旧居、文学公園の4施設からなる。「志賀直哉旧居」は志賀が29歳（1912年）で移り住んだ棟割長屋で、ここで『暗夜行路』の構想を練ったといわれる。内部見学可。「文学記念室」では林芙美子の書斎再現のほか、尾道ゆかりの諸作家の原稿等を展示。	広島県尾道市土堂1-11-2 電話 0848-22-4102
因幡万葉歴史館 【182】	「古代因幡と万葉文化に触れる異空間」がキャッチコピー。万葉集の最後の歌を詠んだ歌人・大伴家持について生涯のあゆみや自著文書（複製）を展示のほか、因幡における家持の生活を再現した映像上映など。古墳や岡益石堂の原寸再現や、奈良・平安の服飾や食事の紹介など、万葉集の時代背景にも迫る。	鳥取県鳥取市国府町町屋726 電話 0857-26-1780
井上靖記念館「野分の館」	井上は戦時中、妻の妹の夫の知り合いが日南町出身だったことから家族を日南に疎開させた。この地で中国山地に魅せられた井上は、日南を舞台にした小説『通夜の客』や詩『高原』『野分』を書いた。	鳥取県日野郡日南町神福45-2 電話 0859-82-1715
水木しげる記念館 【170】	2003年（平成15）開館。『ゲゲゲの鬼太郎』の作者、水木が暮らした地に建つ。都道府県別の妖怪マップ、水木の人生絵巻、「妖怪洞窟」コーナーなど多彩な展示。全館を通じて妖怪の世界を楽しめる構成になっている。	鳥取県境港市本町5 電話 0859-42-2171
青山剛昌ふるさと館	2007年（平成19）開館。漫画『名探偵コナン』の作者、青山の出身地に建つ。生い立ちや探偵への憧れに関する展示がある。そのほか仕事部屋の復元展示、漫画制作の過程や創作の秘密を明かすインタビュー映像、『名探偵コナン』に登場する発明品の体験などがある。	鳥取県東伯郡北栄町由良宿1414 電話 0858-37-5389
わらべ館	1995年（平成7）開館。童謡を楽しめる施設。童謡館とおもちゃ館から成る。童謡館では「わらべうた」「唱歌」「童謡」などの展示がある。イベント企画随時多数。ベビーカー、持込飲食OK。	鳥取県鳥取市西町3-202 電話 0857-22-7070
森鷗外記念館 【172】	1995年（平成7）開館。鷗外の出身地の島根・津和野に建つ。生家に隣接している。10歳の上京時から60歳で生涯を終えるまでのあゆみを映像や作品、原稿、愛用品などで辿る。また鷗外が暮らした頃の津和野の紹介もある。休憩室からは、鷗外も眺めたであろう津和野川の流れや津和野城（三本松城）の石垣が見える。	島根県鹿足郡津和野町町田イ238 電話 0856-72-3210
安野光雅美術館 【174】	2001年（平成13）開館。石州瓦と漆喰の壁からなる、こだわりの美術館。この地らしい酒蔵を思わせる外観だ。初期から最新の作品を鑑賞できるほか、プラネタリウム、昔の教室、自身のアトリエの再現などがある。	島根県鹿足郡津和野町後田イ60-1 電話 0856-72-4155

中原中也記念館 【176】	1994年（平成6）開館。詩人・中也の生家は山口市・湯田温泉に広い敷地をもつ医院だった。その跡地に記念館が建つ。常設展示は「中也の業績」「中也の生涯」の2部構成で、中也の残した詩集や30年の生涯を直筆原稿などの資料を通じて紹介、詩の解説も。	山口県山口市湯田温泉1-11-21 電話 083-932-6430
金子みすゞ記念館 【178】	2003年（平成15）開館。『わたしと小鳥とすずと』が代表作の金子みすゞ。幼少期を過ごした書店「金子文英堂」跡地に建つ。童謡童話雑誌が隆盛を極めた大正時代、みすゞが20歳で投稿した作品が続々と雑誌に掲載され、将来を嘱望されるも、26歳の若さでこの世を去る。数十年後、詩人・矢崎節夫らの働きかけで再び作品が世に出た。開館は生誕100年記念。	山口県長門市仙崎1308 電話 0837-26-5155
国木田独歩旧宅	青年時代の数年間を過ごした家屋。短編『少年の悲哀』はこの家に住んでいた頃を題材にした作品。当時使っていた座卓などゆかりの品が展示されている。	山口県柳井市姫路 11-5 電話 0820-22-2111
宇野千代生家 【180】	2002年（平成14）開館。300坪の敷地にもみじが広がる庭は野趣を残しながらも整然とした佇まい。岐阜県根尾村（現・本巣市）の樹齢1500年の老樹に由来する庭の薄墨桜は宇野デザインの桜を彷彿とさせる。	山口県岩国市川西 2-9-35 電話 0827-43-1693
山頭火ふるさと館 【183】	2017年（平成29）開館。防府市出身の俳人・種田山頭火に関する展示。代々の屋敷を売って酒造場を興すも破産。後に放浪の旅の中で句を作った山頭火が投稿した雑誌や出版した七句集を展示、ゆかりある文芸家も紹介している。	山口県防府市宮市町5-13 電話 0835-28-3107
星野哲郎記念館 【184】	2007年（平成19）開館。星野は昭和を代表する作詞家。『男はつらいよ』『アンコ椿は恋の花』『三百六十五歩のマーチ』『兄弟船』など数々のヒット作を生んだ。延べ床面積800㎡超、設計にこだわり、本人の作風と合致するよう自然風景との調和を意識した造り。	山口県大島郡周防大島町大字平野 417-11 電話 0820-78-0365

四国エリア

松山市立子規記念博物館 【186】	1981年（昭和56）開館。松山市出身の俳人・正岡子規について、28歳で病臥してから34歳で他界するまで、闘病しながら2400以上の句を創作した生涯を辿る。ほか、教師時代の夏目漱石の松山での下宿先で子規が居候し、共に創作の日々を送ったとされる「愚陀仏庵」の再現など。松山の歴史を古代から辿る展示も。	愛媛県松山市道後公園1-30 電話 089-931-5566
子規堂 【188】	正岡家の菩提寺である正宗寺の境内にある。子規が17歳まで暮らした家を模して建造。勉強部屋や愛用の机を展示。直筆原稿も。	愛媛県松山市末広町16-3 電話 089-945-0400
一草庵 【189】	なにもかも捨てて放浪漂泊の旅をしていた俳人・種田山頭火が終の住処と定めた庵。他界するまでの377日を過ごした。内部公開日は土日祝日などに限られている。	愛媛県松山市御幸1-435-1 電話 089-948-6891 （松山市文化財課）
伊丹十三記念館 【190】	2007年（平成19）開館。俳優、エッセイスト、商業デザイナーなどとして幅広く活動したのち監督デビューし、『お葬式』『マルサの女』など数多くのヒット作を生み出した伊丹十三を多様な側面から掘り下げている。因みに、父は映画監督・脚本家の伊丹万作、義弟に作家・大江健三郎。万作の故郷であり、十三が高校時代を過ごした地であるゆかりから松山に設立。館長は妻で女優の宮本信子。	愛媛県松山市東石井 1-6-10 電話 089-969-1313
坂の上の雲ミュージアム 【192】	2007年（平成19）開館。司馬遼太郎の小説『坂の上の雲』の舞台となった愛媛・松山市に建つ。安藤忠雄設計。展示は作品に描かれた明治の時代背景、登場人物のエピソードなど。全面ガラス張りの2階フロアには図書コーナーやカフェもある。	愛媛県松山市一番町 3-20 電話 089-915-2600
菊池寛記念館 【193】	1992年（平成4）開館。高松生まれで、文藝春秋社の創設者でもある菊池の記念館。菊池の直筆原稿や書簡、代表作『父帰る』や『恩讐の彼方に』の舞台模型、衣服などの愛用品、東京・雑司ケ谷の自宅書斎を推定復原した部屋などの展示がある。	香川県高松市昭和町 1-2-20 電話 087-861-4502

壺井栄文学館 【194】	1992年（平成4）開館。生まれ育った小豆島に建つ。代表作『二十四の瞳』の原稿、同作が最初に発表された雑誌『ニューエイジ』、愛用の万年筆やメガネや応接セット、使っていた囲炉裏の再現、映画化された作品のポスターなど展示。同作を様々な角度から楽しめる「二十四の瞳映画村」の一角にある。	香川県小豆郡小豆島町田浦甲931番地　二十四の瞳映画村内 電話 0879-82-5664
徳島県立文学書道館 【196】	2002年（平成14）開館。徳島市出身の作家・瀬戸内寂聴の「瀬戸内寂聴記念室」、徳島の書家を紹介する「書道美術常設展示室」、徳島ゆかりの文学者である海野十三らの「文学常設展示室」など。中でも、寂聴の書斎部屋は細密に再現されているうえ、窓から徳島市のシンボルである美しい眉山が眺められる。	徳島県徳島市中前川町2-22-1 電話 088-625-7485
高知県立文学館 【197】	1997年（平成9）開館。『土佐日記』を書いた10世紀の作家・紀貫之から現代人気作家の有川浩まで、50人を超える作家たちを創作の背景となっている高知の雄大な自然とともに紹介。1955年頃に、吉行淳之介らと共に「第三の新人」として注目された安岡章太郎も対象作家。高知出身で『櫂』を書いた小説家・宮尾登美子と、少年期を両親の出身地・高知で過ごした寺田寅彦については、独立コーナーを設けて展示。	高知県高知市丸ノ内1-1-20 電話 088-822-0231
大原富枝文学館 【198】	1991年（平成3）開館。高知県吉野村（現：本山町）を故郷とする大原。代表作『婉という女』の解説を中心に資料展示。本山町内には実家跡地や小学生の頃に歩いた通学路、友と遊んだ境内やお祭りに興じた寺など、ゆかりのスポットが点在。	高知県長岡郡本山町本山568-2 電話 0887-76-2837
香美市立吉井勇記念館 【199】	2003年（平成15）開館。「祇園歌人」などで知られる吉井が失意の日々を送っていた頃、1934年に高知県香美市の猪野々を訪れて再起のきっかけを得る。3年間ほど拠点とした「渓鬼荘」が敷地内に移築されているほか、自筆の作品、写真、映像を展示。	高知県香美市香北町猪野々514 電話 0887-58-2220
上林暁文学館	上林暁は現在の高知県黒潮町生まれ。中学校の頃から作家を志し、生涯貫いた。『薔薇盗人』『ブロンズの首』など私小説、短編一筋。常設展のほかに年間4回の企画展を開催。	高知県幡多郡黒潮町入野6931-3 電話 0880-43-2110
香美市立やなせたかし記念館 【200】	1996年（平成8）開館。「アンパンマンミュージアム」ではアンパンマンの世界を再現したジオラマや原画を展示し、子どもが遊べる空間を演出。「詩とメルヘン館」では雑誌『詩とメルヘン』創刊からやなせが手がけてきた表紙イラストを展示。	高知県香美市香北町美良布1224-2 電話 0887-59-2300
横山隆一記念まんが館 【202】	2002年（平成14）開館。戦前から活躍し、漫画『フクちゃん』『デンスケ』が人気を博す。『フクちゃん』は朝日新聞や毎日新聞などで連載されたほか、数々の雑誌に掲載されて単行本としても刊行された。毎日新聞では15年間の長期連載に。アトリエ再現等。	高知県高知市九反田2-1 電話 088-883-5029

九州エリア		
北九州市立文学館 【204】	2006年（平成18）開館。北九州ゆかりの文学者、北九州文芸のあゆみを紹介している。明治期に小倉に赴任した森鷗外、小説家の林芙美子、火野葦平、俳人の杉田久女、橋本多佳子、詩人の宗左近を中心に自筆原稿などの資料が展示される。また、磯崎新が設計した建物はアーチ状の高い天井が特徴で、大きなステンドグラスも目を引く。	福岡県北九州市小倉北区城内4-1 電話 093-571-1505
森鷗外旧居	1982年（昭和57）公開。軍医として福岡・小倉に勤務していた頃の住居。1年半住んだ。木造瓦葺。通り土間が資料閲覧スペースになっていて、年譜や関連資料が展示されている。小説『鶏』にこの住宅のようすが描かれている。	福岡県北九州市小倉北区鍛冶町1-7-2 電話 093-531-1604
北原白秋生家・記念館 【205】	1985年（昭和60）開館。酒造業を営んでいた白秋の生家。広大な敷地をもつその跡地に記念館（資料館）と復元された生家が建つ。	福岡県柳川市沖端町55-1 電話 0944-72-6773

北九州市立松本清張記念館【206】	1998年（平成10）開館。松本清張は1951年に42歳で作家デビュー、2年後に44歳で朝日新聞東京本社に転勤する。館内には、代表作『日本の黒い霧』を基にした80分ドキュメンタリー映像、700冊の著書、清張作品を6ジャンルに分けたビジュアル紹介など。自宅の部屋を移築し、編集者らとやり取りした応接室や、著作に要した蔵書2万冊が並ぶ書庫、そして書斎が、他界した日のままに再現されている。	福岡県北九州市小倉北区城内2-3 電話 093-582-2761
古賀政男記念館・生家	1982年（昭和57）記念館が開館、1983年に生家を一般開放。記念館には作曲家・古賀の生涯のあゆみの展示、愛用ギターやマンドリンの展示、レッスン室や書斎の移築展示など。近隣の生家は古賀が7歳まで住んだところ。	福岡県大川市大字三丸844 電話 0944-86-4133
門司港わたせせいぞうギャラリー	2015年（平成27）リニューアル。『ハートカクテル』『私立探偵フィリップ』などの代表作がある漫画家・イラストレーターのわたせは北九州市出身。1917年築でレトロな雰囲気を醸し出す旧大阪商船ビルの中にギャラリーが開設された。作品展示のほかグッズ販売もある。	福岡県北九州市門司港7-18 旧大阪商船1階 電話 093-321-4151 （門司港総合インフォメーション）
北九州市漫画ミュージアム【210】	2012年（平成24）開館。松本零士、わたせせいぞう、畑中純、北条司など著名な漫画家を多数輩出した北九州。漫画家紹介、漫画家と北九州のかかわりの紹介、戦後の社会のあゆみを時代ごとの漫画本を手に取りながら学べるコーナー、作品コミックを好きな姿勢で読めるコーナーなど多彩な展示。名誉館長は松本零士。	福岡県北九州市小倉北区浅野2-14-5あるあるCity 電話 093-512-5077
下村湖人生家	作家の湖人が幼少期に10年ほど過ごした家。明治中期に藩邸にあった建物を移築。自伝的小説といわれる『次郎物語』には間取りや庭のようすも描かれ、幼少期の暮らしぶりがうかがえる。	佐賀県神埼市千代田町崎村895 電話 0952-44-5167
祈りの丘絵本美術館	1999年（平成11）開館。大浦天主堂やグラバー邸の近くに建つ、煉瓦造りで庭を備えた館。1982年より絵本定期配本事業に取り組んだ童話館グループが同館を運営。選び抜いた原画や絵本を展示している。1階では絵本・児童書の販売をしている。	長崎県長崎市南山手町2-10 電話 095-828-0716
長崎市遠藤周作文学館【208】	2000年（平成12）に開館。1966年に刊行された作品『沈黙』の舞台となったのが、文学館が建つ長崎市外海地区。東京生まれの遠藤だが、この作品が縁でキリシタンの里である長崎のこの地と結ばれた。「出津文化村」の一角に建つ「沈黙の碑」について遠藤は「碑は思っていた通りの場所で、ベストな文学碑」と。館内には、生涯を辿る展示や再現書斎など。長崎県内にはほかにも多くの遠藤作品関連スポットがある。	長崎県長崎市東出津町77 電話 0959-37-6011
くまもと文学・歴史館【211】	1985年（昭和60）に熊本近代文学館として開館、2016年リニューアル。展示は、熊本の古文書・古地図等、文学の歴史を辿るパネルと資料など。館内では、『不如帰』を書いた小説家・徳冨蘆花、日本へ帰化し作品集『知られぬ日本の面影』を書いた小泉八雲、俳人・中村汀女、劇作家・木下順二、小説家・石牟礼道子など、ゆかりある作家に関する展示を実施。	熊本県熊本市中央区出水2-5-1 電話 096-384-5000
夏目漱石内坪井旧居【212】	漱石が松山の次に赴任したのが熊本で、勤務4年3カ月の間に6回の引越しをした。もっとも気に入り、引っ越し先の中でもっとも長い1年8カ月を過ごしたのがこの内坪井の家であった。	熊本県熊本市中央区内坪井町4-22 電話 096-328-2039
徳富記念園	熊本を代表するジャーナリスト・徳富蘇峰と、その弟で文豪の徳冨蘆花を顕彰する記念園。敷地内には一家が暮らした旧邸や愛用品を展示する資料館がある。蘆花は複数の小説にこの家を登場させている。※地震の影響により旧邸付近は立ち入り禁止。旧邸を含めた通常公開は2020年度中を予定。	熊本県熊本市中央区大江4-10-33 電話 096-362-0919

徳富蘇峰・蘆花生家	兄のジャーナリスト・徳富蘇峰、弟の小説家・徳冨蘆花の生家。1994年（平成6）開館。2人の生家として史跡的価値を持つ貴重な文化財であることから、水俣市は1990年から1994年にかけて復元工事を行った。著作や遺愛品の展示も。県内最古の町屋建築。	熊本県水俣市浜町 2-6-5 電話 0966-62-5899
久留島武彦記念館	2017年（平成29）開館。日本のアンデルセンと呼ばれる久留島武彦は、60年間童話を子どもたちに直接語って聞かせる口演童話活動を行う一方、童話集を多数出版、日本にボーイスカウトを紹介したことでも知られる。久留島の生誕地である大分県玖珠町は久留島精神を受け継ぎ「童話の里」を掲げている。国指定名勝の旧久留島氏庭園に隣接した館内では、親交のあった作家たちとの「出会いの部屋」、童話を映像で楽しめる「ものがたりの部屋」、世界での活動を紹介する「世界を旅する部屋」などがあり、各世代が楽しめる。	大分県玖珠郡玖珠町大字森 855 番地 電話 0973-73-9200
瀧廉太郎記念館 【213】	1992年（平成4）開館。日本に西洋音楽がやってきて間もない明治中期、瀧は24年足らずの短い生涯のなかで『荒城の月』『鳩ぽっぽ』『お正月』『花』など後世に残るメロディを生んだ。彼が12〜14歳を過ごした居宅と庭がそのまま記念館に。生涯紹介ビデオのほか、直筆譜面、書簡、写真など展示。初代名誉館長は子孫にあたるジャーナリスト・筑紫哲也、2018年より作曲家・三枝成彰。	大分県竹田市竹田 2120-1 電話 0974-63-0559
国木田独歩館 【214】	明治中期、国木田が22歳の頃に9カ月ほど過ごした下宿先を修復し公開。国木田が暮らした部屋をそのまま見学できる。また、当時の町の様子や彼の文学作品の特徴を資料や映像で展示している。	大分県佐伯市城下東町 9-37 電話 0972-22-2866
野上弥生子文学記念館 【215】	1986年（昭和61）開館。22歳で『明暗』、その後に『真知子』『秀吉と利休』など99歳まで執筆活動を続けた野上。生家である酒造家を改修して記念館とした。少女期の自室や執筆に使った愛用品、原稿、師と仰いだ夏目漱石からの書簡等、約200点を展示。近隣に、東京に住んでいた頃の洋館風自宅があり、こちらは外観のみ鑑賞可。	大分県臼杵市大字臼杵 538 電話 0972-63-4803
ゆふいん文学の森	2017年（平成29）開館。太宰治が8カ月住んだ東京・杉並のアパート「碧雲荘」の解体に際し、これを惜しむ声の中から湯布院への移築が決まった。古民家移築に定評がある宮大工が手がけた当館は昭和の佇まいを残し、太宰の部屋の復元や資料展示のほか、各部屋に昭和の設えを施している。	大分県由布市湯布院町川北字平原 1354-26 電話 0977-76-8171
若山牧水記念文学館 【216】	2005年（平成17）、牧水の生まれ故郷、日向市に開館。前身は、1967年に建てられた牧水長男設計による牧水記念館。記念館隣接の生家は1845年築の囲炉裏がある家屋で現存。文学館はスギやヒノキの木造平屋建で、キャンプや焼き物や草スキーもできる「牧水公園」の敷地内に建つ。庭から続くアプローチやゆとりある館内は、短歌を堪能するに相応しい環境で、直筆の掛け軸や原稿、牧水賞および受賞者紹介なども展示。	宮崎県日向市東郷町坪谷 1271 電話 0982-68-9511
かごしま近代文学館 【217】	1998年（平成10）開館、2011年リニューアル。鹿児島にゆかりのある作家の作品や資料を展示。向田邦子については、子どもの頃2年ほど過ごした鹿児島を「故郷もどき」と呼んでいたことから特設エリアを設置。鹿児島での思い出、ライフスタイルや作品世界、生前の居間再現などを展示。	鹿児島県鹿児島市城山町 5-1 電話 099-226-7771
川内まごころ文学館 【218】	2004年（平成16）開館。山本實彦主宰の雑誌『改造』へ寄せられた芥川龍之介や谷崎潤一郎らの直筆原稿の展示。「有島芸術- とくに里見弴の文芸の世界-」「郷土ゆかりの芸術家たちの世界」といった展示も。	鹿児島県薩摩川内市中郷 2-2-6 電話 0996-25-5580
椋鳩十文学記念館 【219】	1990年（平成2）開館。椋は長野出身だが、大学卒業後に教師として鹿児島へ。『片耳の大シカ』『モモちゃんとあかね』など動物が登場する動物文学というジャンルを開拓した。生涯の歩み、資料を展示。書斎の復元も。28作品がアニメ化（各20分ほど）されていて視聴できる。	鹿児島県姶良市加治木町反土 2624-1 電話 0995-62-4800

作家索引

あ
相田みつを 86, 87, 237
青山剛昌 247
赤塚不二夫 31, 91, 237
赤堀佐兵 246
阿久悠 92, 237
芥川龍之介 39, 44, 57, 65, 75, 95, 104, 108, 146, 161, 180, 218, 222, 235, 238, 239, 251
あさのあつこ 166, 246
有川浩 197, 249
有島武郎 8, 11, 12, 110, 111, 217, 218, 220, 228, 240
安野光雅 174, 247

い
飯田蛇笏 104, 239
いがらしゆみこ 247
池波正太郎 84, 85, 112, 224, 237, 240
伊坂幸太郎 32
石井桃子 73, 80, 224, 236
石垣りん 243
石川啄木 9, 24, 25, 51, 222, 228, 230
石坂洋次郎 18, 19, 22, 222, 229
石ノ森章太郎 31, 91, 231
石原和三郎 232
石牟礼道子 211, 226
泉鏡花 116, 117, 119, 120, 220, 241
伊丹十三 190, 191, 248
一戸謙三 19
井上ひさし 32, 54, 226, 231, 233
井上靖 13, 30, 96, 129, 130, 131, 133, 224, 228, 238, 243, 247
井原西鶴 156, 220, 245
井伏鱒二 169, 222, 239, 247
いわさきちひろ 82, 83, 113, 114, 126, 237, 240, 242
岩田準一 139, 244
いわむらかずお 48, 226, 233

う
臼井吉見 224
内田百閒 166, 167
宇野千代 180, 181, 222, 248
梅崎春生 219
海野十三 196, 222, 249

え
江戸川乱歩 76, 106, 138, 222, 236, 244
遠藤周作 208, 209, 224, 250

お
大岡昇平 58, 59, 96, 224, 238
大岡信 226, 237
大伴家持 44, 122, 123, 182, 220, 247
大原富枝 198, 224, 249
大宅壮一 236
岡田三郎 9
岡本綺堂 246
岡本太郎 81, 102, 237, 238
小川洋子 166, 246
小川未明 220, 241
小熊秀雄 9, 10
尾崎一雄 96, 97, 222, 238
尾崎紅葉 42, 43, 116, 120, 129, 136, 220
尾﨑士郎 180, 222, 236, 243
大佛次郎 93, 95, 222, 238
小田切進 57, 96, 234
小津安二郎 144, 244

か
海音寺潮五郎 217, 222
開高健 99, 226, 238
賀川豊彦 196
加賀の千代女 121, 220, 242
かこさとし 243
葛西善蔵 18, 19
梶井基次郎 129, 180, 222
梶山俊夫 54
粕谷栄市 233
桂米朝 157, 246
金子みすゞ 178, 248

川端康成 57, 94, 95, 96, 110, 120, 129, 148, 149, 222, 234, 239, 245
上林暁 222, 249
き
菊池寛 75, 155, 193, 222, 235, 245, 248
北原白秋 16, 43, 49, 59, 97, 118, 129, 132, 134, 205, 220, 238, 241, 249
北村透谷 97, 220
木下順二 211
木村毅 246
曲亭馬琴（滝沢馬琴）220, 234
く
草野心平 40, 222, 231
国木田独歩 42, 58, 59, 214, 220, 248, 251
久米正雄 39, 44, 65, 95, 180, 222, 232, 238
久留島武彦 220, 251
け
源氏鶏太 122
玄侑宗久 39
こ
小泉八雲 211, 212
古賀政男 77, 222, 236, 250
小林一茶 107, 220, 239
小林久三 49
小林多喜二 9
小林秀雄 94, 95, 176, 222
小宮豊隆 65, 167
小山祐士 169
今官一 19
今東光 180
今野大力 10
さ
斎藤茂吉 16, 34, 35, 44, 220, 231
斎藤緑雨 97, 238
佐江衆一 49
佐伯一麦 32
佐伯祐三 236
坂口安吾 97, 224, 238, 241
佐多稲子 194, 222, 235
サトウハチロー 222, 230

佐藤春夫 146, 222, 245
佐藤義亮 229
里見恭一郎 145, 244
里見弴 11, 94, 95, 217, 218, 222, 251
寒川光太郎 8
し
志賀直哉 55, 59, 74, 122, 220, 244, 247
司馬遼太郎 150, 151, 156, 157, 192, 224, 245
柴田錬三郎 166, 167, 224
島尾敏雄 217, 224
島木赤彦 34, 58, 59
島崎藤村 33, 42, 109, 117, 128, 129, 220, 238, 240, 243, 244
下村湖人 250
白洲正子 234, 236
白鳥省吾 222, 231
す
杉田久女 204, 249
せ
瀬戸内寂聴 196, 224, 230, 249
そ
宗左近 54, 204, 249
た
高井有一 229
高浜虚子 60, 64, 66, 105, 111, 120, 124, 145, 188, 220, 235, 240, 246
高見順 57, 95, 124, 224, 234, 242
高村光太郎 220, 230
高村智恵子 222, 231
瀧廉太郎 213, 251
滝沢馬琴（曲亭馬琴）220, 234
竹久夢二 58, 69, 70, 71, 139, 168, 220, 232, 235, 242, 246
太宰治 18, 19, 20, 73, 104, 224, 229, 236, 238, 239, 251
橘曙覧 125, 220, 242, 245
田辺聖子 154, 226
谷崎潤一郎 96, 146, 160, 164, 167, 218, 222, 234, 238, 245, 246, 251
種田山頭火 183, 189, 211, 220, 248
田山花袋 42, 53, 58, 220, 232, 233

253

ち
近松門左衛門 156, 220, 246
つ
土屋文明 44, 45, 75, 222, 232
粒来哲蔵 233
壺井栄 194, 195, 222, 249
坪田譲治 166, 167, 222
津村節子 16, 89, 124, 226, 242
て
手塚治虫 31, 91, 100, 101, 162, 163, 200, 226, 246
寺田寅彦 64, 197, 212, 249
寺山修司 18, 21, 226, 229
と
戸川幸夫 16, 224
徳田秋聲 119, 120, 220, 241
徳富蘇峰 211, 214, 220, 238, 250, 251
徳冨蘆花 211, 220, 232, 250, 251
徳永直 211
富沢智 45, 232
な
直木三十五 155, 222, 245
永井荷風 53, 54, 146, 160, 167, 220, 233
永井豪 242
永井龍男 94, 95
永井路子 49, 224
中島敦 53, 96, 224
中野重治 16, 124, 242
中原中也 40, 176, 216, 224, 248
中山晋平 49, 115, 241
夏目漱石 39, 64, 65, 94, 96, 120, 187, 211, 212, 215, 220, 234, 235, 238, 248, 250, 251
に
新美南吉 134, 224, 243
西村京太郎 98, 226, 238
新田次郎 124, 224
ぬ
額田やえ子 246
額田六福 246
の
野上弥生子 111, 215, 220, 251

野口雨情 49, 51, 220, 231, 232, 233, 241
野間清治 234
は
萩原朔太郎 43, 75, 118, 222, 232, 235
橋本多佳子 204, 249
長谷川町子 88, 237
畑中純 210, 250
埴谷雄高 224, 238
浜田広介 222, 231
林芙美子 78, 79, 204, 217, 218, 222, 236, 247, 249
原阿佐緒 222, 231
ひ
東山魁夷 56, 224, 233
樋口一葉 67, 104, 220, 235, 239
久生十蘭 228
火野葦平 204, 249
平岩弓枝 59, 226
平林たい子 224, 240
ふ
深沢七郎 53, 224, 233
福士幸次郎 18, 19
福島金一郎 246
福原麟太郎 169
藤子・F・不二雄 91, 100, 101, 122, 238, 242
藤子不二雄Ⓐ 122, 242
藤沢周平 36, 37, 226, 231
藤原定家 44, 140
船村徹 47, 226, 233
ほ
北條民雄 196
星野哲郎 184, 248
星野道夫 54
細田守 122, 242
堀田善衞 122, 224
堀辰雄 75, 108, 110, 222, 235, 239, 240
堀口大學 222, 238
ま
正岡子規 44, 59, 64, 66, 125, 186, 188, 192, 220, 235, 248
正宗白鳥 166, 167, 220

松尾芭蕉 46, 62, 105, 127, 136, 137, 166, 220, 231, 233, 234, 242, 243, 244
松谷みよ子 114, 224, 240
松本清張 129, 206, 207, 224, 250
松本零士 210, 250
み
三浦綾子 14, 15, 16, 224, 228
三浦哲郎 18, 226
三島由紀夫 58, 59, 105, 129, 224, 238, 239, 242
水上勉 124, 224, 242, 243
水木しげる 170, 171, 247
水木洋子 54, 233
ミヒャエル・エンデ 114, 240
宮尾登美子 197, 226, 249
宮城道雄 222, 235
宮沢賢治 16, 25, 26, 27, 28, 29, 40, 222, 230
宮本輝 246
宮本百合子 39, 194
三好達治 124, 222, 242, 245
む
椋鳩十 217, 219, 240, 251
向田邦子 90, 217, 237, 251
武者小路実篤 53, 55, 74, 218, 220, 235
村井弦斎 97, 238
村岡花子 68, 80, 104, 222, 235, 239
紫式部 124, 142, 220, 242
村野四郎 222, 236
室生犀星 43, 75, 108, 110, 118, 119, 120, 222, 235, 239, 241
も
森鷗外 24, 63, 172, 173, 174, 204, 220, 234, 247, 249
モンキー・パンチ 226, 229
や
矢口高雄 23, 229
柳宗悦 55
柳田國男 38, 42, 50, 157, 158, 220, 229, 233, 246
やなせたかし 200, 201, 249

山口誓子 145
山本實彦 218, 251
山本周五郎 104, 222
山本有三 72, 73, 222, 232, 235
よ
横溝正史 76, 106, 166, 222, 239
横山大観 220
横山隆一 202, 249
与謝野晶子 58, 59, 105, 145, 152, 218, 220, 231, 244, 245
与謝野鉄幹 58, 59, 145, 146, 152, 166, 218, 244
与謝蕪村 46, 66, 145, 220, 244
吉井勇 199, 222, 249
吉川英治 156, 222
吉田正 52, 224, 233
吉村昭 89, 226, 237
吉行淳之介 167, 224
り
李恢成 16, 226
わ
若山牧水 16, 129, 132, 166, 216, 222, 243, 251
わたせせいぞう 210, 250
渡辺淳一 16, 17, 226, 229
和田芳惠 233
和辻哲郎 157, 246

執筆：澤入政芝／太田原まゆみ／森木博人
装丁：黒岩二三
編集協力：森木博人／小野寺由紀子
本文デザイン：株式会社コミュニケーションカンパニー

全国作家記念館ガイド
（ぜんこくさっかきねんかん）

2019年3月15日　第1版第1刷印刷　2019年3月25日　第1版第1刷発行

編　者	作家記念館研究会（さっかきねんかんけんきゅうかい）
発行者	野澤伸平
発行所	株式会社山川出版社
	〒101-0047
	東京都千代田区内神田1-13-13
	電話　03-3293-8131（営業）　03-3293-1802（編集）
	https://www.yamakawa.co.jp/
	振替　00120-9-43993
編集協力	山川図書出版株式会社
印刷所	半七写真印刷工業株式会社
製本所	株式会社ブロケード

© 作家記念館研究会 2019　Printed in Japan　ISBN 978-4-634-15146-8

・造本には十分注意しておりますが、万一、落丁・乱丁などがございましたら、小社営業部宛にお送りください。送料小社負担にてお取り替えいたします。
・定価はカバー、帯に表示しています。